爱历元年

王跃文　著

CNS
湖南文艺出版社

图书在版编目（CIP）数据

爱历元年 / 王跃文著. -- 长沙 ：湖南文艺出版社，2023.7（2024.8重印）

ISBN 978-7-5726-1050-9

Ⅰ. ①爱… Ⅱ. ①王… Ⅲ. ①长篇小说-中国-当代 Ⅳ. ①I247.5

中国国家版本馆CIP数据核字(2023)第047001号

爱历元年

AILI YUANNIAN

作　　者：王跃文
出 版 人：陈新文
责任编辑：谢迪南　张潇格　王　琦
装帧设计：Mitaliaume
内文排版：刘晓霞
出版发行：湖南文艺出版社
　　　　　（长沙市雨花区东二环一段508号　邮编：410014）
印　　刷：长沙超峰印刷有限公司
开　　本：880 mm×1230 mm　1/32
印　　张：14
字　　数：352千字
版　　次：2023年7月第1版
印　　次：2024年8月第2次印刷
书　　号：ISBN 978-7-5726-1050-9
定　　价：59.80元
　　　　　（如有印装质量问题，请直接与本社出版科联系调换）

一

孙离和喜子约定了两个人自己的年历，叫爱历。起初，他俩并不知道爱历纪元已经开始。那天早上，风把操场边的老樟树吹得沙沙地响，落地的树叶都翻卷到东南边的围墙脚下。孙离走进教室，同学们安静得出奇。他没有察觉出异样，低头整理着教案，漫不经心地喊道："上课！"

"起立，敬礼！"班长是个女生，声音脆亮亮的。

孙离顿时眼睛直了！全班男生同时揭帽敬礼，一色的光头，青光闪闪！女生们都捂着嘴巴笑，男生们脸色严肃得像武士。

孙离僵了片刻，只当视而不见，说："今天我们继续讲鲁迅先生的《祝福》。"

孙离平静地上完了课，拿着教案本走了。他第三节还有课要上，就坐在语文组办公室看书。不然他不会老老实实坐在办公室的。他很烦学校死板的规定，没课也得守在办公室。

没多时，校长刘元明进来，说："孙老师，你来我办公室。"

孙离猜到是什么事，跟着刘校长走。果然，刘校长进门就板了脸，说："孙离，你这个班主任是怎么当的？"

“我这班主任……嘿嘿……”孙离不知怎么说，微笑着摇头。

刘校长打火机啪啪地打了七八次，没有打出火来。刘元明是个烟鬼，越是生气越要抽烟。孙离掏出自己的打火机，给刘校长点了烟，说：“我知道你讲的是光头的事。”

“全班男同学都理了光头，你是当班主任的，第一节又是你的语文课，你怎么没有处理？”刘元明点燃了烟，猛地吸了一大口。

孙离说：“刘校长，我也始料未及，怎么处理？我给他们把头发栽上去？还是接上去？”

“你们班上情况最复杂，你这个班主任是有责任的！看看你班上那二十几个光头，就像牢里刚放出来的！”刘校长骂起人来长篇大论，孙离只得耐心听着。

“刘小明也理了光头，刘校长在家没有发现？”孙离笑笑。刘小明是刘校长的儿子，正是孙离班上的学生。老师们曾经开玩笑，说刘校长给儿子起名不动脑筋，自己叫刘元明，儿子就叫刘小明，孙子未必就叫刘小小明？

刘校长望了望窗外，没有答孙离的话。响起了广播体操的音乐，刘校长说：“你看看吧，马上就会全校轰动！你班上二十几个光头往操场一站，那是什么效果？事件，这是个事件！”

刘校长说着就要起身出门。孙离猜他是要去操场训人，就劝道：“刘校长，你信我一句，暂时不说什么。我知道你的脾气，你现在去无非是骂一通人，于事无补。”

“你说呢，那你说呢？”刘校长不出去了，站在窗口观望。果然，全校学生都围着孙离的班看西洋景，操场上一片混乱。体育老师吹了半天的哨子，才整顿好各班的队列。同学们做着广播体操，仍是朝孙离班上看，身子转过去了，头却转不过去。操场上的哄笑声，刘校长在办公室都听得见。他脸色发青，一直都在骂人。

广播体操散了，外班的男生追着光头摸。光头们都很得意，有的故意玩猫逗老鼠，有的挺着肚子站在操场上，摸着光头炫耀。女生们成了拉拉队，在操场上齐声喊：“和尚！和尚！”

刘校长骂到上课铃响，孙离才说：“马上要上课了，我先说几句吧。我班上男同学集体理光头，肯定是有组织、有预谋的，但也不是什么大不了的事件。相反，应该反省的是学校。不准男生留长发，不准女生留辫子，男同学就用这种方法抗议。学生留什么发型，真这么重要吗?”

孙离朝刘校长笑笑，转身去教室了。刘校长笑不出来，眼珠红红地望着孙离的背影。他狠狠地吸着烟，呛得太阳穴上的青筋像蚯蚓。

孙离班上出尽风头，外班学生只要下课就跑来看稀奇。孙离今天没有回宿舍去，一直坐在办公室改作业。老师们也议论着他班上的光头，他笑而不语。喜子是新毕业的大学生，她没有课都坐在办公室看书，不怎么爱说话。孙离平时不太坐班，他同喜子没有搭过几回腔。

放学的时候，孙离照例去开班会。他往讲台上一站，同学们又是出奇的安静。孙离这回察觉出了异样，原来刘校长坐在教室后面。

孙离笑了笑，说：“同学们，今天天空为什么如此灿烂？因为我们班上多了二十三个太阳。我看哪，二十三个光头都很帅。”

同学们哄堂大笑，胆子大的学生还偷偷回头，看看刘校长是什么脸色。刘校长架着二郎腿，双手抱胸木然坐着，他要看孙离怎么收场。

孙离转身在黑板上写了两行字：虽为毫末技艺，却是顶上功夫。

“同学们，这是过去一家理发店的对联，一个非常好的广告。”孙离放下粉笔，拍拍手上的粉笔灰，“这个广告对联和我们男同学理光头没有关系。我是拿这个对联来打比方。你们理个光头，算不了什么大事，可以忽略不计，毫末而已；但是，你们玩的却是顶上功夫。为什么呢？”

孙离扫了男生们一眼，说：“有个成语，叫小题大做。这是个贬义词。不过，很多时候，小题其实是可以大做的。就说头发吧。古时候，身体发肤，受之父母，不可随便损伤。损伤了，就是不孝。这表面上是伦理，实质上是政治。中国历史上，头发从来就是政治。我们知道到了清朝，男人必须把头上四周的头发剃光，顶上头发织成辫子吊在脑袋后面。不肯剃发的呢？砍头！留发不留头，留头不留发。这时候，头发就是最残酷的政治了。”

孙离转身又在黑板上写了三个字：堕马髻。

“同学们，头发有时候还是历史的风向标，观毫末而知兴衰。”孙离又转过身去，飞快地在黑板上画了个古代妇人的侧面像，“这个发型，就是堕马髻。”

孙离画得出这么好的速写画，同学们从未见识过，底下嘁嘁喳喳的。刘校长的表情也轻松些了，双手不再抱在胸前，二郎腿也放了下来。窗户上趴了些外班同学的脸，放学时间早到了。孙离过去开了门，又叫靠窗的同学打开窗户，说：“欢迎全校的同学都来听，我今天专门做一场关于头发的演讲。”

孙离走回讲台上，说：“东汉有位权势很大的大臣叫梁翼，他有个漂亮老婆叫孙寿。孙寿很漂亮，可我们今天的人看了未必以为漂亮。为什么呢？她喜欢梳这种头发往一边垂着的堕马髻，头发就像快要散落垂下的样子。为什么叫堕马髻呢？人就像刚从马上摔下来，头发散乱成这个样子嘛！据说这种发型就是孙寿发明的。她还喜欢把眉毛画得带着忧伤，叫愁眉。又爱把眼睛画成哭泣流泪的样子，叫啼妆。还没完，她笑的时候要装出牙痛的样子，叫龋齿笑。走路呢？腰要扭来扭去，就像站不稳的样子，叫折腰步。刚从马上摔下来嘛，腰肯定折伤了。”

同学们笑起来，听得很有趣味。孙离也笑笑，又说：“堕马髻就这么流行起来，妇女们争相效仿。那时候你走在外面看见女人，她们都像刚从马上摔下来。为什么这种病态的梳妆人们认为漂亮呢？因为时代有病了。东汉从这个时候开始，也就是汉桓帝时代，一步步走向衰落，最后灭亡了。堕马髻一直流行到魏晋南北朝，因为那都是乱世，都是不好的时代。”

孙离没有在意刘校长的表情，他只管自己继续讲下去：“同学们看看，这是哪个朝代的妇女发型？”孙离说罢，又在黑板上画了一个古代妇女的头像。教室里传出轻轻的喝彩声。

“谁能告诉我，这是哪个朝代的妇女发型？”孙离把头偏成一个问号。

刘小明举手说：“孙老师，这是唐代的！”

“你答对了，小光头！”孙离朝刘小明竖了竖大拇指，不经意望了望教室后面的刘校长，“这就是大唐气象的发型，云髻雾鬟，对镜贴花黄。一个欣欣向荣的朝代，妇女的发型也是堂堂正正的。那时候的男人，不是高冠博带，羽扇纶巾，就是高头大马，仗剑飞驰。同学们记得历史书上李白的画像吗？丰颐直鼻，美髯若仙，一身飘逸的宫锦袍。盛唐时期的长安街上，肯定没有像刚从马上摔下来的女人。刚从马上摔下来，发髻都散乱了，还觉得很漂亮，不太奇怪了吗？”

同学们又是笑，调皮的女生把头发拢向一边，想做成堕马髻的样子。孙离又说：“但是，唐朝到了德宗时代，堕马髻又开始流行。巧的是唐朝历经了安史之乱，从这个时候开始也慢慢走向衰落崩溃。从此以后就是五代十国，天下大乱，堕马髻又风行于世。”

"孙老师，你想告诉我们什么道理？"刘小明站起来提问。他坐下之后，回头望了望他爸爸。刘校长面无表情，就像没有看见儿子。

孙离朝他笑笑，说："刘小明，你问得很好，但孙老师不会给你们讲大道理。我们班的男同学集体理光头，这不是什么大不了的事。开明的时代，头发同政治是没有关系的。时代不开明，头发才会变成政治。我给你们讲一个真实的故事。十年前，我像你们一样，也是一个中学生。不，仔细想想，我那时比你们还小。你们现在是高中生，我那时候是初中生。当时，女生必须梳辫子。有一天，我班上两位女同学因为剪了短发，被班主任老师罚站批评，说她们是资产阶级小姐，是旧社会上海滩的交际花。两位女生受到羞辱，再也不敢来学校了，她俩从此就辍学了。我的班主任老师其实完全讲错了，旧中国剪短发的恰恰是进步青年，落后的封建妇女才织辫子，梳髻子。"

一位女生又说："孙老师，你不会这么容易就劝我们遵守学校纪律了吧？"

孙离这回没有笑，只说："我没有这个预谋，我是在同你们讲故事。学校提倡男生理平头，女生剪短发，不是纪律要求，更不是政治要求，同时代气息也无关系。我们已进入二十世纪八十年代了，这个时代是自由的，你穿什么衣服，留什么发型，完全自由。老师只是希望从生活方便出发，建议男生留平头更卫生，女生剪短发更方便。你们学习任务紧，没有太多时间花在头发上。男生更应体谅老师的用心，你们有几个爱卫生的？你们都跟我一样，不爱勤洗头发！"

教室里又是笑声，场面似乎有些欢快。孙离突然感觉窗外有些异样，原来喜子也站在窗外听着。夕阳斜斜地从她后面照过来，喜子露在窗口的上半身就像镶着玫瑰色的边。孙离把目光从窗口收回，看见教室里也弥漫着薄薄的玫瑰色的光。

“孙老师没有给男同学带好头，我今天起天天洗头发。”孙离抓抓自己的头发，“你们知道为什么孙老师女朋友都找不到吗？不爱洗头发，女孩子嫌我脏！”孙离笑了笑，收拾了脸上的表情，很平淡的样子，“好，我的故事讲完了。关于头发，发生在你们身上的也只是故事，一个小小的故事。”

教室里响起了鼓掌声，男同学开始丢帽子，女生望着身边的光头笑。孙离抬手往下压压，问：“同学们鼓了掌，是不是在表扬孙老师？”

“是的！”同学们齐声回答。

孙离笑了起来，说：“好！同学们上课回答问题都没有这么整齐过。我很高兴，谢谢你们。既然如此，也就是说同学们赞成孙老师讲的道理了。那么，我有个建议，明天起打算继续理光头的同学，不要戴帽子来上学。顶着光头出门，最多让人多看几眼嘛！你往人多的地方走，人家会赶快捂紧口袋。抱歉，人家把你当扒手，也没关系。打算不再理光头的同学，明天戴帽子来上学。孙老师再申明一句，理光头不说明你们做错了事。你们的人生道路还很漫长，这只是一个小小的故事。放学！”

孙离走出教室，喜子朝他笑笑就走了。喜子穿着蓝底白碎花连衣裙，走在长长的走廊里。同学们追追打打从她身边飞过，丝毫没有扰乱她从容轻快的步子。她的马尾辫高高梳在脑后，一甩一甩的就像跳舞的小女孩。

刘校长从教室后门出来，走到走廊上，说：“孙老师，你讲得好。看得出，你有些得意。”

孙离忙拱手道：“拜托，刘校长，你坐在下面压台，我哪里敢得意？”

刘校长四周看看，好像在找人，说：“那个家伙，我今天回去收拾他！昨晚他自习回来我睡下了，今天早上我起来他已走了。不知道他昨天什么时候去理了光头！居然还敢当着我的面提那样的问题，胆子越来越大了。”

孙离说：“刘校长，你不要再说小明什么，我刚才该说的话都说了。”

“孙离，你不打算查查是谁带的头？”刘校长给孙离递上一支烟。

孙离望着远处，缓缓地说：“刘校长，我刚才讲的我女同学的事，不是编故事，是真的。这种悲剧，我真不希望又在今天重演。头发，毫末之事！”

“好吧，先听你这样处理，看看情况怎么样吧。”刘校长要走的时候，又回头问，“孙离，你今天讲的这些掌故，都是有根有据的吗？”

孙离嘿嘿一笑，说：“我又不是学历史的！”

刘校长笑道：“孙老师，我今天见识了你的应急能力。你班上的光头事件，肯定会在同学们中间产生不良影响。你能不能在全校学生大会上讲讲？”

孙离吐着嘴里的烟，摇摇头说：“刘校长，我建议这事到此为止。不当回事，它就不是事。”

孙离去食堂打饭，碰到喜子端着饭碗出来。喜子朝他浅浅地笑，轻声招呼：“孙老师！”

二

喜子名叫朱梅芳。初中的时候，一起疯的同学喊她朱朱、猪猪、蜘蛛。朱梅芳说她乡下，蜘蛛喊作喜子。同学们就喊她喜子。先是女同学喊，男同学也跟着喊。大学毕业，她回到县一中教书，同事们仍旧喊她喜子。

孙离梦想当作家，成天躲在宿舍写小说。最近，他写小说的时候，总感觉喜子就待在他身边看书。自从那天看见了教室窗口镶着玫瑰色光边的喜子，他就有了喜子坐在他身边的错觉。学校规定老师白天必须坐班，没课也得待在办公室傻坐。孙离不管那么多，下了课就跑回宿舍去了。刘校长很恼火，老找他的麻烦。孙离做个普通老师，也没多大麻烦叫人找。无非是有人提议孙离当年级组长，刘校长把脑袋都快摇脱了。

刘校长烟瘾大，做报告的瘾也大。他坐在主席台，一讲就是两个小时。刘校长嘴里浓烟滚滚，坐在后面的老师看不清他的脸。孙离开会喜欢坐在后面，看见刘校长每吐一口烟，他的脸就谢一次幕。刘校长的脸再出场时，烟又叼在嘴皮上了。他每次做完报告，都喜欢抬腕看看手表，露出满意的笑容。刘校长在台上讲话的时间越长，脸上就越放光。他是很得意自己口才的，常说自己做报告从来不用稿子，一张嘴就是两个小时。学校老师中间，刘校长只佩服孙离的口才。原来是那次光头事件，他听孙离讲了堕马髻的掌故。事情真没像他担心的那样可怕，那些小光头很快都变成小平头了。

孙离很烦当这个班主任，每天下课前都要开班会。他推不掉这个担子，勉强干着。他要是下午没课，就掐着时间从宿舍赶到教室去。自从光头事件以后，他会先到办公室坐坐，再去教室放学。喜子不是班主任，她会在办公室坐到放学的时候，才去食堂吃饭。

喜子看见孙离了，朝他笑着点点头，又埋头做自己的事。要么看书，要么改作业。孙离发现喜子看书的时候，嘴角会掠过微微笑意。一个冬日的午后，喜子低着头看书，阳光从她身后窗口照进来，她的双耳成了透明的粉红色。孙离那天去得更早，他坐在喜子对面，望见她的双耳连同脸颊都是嫩红的。他想起光头事件那天，教室窗外站着的喜子，夕阳从她身后照过来，她就像镶了玫瑰色的光边。

自从那天看见了喜子嫩红的耳廓，孙离就开始邀她晚饭后散步。“孙老师，我要洗衣服，你先去啊。”“孙老师，我有好多作业要改呢。”喜子头几次说的都是这些话，后来就跟他出去了。

中学临着河，河堤上长着柳树。柳树很有些岁月了，棵棵都是盘根错节，就像从古人画谱上移下来的。夏秋柳条飘飞，景致自不必说；到了冬季，光溜溜的柳条上，或有寒鸦，或有麻雀，那般萧索也是叫人喜欢的。

家乡的传说中，柳树是有些凶险的树，年岁久了便有妖气。孙离听说过很多柳树精作怪的故事，说的都是有名有姓，哪年哪月哪家门前有棵柳树突然冒出一股青烟，不久那户人家就遭祸了。故事里的柳树精通常是美艳的女子，男人听着不免有些心旌飘摇。

孙离同喜子第一次散步，正是一个冬日的黄昏。他没有同她讲柳树精，而是听她抱怨命运不好。喜子说自己要是早几年毕业，怎么会分配到家乡的中学里来！她的学长们很多都在大学教书，分配得差的也在大城市的中学当老师。孙离说你早几年出生就好了，怎能怪毕业晚了呢？

孙离嘴里说得随意，心里却有些底气不足。他的中学时代，高中办到公社，初中办到大队。他是在公社中学上的高中，师资自然好不到哪里去。地理老师拿教棍点着地图说："这就是雄伟的阿尔鄙斯山！"

孙离脑袋蒙了，心想那个字不是卑吗？怎么读作鄙呢？学生毕竟是迷信老师的，他偷偷埋在抽屉里翻字典，发现老师真的读错了，应该是阿尔卑斯山。原来卑鄙二字老师本来认得的，只是两个字拆开就不知道谁是谁了。孙离家乡方言，鄙字读作痞，同卑字读音相去甚远。

那一堂地理课，孙离听老师不停地读着阿尔痞斯山，感觉特别刺耳。多年之后，孙离早忘记那位地理老师都教了些什么，仅仅记得雄伟的阿尔痞斯山。当时大学本科、专科和中专同时招考，那一年公社中学的文科没有考上一个本科，也没有考上一个中专，只有孙离被本地师专录取了。

孙离当时并不知道，专科生也叫作大学生。去师专报到时，见校园里贴着标语：争做新时期的模范大学生。他将信将疑：难道我真是大学生？八年过去了，孙离同喜子一起散步，从她的话里似乎听出某些意思。喜子上的苍市师大是名牌大学，她对自己毕业晚了都十分惋惜，能看得起他这个专科生吗？

孙离从未为自己的学历自卑过，他总想自己上的若是好中学，说不定就考上北大了。他不能向喜子说这些话，那样简直太可笑了。他知道自己真的爱上了这个女孩，而喜子好像并不在意他。他心里没底，只是不停地约她散步。哪天喜子再也约不出来，可能就没戏了。

那个冬天，孙离成天想的就是一件事：她今天还会去散步吗？

放寒假的前一天黄昏，他俩又在河堤上闲逛着。突然，寒鸦呀地叫了一声，振翅飞走了。孙离回头看看喜子，感觉她就像个柳树精。

喜子见孙离的眼神怪怪的，问："不认识呀？"

孙离指着一棵老柳树根的空洞，笑笑说："好像你就是从那里钻出来的！"

喜子在孙离背上擂了一拳，说："好呀，你骂我是柳树精！"

孙离说："哪里是骂你呀？我是夸你长得漂亮！《聊斋》里头的妖精我都喜欢，我怎么就遇不上呢？"

喜子瞟了他一眼，低头不再说话。那天晚上，孙离写了一封长长的信，连夜从喜子门底下塞了进去。第二天，孙离不敢出门，蒙着头睡懒觉。

放寒假了，单身老师都回到父母身边去。那个寒假简直长得没完没了，孙离不知道喜子老家在哪里，好像从此再也见不到她了。好不容易盼到开学，孙离早早地赶往学校。临近学校大门，感觉心脏在耳朵里跳。他怕碰上喜子！望见传达室老头，他竟忘了打招呼。老头望着他笑笑，他又发现这老头有些陌生，学校也有些陌生。

他贼一样溜进宿舍楼，见了谁都胸口怦怦跳。路过喜子门前，他头都不敢朝那边偏。他老远就掏出房间钥匙，到了门口却抖索着伸不进锁孔里去。一慌乱，钥匙"啪"地掉了。他低头去捡钥匙，无意间瞥见门底下似乎有什么东西。孙离耳朵嗡地一响，难道喜子回信了？仔细一看，果然是个信封。喜子比他先到学校了？他试着拿钥匙去扒出信封，信封却长脚似的进去了。

他打开门，果然见着一个粉红的信封。封口是粘住的，信封正反面不见一字。他忙关了门，大白天的却嫌光线不好，跑到窗口去，哆嗦着拆开信封，果然是喜子的回信。信没有抬头，没有落款。短短的一页纸。孙离翻来覆去看了四五遍，看不出喜子的意思。她没有回绝，也没有答应。

这天黄昏，河堤上寒风凛冽，孙离拉了喜子的手。往回走的路上，喜子挽住了孙离的胳膊。

三

他俩刚在一起时，喜子说："你一百年都抱着我睡，谁都不准背过身去。谁翻了身，就要挨处罚，洗衣服，拖地板。"

喜子嫌孙离衣服洗不干净，地板又并不脏，他夜里若翻过身了，白天就罚他背人。孙离就背着喜子，关在房间里转圈圈。孙离壮得像头大棕熊，喜子一会儿趴在他背上，一会儿吊在他胸前。他背着喜子，抱着喜子，就像哄小孩子。

有天孙离背着喜子，说："反正都是我错。你错不错都得洗衣拖地，我错了就得背人！"

喜子听了不依不饶，趴在他背上使劲捶打，骂他大男子主义，罚他整天背着。孙离哈哈大笑，说："我整天背着你好了，天下哪有比背女人更好玩的事？"

喜子假作生气，说："你占我的便宜了，我要下来！"

孙离把她从背上揽到胸前抱着，说："今生今世，除了每年的二月三十号，我天天爱你！"

喜子听着脸都变了，问："你把这一天留给谁了？"

孙离哈哈大笑，说："你这个傻老婆！"

喜子还是没有明白过来，摇着他的肩膀问：“二月三十号是你什么特殊日子？留给谁了？快告诉我！”

孙离笑得很得意，说：“我的傻老婆，世上哪来的二月三十号？”

“你这个数学比我还差的人，居然拿数字来欺负我！”她骂了几句，脸贴在孙离胸口，深深地埋在里面，“你身上好臭！”

孙离问：“喜子，我俩什么时候开始好的？”

“没良心，你忘记了？”喜子隔着衣服咬孙离的胸脯。

孙离讲：“我是想确定一个准确日子。”

喜子抬起头问：“从我答应陪你散步那天开始，还是从你对我耍流氓那天开始呢？”

孙离笑着，说：“从我耍流氓那天开始吧。”

“三年前的九月十二日！”喜子记得很清楚。

孙离双手搭在喜子肩上，目光柔和得像晚霞，语气非常郑重，说：“我想造一个属于我们自己的年历，叫爱历。我们的爱历元年从三年前算起，那年的九月十二日是爱历元年元月一日！”

喜子马上说：“不！这么庄严的事，就得重新考证！”

“重新考证？”孙离问。

喜子抱着孙离说：“那天，听你讲堕马髻那天，我就爱上你了！”

孙离双手端着喜子的脸，问：“我的好老婆，你说的是真的吗？”

喜子捶着孙离的胸脯，说：“真是不解风情！我就是那天开始注意你的，我想这个人还有点才气。”

孙离忙说：“喜子，我也是那天开始爱上你的。”

“你说假话！”喜子咬着嘴皮子笑。

孙离说：“我在讲台上讲男同学理光头的事，突然觉得窗外有些异样。我一看，原来你站在窗口。夕阳从你身后照过来，你身上就像镶了玫瑰色的边。我再看看教室，学生们都沐浴在玫瑰色的光中。”

喜子又把头埋进孙离的怀里，手在他背上抚摸着。孙离把喜子抱得更紧，说：“我夜里想着玫瑰色光边里的你，想象神话里说的仙女下凡，应该就是你那个样子。”

“那么，我们的爱历元年，还得往前推一年。”喜子说。

孙离吻着喜子，说：“我们的爱历元年，就从你像仙子降到我眼前算起。”

但是，他俩甜蜜了没多久，慢慢就开始吵架。大事也吵，小事也吵。喜子越来越讨厌这个小县城，肮脏的街道、难听的土话、奸诈的小贩、不学无术的同事、自高自大的校长，如此等等，都叫她难以忍受。

“我们都是在这里土生土长的，样样看不惯如何活下去？看开些吧。”孙离劝她不要太在乎，喜子听了很不高兴。

家乡出产多种水果，街道上一年四季都撒满各种水果皮，踩着吱吱地响。喜子只要上街就皱着眉头，横眼望着那些随地丢垃圾的人。她要孙离别写小说了，好好儿进修文凭。没有过硬的文凭，哪里也别想去。这里真不是人待的地方！喜子揪着耳朵督促，孙离勉强自修了本科。他的本科拿的也是苍市师大的文凭，毕业证上盖的是同一位校长的印章。

孙离说：“喜子，我俩也算是同学了。”

喜子笑笑，说：“恭喜，我的好学弟！”

孙离听出了喜子的讽刺，他比喜子大五岁。

他俩吵架不会有任何预兆，稍不留神就吵上了。炒菜放不放葱，黄瓜凉拌还是煮汤，都会吵架。吵着吵着说分手，过几天又好了。

吵了两年，没劲吵了，两人就结婚。同事们开玩笑，说学校外面的河堤，被他俩踩矮了三寸。孙离却笑着对喜子说："我俩吵架嘴唇吵厚了三寸。"

结婚登记那天，上午两人都有课，下午才去的民政局。他俩手挽手出门，孙离说："今天要有个好兆头，我俩不吵架行吗？"

喜子一听就生气了，说："你以为我喜欢找你吵架？"

两人在路上先吵了一架，再去了婚姻登记处。

领了结婚证出来，孙离突然觉得喜子非常陌生。喜子当时正望着他微笑，脸上飞着红云。孙离忙伸手过去，她便挽了他的胳膊。孙离紧紧夹着她的手，感觉到她的身体微微颤抖。

他的胳膊很有力量，她体会到的是满满的爱意。孙离其实是在掩饰内心的羞愧。她这张脸上有他重重叠叠的唇印，怎么突然间就陌生了呢？

"我要同这个女人相守终身啊！"这么想着的时候，孙离简直害怕了。

他越是害怕，越是壮胆似的暗嘱自己："我终身都要守着这个女人！"

夫妻俩就这么挽着手，慢慢往学校走。他俩不想马上回学校去，想在河堤上走走。九月的河流开始变窄，水清见底。河间有长长的水洲，长满了茂盛的芦苇，白色花絮迎风飘荡。各种小鸟啾啾地叫，在白色花絮间跳跃，忽东忽西。那些鸟喜欢成群地嬉闹，颇似顽童。

孙离问："你知道芦苇古人叫它什么？"

喜子说："不知道。"

喜子平时很精明，吵架起来也口齿伶俐。一旦进入恋爱状态，她就显得很笨。孙离告诉她："芦苇就是《诗经》里说的蒹葭。"

喜子望着孙离，眼睛亮晶晶的，似乎她的男人很博学。她又是摇头，又是叹息："真是太美了！我天天看着它，今天才知道它就是蒹葭。我经常翻出《诗经》读，也没在意蒹葭到底是什么，只想象它就是河洲上的水草。我俩到河洲上去吗？"

孙离说要背她过去，她怕让学生看见了。河水并不深，蹚水就能过去。只是卵石有些硌脚，喜子走得颤巍巍的。走进蒹葭丛里，惊起很多水鸟，喜子哇地欢叫起来。

穿过蒹葭丛，望见主河道仍是宽阔，水也很深。河水是先往西流，在很远的地方兜个大圈子，再往东去。

他俩在河洲上坐下来，喜子把头靠在他肩上。孙离不停地朝河里丢石子，他仍在羞愧那些可耻的想法。他暗自告诫自己：一定要做个忠贞不贰的男人。

"你看夕阳！"喜子突然说道。

往西边望去，太阳快要下山，倒映在河湾里，很像煮熟的鸡蛋黄。河的那边就是村庄，烟树深处，鸡鸣狗吠，隐隐可闻。孙离似乎嗅到了柴火焚烧的香味儿。望着鸡蛋黄似的夕阳，又嗅着这炊烟味儿，孙离想到了他的拿手菜，大蒜苗煎金钱蛋。鸡蛋煮熟了，切成小圆饼，煎得两面发黄，放些蒜苗和辣椒糊。他俩都喜欢这道菜，孙离想，回家就下厨做去。小时候，孙离妈妈做这道菜，喜欢放些橘叶丝进去，更加香喷喷的。城里找橘叶不方便，只好将就了。

孙离和喜子各有一个单间，原本不连在一起。孙离住在走廊最里头，喜子的房间靠着楼梯口。孙离房间对面住着陈老师，只隔着几尺宽的走廊。陈老师大名叫陈意志，教体育的，人好说话，又是个单身汉，喜子就同他换了房间。陈意志这人很好玩，他不论走到哪里，人没到响声先到。去食堂吃饭，他喜欢一路拿勺子敲着碗。去操场上体育课，他一路吹着口哨。

喜子问孙离："陈老师挺可爱的小伙子，怎么就没有女朋友呢?"

孙离听着笑了，讲："你们女老师更有发言权呀。"

孙离同喜子打算国庆节办婚礼。喜子很难说句幽默话，她说："今后全国人民过国庆节，我们家就过家庆节。"

婚事办得节俭，孙离和喜子只按乡俗，各自家里做酒请客，做客的也都是自家亲戚。他们在学校只开了个茶话会，对付着就过去了。也没觉得怎么寒碜，别人都是这么办的。

很多人年岁越长，越是迷信。孙离知道这没有道理，但他也真的越来越迷信了。他这几年老想起结婚时的不祥之兆，心里疑神疑鬼。他同喜子先吵了架，再去领结婚证，分明不是好兆头。当时刚开始流行拍彩色结婚照，可孙离不想拍彩色照片。他不喜欢照相馆的化妆，画得嘴巴就像鸡屁眼。也许舍不得花那么多钱，才是孙离真实的想法，他嘴上没说出来，只说："彩照太俗气，我们拍黑白照算了。"

孙离买回一本小书店积压的旧挂历，上头尽是玛丽莲·梦露的黑白电影剧照。他俩对着镜子，模仿玛丽莲·梦露跟克拉克·盖博，就像做游戏，很开心。谁也没看过挂历上的电影，只是从挂历介绍上知道，他们最喜欢的那张剧照，原来是电影《不合时宜的人》里头的。他俩便嘻嘻哈哈地模仿，喜子成了玛丽莲·梦露，孙离便是克拉克·盖博。

多年之后，孙离只要想起那剧照，就不舒服。当时只要稍稍长些脑子，单看这影片名字《不合时宜的人》，就不应该学那剧照去拍结婚照，不管这电影里演的是什么。他俩只是满心欢喜，谁也没往不吉利处想。喜子使劲儿模仿梦露的笑容，孙离则学着盖博忧郁迷离的眼神。

喜子说："你学盖博学得还蛮像，眼神很叫人疼，可拍结婚照不能这样啊!”

孙离笑了起来，说:“我学他的眼神只是好玩。我担心的是没办法弄成他那发型。”

小县城里还没有摩丝，没法给头发定型。孙离的头发粗而直，一直留着平头。

有天下午，孙离独自在家写小说，突然听得敲门声。知道是喜子回来了，他故意慢慢地开门，先从门缝里逗她。他瞥见了喜子，大吃一惊。原来喜子做头发去了，她想做一个梦露出来。

喜子挤了进来，站在他面前，笑吟吟的。她不说话，等着男人夸她。孙离心想，这简直太难看了！他不好意思直说，可嘴里总得说话，便问:“多少钱?”

喜子的脸马上垮下来，说:“不拍彩照已经很节省了，做个头发还要问价钱!”

孙离知道自己问得很不得体，便说:“我只是随便问问。很漂亮，太像梦露了!”

他心里暗想，发型不好没关系，睡觉时压一压，明天起床梳梳，也许会好看些。他更喜欢喜子梳小马尾的样子，随随便便的。

第二天起床，喜子的发型果然乱了。她对着镜子坐了老半天，只说昨天把相照了就好了。她想让恢复昨天的发型，好不容易让头发往两边翘了起来，他俩才手挽着手出门。

他俩到底不好意思像电影剧照那样摆姿势，只是并排坐着咔嚓了两张。走出照相馆，孙离忐忑不安。真不知道照片效果到底如何。孙离悄悄儿瞟了一眼喜子，她的头发往两边翘着，走在街上就像开着一架飞机。

好不容易挨到取相片那天，发现结婚照居然还过得去。喜子露出笑脸，孙离也就放心了。

“拿这张放大吧！”喜子说。

万万没有想到，几天后看到放大的照片，两人都傻眼了。照片放大之后，效果完全变了。颜色黑不是黑，灰不是灰。照片里的孙离颧骨高高的，快把脸撑破了。喜子的头发出奇地夸张，真像是迎面而来的大飞机。

孙离脑子里闪过一种非常不好的感觉：越看越像遗像。

他不敢把这种感觉说出来，只道：“喜子，这事儿怪我。照片本来照得不错的，但照相馆放大技术不行。就算叫他们返工，估计也就这样了。这照片是挂不出来的，就不要挂了。”

喜子唉声叹气的，说：“日子近了，重照又来不及了。”

孙离故意逗喜子高兴，说：“谁说结婚非得要照相？我们不要算了。今后想照时补照得了。”

那张放大的照片便被压在了箱子底下，任它慢慢变成文物。

依着乡俗，红白喜事处处都讲兆头的。鞭炮须放得响而连贯，否则就不吉利。喜子爸爸是小学老师，不太相信牛鬼蛇神。她妈妈是个不识字的农妇，凡事按规矩办。喜子妈妈把买回来的鞭炮，放在太阳底下暴晒，生怕到时候放起来不利索。

可孙离去她家迎亲时，震耳欲聋的鞭炮突然停了下来。喜子爸爸赶快拿烟头去点，啪啪啪地响了几声，又没声息了。她妈妈惊得脸色发青，忙扯了很大一把稻草点燃了，丢到成堆的鞭炮上。鞭炮声重新暴烈地响起来，炸得灰烬和着烟雾四处飘散。喜子的鼻尖落上些稻草灰，孙离拿手去抹。一抹，新娘的鼻子反而黑了。喜子叫孙离快进屋洗脸，他猜自己的脸肯定也黑了。

恋爱是一回事，成家是另一回事。结婚最初很让人失望。恋爱中人都在吃迷魂药，一拿到那个红色结婚证，就如梦方醒了。孙离的梦也许比别人醒得更早，他刚走出婚姻登记处，就感觉身边的女人非常陌生。他简直不敢再看她第二眼，只是紧紧挽着她的手。

孙离自小不喜欢红色，看到红色就会焦躁。他拿到红色封皮的结婚证，看都没有细看，就塞进了喜子的背包。她背着白色人造革包，柔软得就像真皮。小地方看不到真皮包，倒是漂亮的人造革包很多。

喜子知道孙离对颜色极度过敏，选包时总让他拿主意。孙离不喜欢太刺激的颜色，除了讨厌红色，就连光、亮、滑这些字都不喜欢，听着就牙齿发痒，像听见了刀子刮玻璃。

他俩早就搭伙过日子了，可一旦拿到结婚证，好像连屋子里的空气都变了。领结婚证那天，两人很晚才从河边回来。喜子进屋就觉得憋气，站在窗口做深呼吸。孙离站在她身后，很久才问："我们晚上吃什么？"

他是想提醒她，该做晚饭了。喜子果然听出他的意思，回头望了望他，站着纹丝不动。孙离重重地吞了一口气，暗嘱自己：今天晚上再也不能吵架。他笑笑，挽起袖子做饭去了。刚才在河边看芦苇，看夕阳，喜子一脸的浪漫。回到家里，怎么就变了呢？

孙离吹着口哨，做了在河边就想好的那道菜：大蒜苗煎金钱蛋。他实在是饿了，端上碗就狼吞虎咽。喜子突然放下筷子，望着他说："你别吃那么快好吗？听着你吃饭的节奏，我忍不住就要追，弄不好就噎住了。"

她真噎住了，不停地打着嗝，泪水都憋了出来。孙离说："你傻不傻？我吃饭你追什么？走路不看你追！"

喜子说："是啊，当初你都是挽着我的手走路，只嫌路短了，脚长了。你现在走路都不管我，老把我甩在后面！"

孙离摇摇头，不说话了。他想那个红色的本子，就像女巫手里的魔杖，把他们的生活变糟了。

孙离洗完脸，毛巾会拧得干干的，挂得整整齐齐。喜子用过的毛巾，总是水滴滴的，啪地甩在洗脸架上。孙离说："你那做派换了我才是。"

喜子却道："你也太大男子气了吧？我承认这是坏毛病，可为什么只允许你们男人有坏毛病呢？我要跟你一辈子的，你别老这样压着我！"

孙离说："真是怪了，我只是说说你身上一点小毛病，你却上升到女权主义了。"

喜子冷冷地笑，说："是吗？是吗？我说几句就是女权主义了，你们中国男人从娘肚子里出来就是大男子主义！"

听喜子这话，好像她是外国嫁过来的。真理总是朴素的：夫妻不计隔夜仇。一个男人，一个女人，整整一个晚上，还用再说什么话呢？日子就这么边吵边过，白天孙离没课就关在宿舍，喜子整天守在办公室。

日子久了，两人不怎么吵了。孙离吃饭仍是很快，喜子只顾慢慢地吃，还边吃饭边看书。看她又要翻书，又要扒饭，两手忙不过来，孙离便留了个心。有天下午没课，他去河滩上，捡了一块漂亮的石头。

喜子不解，问："这石头拿来做什么？"

孙离说："做镇纸呀！"

喜子把石头压在书上，果然很好看。一块长条形卵石，乌黑如墨玉。喜子把玩着石头，说："你也总算送我一件礼物了。"

孙离只道："野人献芹，你就别嫌弃了。"

喜子幸福起来，就变得傻乎乎的，孙离说什么，她就信什么。有回喜子上街买菜，孙离让她买些牛肉，买些土豆。牛肉烧土豆，他俩都爱吃。多是孙离下厨，他的手艺好些。孙离很喜欢做菜，每天琢磨着弄东西吃。他还列了张单子，每天吃什么菜，都写在上头。那天喜子买了菜回来，孙离见土豆个儿太大了，故意逗她："叫你买土豆，你怎么买了马铃薯呢？"

喜子将信将疑，问："土豆不就是马铃薯吗？"

孙离很正经地说："宝贝儿，你真是四体不勤，五谷不分啊！那种小个儿的，溜溜儿圆的，才是土豆！这种大个儿的，像红薯的，叫马铃薯！这么大，怎么叫豆呢？你见过这么大的豆吗？"

喜子恍然大悟的样子，说："哦！我一直以为土豆就是马铃薯呢！马铃薯能烧牛肉吗？"

孙离忍着不笑，说："勉强试试吧。"

菜做好了，孙离先尝尝，说："也还能吃，不过比起土豆，还是差了些味。你来试试。"

喜子夹了一个土豆丁，吹了吹，舔了舔，再送进嘴里，说："真的比土豆味道差些。"

喜子从此知道，只买土豆，不买马铃薯，马铃薯的味道不如土豆。孙离守着这个小秘密，一直没有告诉喜子。

孙离花时间最多的是在厨房，他下厨时喜子就站在旁边看书。他们其实没有厨房，就在走廊的阳台上架锅开火。走廊顶头有个很小的阳台，伸出去的。孙离同陈意志商量着换房子，打的就是这个阳台的主意。他把藕煤炉往阳台上一放，这里就是他们家的领地了。逢上下大雨，喜子就在孙离身后撑伞，免得雨水砸进锅里。

孙离动过心思，想做一个隔断，把两间房同外头隔起来，简直就是两室一厅了。走廊收拾一下，完全可以做客厅用。从此，他们也可以像刘校长家，鞋脱在外面，进屋只穿拖鞋。刘校长住着两室一厅，有厨房和厕所。孙离这辈子肯定做不到校长，也就肯定住不了两室一厅。

他想做个隔断，灵感是从舒刚勇老师那里来的。舒刚勇是教导主任，住在另外一栋宿舍的二楼，也是最里头。舒刚勇就把两间房子隔了，周周正正的两室一厅。阳台改作厨房，走廊当作客厅，只少了间厕所。学校只有一栋两室一厅的楼，住着刘校长和几位退休的老校长。副校长都轮不上住这种房子，别说教导主任了。

可是，舒刚勇可以做隔断，孙离却做不得。他要是把隔断做了，走廊就全黑了。舒刚勇把走廊黑了，别人没有意见。原来舒刚勇那栋房子，紧挨着人民医院，隔着围墙就是太平间。谁都不愿意要这最头上的房子，舒刚勇要了。也不是舒刚勇风格高，他原本就是学医改行的，看过很多人体解剖，不怕死人。他爱人刘秋桂是个警察，也不怕死人。他要了栋头两间房子，马上就做了隔断。邻居们宁愿让走廊黑着，大白天都开着灯，也不愿意看见楼下的围墙。围墙那边只要响起鞭炮声，就知道又死人了。舒刚勇把隔断做了，外面鞭炮声不经意就听不见。

孙离失眠的毛病越来越厉害，经常通宵没有合眼。很长一段时间，孙离夜夜睡不好，就是老想着做隔断。可孙离不敢把它隔起来。隔断做不成，他就住不了两室一厅。他夜里又总禁不住幻想那两室一厅，墙上哪个地方挂幅画，哪个地方挂幅字，都想过千百回。他想日后买了电视，放在走廊改成的客厅好呢？还是放在房间里好呢？

客厅里按说还应挂上他们的结婚照。只要想到那张遗像似的结婚照，他半梦半醒间就会惊得一跳。要是依他的脾气，早把那张结婚照烧掉了。他不敢把这心思告诉喜子，就让那照片在箱底压着，看它有没有运气变成文物。有时翻衣服看见了那张结婚照，心里极不舒服。他很后悔自己的馊主意，是他说要照黑白照的。

不知道是睡不着才胡思乱想，还是想事多了才睡不着。孙离夜里想事儿很容易发痴，想着想着天就快亮了。不想做隔断，也会想别的。有个夏天，孙离走在街上，偶然看见西街有户人家的窗台上放着很多兰草。那户人家的兰草很漂亮，只是花盆太不讲究了。破陶罐、旧塑料桶、黄锈斑斑的铁盒，都拿来当花盆用。孙离羡慕人家的兰草，却又暗暗叹息：可惜了，用那些破东西栽兰草。

城里并没有专门卖花盆的店子，他想象过很多天趣自成的花盆。上山去捡一个树蔸子，正好是空心的，可用来种兰草。去河滩上捡块大石头，正好凹进去一个洞，绝好一个花盆。他通宵想着这些事儿，天一亮就把什么都忘了。

喜子睡眠很好，她根本不知道孙离通宵未合眼。她起床一边梳洗，一边轻轻地哼歌。孙离这个时候刚迷迷糊糊睡去，真想喊她停下来别唱了。喜子过来拍被子："别睡懒觉了，要迟到了！"

楼下墙脚长着几株爬墙虎，不知是谁有意栽的还是野生的。爬墙虎直爬到屋顶，夏天里葱绿一片。孙离见过城里有处老房子，每年春天墙上的爬墙虎就开始抽嫩叶，入夏就满墙的绿。哪怕冬天叶子谢了，枯藤也别有一番韵味。

他路过自己宿舍楼下，时常冲着爬墙虎出神。那爬墙虎怎么不长在他的窗下呢？爬墙虎倒也往两边慢慢延伸，但他家房子在最西头，藤蔓爬不了那么长。晚上，孙离想着爬墙虎，也会睡不着。

有天中午，太阳晒得屋顶的瓦片冒火星，孙离却突然想到养兰花的盆子了。他长年失眠，午睡是少不了的。可他刚想入睡，猛然想到了花盆，就翻身下床，跑到河滩上去转悠。

河滩上有位放鹅的老人，问他："你掉了什么东西？"

他摇摇头，眼睛只在河滩上打望。老人不信，也跟着他在河滩上转圈儿。孙离转了一会儿，没有他想象的花盆。他觉得自己可笑，就回来了。

河滩上只有滚圆的石头，大的足有几吨，小的如卵如豆。孙离往河堤上爬，回头望见那老人仍在低头寻宝，几十只大白鹅在河里放任自流。

“掉了什么宝贝呀?”孙离突然听见喜子的声音。

他抬起头，见喜子撑了一把碎花伞，站在河堤上。

他说:“没掉什么呀!”

喜子问:“没掉什么?你跑到河滩上去干什么?这么大的太阳!”

“我……我……”孙离语塞，快结巴了。

“昨夜你到底哪里去了?”喜子问。

孙离说:“我去的时候就告诉你了，舒刚勇找我下棋呀。”

喜子瞪着他，说:“你夜里到河滩上下棋来了吧?”

孙离忙说:“喜子你别瞎猜，不信你去问问舒老师!”

喜子说:“我去问?我还要面子呢!掉了定情信物吧?”

孙离说:“我想找块石头做花盆。”

喜子眼睛睁得牛眼大，说:“石头做花盆?你当我脑子有毛病吧?”

喜子说罢，气冲冲地走了。她下午没课，往街上方向去了。孙离回到学校，去了教研室，随意说道:“喜子身体不舒服，下午看医生去了。”

教研组长曾国平分明听见了，却没有答话。孙离瞟了一眼曾国平，转身上课去了。曾国平是学校的王牌教师，校长都对他另眼相待。曾国平有天说:“我们学校有个传统，当校长的都是语文老师。”听见这话的都明白，好像他今后就是校长。孙离要是下午没课，也不会专门跑去教研室。只因喜子平日是规矩坐班的人，又觉得自己惹她生气了，他才替她说说。

孙离上完课回到家里，喜子已躺在床上了。她没有抱着书看，肯定仍在生气。孙离说："你听我说，我真的是在河滩上找花盆。"

喜子坐了起来，说："你去广播里喊几声，说你到河滩上找花盆去了，找石头做花盆，看谁相信！"

孙离说："我还在河滩上给你找过镇纸呢！"

喜子望着孙离半天，样子见了鬼似的奇怪，说："你随便捡块石头都可以当镇纸，可是石头可以当花盆吗？我有神经，还是你有神经？"

孙离坐在床边干生气，话不知从哪里说起。

四

喜子月事该来的时候没来，怕是自己有了。孙离领她去了医院。医生看了化验单，告诉她："你有喜了！"喜子"啊"了一声，脸都吓白了，半天没说话。

她低头匆匆走出医院，孙离追在后面说："既然怀上了，就生下来。"

喜子说："我还没想好做妈妈。"

孙离说："迟早要做的。"

喜子没好气，说："又不要你做妈妈，你当然说得轻松！"

喜子出了医院不再低头，两眼亮亮地望着前方，却什么都没看见。遇着好些熟人打招呼，喜子都懵然不觉。孙离很不好意思，不时朝人家赔笑。事后喜子回忆说，那天从医院里出来，她两眼一片模糊，迎面而来的男女，都像吹得胀胀的气球人，贴着地面在飘。

喜子不想生孩子，孙离偏说要生下来。喜子怀疑孙离虚情假意，他也许根本就没想过怎么做爸爸。生孩子是天大的事，两人得细细商量。孩子是不小心怀上的，孙离就那么高兴，喜子怀疑他那笑脸都是做出来的。她说什么也不想生，想马上回医院，把孩子打掉。

孙离说："反正没有我孙离签字，流产手术是做不成的!"

喜子双手被孙离紧紧捉着，生生地痛。她被男人拉着往学校走，泪水禁不住地流。遇着熟人，孙离很尴尬，他就不停地笑。别人见了，都以为喜子受了委屈，正在撒娇。

怀上孩子的头两个月，喜子每天夜里都在同孙离争吵。她越是说要把孩子流下来，孙离越是说要生下来。两人争来争去，头都争晕了，有时会忘记争的是什么，反正拧着对方就是赢家。就像战争，一旦打起来了，就会依照战争规律去运行。战略战术千变万化，克敌制胜是最高原则。

有天后半夜，喜子突然扑进孙离的怀里，嘤嘤哭了起来，说："我们真想要这孩子吗?"

孙离说："是的，我们要把孩子生下来。"

喜子拱在孙离怀里使劲点头，说："好，我们生吧。"

孙离忍不住长叹一声，身子疲软下来。喜子抬起头来，问："我说把孩子生下来，你又叹什么气呢？未必你说想生孩子是假的?"

"我这不是叹气，我千斤石头落了地!"孙离其实也不知道自己到底是叹息，还是舒了一口气。

第二天，两口子一起去街上买菜，喜子说自己得补身子了。她看见了土豆，忙拍拍男人。孙离蹲下去，专捡溜圆的小个儿，望着喜子笑，道："这才是土豆!"喜子说："烧牛肉要土豆，清炒还是马铃薯切丝好吃，土豆不行。"孙离闷在肚子里笑，想着喜子的傻气，心里居然很舒服。卖菜的老农并没有在意他俩说什么，不然会以为碰着两个癫子。

喜子每天挽着孙离的手上街买菜，孙离尽挑她喜欢吃的买。

她的胃口越来越糟，只有土豆烧牛肉吃不厌。孙离就隔三岔五做这道菜，他说孩子生下来，肯定满身土豆和牛肉味儿。

买菜回来遇着熟人，他们总喜欢翻翻孙离手里的篮子：“呀！尽是给喜子吃的啊！孙老师真是个好丈夫！”

喜子也愿意听这样的话。有时她身上不太自在，孙离就去替她的课。学校不许教师间私自换课替课，可孙离替自己老婆上课，也没谁说什么闲话。年长的女老师竟然大为感慨：“做男人就该这样！不知道疼老婆的男人，不是好男人！”

喜子每餐都想多吃些，又总是忧心忡忡的，说：“我是不是补晚了？要是孩子生下来营养不良，可是我的罪过啊！”

喜子走路的样子一天天变化，慢慢地就很夸张地走起八字步了。问候的人更加多了起来：“快生了吧？”

年长妇人见事多，望望她的气色，又望望她的肚子，说：“是个儿子！”

怀上孩子三个多月，喜子就像一个病人。恶心厌油，不想吃东西，脸色苍白，气喘吁吁。人不舒服，脾气就不好。她脾气来了，又总是嚷着不要这孩子算了。她这时候也只是嘴上说说，心里早把自己当妈妈了。

她每次烦躁过后，又很后悔，怕自己的心思孩子都知道。过来人都嘱咐喜子如何如何胎教，有说要给孩子听音乐的，有说要背古诗给孩子听的。喜子也有些神神道道了，问孙离：“我老说不要孩子了，会不会对孩子不好呢？”

冬天，喜子生了个儿子。那个冬天冷得要命，寒风把树上的叶子都快吹光了。南方的冬天没有暖气，手碰着铁架病床，好像发烫。铁冷过头了感觉就像烫，碰着会揭掉皮肉。

医院的规矩是母婴分离，新生婴儿由护士集中照顾。孩子不在身边，喜子嚷着要看书。医生嘱咐她安心躺着，产妇需要静养，小心别感冒了。

喜子不听，非得看书不可。孙离只得跑到书店买了些新书，码在她的床头。她的阅读极快，家里常常是没书可看的。那几年，两人的工资除了吃饭穿衣，就是买书。

护士给喜子量体温，扯着闲话："你说天上没有玉皇大帝，没有送子观音，我硬是不相信！你看这生孩子，男孩女孩一窝一窝地来。要么这几天全生的是男孩，要么这几天全生的是女孩。不是老天先排好的吗？你儿子生的这几天，生了七八个女孩，男孩只有两个，还有一个在隔壁！你儿子长大了，肯定是个贾宝玉。"

孩子外婆说："孙离，你去看看隔壁孩子。老人家讲，同年同月同日生的人，命都相同呢。"

孙离不相信，敷衍着答应了，没有过去看。孙离妈妈也相信这事。他自己出生那天，村里还生了一个男孩。果然，他俩后来都考上了大学。孙离只当这是巧合，他不相信什么命运。

喜子不爱扯闲谈，听着这话只是笑笑。护士嘱咐："真的，你要小心感冒。"

护士的话就像魔咒，喜子产后三天，果然感冒了。母子不能见面，每天的喂奶时间取消。喜子打着吊针，想着儿子就流泪，说："儿子的模样我都还没记清楚！等我病好了，谁把儿子换了我都不知道！"

孙离想起听人说过的一个故事。有对夫妇生了个儿子，出院时高高兴兴抱回了家。没想到给儿子洗澡时，小雀雀突然掉了。孩子的妈妈吓得尖叫，眼皮一翻就昏死过去。婆婆捡起澡盆里的小雀雀，原来是橡皮泥捏的。孩子被人掉了包，抱回家的是个女孩。

孙离讲了这个故事，原想逗喜子开心。不想喜子更像中了邪，非得叫孙离每天多看几次儿子，每次都要摸摸儿子的小雀雀。

孙离每次看了儿子回来，都会逗喜子，说："放心，儿子的小雀雀还在呢！"

头三天，喜子的奶水还没有来。这会儿来了，却不能喂孩子了。奶水胀起来痛得要命，喜子说比生孩子还要难受。

岳母娘望着孙离说："你得吸，要不奶水会退回去的！"

孙离脸上直发烧，不敢看人。男人都吮过妻子的奶，只是不好当人的面。喜子的乳房很丰满，他喜欢把脸贴上去，闭上眼睛瞎想。她的心跳不紧不慢，匀和的呼吸微微扫在他的脸上。天地安静极了，太阳在慢慢融化，变作浓稠的牛奶，流满大地。

房间里有四个产妇，加上各家陪人，总有八九双眼睛。戴着口罩的小护士进来了，冷冷地瞟他一眼，目光不太友善。小姑娘一定还没做上母亲，她也许见多了女人生产的痛苦，莫名其妙痛恨男人。

一位中年女医生，替喜子把把脉搏，有口无心地问了几句，干脆望着孙离大声骂道："都是你做的好事！"

她的话虽是玩笑，可她的责备听着却像真的。孙离想打破尴尬，笑道："干脆你们当医生的费费心，发明一门新技术，孩子放在泡菜坛子里腌出来，夫妇俩只管娱乐。"

岳母娘没声没响出去了，孙离后悔自己说话太轻浮。喜子皱着眉头，眼睛里有话要说。他领会了妻子的意思，她想让他吸奶水。孙离这才猜到，岳母并不是生气，怕他不好意思，故意躲出去的。

孙离红着脸，俯下身子去吸奶。耳边传来哄笑声，他知道三个产妇，还有她们的男人都在笑。昨天有个男人吸他老婆的奶水，孙离也笑了。孙离衔着喜子的奶头，她本能地开始抚摸他的头发。他留着平头，喜子说喜欢他的短发，摸上去像是骏马的鬃毛，硬硬的很有雄性滋味。

孙离顾不上感觉喜子的温存，胸口跳得像打鼓。当着这么多人吸奶，毕竟有些难堪。他用力一吸，奶水猛地堵满了喉咙。他顿时脑袋发涨，眼睛发花。他连忙破门而出，往厕所里跑。刚到厕所门口，哇地呕吐了。又腥又甜的奶水味，他怎么也受不了。他伏在厕所水池边吐个不停，又捧着冰冷的自来水反复漱口。

孙离回到病室，听岳母在骂喜子："他不肯吸，你就挤在碗里，怎么可以挤在地上？要遭报应的！"

床前地上湿了一大片，浑浊的奶水慢慢漾开去。喜子头朝里躺着，看样子是在哭。岳母继续骂着，听上去是在骂喜子，实则是指桑骂槐。乡下把这个招式叫做：打门枋，惊柱头。

孙离后来知道，依照乡俗，女人的奶水万万不能挤在地上，不然孩子就会傻掉。屋里没有人说话，别的产妇和她们的男人都只作没听见。

孙离不声不响出了产房，去婴儿室看儿子。孙离没有摸儿子的小雀雀，只是轻轻碰碰他的脸蛋。医生都说他的儿子很像爸爸，可他看不出儿子哪个地方像自己。儿子还只是一个粉红色的肉球球，眼睛成天闭着，看不出任何轮廓。

护士过来说："你不用老跑来看，儿子丢不了的！你要好好照顾病人，叫她早点康复。你来回跑多了，小心交叉传染！"

孙离没有马上过去照看喜子，躲到楼梯间的窗口边吸烟。突然发觉天空发黄，一定是要下雪了。天黄有雪，人黄有病。这几日风大，天空阴沉沉的。这会儿，天色反而亮了起来，黄色的天光有些刺眼睛。

孙离吸着烟，朝天空望了片刻，头便开始发晕。天空的黄色像在不停地弥散，望久了眼花。他刚把目光从天空中收回，听得"哐"的一声响，对面楼房的窗口飞出一个模糊的黑影。他还没明白是怎么回事，那窗口立马趴着一个女人，披头散发，望着楼下尖叫。那女人尖叫几声，人就矮到窗户里面去了。

孙离脑袋空空的，知道刚才有人跳楼了。那女人准是晕过去了。医院同那栋房子隔着围墙，看不见对面楼下的地面。跳楼的是男是女也不清楚。楼有四五层高，人跳下去肯定没命了。

孙离回到喜子身边，岳母回家去了。孙离说："我这只是本能的反应，你不要想多了。"

喜子不回头，弓着的背露在被子外头。孙离替她扯扯被子，她反而故意把被子蹬开。他知道喜子的脾气，总喜欢把小事放大了看。刚在一起时两人睡觉，必须合面抱着。他背过身去，喜子最初说他是犯错，后来说成是背叛。孙离睡眠不好，夜里总是辗转反侧，他就总是背上背叛的罪名。

他明白喜子为什么哭泣，他说吸了她的奶水想吐，只是本能反应，她不会相信的。她会像计较睡觉的姿势，疑心他打心眼里厌恶她。

孙离通宵守在喜子床前，寸步不离。吊针没完没了，得有人时刻看着。他没有同喜子说有人跳楼，反正同她也搭不上话。半夜里他去楼梯间透气，见路灯下的雪花纷纷飘扬，闪闪发亮。定眼看看夜空，正是漫天飞雪。

五

学校同医院只隔着围墙，喜子产后出院是走着回去的。要不是有那道围墙，几分钟就到家了。包婴儿的那种小棉被，老家叫它包裙。外婆把小宝宝放进包裙里，捆得像个粽子，塞进孙离怀里。刚才外婆捆小宝宝的时候，孙离不停地望喜子。喜子知道男人的心思，他担心儿子会憋死。她明知没事的，却懒得说话。

路上风很大，孙离紧紧抱着儿子。喜子让娘搀扶着，慢慢地走在后面。融雪天气，比下雪时更冷。上午就说可以出院的，办手续拖到了下午。孙离平时说话好好的，可只要吵架就结巴。他只好忍着不发脾气，脸却是铁青的。

孙离心里有火，走路步子就快。岳母在后面喊："慢点儿，她还是病人！"

孙离便停下来，回头等她娘儿俩。心想，产妇怎么可以称作病人呢？生孩子又不是生病！又想医院把产房都喊作病房，就想这世上很多事是认真不得的。

喜子低头慢慢走，懒得看他。孙离站着不动，感觉风更大了。他怕冻着了儿子，拿身子挡着风。

家里比医院更冷，喜子冻得牙齿梆梆响。孙离连忙把儿子交给喜子，取来火盆生火。儿子到了喜子怀里，立马就哭了。小东西哭起来呜哇呜哇，听着让人心里发毛。

娘说："肯定是饿了，喂喂试试，看有没有。"

喜子很不情愿，掏出奶子说："不会有的。"

儿子吮了几口，没有奶水，哭得更凶了。炭火一时燃不起来，满屋青烟。儿子熏着了，哭声更为暴躁。

喜子没好气："把火盆端到走廊上去！"

孙离端着火盆出门，浓烟熏得他泪水直流。他真想把火盆摔掉！这么想着，他的双手就开始发抖。他忙放下火盆，站起来揉眼睛。他怕自己真的把火盆砸在地上。

他心头的火气是慢慢积蓄起来的。自从喜子病了，岳母就骂个不停。喜子没处发火，他就成了出气筒。她的病好了，儿子却没有奶吃了。儿子没有奶吃，好像都是他的过错。

走廊里风大，青烟渐渐散去，炭火慢慢红了起来。孙离端着火盆进屋，儿子已经不哭了。儿子哭累了，又睡着了。

喜子闭着眼睛歪在床头，娘就说："你要睡就干脆脱了衣服睡，要不又会着凉的！"

喜子不听，只把身子往被子里缩了缩。娘瞪着眼睛生气，没有再嚷出声来。儿子却突然哭了起来，娘慌忙去看，说："是不是你压着他了！"

喜子没好气地说："我离他还有一尺远，哪里压着他了！"

孙离拿奶瓶冲了牛奶，使劲地摇晃。

岳母说："你把牛奶给我。"

岳母接过奶瓶，往手背上小心地滴了几滴，说："要记得，刚泡好的牛奶要试冷热，滴在手背上，微微有些温，才能拿去喂。"

喜子问："为什么要滴在手背上呢?"

娘说："这还要问?手心皮老些，手背皮嫩些。大人感到是滚热的，宝宝就不能喝。大人觉得手背只有一点点温，就刚刚好。奶水冷热同娘的体温差不多。"

儿子不停地哭，喜子听着像几只野猫在她心里抓。娘试试牛奶行了，递给喜子。奶嘴儿塞进儿子嘴里，哭声马上就停了。

娘笑了起来，说："饭是肚子痛的药，老辈人讲的没错一点。"

喜子说："宝宝又还没有吃饭。"

娘说："奶不就是小宝宝的饭?"

喜子说："饭是饭，奶是奶，你讲的话根本就不通!"

喜子故意胡搅蛮缠，她是在发怨气。

儿子突然又哭了起来，娘跑去床头看看，说："你把宝宝鼻子堵住了，奶瓶子要斜着。"

喜子说："手抬着抬着就酸了。"

孙离说："我来吧。"

喜子把奶瓶递给孙离，自己爬到床的另一头。孙离钻进被子里去做奶妈，儿子躺在他怀里，吸着牛奶，很快就睡着了。

儿子睡着了，娘开始不停地说话："我自己生过这么多孩子，也见过很多别人家的孩子，从来没见哪个孩子哭起来像他，听着心里硬是慌!就像他全身有针刺!又没有奶吃，会很磨人的。"

喜子把眼睛闭上，她听不得儿子没奶吃的话。孙离也怕说到这事儿，好像真是他的过失。

娘望着喜子说："月子里最怕着凉，你要坐就好好儿坐，要睡就好好儿睡，不要穿着衣服躺在被窝里。"

喜子缩在床头，一动不动。儿子躺在孙离怀里，听不到半点气息。他知道自己的担心有些傻，却仍不时伏下去听听儿子的鼻息。

娘眼睛望在别处，说的意思谁都懂得："你呢？月子里不要跟她睡在一起！"

孙离脸上发烧，不知如何应答。

喜子却说："我一个人晚上怕。"

娘又说："你们自己要晓得事！"

娘留下照顾月婆子。喜子也乐意娘留在这里，她在孩子奶奶面前没这么自在。母女俩吵了就吵了，婆媳间是吵不得的。她们母女俩吵架，孙离就做聋子，只管哄儿子玩。喜子在她娘眼里，处处都有不是。

喜子抱着儿子摇来摇去，娘就说："你不要摇，摇惯了宝宝不好带，你不摇他就哭！"

儿子睡着了，喜子仍是抱着，娘又说："睡着了就放在床上，抱惯了他不肯睡床的。"

喜子把儿子往床上轻轻地放，娘又说道："放宝宝要随手放，不要轻手轻脚的，不然孩子容易醒，你一放在床上他就哭了。"

喜子终于没好气了，像摔枕头似的，把儿子往床上一扔，说："你来！"

儿子"哇"地哭了，使劲地蹬着双脚。外婆忙抱了小外孙，回头说喜子："你脾气越来越坏了！"

喜子瞪了瞪孙离，好像他又做错了什么。他知道喜子脾气坏，都是因为儿子没奶吃。他想起母鸡孵蛋时就会啄人，喂奶的母狗会更凶，忍不住笑了起来。

喜子鼓起眼睛望着他："你看笑话吧？"

孙离想着母鸡和母狗，胸口本是柔软的，但母狗有些贬义，他不敢说出来。

儿子只要到喜子怀里，就哇哇地哭。喜子心想儿子不亲她，就因没吃过她的奶。她闷头闷脑想了些日子，干脆怀疑小东西不是她的儿子。医院里抱错孩子，这事也是有的。儿子不是她自己抱出来的，儿子是孙离从婴儿室抱回来的。

喜子只要提起这话，孙离总是说："儿子在二十四床，我去抱儿子的时候，婴儿室还没有谁抱走孩子，怎么会弄错呢？每次护士给儿子洗澡，我都在旁边守着递衣服，怎么会弄错呢？办完了手续，我自己从二十四床抱起儿子，又不是从护士手里接过来的，怎么会弄错呢？"

夜里，外婆睡对面房间。老人家每天去睡觉，好像都不放心，要在这边屋里挨上半天。喜子老催娘早点去睡，说她已困得发慌。娘去睡了，喜子却靠在床头看书，好久才抱着书睡去。她睡去的时候，孙离通常仍是醒着的。儿子在孙离怀里躺着，他把手抽出来，望着天花板出神。

房子很老了，天花板满是裂纹，灰黄难分，很像干涸的泥沙滩。不时听得老鼠在走廊里吱吱打斗。走廊里放着十几户人家的锅碗瓢盆，一到夜里就是老鼠的天堂。

他想如果能够做个隔断，老鼠的叫声或许就会小些，他夜里也不必躺在喜子身边生气。他可以一个人在走廊改成的客厅里坐坐，或者抱一床被子睡在外头算了。

陈意志找了个女朋友，皮鞋厂的女工，名叫宋小花。小花就像她的名字，漂漂亮亮的。孙离只要听她说话，心里就很是惋惜。一个这么漂亮的女人，说话声音那么大，又常用错了字词。

小花有回看见孙离在阳台上做饭，大声说："这地方好啊！自己拿板子隔起来，就是一间厨房！再把走廊隔起来，客厅都有了！蓬荜光辉啊！"

孙离忙说："隔起来不好，人家会有意见的！"

小花说："怕什么呢？谁让他们房子没分到最顶头？孙老师就是太舍己救人了。你们不敢隔，我让陈意志来隔，我们两家合用！"

看来陈意志已经后悔同孙离换房子了，他肯定把这事同小花说了。孙离就像做了亏心事似的，见了人家就不好意思。

孙离还没有发表一个字的小说，却比任何时候都觉得自己是个作家。他读别人的小说，突然就会焦躁起来：不如写小说去！他总想自己写出来的东西，肯定会比手头这本书好！

他永远不能像喜子那样沉得下心去看书，总是让一种莫名的焦虑煎熬着。可自从喜子坐了月子，他一个字也没有写了。每天晚上都是喜子歪在床头看书，孙离给儿子喂牛奶、换尿布。她抱着书睡去，他抱着儿子和奶瓶醒着。

孙离说喜子："你是世界上最轻松的妈妈，奶都不用喂。"

孙离本是玩笑，喜子却很生气："你以为我愿意？"

孩子快满月的时候，喜子催孙离去给儿子上户口。

"到底起什么名字好呢？"孙离问。

喜子说："你不想了几十个名字了吗？"

孙离说："我想，还是叫孙亦赤。赤，就是朱嘛。"

拿了户口本回来，孙离突然说："喜子，完了完了，我们儿子长大了注定要犯重婚罪！"

喜子听着脸都青了，说："孙离哪有你这么开玩笑的？你这张臭嘴巴！"

孙离笑笑，说："不信你看！"

喜子拿过户口本看看，只见上面填着：

孙　离　婚姻状况　已

朱梅芳　婚姻状况　已

孙亦赤　婚姻状况　已

喜子生气了，说："他们顺手写惯了，太不负责！你当时怎么也不看看呢？你明天拿去改改。”

孙离说：“真要去改呀？算了算了，懒得麻烦。”

亦赤只喝了四个月牛奶，就开始吃大米糊。外婆脑子里装着很多谚语，那是她全部的生活哲学。她说：“自古都说，人是铁，饭是钢！”

人必须吃饭，而外婆脑子里的饭，仅仅是大米饭。饺子、面条之类不算饭，外婆称之为麦食。麦食比零食稍好些，零食吃多了没半点好处。喜子吃零食，她就会骂人：“吃这么多零食，等会儿饭又不吃！”吃不下饭，天大的事。外婆讲的零食，就是各种糖果。

外婆家有一副老石磨，亦赤吃的米粉都是外婆自己磨的。她隔上几天就要回家半天，傍晚拿回一罐子米粉。商店里也有各种品牌的米粉，外婆不相信那些东西。

外婆做米粉糊，喜子就望着孙离：“你要学学。”

外婆先把水煮开，再一边搅拌，一边撒进米粉，再放鸡蛋、蔬菜末和少少的盐。米粉糊最初需做得很稀，孩子大些再做稠些。孙离很快就学会了做米粉糊。鸡蛋总得放一个整的，留下一半会坏掉。米粉也就不能放得太少，不然鸡蛋和米粉比例不合适。米糊每次一做就是一大碗。儿子吃不完，娘就逼着喜子吃。因为口味太淡，十分难吃。

娘说：“你要学着吃，营养很好！”

喜子背着她娘，把米粉糊塞给孙离。孙离闭着眼睛囫囵着吞，大米糊实在是寡淡无味，他马上喝一大口茶水压住。

磨米粉很麻烦，动作快不得，须慢慢地磨。有回在岳母家，孙离自己磨米粉，性急起来，忍不住就快了，磨出来的全是碎米粒儿。岳母忙跑过来说：“俗话说，碓要快，磨要慢。”

外婆把碎米粒儿倒回去，重新磨一回。喜子见磨米粉这么麻烦，就说：“妈，你要是不相信商店里的婴儿米粉，买面粉也行。”

娘说：“面粉哪有米饭好？世上最好的东西就是大米！人是铁，饭是钢！”

喜子说：“麦子比大米营养好，北方人个子高大，不就是吃麦子吃的吗？”

娘几乎有些生气，说：“北方人都比南方人傻，那都是吃麦子吃的！”

喜子又犯倔脾气了，故意拧着娘说：“北方人哪里傻呢？自古都是吃麦子的管吃大米的，历史上哪个皇帝不是吃麦子的？”

老人家逼急了，气呼呼地说：“皇帝怎么啦？皇帝最后还不是输给了吃大米的？孙中山是吃大米的，毛主席也是吃大米的！还有……”

外婆最后一句话咽回去了。喜子见娘不说了，觉得自己占了上风，得意地望望孙离。她过会儿又悄悄问孙离：“娘还想说什么你知道？”

孙离说：“我知道，她想讲蒋介石也是吃大米的，怕这句话是反动话，就不说了。”

喜子笑笑：“哼，都什么年代了！”

孙离却说喜子：“你同娘争什么呢？你一肚子的书，娘字都认不得。”

喜子在娘面前喜欢争，无非是要女儿的脾气。她知道自己争的都是些傻话，可就是忍不住要争。

亦赤居然让大米糊养得非常结实，别人见了就问：“给他吃的什么蛤蟆老鼠？养得这么壮！”

老辈人说的蛤蟆老鼠，就是山珍海味的意思。外婆听了，她就会说：“哪给他什么好吃的，我把外孙当猪喂呢！”

外婆这话半是谦虚，半是自豪。越是把小孩说得贱，越是好养。亦赤好像懂得大人的意思，遇人夸奖，他就使劲儿蹦跳，小脚儿蹬得大人肚皮青痛。喜子要是正抱着儿子，就一边喊着哎哟，一边欢欢地笑。

可是回到家里，喜子便会有脾气。儿子不太要她抱，不是往他爸爸怀里钻，就是缠着外婆吵。

喜子很是不平，说："小没良心的东西，外婆哪有我带得多？我连外婆都不如！"

外婆听不出喜子真的生气，反而笑得很开心。孙离就悄悄儿对喜子讲："你别这样对儿子说话，别看他话都不会讲，你的话他都懂的！你越是这么讲，他越不亲你！"

喜子脾气更火，说："不亲就不亲，我乐得轻松！"

有天夜里，儿子不肯睡觉，在床上滚来滚去，嘴里咿咿呀呀，突然喊道："爸爸。"

孙离吃惊地望着儿子，老半天才回过神来，高兴地抱着儿子亲个不停。喜子却哭了起来，说："人家孩子都是先叫妈妈！我怀疑硬是弄错了，他肯定不是我的儿子！"

孙离劝道："你别发神经了，怎么会弄错呢？你在生病，我是天天看着儿子的。出院那天是我自己从床上抱的儿子，护士都没有过手！"

亦赤格外好动，孙离带着他时常满身是汗。电视剧《西游记》正播得红火，儿子就有了个外号孙行者。有天孙离抱了儿子去教研室，亦赤爬上办公桌，打翻了几瓶墨水。曾国平虽然严肃，但在小孩面前还是不好意思作脸色。他边收拾桌子，边笑着骂人："这个孙行者，这个孙行者！"

亦赤走路还不太稳，仍然不会喊妈妈。喜子说："叫他孙行者也对，他是从石头缝里蹦出来的！哪有这么不亲娘的孩子！"

六

曾国平上示范课，讲的是郭沫若《天上的街市》。曾国平读到“不信，请看那朵流星”，突然停下来说：“同学们，诗人把量词用错了，应该用‘那颗’，而不是‘那朵’。郭沫若是名家大家，我们为尊者讳，不去评论。同学们记住就行了，自己以后不要这么用。”

喜子回家对孙离说：“王牌老师！他还牛得不行！一点文学感觉都没有！”

孙离没有去听示范课，他听喜子讲了原委，便学了曾国平的腔调，说：“朱老师你记住就行了，不要出去议论！”

喜子说：“我才不会去议论呢！奇怪的是那么多老师听课，居然没有谁指出他的错误！大家评课，尽说漂亮话！我可怜班上那些学生，十三四岁的孩子，文学感觉就让这些平庸的老师一点点消磨掉了。”

孙离说：“你怎么知道别的老师就没有听出错误？也许别人都把话放在肚子里呢？你不照样没有说吗？”

喜子道：“我不相信他们听出什么毛病了，我看他们表情正常得很呢！依曾国平的说法，‘飞流直下三千尺’，‘白发三千丈’都要改，‘尺’和‘丈’还是非法定计量单位呢！”

那年，亦赤上幼儿园了，喜子决意考研究生。刘校长坚决不同意，说：“一中不是公共厕所，想进就进想出就出！”

喜子说话也很呛人：“一中也不是监狱，教师更不是罪犯！无期徒刑还可以减刑呢！”

刘校长气得嘴皮发紫。他当了二十多年的校长，从来没谁敢这么同他说话。刘校长拍了桌子：“朱老师我告诉你，只要我当校长，你就休想考研究生！”

喜子不依不饶，说：“我也告诉你，考研究生既不违纪更不犯法，你硬要拦着我就告你！”

刘校长听着觉得好笑，问：“告？你去告呀？告我的人多着呢，不少你一个！我倒是想知道，你告我什么？”

喜子到底有些书生气，说：“我告你侵犯人权！”

刘校长脸红脖子粗了，说：“人权？什么人权，典型的美国佬腔调！”

喜子语塞无话，只道：“我……我反正要告你！”

刘校长不再理她，埋头翻弄抽屉。喜子却不走，瞪着刘校长。她知道刘校长翻弄抽屉，其实是在整理情绪。

这时，刘校长抬起头来说：“你告我侵犯人权，不如告我抢劫！”

喜子把“抢劫”听成了“强奸”，一下子满脸通红，高声骂道：“老流氓！”

要不是有人劝解，说不定会出大事。孙离听得有人报信，忙跑去校长办公室。喜子已被同事拉着出来了，听得刘校长在里头叫骂：“简直无法无天了！校有校规，国有国法！”

刘校长气得生病了，住进了医院。他放出话来：“她想考研究生？想考行啊，我就让她考去！要是考不上，就请她自己调走！”

喜子咽不下这口恶气，发誓一定要考上研究生。亦赤上幼儿园，都是孙离和外婆早送晚接。亦赤每天回家，进门就问：“爸爸呢？”

喜子自己小时候进门总是问妈妈在不在家，她几兄妹都是这个习惯，别家孩子也是这样。喜子见儿子总是问爸爸在不在，起初心里酸酸的，慢慢就不在乎了，她一门心思攻书。

喜子最大的功夫花在英语上头，专业上花的时间反而不多。她考的研究方向是中国现当代文学，她这方面的基础很扎实。

亦赤回家就爬上爬下，屋里不时听到哐当声，不是打落了洋铁盆子，就是打破了碗碟。喜子实在忍无可忍了，抓过儿子打几板屁股。亦赤嘴巴张得老大，哭声半天才迸发而出。亦赤哭起来简直天崩地裂，叫人听着寒毛发直。孙离便抱着儿子，飞快地下楼去。儿子哭起来没完没了，孙离一边许诺给他买糖吃，一边答应他：“不要妈妈了，我们不要妈妈了。”

喜子考完了研究生，就天天盼着录取通知。她分明知道消息不会这么快，却天天往学校传达室跑。那些日子喜子很少说话，全部心思都用来等待。她从来没有失眠过，却突然晚上睡不着了。

孙离劝她：“不要着急，时候还早着呢！”

喜子都不答话，只是忍不住叹息。有天睡觉时孙离问她：“你没有信心？”

她闭着眼睛假睡，没有答话。孙离开玩笑说：“我每到这种时候，都是这么安慰自己的，我想自己不是世上最蠢的人，资质至少在中人以上，如果有一半人可以成功，我必成功！”

喜子这回说话了，道：“你真是傻！你以为研究生录取率百分之五十？”

有天孙离下课回来，见岳母领着儿子在楼下玩。外婆目光有些奇怪，望着孙离想说不说的样子。

孙离不好问外婆，只逗儿子：“亦赤，跟爸爸上去？”

亦赤说：“我不上去，妈妈在哭，我怕！”

孙离心里一惊，猜想喜子肯定名落孙山了，顾不上再说什么，忙上楼去。

孙离推门进去，果然见喜子趴在床上，肩膀不停地耸动。

孙离说：“不要哭，明年再考嘛！”

喜子只管自己哭，头埋进被窝里不理人。

孙离说：“今年就算练兵，明年再考就是了。”

喜子翻身坐了起来，双眼红肿瞪着孙离。

孙离说：“你不调走，他敢赶你？谁也没这个权力！”

喜子收住泪，一笑，说：“你等着看我的笑话吧？”

孙离说：“你这是从何说起？你是我的老婆呀？”

喜子把枕边的信封递给孙离，自己冷脸望着窗外。孙离打开信封，原来是她的研究生录取通知书！

孙离惊得目瞪口呆，问：“啊？你这是……录取了呀？”

喜子回过头来，说：“是的，录取了，你很失望吧？看你吃惊的样子！”

孙离半天说不出话，喘了几口粗气，说道：“喜子你这是怎么回事呀？我在楼下就听儿子说你在哭，以为你没录取，跑回来就安慰你。既然录取了，你哭什么呀？”

喜子没回答孙离的话，只道：“去年听了曾国平的公开课，我决定一定要离开一中。学校评职称，根本不看教学水平，只看谁的胡子长，还要看你在校长那里顺不顺眼。我们年纪轻轻，不知要熬到哪年哪月？这里是县城的最高学府，我们在这小地方没有退路，只好读研究生去。”

她也鼓动孙离考研究生，可孙离不肯，她也就放弃了。

过完暑假，喜子就去上海读书。孙离抱着亦赤送她上火车，她微笑着摸摸儿子的脸，说：“宝宝，跟妈妈再见！”

亦赤挥挥手，说：“妈妈再见！”

喜子的笑容突然僵住了，一把抱过儿子，哭了起来。她把亦赤的头紧扣在自己肩膀上，泪眼汪汪地望着孙离说：“你看这儿子，妈妈去这么远的地方，他还欢天喜地的！”

开始检票了，孙离把亦赤抱过来，说：“儿子真哭起来，你又会烦的。我看儿子这个性格好，长大了省得许多痛苦。你放心去吧。”

七

亦赤都快四岁了，孙离仍没有栽上一盆兰花。他找不到一个满意的花钵。晚上总是失眠，睡不着就会想些事情。不是他喜欢胡思乱想，而是脑子闲不下来。脑子要是长个开关就好了，想让它停下来就按下按钮。

很多个夜晚，他都想到种兰花，却苦恼没有好花钵。有时脑子里会涌现很多古人咏兰的句子。“芝兰生于幽谷，不以无人而不芳。”“兰草已成行，山中意味长。”“峭壁一千尺，兰花在空碧。”“春兰如美人，不采羞自献。”“漫种秋兰四五茎，疏帘底事太关情。”名言雅句乱纷纷冒出来，有些句子也想不起是谁的了。

有天下午，他突然又想起西街那户养兰花的人家，忍不住骑单车跑去看。一抬头，他看见那阳台上又多了一盆兰花。新添的这盆兰花似乎不是栽在花钵里，而是倚石而生，石头是灰黑色的，很像一幅古画。

孙离细细看了老半天，不由得暗自叫绝。原来兰花并不生在石头里，而是栽在一截朽木桩里。那木桩风化得恰到好处，显出奇石似的纹理。

他本已看清了那是个木桩，仍觉得它像太湖边玲珑奇巧的瘦石，而那兰花却像从赵孟頫的画中移下来的。心想这是怎样一户人家，住着怎样雅致的人?

都说朽木不可雕，孙离知道有门绝活是专雕朽木的。他曾见过朽木雕品，别有一番高古趣味。那是上大学时，他喜欢逛古董店，偶然遇上的。他逛古董店，只为饱饱眼福。柜台里头的东西，样样都是天价。

他寻思着栽兰花，也想象过拿木桩做花钵，却没有上山找过。一中后面的山坡上是找不着朽木桩的，那里只有新栽的松树和杉树，都是通直通直的没有姿态。倒是临河有些柳树蔸生得古怪，又有现成的空洞，若锯下来栽兰花，那真是绝了。前些年他同喜子常去河边散步，见过那里的柳树蔸。他也只能如此想想，那杨柳漫卷清风若干年了，败了它们实在罪过。

他几年前去河滩找过天然石钵，却被喜子撞见了，说他是神经病。他说在河滩上找花盆栽兰花，喜子死也不会相信。那放鹅的老头也不信，只当他掉了宝贝东西。没准那老头儿天天会在河滩上转圈子，反正河里那群白鹅也不会漂到哪里去。

从那天起，孙离每次出门，哪怕绕道都要走西街小巷，只是想看看那盆兰花。他很希望看到有人出来给兰花浇水。那必是一位优雅的妇人，那妇人必是衣衫闲适，白白的手腕，松松的发髻。她并不朝楼下瞟一眼，只慢慢地浇完水，掩上门进屋去了。可是阳台上的那扇门，从来就不见打开过，那碎花门帘也总是闭着。

深夜里，孙离埋头写小说，突然想起那盆兰花，忍不住倒抽一口气。他会放下笔，走到窗口，怅然良久。晚上睡不着，他也会想象那个窗口。那窗后的妇人应在三十五岁到四十岁之间，成天散淡的样子。孙离今年二十九岁。他在三十多岁之前，意想中的美人总比自己大十来岁。

他有时忍不住会在稿纸上画几笔，瘦瘦的山石旁兰草挺生。画盆栽的兰草，花钵也要画出几分高古。

宿舍墙上爬墙虎的叶子渐渐泛黄，变红，枯萎。朔风吹过，败叶萧萧零落。爬墙虎褪尽叶子，满墙枯藤就像老农手背的筋脉。孙离下课回家，抬头望着筋脉纵横的墙壁出神。他突然感到惊心动魄，人就像中了邪。脑子里似乎还响起莫名的旋律，他的眼睛微微发润。

陈意志回来，抬头望了望墙，问孙离："孙老师，看见什么宝贝了呢？"

孙离嘿嘿一笑，含糊过去了。

喜子远在上海，他俩很少通信，只通过一次电话。喜子打电话得跑到邮电局去排队，孙离就得在校长办公室守候。学校只有一部电话，放在刘校长办公桌上。

孙离拿起电话筒，刘校长身子往椅背上一靠，双手枕在后脑勺上，眼睁睁地望着他。孙离不好说什么话，一直哼哼哈哈的，只在最后说了一句："儿子老吵着要妈妈。"

这是他编的假话，儿子成天蹦蹦跳跳，早把妈妈忘记了。喜子在那边说了什么，他也没听清楚。电话杂音刺耳，刘校长的眼神叫他额上冒汗。他只巴望快些挂了电话，脸上像爬满了蚂蚁似的不舒服。

通电话得事先写信约好时间。信一来一去半个月，孙离又不记事，有回约定的日子到了，他忘得一干二净。喜子写信回来，骂他没心没肺。两口子只通了这一次电话，再也不打电话了。

陈意志的儿子也已两岁多了。两年前，小花的肚子眼见着大了，两人匆忙结了婚。有位老师说，出一个谜语，未婚先孕，打一成语。大家都望着陈意志笑，说只有陈意志猜得出，人家是没有结婚，先出成果。原来，陈意志给儿子起名叫陈果。

陈意志憨笑着，说："你们只知道开我的玩笑！"

大家嘻嘻哈哈的，暗自都在琢磨，却没人猜出来。

孙离想了想，说："操之过急。"

出谜语的老师击掌大笑，说："孙老师太聪明了，你贡献了新的谜底，比我的谜底更有意思。"

大家就问那个谜底是什么？那位老师说了谜底：麻痹大意。

麻痹的方言谐着很粗野的词，一位女老师骂了起来，说："太黄了，简直流氓！"

孙离说："陈老师，陈果干脆改名，叫陈操之。"

陈意志仍是憨憨地笑，只道："别开我玩笑啊！"

孙离说："陈操之是个好名字，曹操不是英名千古吗？"

陈果便有了个外号，叫陈操之，也有叫他操操的。陈意志自己喊儿子果果。

果果还上不了幼儿园，小花的妹妹小英过来带他。小英瘦瘦的，脸上血色不好，看上去十三四岁。

孙离问陈意志："小英年纪小小的，怎么就不上学了呢？"

陈意志摇头笑笑，说："小英不肯上学了。"

小花在屋里都听见了，钻出门说："她还小？不小了！都十六岁了！不会读书，四年级都没上完，就不上学了！"

小花说话高声大气，孙离生怕小英听见。

小英带着果果，正在孙离家里玩。陈意志家白天没人，小英总爱带着陈果到孙离家来。陈意志是个规矩人，上班时不敢回家。孙离家总是有人的，他不在家，外婆也在家。亦赤从幼儿园回来，两个小朋友也有伴，只是经常打架。孙离下课就跑回家里爬格子，要么就是冥思苦想。果果有些闹，孙离也不烦，还喜欢逗逗他。

小英每回带着果果来，都是先站在门口，偏着脑袋往屋里望。望见孙离了，脸就红一下，喊："孙叔叔。"她是就着果果喊的。

果果站在小姨后面，伸着脑袋要进来。小英就拉着他，脸上很生气的样子。孙离就说："小英，你让果果进来玩啊。"

小英一放手，果果就像小弹珠似的弹了进来。小英的手就像拉长了的橡皮筋，飞快收了回去放在身后。小英的手没地方放似的，十个手指在身后绞着麻花。

有回果果玩小橡皮球，"砰"地砸在孙离头上。孙离佯作生气，吓唬说："果果你再闹，我杀了你小姨!"

他眼睛虎着果果，手比划着刀的样子，往小英身上刺过去。孙离手刚挨到小英身上，马上缩了回来。原来他碰着了小英的胸脯。孙离不好意思，又想小英人小懵懂，就没往心里去。

过了会儿，又听得"砰"的一响，橡皮球又砸着什么了。孙离回头看时，小英正站在他身后，脸红红的。小英骂着果果："你别吵了，孙叔叔又要杀小姨了!"

孙离回头做自己的事，心想小英未必懂得人事了?

小英在他家里玩，突然就会边跑边回头逗果果："嗬嗬，孙叔叔要杀小姨了呀!"孙离只当没听见，随她带着果果疯去。

有天亦赤回来，说："爸爸，今天老师教我们背乘法口诀。"

"你们就背乘法口诀了?"孙离听了吃惊，心想幼儿园也太性急了，"告诉爸爸，五五多少?"

亦赤歪着脑袋想了想，说："我不知道，老师只教到二二得四。"

小英带果果同亦赤玩，她望着孙离，嘴皮子微微抖着，脸涨得红红的。孙离不知道这姑娘又发什么痴了，也不理她，只忙自己的。

过了好久，突然听小英高声道："五五二十五!"

孙离回头看看，小英脸红得都冒了汗。

“小英真聪明！”孙离笑笑。

难怪刚才小英的嘴皮子不停地抖，原来她在默背乘法口诀。她可能要从一一得一背起，靠着一口气才能冲到五五二十五。幸好他没有考亦赤九九多少，不然小英的嘴皮还要抖老半天。小英难怪不肯上学了，她的脑子确实不太活。

果果喜欢在孙离家玩，亦赤却喜欢在舒刚勇家玩。亦赤每天从幼儿园回来，都要先跑到舒刚勇家里去。舒老师家买了电视机，他家只要有人，电视总是开着。孙离每天都要连哄带骂，才能把亦赤拉回来。

刘秋桂见人都是笑眯眯的，别人都叫她刘局长，孙离叫她刘姐。刘秋桂四十岁左右，一身警服很有些飒爽英姿。

舒刚勇只是学校的教导主任，刘秋桂做着公安局副局长，回家却照样干家务。同事们都开玩笑，说舒刚勇善治家政，不像孙老师在家那么窝囊。孙离就嘿嘿地笑，只道他喜欢做饭做菜带孩子，无关夫纲。

有人又说，最窝囊的是陈意志，不是孙离老师。孙老师煮饭做菜好丑也不挨骂，陈意志家务全包还天天挨骂。

陈意志就摇头说：“我那老婆，工人阶级嘛！”

孙离家同陈意志家只隔几间房，他没有哪天不听小花骂东骂西的。小花每天下班，进屋就是骂人。她骂小英十五六岁了，都做得娘了，饭还不会做，家里搞得不干净，果果没有带好。骂完妹妹就骂男人，胆子比麻雀小，硬要下班才敢回家，不知道早点回来做饭。陈意志只埋头做饭，从不理她。

孙离听着不好意思，像自己做错事似的。他要不是下班就往家里跑，小花也不会骂陈意志胆小。

有天孙离去舒刚勇家接亦赤，见刘秋桂穿着宽松的家居服，发髻松松地绾着。刘秋桂不穿警服，原来如此楚楚动人。舒刚勇坐在一旁看报，抬头望着孙离笑笑。他同舒刚勇打了招呼，望着刘秋桂说：“刘姐，不好意思，亦赤老是在你家调皮!”

刘秋桂笑吟吟的，说：“小家伙真是个孙悟空，很活泼，很可爱。你由他在这里玩，没事的。”

孙离望着刘秋桂的眼睛，他的脸就很不争气地发烧，只想快些带走儿子。亦赤看电视正看得高兴，使劲儿在沙发上蹦跳，跳得弹簧吱吱作响。沙发是舒刚勇自己做的，用的是弹簧、麻袋和旧棉絮。舒刚勇绷沙发的时候，孙离和陈意志都来帮过忙。

孙离一把扛了亦赤，提着他的小鞋，匆匆出门。刘秋桂追到门口说：“别急别急，穿了鞋也不迟。”

孙离扛着亦赤到了楼下，才放他下来穿鞋。那天夜里，孙离突然又想起西街那个阳台。他想那阳台里面种兰花的女人，应该正是刘秋桂这个模样。只是刘秋桂健康丰满，兰花阳台后面的女人也许有些纤弱。

孙离上舒老师家有些不太自然了，而亦赤非得他去才领得回来。有天孙离刚下楼要去接人，就看见刘秋桂抱着亦赤下楼来了。亦赤在刘秋桂怀里哇哇地哭。

刘秋桂好难为情，把亦赤递给孙离，说：“怪我没看好他，他在沙发上跳，摔下来了。”

孙离忙说没事的，手却让刘秋桂的衣襟缠住了。刘秋桂拉扯着自己的衣服，说：“亦赤这小东西，蛮可爱的。”

孙离无意间瞥见了刘秋桂的乳房，他忙把目光闪开了。晚上，孙离给喜子写信，想买一台电视机。他原想起码要熬到四十岁以后，才可能有一台电视机。学校里只有刘校长和舒刚勇家买了电视机。孙离当初买单车，同事们都眼红死了，那是一辆永久牌的。当时他才工作两年，不可能有钱买单车。永久牌单车凭票供应，没有门路有钱也弄不到手。正巧他有位同学在商业局，手头有一张永久牌单车票，自己却没有钱买。孙离要了那张票，买了那辆单车。

同事们经常看见孙离蹲在宿舍楼下，小心地擦单车，再扛着单车上楼去。他现在早懒得天天擦单车了，却仍要每天扛着单车上楼。越是好单车，越容易丢。有回他在舒刚勇家看电视，正播着北京公安夜里蹲点，暗拍了小偷盗单车，真是开了眼界。小偷拿万能钥匙开单车，几秒钟就打开了。他用自己的钥匙开单车，有时卡住了还半天开不了。

亦赤长到三岁，孙离在单车后座安了一个竹靠椅。每天清早，他驮着亦赤上幼儿园，再赶回学校上课。外婆下午去幼儿园接人，亦赤总是赖着不肯走路，嚷着："爸爸车车接接。"外婆就得花五分钱，买一个油糍粑。亦赤喜欢吃油糍粑，遇事拿油糍粑哄他总是见效的。

喜子三个星期都没有回信，孙离自作主张买了一台九英寸黑白电视机。电视机天线得自己动手做。孙离托人找了些高压电线，弯弯曲曲地绕了几道，绑在一根粗竹竿上，高高地耸在屋顶。调天线那天，同事们都来帮忙，屋里的人不停地调台，又有人不断地朝屋顶打喊。孙离自己蹲在屋顶，东南西北地调着天线方向。

天线装好了，孙离进屋调台。他身后站了许多人，几乎是趴在他背上。小英趴得最近，呼吸热热的。

孙离有些受不住了，笑道："你们快把我压扁了！"

大家都往后退退，只剩小英仍趴在他背上。

孙离又笑道："小英我背你不动！"

大家只把小英当小孩，都笑了起来。小英这才站起来，仍紧站在孙离身后。

忽然听得果果喊了起来："杀人，杀人！"

大人都觉得好玩，满屋的人都望着果果笑。

陈意志说："我也好奇怪，果果口齿都不清，天天喊杀人杀人！莫名其妙！"

老师们都不明白，孙离哪来这么多钱？他单车是买得最早的，年纪轻轻的又买了电视机。原来孙离家是万元户，同事们都不知道。他爸爸办了养猪场，还承包了上万亩山林。孙离其实没问爸爸要过钱，只是家里从不问他要钱。从乡下出来的读书人，只要不背上家里的包袱，手头就很宽裕了。

当教师清贫，难免有人发牢骚，说读破万卷书，不如去养猪。孙离听着同事的议论，心里暗自好笑。心想读书人真是酸不溜秋，叫你去养猪，未必就养得好。孙离很敬重爸爸，尽管他并不喜欢养猪。

弟弟孙却不肯读书，留在家里帮老爹养猪。孙却比他小十岁。村里人都说孙却比孙离聪明，就是太顽皮了。孙却十岁时，逃学七天不见踪影。他邀上一个同学出门流浪，沿路乞讨，编故事说家里起火，父母都烧死了。恰好邻村有户人家起火烧死了人，十乡八里的人都知道。

孙却邀去要饭的同学外号猴子，读五年级。七天后，孙却和猴子回到村里，样子就真像叫花子了。衣服本来就破旧，在外头滚了几日，油乎乎，臭烘烘。

孙却背着讨来的年糍粑和大米，挨到天黑才溜进家。爸爸听得响动，一把扑了过来。孙却滚倒在地，被爸爸拖到堂屋，拿绳子绑了，吊在楼梯上，打得鬼喊鬼叫。

孙却回到学校，就有了一个外号，叫花子。村里大人都说，叫花子当得将军，猴子比他还大，样样都听他的，要他去讨饭，他就去讨饭。

猴子的爸爸嫌儿子不中用，讲："下回要你杀人，你也去杀人？"

孙离和孙却的名字，并不是爸爸原先起的。孙离上高中那年，正好恢复高考。他嫌自己名字土气，又想离开乡村去做城里人，自己改了名字：孙离。

弟弟才上小学二年级，吵着也要跟着哥哥改名字。孙离说："你就叫孙去吧。离和去一个意思，都是要离开乡村，去吃国家粮。"孙离过后想想，去字不太好听，又把弟弟的去字改成却字。

老师拿起课本问："班上怎么有个孙离？"孙离举了手，老师笑笑，名字就这么改了。弟弟的名字，也这么改了。孙离和孙却的名字被人喊了半个学期，爸爸才知道两个儿子改名字了。爸爸也没说什么，只吼了三个字："鬼名堂！"

孙离爸爸读过几年书，又在苍市 508 厂工作过，比别的乡下人聪明，政策活了他就成了万元户。孙离小时候不知道 508 厂是怎么回事，却从小感受到它无形的荣耀。小学来了新公办老师，村里民办老师会专门说："孙离爸爸是从 508 厂下放的。"生人听了这话，好像就高看他家了。

孙离爸爸成了万元户，有次在县里大会上发言，脱开稿子讲了几句："当时我从 508 厂回来，你晓得的，政策上说好是暂时回乡支持农业生产，国家需要的时候再回到工厂去。我服从组织，听从安排，卷起铺盖就回来了。我扛着锄头等了几十年，你晓得的，国家没有再招我回去。搭帮现在政策好，我发家致富了。"

孙离家里夜夜高朋满座，老师们没事都来看电视。电视的效果很不好，经常雪花飘飘，沙沙地响。每逢这种时候，老师们就会说："电视台，电视台。"他们说的是电视台信号不好，并不是孙离家电视机出毛病了。

孙离也很够朋友，陪着大家看电视。很长一段时间，他晚上也没有写小说。外婆总是感慨几句现话："古人说的话，都会兑现的。古人说千里眼、顺风耳，不都兑现了吗？电话就是顺风耳，早就有了。如今又有了电视机，不是千里眼吗？”

不管什么电视节目，大家看得眼睛都不眨。孙离最讨厌电视里的商品信息，那些厂长、经理永远在打电话，要么双手叉腰站着，要么坐在办公桌前。亦赤把很多商品信息背得滚瓜烂熟，一天到晚嘴里喊着电话多少，电话多少。亦赤最喜欢背一个猪饲料的商品信息，好像他知道自己爷爷是个养猪专业户。

孙离家有了电视机，小英就时时守在他家。她每回进屋前，都先立在门口，偏起脑袋望着孙离，先不让果果进屋。果果就伸着脑袋往前钻，扯脱小英的手弹进屋里来。外婆出去买菜，小英就会说孙叔叔要杀人。孙离只装糊涂，瞪着眼睛说：“小英，别疯啊！不然真杀了你！”

有天小花又是咒骂，陈意志忍无可忍，回了几句嘴。这下可翻了天，小花把锅碗瓢盆摔得满地。同事们看不过去，都出门劝解。也都知道小花是惹不得的，只劝陈意志少说几句。小花却越是人多越上劲，拍手跳脚地骂得嗓子都哑了。小花骂得不耐烦了，扭屁股就回娘家去了。果果哭着喊妈妈，小花头都不回。

小英吓得在旁边哭，也不知道去抱果果。陈意志追上去抱了儿子，就像对不住大家似的，回头赔笑着说：“不好意思，不好意思。”

同事们宽慰几句，都散去了。陈意志收拾走廊，地上满是饭菜和碎瓷片儿。孙离说：“陈老师，就在我家吃点东西算了。”

陈意志说：“我不想吃，你们吃吧。”

外婆说：“陈老师你快吃点东西，去接小花回来。”

陈意志真没胃口，孙离也不勉强了。小英带着果果过来吃了饭。小英低头吃饭，没说一句话。果果也没有平日闹，饭吃得没声没响。

突然听得外头闹了起来，有人声音如雷，喊道：“老子打死你！”

孙离出门看时，见陈意志被人压在地上骑着，那人挥着老拳往下砸。

孙离忙上前劝解，忽听小花在旁喊道："孙老师，我自己家里的事，你不要插手！"

孙离不听，上去抱住那人。那人力气天大，两个膀子一撑，差点儿把孙离掀翻。

孙离大声喝道："小花，要打死人的！"

小花回道："不要你管，死人我兑命！"

几个男老师听得响动，也都跑出来了。大家一拥而上，七手八脚的，才把那人拉住了。

那人红着眼睛骂道："狗日的，你敢欺负我姐姐，老子打死你！"

陈意志从地上爬起来，说："老虎，哪个欺负你姐姐了？大家都是看着的，你姐姐天天欺负我！"

原来是小花的弟弟，外号叫做老虎。

小花免不了又是咒骂："臭知识分子！臭老九！知识越多越反动！宁要社会主义的草，不要资本主义的苗！"

小花骂的话，都是多年前的老皇历。如今骂臭知识分子的人仍是有的，那都是五十岁以上的中老年人。小花不到三十岁，竟然还是这般见识。

陈意志脸上满是尴尬，说："你别骂了好不好？在场的就我的知识最少，我是体育老师，四肢发达，头脑简单，我最不反动！"

小花知道自己骂了所有老师，噘着嘴巴进屋去了。老虎横着眼睛哼了几声，也走掉了。没人理他，有些无趣，便回头说："下次看你再敢！"

孙离听惯了小花咒骂，早见怪不怪。却没想到她如此刁泼，家里还有那么个蛮横弟弟。因又想到小英，一个头脑简单的姑娘，她要靠家里人照顾，只怕是靠不住的。

第二天，陈意志脸上青是青红是红，不好意思望人。他闪了孙离一眼，摇头笑道："我真是太天真了！原先总想，工人阶级感情朴实，找个工人做老婆，心里踏实些。"

孙离敷衍道："小花人还是好，就是脾气大些。"

陈意志说："你家朱老师，知书达理，修养那么好。快放寒假了，朱老师也要回来了吧？"

"应该快回来了。"孙离又说，"陈老师，你身上肌肉鼓鼓的，怎么只有挨打的份？"

陈意志摇摇头，说："他毕竟是小花的弟弟，我怎么动得了手？"

陈意志家安宁了几日，又回到平常的样子。小花进门仍是骂人，从小英骂到男人。陈意志再也不敢回嘴，小英带着果果躲在孙离家看电视。

快放寒假了，孙离更是清闲。他出了两套试卷，就没什么事了。他只有两堂监考，别的时间都守在家里。小英带着果果，天天守在他家看电视。外婆慢慢有些嫌小英，讲："电视都滚热的了，不会烧坏？"

孙离明白外婆的意思，就讲："妈妈你放心，电器放着不用才会坏。"

"你也变得像喜子了，尽对着我来。"外婆讲孙离，"不会烧坏，也要用电呀！"

孙离笑笑，说："妈妈，我讲的是科学。电器不用，电路就会受潮生锈。"

八

孙离出去买菜，刚走到校门口，忽听有人打招呼：“孙老师，出去呀?”

他抬头一看，原来是刘秋桂，正望着他笑，说：“正在构思吧？吓着你了。”

孙离红了脸，一时语塞。刘秋桂说：“我家老舒说，孙老师是个才子，作家。作家嘛，脑子是闲不住的。”

孙离就摇着头笑，说：“舒老师是在挖苦人，我一个字都没有发表，世上哪有这种作家!”

刘秋桂的警服很熨帖，胸脯显得格外丰满。孙离同刘秋桂客气几句，匆匆走掉了。他两耳发热，怕刘秋桂留意到他的眼神了。他肯定瞟了刘秋桂的胸脯，人家会怎么看他？她可是职业警察！世上男人是否都像他这样满肚子坏水？他很快就买好了菜，又在菜市场逛了好久，脑子里尽是乱七八糟的事。他又想到西街那个养兰花的阳台，总想象那碎花门帘里面有个漂亮女人，长得也像刘秋桂。

孙离回到家里，见外婆接亦赤去了，小英带着果果在他家看电视。他开始做饭，洗菜，切菜。他不敢同小英待在一起，怕她喊孙叔叔杀小姨。平时他在房间写作，小英没多时却会跑到他那边去，说话天上一句地上一句。

外婆接了亦赤回来，屋里马上就热闹了。亦赤同果果玩皮球，嘭嘭地响。每听得嘭的一声，孙离身子就跳一下，担心砸碎了东西。

孙离做好了饭菜，问："果果，就在孙叔叔家吃饭吗？"

小英就拉着果果回去，说："我家的饭也做好了。"

孙离家正吃着饭，听得小花高声骂人："家里的筷子都像火烧过的，真是出鬼了！"

没多时，听得啪啪的响声，马上又听得小英的哭声。孙离忙出去解劝，拉着小英到自己屋里来。小花追到孙离家门口，骂道："孙老师你说说，哪有这么傻的人？她在藕煤炉上烧热了筷子卷头发，一双双筷子都烧得漆黑！"

孙离看看小英，她的头发乱七八糟的。他劝小花回去忙去，叫小英在这里玩玩。小花却硬要拉妹妹回去，小英哆嗦着往孙离身后躲。

外婆说："小英就回去吧，姐姐也不要再打她了。才十几岁的人，知道什么呀！"

"知道什么呀？做得娘了！"小花说着就抄到孙离身后，拉着小英出去了。倒是没听得小花再打人，骂声仍不停息。

外婆自言自语，说："小英这妹子，也是不太懂事。"

过了几天，喜子放寒假回来，孙离去火车站接人。他先天晚上就同儿子说好了，一早就接妈妈去。火车凌晨六点半到站，亦赤闭着眼睛赖床。孙离连哄带骂，才把儿子弄醒了。到了火车站，他让儿子骑在肩上，站在出口，伸长脖子往里头打望。两趟火车差不多同时到站，也许是太早了，广播员懒得报车次。人流奔涌而出，不停地有人问：“这是哪里来的火车？”

孙离没有问人，只尖着耳朵，听人家的回答。他还没听见有人说上海，老远就看见喜子了。她的小马尾随意地扎在脑后，脸的轮廓整个儿露了出来。她的脸长得好看，乌黑的眼睛，柔和的鼻梁。孙离胸口开始发空，抿着嘴巴笑了起来。

喜子却还在四处张望，没有看见他们父子俩。

孙离说：“儿子，妈妈在那里，快叫妈妈！”

亦赤使劲揉着眼睛，睡意未消。孙离腾出手来，高高地招摇。喜子终于看见他了，却被挤在人流里，只能一步一挪。出站口的人也多，孙离也被挤得步步后退。他退到空阔处才把儿子放下，伸手去接喜子的行李。

依孙离的冲动，他会上去拥抱喜子。他朝喜子笑笑，拍了拍她的肩。喜子的脸泛着嫩红，看上去更年轻了。喜子低头望着儿子，说：“儿子长好高了啊！”说着就伸手过去。亦赤有些怕人，往后退了几步。

孙离推着儿子的背，说：“快叫妈妈！”

喜子蹲下来，抱起儿子，说：“儿子都不认识妈妈了吧？”

亦赤趴在喜子肩上，没有喊妈妈，只说：“我要坐车车。”

孙离事先把儿子的座椅移到了三角架上，单车后架空出来驮人。喜子跳上后架，搂了孙离的腰，哆嗦着说：“好冷！”

孙离问上海的天气，问得有口无心。喜子也没认真想上海的气候，只说冬天哪里都冷。喜子的手无意间放在了孙离那地方，孙离嘿嘿笑着，说：“真是冷，哪儿都冻硬了。”

喜子便在孙离背上咬了一口。隔着厚厚的棉衣，孙离仍感到了疼痛。

亦赤突然大声吆喝起来，喜子听着奇怪，问：“儿子这是干什么呀？”

孙离笑道："儿子在背猪饲料广告。"

喜子笑了起来，说："这个倒是像你，背东西厉害。"

她知道家里买了电视，就说："收到信时也快放假了，就不回信了。"

吃过早饭，外婆对亦赤说："妈妈坐了一个晚上的火车，让妈妈睡觉，你跟外婆玩去！"

亦赤不肯出去，他要在家里看电视。孙离和喜子都明白外婆的意思，只当什么都没听见。外婆就拿油糍粑哄外孙，还说带他到百货公司去玩。百货公司门口装了几个电动木马，每天都有小孩排着队玩。外婆平日只说那东西太骗人，两角钱一个铜板，一块钱玩五次，一下子就完了。一块钱，买得半斤肉。

喜子从背包里掏出一个小纸袋，说："儿子，妈妈给你买了糖。"

外婆接过糖，塞给亦赤，说："妈妈买的糖，上海的糖！"

亦赤拆着纸包，仍站着不走。

外婆说："妈妈都给你买糖了呢。"

喜子就红了脸，说："妈妈，你就让他在家里玩吧，我睡那边屋。"

外婆板了脸，硬拉着亦赤出去了。

孙离去阳台灶上打热水，见小英站在走廊里，偏起脑袋望着他。果果要去他家看电视，叫小英一把拉住了。

孙离笑笑，说："果果出去玩玩，阿姨一个晚上没睡，要休息。"

小英脸红着，拉着果果回自家屋去了。

孙离打水进屋，火急火燎地抱着喜子。被子里冷得要命，两人的手脚也像冰块，只有嘴唇是热的。孙离把双手搓热，才开始抚摸喜子。她先是喘息着喊妈妈呀妈妈呀，最后就喊我要死了我要死了！

喜子活过来了，说："你去打开行李包。"

孙离问："你要什么？"

喜子不说话，只推推他。孙离弓着身子，哆哆嗦嗦地下床去。拉开提包，见里面叠放着喜子的衣服。

孙离又问："你要拿什么呀？冷死我了！"

喜子说："你把上面衣服拿出来。"

孙离往外头拿衣服，喜子嚷了起来："我衣服叠得好好的，你一拿都成腌菜了！"

孙离说："我是这样的，你不是不知道！"

拿完上头喜子的衣服，下面是给儿子买的衣服，最下面是硬硬的一大块。

孙离问："什么呀？"

没等喜子答话，孙离已把东西拿出来了。原来是件呢子大衣，深咖啡色的。大衣肩头衬得很挺括，摸着感觉硬硬的。

孙离抱着大衣钻进被窝里，说："哪来钱买这么好的衣服？"

喜子说："少废话，你起来试试。"

孙离哆嗦着起床，穿好衣服，套上呢子大衣。喜子仍躺在床上，仔细看了看，说："很好，很好。"

孙离拿起桌上的小圆镜，像打手电筒一样上下照着，心想真的像回事儿。

喜子说："我说家里要装个大穿衣镜，你说不用。"

孙离反复照了镜子，发现里头的衣服同呢子大衣不配了。孙离里头穿的是夹克、桃领羊毛衫和敞着领扣的衬衣。

喜子见孙离老是扯着里头的衣服，好像看出了他的心思，说："你里头应该穿西装结领带。"

孙离说："算了算了，我还是将就一点算了。"

孙离只有一件瓦灰色西装，三十五块买的，身后的开口很不熨帖，老是高高地翘着。孙离只穿过几次，再不肯穿了。

喜子看见桌上有几张画兰草的稿纸，开玩笑说："作家要自己画插图吗？"

孙离笑道："研究生同志，别讽刺我行吗？"

"我哪里讽刺你？作家自己画插图不是没有啊，《红楼梦》里不是有通灵宝玉和金锁的插图吗？只是这书经手的太多，不知道是不是曹雪芹画的。"喜子翻了几张孙离的画看，"你随手画的画其实很好，我是画不出来的。你这是用钢笔画的，你认真学学，会画得更好。"

第二天，喜子领孙离上街买了一套藏青色斜纹西装。套了呢子大衣，结上瓦灰色领带，真像那么回事儿。孙离心想呢子大衣和西服，穿是穿不坏的，今后还可以传给儿子。喜子听了他的想法，笑道："真到了儿子那时候，天知道流行什么？"

"西服是经典款，哪有过时的？呢子大衣的款式也是经典的。"孙离又说，"我发现衣服潮流，也是风水轮流转的。七十年代流行小脚裤，八十年代流行喇叭裤，后来又是直筒裤吃香。这几年你看看，又流行小脚裤了。七十年代的裤子要是还留着，拿出来穿最时髦了！"

喜子说："你观察倒是仔细啊，真可以当作家。"

孙离听喜子这话，好像带着刺。她不相信他写小说会出头，只是现在不怎么说他了。孙离拿不出东西来，心里也没有底气。他推着单车，逆风深深地呼吸，掩饰着叹息。

默默地走了一会儿，孙离没话找话，问道："大衣多少钱？"

喜子说："一百八十八。"

他没想到会这么贵，问："哪来钱买这么贵的衣？"

喜子说："还不是牙齿缝里省的？"

孙离说："我不要你省，大学的伙食本来就不好。"

喜子说："我帮导师做课题，有课题经费，给了我两百块钱。"

孙离听着新鲜，问："读研究生还发钱？"

喜子说："导师出书，研究生帮着写，上头本来也拨了钱，拿一点给研究生，也是惯例。"

孙离问："给多给少，有标准吗？"

喜子说："只看导师大方不大方。"

孙离又问："你的导师呢？"

喜子说："我们李老师人好，还行。"

孙离忍了忍，问："李老师多大年纪？"

喜子望着孙离，笑道，说："我明白你的意思，你想问的就是这句话。李老师快六十岁了，一个老头子，你放心吧。"

喜子把话讲破了，孙离倒红了脸。他跨上单车，说："上来吧，我带你去看个地方。"

孙离驮着喜子到了西街，去了那个养兰花的阳台下，说："你看，这户人家的兰花真漂亮！你看那盆兰花，我以为是栽在石头里，原来是栽在朽木桩里。"

喜子看看兰花，问孙离："你没事跑到这里来干什么？"

"我是不经意看见的。县城有多大？骑单车一溜就过来了。"孙离说。

喜子瞟着他说："你想象栽得出这么漂亮兰花的，一定是个漂亮女人吧？"

"我就没见过漂亮女人？"孙离说得云淡风轻，心里却是尴尬的，喜子猜准他的心思了。

喜子坐在单车后座上，望着那个慢慢远去的阳台，说："一盆兰花，叫你这么放不下？"

孙离说："我想栽兰花，不是一年两年了，你是知道的。"

喜子说："那你栽呀！只听你说，从来不见你动过手。就像你写小说，这么多年了，没见一个字。”

话说到了孙离的痛处，他回头瞪了一眼，却看不到后座上的喜子。喜子看不到他的脸色，又说：“你比我早工作几年，早早地进修，现在博士都毕业了。”

孙离回头说：“我读博士了，你就不是我老婆了！”

“我迟早会读博士的，那时再离婚还是现在离婚？”喜子说着这些话，听上去居然很平和。

孙离也很平和，说：“随你吧，你打报告，我签字！”

喜子说：“报告你打，你文章写得好些。”

孙离说：“那还是研究生写得好些。”

真是碰鬼了，怎么说着说着，就说到离婚了呢？两口子生着闷气，一直回到家里。喜子在她妈面前向来由着性子，进门板着脸，她妈也没当回事。她说晚饭不想吃，钻进被窝睡觉了。

天很晚了，娘要睡觉了，走进喜子房间说：“你弟媳快要生了，我得回去。你看是再请人呢，还是怎么办？”

喜子半天才说：“我不知道。我寒假二十来天，过年就到上海去了。”

孙离早也进屋来了，他知道喜子还在生气，怕再说多了没有好话出来，就说：“妈，您放心回去。亦赤这么大了，我早送晚接，可以的。饭菜我又不是不会做。”

岳母对孙离说：“你白天要上课，晚上写字到很晚，哪顾得过来？”

孙离说：“我顾得上，不要请人。”

娘猜他们两口子肯定是斗气了，只作糊涂，回屋睡去了。亦赤这几天跟外婆睡，早睡着了。孙离也没有写东西，熄灯抽了半天烟，才摸索着上床。

喜子听得他脱衣服，身子往床里头滚了过去。孙离躺了下来，心里自然也是有气。想想女人嘛，就喜欢使小性子，不去计较。他去拉喜子的手，喜子把他甩开了。

孙离说："你误会了。我说的是如果早去读研究生、读博士，肯定就再回不了这个学校，哪里碰得上你这么好的老婆？这就是缘分啊！"

喜子没有答腔，她的呼吸匀和起来，慢慢睡着了。孙离却睁大眼睛，窗帘透着微弱的天光。他想起爱历元年的誓言，心里便一团乱麻。他数学不太好，半天推算不出爱历今天的年月日。

孙离好像刚刚睡着，就听得岳母起床的声音。眼睛里像长满了刺，睁开就泪水直流。他闭着眼睛揉了老半天，咬咬牙起来了。天冷得让人直哆嗦，牙齿就像敲木鱼。

冬天起床本是件很难的事，可他今天没怎么恋床。身边躺着冷冰冰的喜子，他也不想再赖在床上了。他这么想的时候，觉得有些害怕。

早几天，孙离知道喜子要回来了，恨不得日子过得快一些。没想到两人见了面，无头无脑的不高兴。学校本来也放假了，孙离教的是高三，还要补十天的课。

他摸黑出了房门，到阳台上洗漱，把手表贴到鼻尖上，才知道起得太早了。幼儿园已经放假，他清早不用送人。既然起床了，就懒得再回到床上去。他轻轻下楼，出去吃了早点，又去操场兜了几圈，才赶去教室上课。

课间休息，孙离去教研室喝水。同事们知道喜子回来了，免不了问长问短。有人看出他眼圈发黑，只道他肯定是通宵鏖战了。孙离没有兴趣开玩笑，哼哼哈哈，有口无心。曾老师笑笑，说："你们也真是的，人家久别胜新婚，哪有心思谈别的？"

"孙老师，喜子研究生毕业要重新分配的，你让她再回到一中来？"有人问了这话，大家都望着孙离。

“好说，离婚嘛！”他说这话面带微笑，却把大家弄得很难堪。

孙离中午回家，见喜子陪着儿子看电视。小英带着果果也坐在里头。小英推推果果说：“叫孙叔叔！”

果果望着电视，像什么都没听见。小英就端着果果的肩膀，朝门口扭了过来，说：“叫孙叔叔！”

果果身子朝着孙离，眼睛仍望着电视，脖子拧成了麻花，只是不喊人。

孙离笑道：“果果很乖！”

孙离说罢，去对面房间看看，没有看见岳母。阳台上冷火秋烟，知道岳母已回家去了。孙离也不问喜子想吃什么，一声不吭去阳台上做饭。突然听得果果大哭，一定是小英打人了。猛地听得关门声，孙离回头看看，见喜子去了对面房间。

小英拉着果果出来，果果抽抽搭搭地哭。小英没有马上回去，跑到孙离身后，问：“孙叔叔做什么好菜？”不等孙离答话，小英又回头揩着果果的眼泪，“果果不哭了，再哭孙叔叔要杀了小姨！”

陈意志打了饭回来，喊：“果果，吃饭了。”

小英拖着果果回去了，孙离突然想起儿子一个人在看电视，忙跑去看了看。他拿锅铲指着儿子，说：“不要乱爬，妈妈要生气的！”

亦赤说：“我没有乱爬呀。”

没想到喜子站在他身后，说：“你就是这么同儿子说他妈妈的，难怪儿子不认妈妈！”

孙离舌头打了结，回阳台上去炒菜。儿子同妈妈这么陌生，孙离也弄不明白。当初喜子不肯生孩子，未必亦赤在肚子里知道了？喜子怀上亦赤头两个月，天天嚷着要把孩子打下来。她有天突然说把孩子生下来算了，孙离都不知应该摇头还是点头。记得那天夜里，喜子躺在床上，很久都没说话。孙离也躺下了，等着同她吵架。她静无声息，孙离以为她睡着了。喜子突然扑进孙离的怀里，哭着问："我们真想要这孩子吗？"

说好了要把孩子生下来，喜子把头埋进孙离的怀里。孙离不知道她怎么想通了，只隐约感觉她内心某道堤坝决了口，一潭死水顷刻间白浪滔天。他也不想细问，她不想说的话，问了也白问。

当年他俩打完结婚证，孙离望着喜子突然觉得陌生。他想自己要同这个女人终身相伴，顿时惶恐不安。他从来没有把这个闪念说出来，永远不会告诉她。天知道她又有什么心思瞒着他呢？她是否早就后悔同他结婚了？

今天孙离做的是土豆烧牛肉，他家三天两头做这道菜吃。孙离摆好饭菜，喊道："吃饭了！"不见娘儿俩起身，他又喊了几声。孙离把饭盛好了，拿筷子敲敲碗。喜子低着眼睛，走到了饭桌边。亦赤端了饭，仍回到沙发上看电视。孙离想骂儿子，怕喜子见怪，就忍住了。

喜子吃饭天生慢，嘴里轻轻嚼着的时候，筷子就在碗里轻轻地扒着，好像数着饭粒儿。孙离吃饭却是筷子、碟子、嘴巴都发出响声，又不停地打着响鼻，鼻尖上还冒汗，就像耕地的牛。乡下人说，吃饭出汗，就是辛苦命。

孙离都快吃完了，突然发现喜子没怎么吃菜，就问："土豆烧牛肉，你最喜欢吃的呀？"

喜子说："我吃呢！"

却总不见她往碗里动筷子。她只吃豆芽菜，轻轻地嚼着，响声脆脆的。孙离突然反胃，差点儿吐出来。他听着喜子嚼豆芽菜的脆响，想起小时候听过的熊外婆的故事。熊外婆把小女孩吃了，发出咔吱咔吱的响声。孙离不喜欢吃脆骨，就因为从小听了这个故事。

屋里天天烧着炭火，地板上、凳子上、桌子上，总是厚厚的白灰。一天抹几次，仍是满屋子灰。床上肯定也尽是灰，只是没那么显眼。喜子不太肯出门，坐在家里不停地看手表。她好像改掉了看书的习惯，成日枯坐。

孙离说："我给你去买些书来看？"

喜子说："哪里还有书买！"

新华书店越来越找不到书了，里头也没有几个顾客。孙离记得小时候进城，必定要去新华书店。里头总有很多人，埋头在书架前翻着。他那时候也没钱买书，去书店只是东翻翻西看看。

寒假二十几天，孙离做过几次土豆烧牛肉，喜子都没有动筷子。他猜喜子在上海半年，口味已经变了。

九

孙离送喜子去火车站，路上说：“儿子上幼儿园，今天给他请个假就好了。”

喜子坐在单车后架上，说：“儿子送不送一回事，他同我一点不亲。我走了，你也不要把他的座椅移到后面来，让他天天贴在你心窝窝里。他是你一个人的儿子。”

孙离故意逗笑，说：“我哪有本事一个人生儿子？我哪怕是只母鸡，生的蛋也该是受精卵啊！”

火车晚点，坐在寒冷的候车室，时间很难挨。孙离老往外面打望，喜子说：“你急就先回去啊。”

孙离说：“我是望单车。火车站小偷多，说不定你眼睛眨一下，单车就不见了。”

“你最好是眼睛眨一下，我就不见了。”喜子说。

孙离拉着喜子的手，说：“喜子，虽说老夫老妻，不再卿卿我我，但也不要说话就是气话啊。你在外面读书，我在家里又要教书，又要带孩子。想想这些，你也不该生气呀！”

“不是在医院抱错了，就真是生了个白眼狼。我后悔，不该要孩子。”喜子说得伤心，却没有眼泪。

孙离知道越说会越不开心，就不答腔了。

只要听到广播响，旅客们就站起来，时刻准备冲锋陷阵。

孙离不知为什么，总觉得背上不太自在，身子忍不住扭来扭去。

喜子又说：“你不耐烦就先回去吧。”

孙离说：“我哪有不耐烦？只是身上不知道哪里不熨帖。”

“我走了你就熨帖了。”喜子说。

喜子没听见报自己的车次，坐在凳上把头抬得高高的。她同孙离隔着背包坐着，孙离把手压在背包上。他刚才走神，没有往门外望单车。他突然想到单车，身子就颤了一下。回头看看，单车还停在那里。单车上了两把锁，前轮上是专用单车锁，后轮上是铁链锁。

孙离没有听清报车次，喜子已站起来了。她刚刚提起背包，旅客们已蝗虫似的拥到了检票口。

孙离说：“别去挤，你挤他们不赢的。”

“他们挤的只是一趟车，一个座位。”喜子望望孙离，“我不会为这些东西去挤，我得从这个鬼地方挤出去！”

孙离没有答话，心里却想：你挤吧，你挤出去，我就老死在这个小地方。

喜子卷进人流里，她的后脑勺越来越远。一进站台的门，就连后脑勺都望不见了。

孙离推着单车走了半里路，才骑上车慢慢地游。他完全想不清楚，为什么生活会变成半死不活的样子。假如没有从农村出来，自己同孙却一起在家帮爸爸养猪，日子也许会过得简单？

回到学校，老远就望见小英带着果果在楼下玩，孙离只装着没有看见。他把单车扛到楼上，靠在走廊里锁好。刚进房间坐下，就听得果果奔跑的脚步声。

“孙叔叔，我要看电视！”果果在敲门。

小英说：“别吵，果果，叔叔会杀小姨的！”

孙离不忍心把果果关在外面，开了门，说：“果果，说好了，你和小姨在这边看电视，孙叔叔在那边房间做事，不准进来吵我。”

果果望着小姨开电视，顾不上回答孙离。小英手在开电视，眼睛却望着孙离。孙离只当没看见，说：“果果，别乱爬，叔叔那边去了。”

孙离坐下来看书，没多时听到敲门声。

开门一看，小英站在门口，偏着脑袋。

孙离问：“有事吗？”

小英说：“没事，我看看。”

“小英，你好好看着果果，我这里有什么看的？”孙离说。

小英站着不动，抬手撩了撩刘海。孙离这才看见，小英的刘海有些微卷，眼睛亮闪闪的。心想，小英又烧热筷子卷过头发了。

孙离笑笑，说：“小英，你的头发很漂亮。”

小英脸一红，跑进对面房子去了。孙离关了门，坐在书桌前摇着头笑。小英不像她姐姐讲的那么笨，却又真的有些扯不清。

孙离身上仍觉得不自在，忍不住扭着肩膀。他在火车站扭着身子，喜子讲他不耐烦，实在是冤枉他了。

晚上，孙离脱衣服睡觉，忍不住摇摇头笑起来。原来，冬天太冷，他两件羊毛衫重着穿，又要图方便，两件羊毛衫同脱同穿。今天早上送喜子，衣服穿得太急了，只穿好了一件羊毛衫，里面那件羊毛衫放在背上背了一整天。衣袖里塞着衣袖，他居然也没有察觉。难怪整天都不自在！

开春不久，小花不再去上班，天天守在家里发脾气。那家皮鞋厂关门了。她自己回家闲着，不用小英带果果。

小英要回家那天，守在孙离房间说了好久的话。孙离正在写小说，听她说得天上一句，地上一句，他心不在焉地应着。

“我要去上班呢。”

“我要到果品公司去上班。”

“哥哥给我找了工作。”

“我哥哥老虎好多朋友。”

“我要去上班了啊。”

孙离看看手表，时间本来还早，却说：“小英，我要去接亦赤了。”

小英说：“我不来姐姐家了，我要回家了。”

孙离把门拉上，说：“回家好呀？”

小花听见小英声音了，喊道：“你还没走？你磨个死呀！”

孙离望见小花站在她家门口，就说：“小英很懂事，专门找我说再见呢！”

“她还是小孩子？都嫁得人了！还像幼儿园小朋友一样说再见！”小花瞪着她的妹妹。

孙离扛了单车下楼，想着小花说的这些话，又想起她那土匪弟弟老虎，不知道那是怎样的一户人家。可怜那陈意志是个老实人，怎么同这一家人过日子？

出了几回大太阳，又落过几场大雨，热上几天又凉上几天，夏天慢慢地到了，长袖衬衫穿不了几天就得穿短袖衣。亦赤长得快，去年夏天的衣服已经短了。孙离领着亦赤上街买衣服，老远看见有个姑娘像小英。孙离对儿子说：“亦赤，看见了吗，那是小英阿姨。叫阿姨！”

亦赤坐在单车后座上，顺着爸爸手指的方向，一下子就看见小英了，大声叫喊：“小英阿姨!”

小英听见了，回头望望，只停了一脚，飞快地跑掉了。孙离觉得奇怪，不知道小英为什么要跑。也不多想，领着儿子买衣服去。

回来的时候，正好碰到小花，顺口说：“小花，我在街上碰到你妹妹，亦赤喊了她，她听见了，也不答应，跑掉了。”

小花脸上冰冷的，说：“她？哪个晓得!”

没过几天，陈意志看见孙离，刚想躲开，又走回来，搓脚摸手的，老半天才说：“孙老师，有句话，我真不好启齿。”

“什么事陈老师，你说呀?”

陈意志摇摇头，说：“我是不相信。”

“什么事嘛!”孙离有些急了。

“我还是开不了口，反正我是不相信。”陈意志说着就走开了。

孙离骑着单车去幼儿园，一路上想着陈意志的神色。陈意志虽说是个粗人，平日也是有话就说的，今天怎么吞吞吐吐呢？未必学校出了不好的事，陈意志不愿做长舌妇传话?

亦赤回到家里，打开电视看动画片。孙离去食堂打饭，一会儿就回来了。他同儿子两个人吃饭，懒得餐餐做。亦赤吵着不肯吃了，他才勉强自己做饭。

孙离提着饭菜回到楼上，听到有人高声叫喊：“姓孙的，你滚出来!”

孙离没听出是谁在叫喊，也不知道是喊哪个姓孙的，楼上住着三位孙老师。孙离上了楼，看见是老虎舞着拳头，嘴里骂着难听的脏话。差不多每个门口都伸出个脑袋，走廊里只有老虎一个人。

孙离问一个伸出来的脑袋：“出什么事了?”

那个脑袋摇了摇，缩进去了。

老虎听见孙离声音了，回头一望，捏着拳头骂道："姓孙的，他妈的我以为你躲在屋里！"

"老虎，你做什么呀?"

"做什么？老子打死你！"老虎说着就朝孙离打过来。

孙离手里提着饭菜，只好往后面躲。躲了几下，拳头仍是上脸了。孙离把饭菜丢在地上，同老虎对打起来。孙离自小在乡下滚大，力气比老虎还大。老虎边打边骂，孙离只闷声出拳。走廊两边放了很多盆盆罐罐，都被踢得飞的飞，碎的碎。

陈意志终于从屋里出来，一把箍住老虎，说："老虎，别话都没问清楚，动手就打人。"

老虎往后踢着他姐夫，骂道："你他妈箍着我干什么？未必你也有份?"

孙离这时才说："老虎，我看在你姐姐姐夫面上，没有对你下狠手。告诉你，打架你不是我对手。你讲，为什么无缘无故找我打架?"

老虎一跳一跳地骂娘，想从陈意志手上挣脱出来。小花站在门口，阴阳怪气地接了腔："我的面子不要哪个看！我老虎是个明道理的人，他不会无缘无故打人。你哑巴吃饺儿，自己心里有数！"

"我心里有什么数？我做了什么对不起你们家的事了?"孙离问。

老虎手指着孙离，骂喊着："姓孙的，你讲是公了还是私了?私了就进你屋里讲话，公了我就去派出所报案！"

孙离听得头都蒙了，问："我有什么事要和你公了私了?"

老虎偏着脑袋问："你要我当众讲出来？你要我当众讲出来?"

小花喊道：“老虎，你不要面子，我还要面子呢！你怕那是伟大光荣正确的事？你到他屋里讲去！”

孙离怕吓着儿子，说：“我屋不是公共厕所，哪个想进就进的！你有话想讲，就到你家去讲。”

孙离不管小花答应不答应，推开她就进了她家房子。老虎进来问：“杂种，你自己讲，这事有好久了？”

孙离问：“什么事？”

小花讲：“你不要装糊涂了！你是哑巴吃饺儿，自己心里有数！”

孙离望着陈意志，问：“陈老师，你们家这是干什么？”

陈意志不好意思望孙离，埋着头说：“小英有了。”

“小英有什么了？”孙离还没有反应过来。

“他们讲你睡了小英。”陈意志说。

“我们讲？我们讲？”老虎把桌子一拍，骂他姐夫，“你这个吃里扒外的家伙！我们未必冤枉人了？小英自己讲的！”

孙离听了，气是气得要死，心里却轻松了，讲：“你们就公了吧。老虎，小花，你们快去报案！”

陈意志急得不行的样子，忙说：“孙老师，我讲这事还是私了算了。传出去太难听，你跳进黄河都洗不清。”

孙离对陈意志说：“陈老师，我没什么事，私了什么？你下午碰到我，你说不好启齿，说的就是这事？你也讲你不相信有这事呀？”

“我讲私了，是把话讲清楚。有这事就有这事，没这事就没这事。”陈意志怕老虎，说这话时目光有些畏缩。

老虎果然对陈意志凶起来，说：“你早就通风报信了？你这个吃里扒外的家伙！”

陈意志实在忍不住了，骂道：“老虎你别太过分了！我好歹是你姐夫！小英讲话天上一句地上一句，你不是不晓得！”

小花白了她男人一眼，说：“小英人不聪明，哪个和她睡觉，她还是讲得出的。”

孙离站起来，讲：“我不奉陪了，我儿子还等着吃饭。你们去报案啊，派出所不远，几脚路就到了。”

老虎也站起来，指着孙离说：“告诉你，不管公了私了，没有一千块钱的青春补偿费，我会打死你！”

“小英是个好姑娘，你们要问问自己家里人，你们自己是怎么对她的！”孙离丢下这话，甩门出来了。他推开自家房门，没看见儿子。又去另外一间房子，仍没看见亦赤。

孙离急了，出门喊：“亦赤！亦赤！”

没听见儿子答应，孙离又回到房间，望见床沿下有亦赤的小鞋。低头一看，原来儿子趴床底下。

“亦赤亦赤，你怎么钻到床底下去了？”

不听亦赤回答，孙离把他抱了出来。儿子竟然躲在床底下睡着了。刚才外面乌烟瘴气，亦赤肯定吓坏了。

孙离买回来的饭菜已撤了，他叫醒儿子：“爸爸带你到街上吃面去，好吗？”

亦赤说：“我想吃饺儿。”

亦赤说的饺儿就是馄饨。孙离扛着单车下楼，带儿子上街去。突然想起不久前在街上看见小英，见了他就跑掉了。不知道小英身上出什么事了。又想她成天烧热筷子烫头发的样子，出去只怕容易吃男人的亏。

亦赤问：“爸爸，你们为什么打架？小朋友在幼儿园打架会罚站的。”

孙离说：“大人有时候误会，争吵一下就没事了。那个老虎叔叔不是回去了吗？”

孙离没有半点胃口，只叫了一碗馄饨。

“爸爸怎么不吃？”

“爸爸吃过了。”孙离想，小英那姑娘到底出什么事了？

亦赤吃东西慢，很像他的妈妈。小店壁上的电风扇吱吱地响，耳边的蚊子也嗡嗡地叫。亦赤不停地抓脑袋，有蚊子叮咬。

“亦赤，快点吃完，这里蚊子太多了。”

“夏天哪里没有蚊子呢？”店主说。

孙离望着儿子吃馄饨，不搭店主的话。心想，怎么谁都像吃了火药似的？说你店里蚊子多，你道声歉也行，你装哑子也行。

孙离骑车到了学校门口，望见传达室老李同人吵架。七八个年轻人要进去，老李不准他们进去。

“不准我们进去，我们就把你们校门砸了！”有人恶声恶气的。

校门口的路灯不太明亮，孙离看清那个叫喊的人正是老虎。老虎也看见孙离了，马上招呼他的弟兄们：“不要进去了，我要找的杂种在这里！”

孙离忙伸手拦了，说：“别伤着我儿子。派出所就在那边，有话我们到派出所讲去。”

老李看见要出事了，赶忙跑上来抱了亦赤。

老虎喊一声：“打！”

七八个人把孙离围住，你一拳打过来，他一拳打过去。孙离不怕事的，先还能够还手，可对方人太多了，他就只有招架的份了。

派出所离得近，很快就有警察过来了。打架的年轻人飞快地跑掉，只剩下孙离和老虎。警察吆喝着他俩去了派出所。警察都认得老虎，进门就问：“宋小兵，你又纠集人打架了？”

孙离今天才知道，老虎名叫宋小兵。老虎眼睛红着，指着孙离：“这畜生该打！”

警察喊住老虎：“宋小兵，这里不是你撒野的地方。你到那边去！”

老虎被人带到另外房间去了，留下的警察先记下孙离姓名、性别、工作单位、出生年月，再问：“你说说情况，怎么回事？”

孙离说：“我不知道怎么回事。”

警察放下笔，双手抱胸，说：“孙离，你是老师，怎么一开口就不配合呢？”

孙离脑袋木木的，摇了几下，说：“我真的不知道是怎么回事。老虎，宋小兵的姐夫是我的同事，我们是邻居。宋小兵的妹妹叫宋小英，他们家里的人老说她傻。我看她不傻。宋小兵姐姐叫宋小花，有个三岁的儿子。宋小英一直帮姐姐带孩子。今年宋小花工作的皮鞋厂垮了，她没有班上自己回家带孩子。她妹妹宋小英就回家去了，回去大约三四个月了。今天晚饭间，宋小兵找我打架，说他妹妹怀上孩子了，说我同他妹妹宋小英睡过。他问我公了还是私了，我说你去派出所报案吧。他讲不管公了私了，我都得赔一千块钱的青春补偿费。我刚才带儿子出去吃饭回来，碰到他带人来打架。”

警察问：“你到底有没有这事呢？”

孙离说：“我自己说了也不算，你们调查吧。”

警察问完了话，叫孙离看了笔录，签字，盖手印，说：“你回去吧，我们会调查的。”

孙离身上到处都痛，说：“我的事如何，随你们调查。宋小兵两次找我打架，又聚众斗殴，请你们处理。”

“我们会认真处理的。”警察嘱咐孙离，“宋小兵是个混混，你最好小心点。”

“我知道他是个混混，才请你们依法处理。”孙离站起来，腿脚很痛。他一拐一拐出了派出所，站在路上甩了好久的腿，想尽量不让自己像个跛子。

孙离回到学校传达室，老李说：“你儿子让刘局长领走了。”

“刘局长？”孙离问，“舒老师爱人吗？”

“是的。刘局长刚才回家，看见你儿子，就领他走了。”老李望望孙离，欲言又止，“孙老师，我是不信。哪会有这事？你孙老师，我们都知道，正正派派的人。”

孙离笑笑，又摇摇脑袋，说：“李师傅，我单车就寄在你这里，今天不扛回去了。我全身都痛。遇上这些流氓！”

好事不出门，坏事传千里。无根无叶的事，居然老李都知道了。孙离不想让自己像个跛子，可腿脚痛得已由不得他了。他一跛一跛地走着，不知道脸肿成什么样子了。

孙离不好意思去舒刚勇家，可他必须去接回儿子。他敲了门，开门的是刘秋桂，问：“打成这样了？”

听这话，孙离猜刘秋桂肯定知道刚才发生的事了。孙离站在门口，说：“我不进来了，谢谢刘姐。舒老师呢？”

刘秋桂说：“刚勇去教室了，他说去看看学生自习。”

亦赤坐在里面看电视，没有在意大人讲话。刘秋桂说：“我给派出所打了电话，问了问情况。宋小兵是社会渣滓，局里人都知道。放心，我们会认真调查的。”

“他们宋家，唉！真可怜陈意志老师。”孙离满脸是伤，眼睛都不好意思抬起来，他进屋抱起儿子，“亦赤，我们回去吧。”

刘秋桂也不方便多说，仍是那句话：“放心吧，我们会认真调查的。”

十

孙离脸上的伤没法掩饰，走路腿脚也有些跛。刘秋桂同舒刚勇来家里看他，刘秋桂说："孙老师，你要不要去医院看看？你这样子好像伤得不轻。若伤情鉴定情况严重，应追究宋小兵的刑事责任。"

孙离说："全身都痛，但伤也伤不到哪里去，都是些皮肉伤。我也住不得院，要上课，要带孩子。只是事情要尽快弄清楚。很容易，找到他妹妹小英问问不就行了？"

刘秋桂说："我问了派出所，根本就找不到宋小英。宋家人说，她离家出走了。"

学校很快就传开孙离的丑事，故事越传越难听。最终流行的说法，不是他同邻居的姨妹子有染，而是说他把自家小保姆的肚子弄大了。话到不了孙离的耳朵里来，学生家长们却都知道了。女生的家长就到学校来吵事，不肯把孩子放在孙离班上。刘元明校长话不知道怎么说，只道："案子又没有结，怎么能说孙老师有那事呢？"家长们不依，只说无风不起浪，他孙离要是冤枉了，怎么不见他去告状呢？

老虎进派出所问完话，也只好放他出来。他仍是不依不饶要找孙离，隔三岔五跑来找孙离吵，不给一千块钱青春补偿费，哪里见着哪里打。宋小花也不息事，天天指桑骂槐地嚷，楼道里没有一天清静的。孙离走在学校里抬不起头，脸上总觉得痒痒的，就像有虫子在上面爬。

有天，孙却突然来了，带着两个生人。进屋就黑着脸，望着孙离说："亏你做得出来！"

"我做了什么了？"孙离猜想谣言肯定传到家里去了。

两个生人半句话不说，只是冷脸站着。没多时，宋小兵来了。孙却虎眼瞪着他，说："宋小兵，今天三头对六面，我们把事情了断。你今后再找我哥哥麻烦，小心你的腿！"

孙却说着就掏出一把票子，讲："这是八百块钱，你当面数数，打个条子！"

老虎说："一千块，一分钱不能少！"

孙离急了，吼住孙却："哪个要你赔钱？"

孙却不理他哥哥，只同老虎争吵。老虎见两个生人面色不善，必定也是道上的人，只好打了八百块钱的条子，拿钱走人了。

孙却把条子放在孙离桌上，说："你想找女人，我带你去打豆腐！"

孙却丢下这句话，领着两个生人走了。打豆腐是当地土话，就是嫖娼的意思。孙离听得耳朵发烧，恨不得追上去扇弟弟两个耳光。

孙离坐在床沿上，脑子里一团稀泥巴。八百块钱等于他一年半的工资，孙却冤里冤枉就给人家了。他想起家里养的猪，八百块钱得多少头猪？孙离粗粗算了算，得合五头猪！

第二天，刘元明找到孙离说："私了也好，派出所可以销案了。"

孙离听得脑袋都空了，两耳马上就嗡嗡地响，说："我哪里有案子？我被流氓滋事打伤了，怕耽误上课医生都没去看。我应该评模范教师！你们学校为我做了什么？学校有责任保障教师人身安全！”

“没事赔钱干什么？听说你家是万元户，一万块钱也只赔得起十多次啊！”刘元明说，“我评你模范教师也没有用，学生家长意见大。我接到学生家长的告状信，有这么厚一摞！”

刘元明用拇指和食指比划着告状信的厚度，孙离想到的那正是八百块钱的厚度。一年半的工资啊！

过了几天，孙离去上课，看见女生全都没有进教室。原来，家长鼓动女生罢课了。孙离很生气，把教案甩在讲台上，跑到派出所去了。

他找到派出所所长，高声大气嚷着。所长说：“我们又没有处理你，你找我们吵什么呢？”

“你们得把案子调查清楚！”孙离喊得脖子上的筋有筷子粗。

所长拍了桌子，说：“你凭什么跑到派出所吵？你自己赔了钱，宋家也不再问了。又不是刑事案子，你怕我们警察吃了饭没事做？”

“案子不查清，我在学校就做不起人。女生家长把我看成流氓，调唆他们孩子罢课了。”孙离说到这里，脸色白得发青。

所长说：“孙老师，我们派出所没有责任做你们学校的工作，更没有责任做学生家长的工作。再说了，我们没有证据证明你作风不正派，同样没有证据证明你作风正派。”

孙离回到学校，刘元明把他叫到办公室大骂：“一个老师，不上课就跑出去了，这是重大教学事故！”

“什么教学事故？学生罢课这是学校应该负责处理的事。说事故，首先是学校的事故！”孙离说。

“你不要同我争了，我当校长的首先要保证正常教学。你暂时休息吧，你的课另外请老师代替。”

孙离冷冷一笑，说：“不要我上课我求之不得，但你不可以剥夺我教学的权利。”

舒刚勇听得这边吵得太凶了，进来劝道：“孙老师，你就听刘校长的，暂时休息几周，也好养养伤。我们都相信你是清白的，但同学生家长解释需要时间。你就顾全大局吧。”

孙离嘴上没有答应，只是不再吵了。他从校长办公室出来，去找了陈意志，问：“陈老师，你家小英哪里去了？”

陈意志就像自己对不住人似的，说：“孙老师，我知道你受冤枉了。他宋家的事我也管不了。听说是他家收了一千块钱彩礼，嫁到外地去了。男人的年纪很大。”

“干脆说明白点，宋家把这个女儿卖掉了，是吗？”孙离说。

陈意志摇了半天脑袋，说：“小英其实不傻，只是脑子简单些，很善良。我老婆恶成那样，小英在她面前服服帖帖。”

“小英真的怀上了？到底是谁的？”孙离盯陈意志，“她是挺着大肚子嫁出去的？”

陈意志说：“我们一直不知道小英怀的谁的孩子。听说她嫁过去的那个男人没有生育能力，原先娶了老婆，人家走了。他正好想讨个怀着孩子的女人，好老来有靠。”

“小英真是可怜。”孙离说。

星期天，孙离带孩子回了乡下老家。爸爸都不好意思望他，又碍着小孙子在身旁，老人家只把眼睛朝着别处，讲：“你晓得的，好好地读了大学出来，体体面面地工作，真不该啊你！”

“我没有那事！”

“没有那事家里还要赔钱？你晓得的。”爸爸低头抽烟。

孙离听着就来气，说：“事就坏在孙却自作主张，拿钱去赔人家！”

“你晓得的，”爸爸说话喜欢搭上这一句，听起来怪怪的，

"钱是你娘让赔的，她不忍心你被人家欺负。"

娘始终没说话，人在猪圈那边忙着。亦赤跑去喊奶奶，奶奶说："亦赤别过来，脏死了。"

亦赤顽皮，拿地上的猪草往猪圈里丢。奶奶笑道："亦赤，你不怕脏，长大了跟奶奶回家喂猪。"

"回家喂猪还好些！你晓得的。"爷爷心里有气，话是说给孙离听的。

父子俩争了几句，也就不再多话。爸爸抽着烟，说了一句没头没脑的话："我从 508 厂回来，比你还小几岁。"

孙离不知道爸爸要说什么，就望着他。爸爸仍是不望他，只顾自己说话："他们邀我告状，要我成头。我自己有事，不想成这个头，你晓得的。"

"成什么头？"孙离没听懂爸爸的话。

"那年我们全县回来二十几个，讲好是暂时回来支援农业生产。他们想找 508 厂，回去哪怕守大门都愿意。"爸爸摇摇头，"你晓得的，守大门哪要这么多人？光我们县里就有二十几个，全厂你晓得回来好多人？"

"黄鼠虫儿想天鹅肉吃！"妈妈在猪圈那边听见了，高声应道。

孙离埋头坐了会儿，问："孙却呢？我想找他麻烦。他硬要傻傻地给人家钱，我吼都吼不住。"

"你晓得的，叫花子进城做工程去了，猪就只有我同你娘养了。"爸爸在家都喊孙却的外号。

"他能做什么工程？"孙离问。

爸爸说："叫花子脑壳尖，会钻。你晓得的，他把税务局办公楼的工程弄到手了，说承包下来可赚四五万，抵得过我养二十年猪。"

娘不停地忙碌，路过孙离身边，丢下一句话："喜子回来，你要好好跟她讲，女人家听不得这些事。"

孙离没有回娘的话，这没影的事他也难以启齿。吃过中饭，孙离就领着儿子回城了。亦赤坐在单车后面，一路唱着幼儿园学的歌。

孙离逗儿子："亦赤，长大了回家跟奶奶养猪好吗？"

"我想养马。"亦赤说。

"南方没有马给你养，你得到北方草原去。"孙离问儿子，"为什么喜欢养马呢？"

亦赤说："马可以骑，猪不可以骑。"

孙离想干脆去看看孙却，骑着单车去了税务局工地。老远看见很多人在忙碌，工人们正在挖地基。

孙离把单车停在路边，走过去问一个人："孙却在哪里？"

"孙却？"那人一时没反应过来，"你是说孙总吧，他在那边。"

孙离看见孙却戴着工帽，正在那里指指点点。孙离忍不住想笑，自己这个养猪的弟弟，居然变成孙总了。孙却看见哥哥了，远远地朝着他笑。走近了，孙却并不喊哥哥，只是过来抱起亦赤，说："喊叔叔呀！"

亦赤喊道："叫花子！"

孙离就说："亦赤，小朋友要讲礼貌！"

孙却听着哈哈地笑，说："亦赤可爱，你也晓得叔叔是叫花子啊！叔叔找你要饭，你给不给吃？"又问孙离，"哥你怎么来了？"

"我回去看了爸爸妈妈，爸爸讲你当包头了。"

孙却放下亦赤，四下里望望，再盯着老远的地方，说："我不能养一世的猪，养猪再怎么着劲，也发不了大财的。"

孙离望着基脚里挖出的新土，不知道说什么话才好。孙却又讲："哥你在城里有什么难事，就跟我说。我在社会上混，比你认得的人还多些。你不方便讲的话，不方便做的事，我都方便。"

听了孙却这话，孙离并不觉得自己窝囊，胸口反而热热的。他望着弟弟，说："孙却，社会上复杂，你还是不要太莽撞，交朋结友也要长个心眼。"

孙却笑笑，说："哥你放心吧。你说的这话，同爸爸一个意思。我是高矮都交，三教九流朋友都有。你是吃正规大学饭的，我是吃社会大学饭的。"

孙离同弟弟闲扯了几句，带着亦赤回来了。他本是要找弟弟骂人的，见了面却半个字都骂不出来。他看见弟弟这个样子，很像个做事的男子汉。

孙离在家休息几天，刘元明又把他叫到办公室，说："孙老师，我做了几天工作，家长们意见仍然很大。你完全守在家里，老师们也有意见。暂时这么安排，你管管体育器材，放放广播，再负责打钟。"

"行啊，我愿意。"孙离说，"我还可以把传达室的事兼起来。"

刘元明眼睛瞪得牛眼大，没想到孙离这么顺从，笑眯眯地说："谢谢孙老师理解，暂时这么安排吧。传达室你就不兼了。"

孙离手指在桌子上轻轻敲着，慢条斯理地说："好的，好的。我每月自己花十块钱，请个临时工做这些事。"

"你怎么……你怎么……"刘元明望着孙离结巴了。

孙离那个学期没有上课，天天守在家里看书写作。那年，他发表了小说处女作，写的是当年上海抗日志士暗杀日本人的故事。刘校长在背后说："他还很得意啊！我拜读了，那叫什么小说？通俗故事，应该发在《故事会》上。"

十一

放暑假了，喜子没有回来，也没有来信。孙离每天把亦赤驮在单车后面，跑到火车站去碰运气。从上海来的火车只有一趟，只是不太准时。暑假放了半个月了，仍不见喜子回来。孙离对亦赤说："儿子，我们到上海去找妈妈，好吗？"

他带儿子去了上海，找到喜子的大学。放假了，没有人知道喜子去了哪里。孙离在大学附近找旅社住下，白天领儿子出去玩，晚上去学校问消息。

有天，他领着儿子逛街，突然闻到臭气熏天，心想，上海怎会有大粪的气味呀？看清楚了，原来这街临着苏州河。他索性牵着儿子，穿过一条小巷子，跑到苏州河边看了看，乌黑乌黑的河水死死的，看不出是否在流动。

多年之后，不论谁问亦赤上海好不好玩，他只回答一个字："臭。"

孙离就说："你还去了外滩呢？还去了动物园呢？外滩好多的船，动物园的老虎好威风！"

喜子不知道哪里去了，父子俩只好回家。孙离心里存着侥幸，可能喜子回家了呢？离开上海那天，孙离领着儿子逛了上海第一百货商店。外地人说起上海，印象中除了外滩，就是一百。孙离在一百看上一件开襟红羊毛衫，背上起着黑色团花，喜子穿了肯定好看。他从没给喜子买过衣服，估摸着大小把那件羊毛衫买下了。

下学期孙离仍然没有上课，他只管体育器材。打钟的事，刘校长终于没有敢让他去做。学校只有两个体育老师，孙离配了两把钥匙交给他们，要什么由他们自己拿去。他除了按时去幼儿园接孩子，就是躲在家里看书写作。

刘校长知道了，找孙离谈话："孙老师，你这样做就不对了。学校已经很宽容，你什么事都不负责，别的老师怎么看？"

孙离笑笑，说："刘校长，我不上访就不错了。凭什么剥夺我上讲台的资格？你们只看到我不上课轻松，外面人还真以为我是作风有问题。"

孙离吊儿郎当混着，很快又到放寒假了。天气冷，他不再带儿子去接喜子。他每天把儿子安顿好，自己骑单车去火车站。他每天按时去，等到火车开走了，才推着单车往回走。去的时候骑着车，心想今天喜子肯定回来了。回来时就推着单车走上一两里路，再骑上车慢慢地游荡。七八个月了，没有电话，没有来信。孙离写过三封信，都泥牛入海无消息。他隐隐猜到，喜子肯定是听到他的桃色消息了。哪个多嘴多舌的人，会专门写信告诉她呢？

终于有一天，孙离看见喜子从火车上下来了。喜子背着牛仔双肩包，头抬得高高的，手捂着鼻子。她抬头不是在找人，只是躲避混浊的人气。孙离高高地招手，喜子没有看见。他又大声喊着："喜子，梅芳！喜子，梅芳！"

喜子看见孙离了，目光只一闪，头就低下了。铁栅门口很拥挤，喜子让着所有的人。她不是怕挤了别人，而是怕被别人挨着。她紧紧缩着肩膀，眼睛警惕地朝两边望。孙离想起喜子去年从上海回来，挤在人流里一步步移出来，抬头朝外张望。她现在生怕被人碰着，好像身边全都是刺猬。

门口人流稀了，喜子才慢慢走了出来。孙离伸手接她的包，她没有把包给他的意思。

孙离说："喜子，我天天在这里接你。"

喜子不说话，泪水哗哗地流。孙离慌了神，摸摸口袋里没带手绢。

他说："你等等，我去推单车。"

他推了单车来，却不见喜子了。四处望望，看见喜子已走在前面。

孙离骑车追上去，说："上来吧。"

喜子没有上车，背着包自己走。孙离下了车，伸手去拿喜子的包。喜子身子一犟，硬要自己背着包。

默默地走了好久，孙离说："我知道，你肯定是听到风言风语了。那是谣言。你可以问舒刚勇的爱人刘姐，她是公安局副局长。"

喜子半句话都不说，只是不停地擦眼泪。

孙离怕碰上熟人，说："喜子，你上来吧，别哭了。碰上熟人，不好看。"

"我喜欢哭！我哭了一年了！"喜子说。

"我知道你会伤心，我不怪你生我的气。那是谣言，你要相信我！"

喜子说："谣言？既然是谣言，你会老老实实打钟？你这么心高气傲的人，你肯去打钟？"

"谁告诉你我打钟了？我什么都不干，我这个姿态就是抗议！"

快到学校的时候，喜子不再哭了。她始终没有上单车，两个人从火车站走回了学校。

人刚到家门口，孙离就高声喊道：“亦赤，妈妈回来了，快出来接妈妈！”

亦赤从电视机的屋里出来，站着不动望着妈妈，突然跑进对面屋里去了。

孙离忙追进去，说：“快出来，妈妈回来了呢。”

喜子放下包，过去抱起儿子，说：“亦赤，不认识妈妈了？”

亦赤挣脱着要下来，说：“我饿了！”

孙离忙说：“儿子陪妈妈说话，爸爸马上做饭！”

喜子从包里取出糖果，说：“儿子，你看，妈妈给你买糖回来了，上海买回来的。”

亦赤剥开糖吃，仍没有喊妈妈。喜子望着儿子，泪水在眼睛里打转。

“上海糖好吃吗？”喜子强忍着泪水。

亦赤这才说了话：“妈妈，上海好臭！”

喜子问：“上海怎么好臭呢？”

亦赤说：“我跟爸爸到上海找妈妈，上海好臭！”

孙离在外面做饭，耳朵尖着听喜子娘儿俩说话。他走到房门口说：“儿子走到苏州河边看了一眼，就只记得上海好臭了。”

“上海那么多好的地方不看，看苏州河。去看看外滩呀？”喜子说话的语气缓和些了。

孙离说：“外滩去了，带他看了动物园。我们还去了一百，给你买了一件毛衣。”

喜子问儿子：“外滩停着好多船，还记得吗？船往下水方向开，很快就到大海了。从大海再往前面开，就到太平洋了。再开啊，开啊，就到美国去了。”

饭菜很快就弄好了，一盘土豆烧牛肉，一盘紫苏金钱蛋，一盘炒白菜。菜都是过去喜子爱吃的，只是她的口味孙离不太熟悉了。吃饭的时候，亦赤望着电视，孙离望着喜子，喜子望着儿子。见儿子吃饭还算吃得好，喜子心里也高兴。她突然放下碗，从包里取出一双小皮鞋，说："没想到儿子长这么快，这鞋只怕买小了。"

饭还没吃完，果果跑来看电视了。果果看见喜子，有些害怕的样子，站在门口不敢进来。

孙离说："果果，叫朱姨呀！"

"朱姨！"果果怯怯的样子。

喜子望望果果，笑着说："果果也长高了。吃饭了吗？"

这时，陈意志过来，说："果果，只知道往孙叔叔家跑！"说话间看见喜子了，忙打招呼："朱老师回来了啊！难怪闻到你家今天的菜这么香！"

"跑个死？又跑到哪去了？"听到宋小花在叫喊。

陈意志不好意思，朝喜子笑笑，说："朱老师，不好意思，工人阶级！"

果果不肯回去，陈意志就先回去了。

孙离说："没事的，果果就在这里同亦赤玩吧。"

吃过饭，喜子说："儿子，来，试试新鞋。"

孙离说："不用试，肯定小了。"

一试，果然小了。

孙离问："多少钱？"

喜子说："八块五，全牛皮的。"

孙离摇头说："小孩子的鞋这么贵，大人鞋也只贵得几块钱。"

孙离把那件羊毛衫拿出来，有些不好意思似的，说："你知道，我不会买衣服的。你试试，看你喜欢不喜欢。"

喜子低眉坐着，突然忍不住笑了起来。孙离也忍不住了，嘿嘿地笑。亦赤心思在电视上，眼睛直直的像要钻进屏幕里去。果果好像被孙叔和朱姨的笑声吓住了，又像自己做错了事似的东望西望。

孙离拿起羊毛衫，说："过去试试衣吧。"

走到对面房间，孙离一把抱住喜子。喜子拍打着孙离的肩，又轻轻哭了起来，说："你为什么要这样呀！"

孙离吻着喜子，说："相信我，那真是谣言！"

喜子脱了棉衣，换上孙离买的羊毛衫，左右看看，又拿起镜子上上下下照。孙离说："我看是很漂亮。"

喜子没有把羊毛衫再脱下来，只把棉衣披在外面。回到对面房间，喜子又从包里取出一个鞋盒，说："你的心变了，你的脚没有变吧。"

孙离知道喜子故意说气话，忙说："老婆，我什么都没有变，各个部位的大小都是老样子，不信你过会儿检查。"

喜子红了脸，轻声骂道："流氓！"

孙离穿了新皮鞋，做了几个原地高抬腿动作，说："真好！老婆真好！多少钱？"

"你只知道问多少钱。十四块五。"喜子说得很轻巧。

孙离却又感叹起来，说："物价涨得太快了。我上大学那年，买了这辈子第一双皮鞋，六块五角钱。"

喜子拿起给儿子买的鞋，翻来覆去看，说："我买了这双鞋，天天想着儿子穿皮鞋的样子，想着就忍不住要笑。想着你的时候就哭，想儿子穿新皮鞋就笑。哪知道，小了。真可惜。这鞋，怎么办呢？"

孙离朝果果努了努嘴。喜子说："送？你怎么一下子这么大方了？"

“又没有合适的亲戚送，放几十年留给我们孙子穿?”孙离笑笑，“又不好意思让人家给钱。他家，舍不得，也拿不出。”

喜子把儿子搂到身边，一起看电视。亦赤好像不习惯，身子僵僵的。过了好久，喜子说：“你就做个人情吧，陈老师倒是个好人。”

孙离拿起儿童皮鞋，过去敲陈意志家的门。门没开，听到宋小花在里面喊：“还晓得回来？睡在人家家里呀?”

陈意志开了门，很不好意思，说：“小花以为是果果回来了。”

“果果还在我家玩呢!”孙离也直来直去，“喜子给亦赤买了一双皮鞋，小了。果果肯定能穿。”

陈意志还未答话，宋小花忙说：“我们家哪里买得起？陈意志脚上这双皮鞋，还是我在皮鞋厂上班买的次品。”

孙离笑笑，说：“喜子是想把这皮鞋送给果果穿。”

陈意志忙摇头：“那哪行，那哪行！我知道，上海买的皮鞋，肯定很贵的。”

“放着也是浪费，不讲客气，拿去果果穿吧。”孙离把皮鞋递给宋小花。

宋小花也不好意思接皮鞋，只说：“孙老师，进来坐坐吧。”

“不坐了，喜子才回来，有东西还要收拾呢。”孙离一直站在门口。

宋小花接过皮鞋，想抿着嘴巴笑，可嘴皮已包不住牙齿了。

陈意志忙说：“那怎么行呢？这么贵的鞋，受不起，受不起。进来坐坐吧。”

孙离笑笑，说：“陈老师，别客气，别客气。我不坐了。”

孙离回家没几分钟，宋小花笑眯眯地来了，又说了半天的谢谢，再对儿子说：“果果我们回去了，朱姨从上海回来，坐火车很辛苦，早休息。”

果果不肯走，硬让他娘拖走了。亦赤并不为新皮鞋可惜，好像还不知道那双鞋已送人了。

喜子说：“儿子，妈妈明天给你再去买一双鞋，也买上海产的。”

亦赤的眼睛只在电视上，没听见妈妈说话似的。

孙离就骂人，说：“亦赤，你钻到电视里去算了！妈妈跟你说话呢！”

亦赤机器人似的，喊了一句：“妈妈！”

喜子听见了，高兴得什么似的，抱着儿子亲了亲。亦赤忙擦了脸，又看电视。喜子就假装生气，说：“儿子，你还嫌妈妈脏呀？”

说着又抱起儿子使劲亲了几口。不料亦赤大声喊道：“爸爸，妈妈不讲卫生！”

孙离同喜子哈哈大笑，只说这个儿子太奇怪了。

临睡的时候，喜子问：“儿子，跟妈妈睡吗？”

亦赤说：“我跟爸爸睡！”

喜子逗儿子：“我也跟爸爸睡！”

亦赤很快睡着了，孙离就去撩喜子。喜子硬着身子不听，说：“我还是不舒服！哪能像你说的这么轻巧？城里都传疯了，我人在上海都知道了。”

“明天我带你去舒刚勇家，刘姐是公安局副局长。”

“你知道我这一年是怎么过来的吗？我天天都想跑回来跟你离婚！想到儿子这么小，我劝自己忍了。我想儿子，又不愿意见你。放假我就往外面跑。去年暑假在西岳华山，我跳崖的想法都有！”喜子说着，呜呜地哭了。

孙离抱着喜子，说话软得像棉花。他说：“我知道你想着难受，也知道你最终还是不相信。不然，你同意把皮鞋送给果果？毕竟是他家害得我难洗清白啊！宋家也只有小英那个傻姑娘人善，她姐姐和哥哥都不是什么好人。陈意志人好，见面就说对不起我。”

“小英呢？小英也诬赖你？”喜子问。

孙离说：“听陈意志讲，宋家收了一千块钱礼金，把小英嫁到外地去了。我说，他们家其实是把小英卖掉了。”

第二天，宋小花领着果果在楼下玩。果果穿了新鞋子，高兴得蹦蹦跳跳的。孙离同喜子下楼，带亦赤上街买皮鞋去。宋小花忙叫过儿子，说：“果果，快叫叔叔阿姨好！”

果果常在孙离家玩的，边跳边喊：“孙叔叔好，喜子阿姨好！”

宋小花望着喜子，突然说道：“喜子老师，我们家对不起孙老师。我家老虎，爸爸妈妈也管不了，哪个都管不了。”

听小花这么说，孙离就望望喜子。喜子只对小花笑笑，回头飞了孙离一眼。

一家人都回乡下过年。孙离骑着单车，前面坐着亦赤，背后驮着喜子。进了村子，孙离一路打着招呼。乡下人都按辈分称呼，辈分大的年纪再小，也得喊叔叔或爷爷。亦赤不信爸爸的，年纪大的就喊爷爷，年纪小的就喊哥哥。孙离就说：“你这个傻儿子！”

孙却还没有回来，他还在工地上忙。爸爸说：“叫花子脑壳尖，他把教委也钻通了，开年他就去修学校，一无两有。”爸爸说的是农村教育初级达标，小学无危房，有教室，有课桌。

等到腊月二十八，听得突突的摩托车响，爸爸说：“叫花子回来了。”

孙离笑笑，说：“孙却发财了，买摩托了？”

孙却骑着摩托，飞奔到屋前，又斜斜划了半个圈，停了下来。孙却看见喜子了，先问了嫂子好，再喊了哥哥。他把驮回来的年货放下来，拍拍摩托车座，逗亦赤："孙行者，叫花子叔叔带你坐车车！"

亦赤一蹦就过去了，孙却抱他坐在后面，说："你把叫花子叔叔抱紧，不然你就会腾云驾雾，你就真是孙行者了。"

爸爸喊道："叫花子，你莫疯！"

孙却说："我慢慢地开，没事的。"

孙却驮着亦赤玩去了。出了很大的太阳，妈妈把干辣椒放在簸箕里晒，场院里红红火火的。刚挖出的萝卜堆在地上，妈妈拿了大木盆过来，又在摇井里接满了水。喜子帮妈妈洗萝卜，说："井里出来的水，温热，好舒服！"

爸爸同孙离坐在太阳底下说话，讲村里的事，也讲天下的事。

爸爸问："你说508厂还认我们吗？"

孙离说："这么久了，人都变了，世上的事也变了。"

爸爸说："你晓得的，过去日本投降没有赔钱，中国现在要日本人赔钱呢。日本投降，时间不还久些？"

"你听哪个讲中国还要问日本赔钱？"

"乡里人都这么讲。"爸爸说，"中国和日本还是国际矛盾，我这是人民内部矛盾。"

孙离同爸爸讲不清，就只听爸爸自个儿讲去。孙却带亦赤玩了会儿回来，亦赤脸上红红的。喜子问："亦赤，叔叔摩托车好玩吗？"

亦赤说："叫花子叔叔会飞！"

孙离喊道："亦赤，叔叔就是叔叔，不准喊叫花子叔叔！"

孙却笑道："远近几十里，成千上万人喊我叫花子，还怕多个侄儿喊我叫花子？”

喜子望着孙离说：“弟弟的性格真好，多开朗！”

喜子袖子挽得高高的，白白的手臂在太阳下晒着，手掌被井水泡得通红。

爸爸说：“叫花子都有个年，工地上哪要忙到腊月二十八？”

孙却说：“爸爸，我这个叫花子，比世上的叫花子都忙。工地上早放假了，我这几天在城里跑关系。不跑，哪有事让你做？”又对孙离说，“哥哥，教委领导我个个都熟，你有什么事跟我说就是了。”

孙离嘿嘿地笑，说：“老弟，好好做你的工程吧。我做个普通老师，没什么事要找教委领导。”

十二

喜子开年后又去了上海，孙离在家带着儿子。没有家长再抗议孙离上课了，可喜子在上海又听到他新的闲话。到底是谁这么多事，喜子一直不肯告诉孙离。两口子信来信去，信里总是吵架。

有天，孙离正想去幼儿园接亦赤，听到有人敲门。开门看看，竟然是他爸爸。爸爸身后还跟着一个老头儿，露着黄牙朝他笑。

爸爸说："你喊张叔叔。张叔叔当年同我一起在 508 厂，一起回农村的。"

"张叔叔！"孙离问，"爸爸，你怎么来了？"

爸爸笑着，说："我不可以来？快让我和张叔叔进来坐啊，你晓得的。"

孙离忙把爸爸和张叔叔让进来，说："我不是这意思。爸爸，你和张叔叔先坐，我去接亦赤。晚了，亦赤会哭的。"

孙离只要听爸爸讲起 508 厂，他眼前便是漫无边际的油菜花。不记得是几岁的时候，爸爸在挖地，孙离跟在后面捡蚯蚓。

蚯蚓用来喂鸭，家里养了十几只鸭。爸爸望着满垄的油菜花，说："508厂外面也是农村，你晓得的，紧挨着苍市。上春的时候，我们下了班，到厂外散步，油菜花望不到边。"

孙离问："爸爸，散步是什么？"

爸爸笑眯眯的，说："散步，就是慢慢地走路。"

"慢慢走路有什么味呢？我们小孩子比哪个跑得快呢！"

"你不懂，儿子！你晓得的，城里人都喜欢散步，慢慢地走。"爸爸摸着孙离的脑袋，"看你长大以后，有没有福气到城里去慢慢地走。"

油菜花在孙离脑子里，永远同508厂连在一起了。听爸爸讲到508厂，他会想到油菜花；有时候看到油菜花，他会想到爸爸讲的508厂。

孙离接了亦赤，顺路在食堂带了饭菜。

推开门，孙离对儿子说："喊爷爷，还有张爷爷！"

亦赤站着不动，久久地盯着爷爷。

爷爷笑着，说："不喊爷爷？嫌爷爷是个农民，身上有大粪臭，是吗？你晓得的。"

爷爷开了玩笑，嘴上仍是那句口白：你晓得的。老人家从包里取出糖果，等着孙子喊他。亦赤始终没有喊爷爷，跑到对面屋里去了。

爷爷好像没有面子，脸上仍是笑着。

张爷爷说："小孩子，你见得又少，不肯喊人。"

孙离把饭菜放在桌上，说："张叔叔，对不住啊，食堂只有这个菜。"

张叔叔忙说："很好了，有荤有素，很好了。"

孙离把亦赤的饭送过去，回来问："爸爸，你们这是要到哪里去，还是从哪里回来？"

"我们去苍市告状回来，你晓得的。"爸爸说。

"你们告什么状?"孙离问。

爸爸说："你晓得的，我和你张叔叔是508厂的，回农村快三十年了。当时下放我们回来，给了红头文件，要我们暂时回乡支援农业生产。国家需要了，再召我们回去。"

"我们县里有二十几个人，都是那年回来的。你爸爸文化最高，他讲得最清楚。"张叔叔插话。

爸爸忙说："老张，我们要统一口嘴，我们不是回来，我们是下放。我们招到508厂，工厂就是我们的家。当时说国家需要我们暂时回乡支援农业生产，我们服从命令，暂时下放了。"

"是的是的，我们是下放。"张叔叔很为孙离爸爸得意，望着人家的儿子，"你看你爸爸!"

"你晓得的，猪我也不太想养了，你老弟比我有本事。家里的事，都交给他。"爸爸开口就是"你晓得的"，听的人其实未必晓得，"你晓得的，国家现在越来越富裕，难道就不要我们了?我们去苍市，找到原来的厂子。"

孙离说："爸爸，你们这不叫告状，叫上访。"

"那不是一回事?有事不平，要找上面，都喊告状。"爸爸嚼饭嘴巴很响，"我们那是军工厂，你晓得的，都是保密的，厂子都只有编号。我们喊508厂，不晓得507和509在哪里。我们那时候，年纪还没有你这么大。我们穿着崭新的工作服，讲话都不讲乡里的话。隔壁车间，紧挨着的，都不准人来人往，都靠打电话。你晓得的。"

张叔叔说："你爸爸最聪明，厂里刚要送他上大学，上面来文件了，要我们回乡支援农业生产。"

"你晓得的，文件上说的是暂时回乡。"爸爸补充着，又问孙离，"你是读书人，你给我解释解释，暂时是什么意思?好久时间喊暂时？”

孙离还真说不上，支吾半天，说：“按说应该是指不长的时间。”

“多长才是不长？一年？两年？三年？我们等了好久你晓得的，快三十年了。”爸爸说话有些来气。好像不是生国家的气，而是生儿子的气。儿子没有把书读好，一个暂时都讲不清楚。

“爸爸，那他们怎么说呢？”

爸爸说：“他们要我们回来等消息。你晓得的，我俩一进门，保安就把我们拦了。我说，你算老几？我在这厂里的时候，你都还没生呢！你晓得的，里面出来另外一个年轻人，不是穿制服的，穿的是西装，估计是干部。他告诉我，他姓郭，要我叫他小郭。你晓得的，他很客气，把我和你张叔叔领到招待所，开了房子。说要每个人一间，我俩不要。你晓得的，我俩住一间，好商量事情，也安全些。人家那么客气，我怎么好意思喊他小郭呢？我喊他郭主任。”

“你爸爸眉毛一乌起来，也很压台的！”张叔叔嘿嘿地笑。

爸爸说：“你晓得的，我们也没有高要求，重新参加工作也没道理，我们种了几十年田，回到工厂哪样都不会了。年纪也大了。我们只要求算我们退休，发退休金给我们。”

孙离听着想笑，没敢笑出来。心想，你要求还不高吗？回家当了几十年农民，又要回到工厂去退休？

张叔叔问孙离：“老侄，你说说是不是这个道理？又不是我们自己要回来的，你国家要我们回来的。对，你国家要下放我们的。说好了暂时回乡支援农业生产，国家需要的时候我们再回去。有文件啊！我们支援农业生产几十年，老了，你厂里也该把我们召回去了吧？你在工厂是干革命，我在农村也是干革命，一个道理，是吗？”

“当然是这个道理。”孙离说，“过去几十年，文件上，报纸上，讲的都是这个道理。”

“既然有道理，我们就要拿退休金!”爸爸那样子，好像这事归孙离管的，“你晓得的，我们住在招待所，好住好吃一个星期，郭主任说，请我们回来等消息。他把我们的地址都记下了，说有结果就写信来。”

孙离问：“爸爸，508厂外面还有油菜花吗?”

爸爸摇着脑袋，说：“变化太大了，哪里还有油菜花！过去那里是农村，如今都到城市中央了。要不是顺着河去找，我哪里还找得着!”

“508厂到底产什么呀?”孙离问。

爸爸说：“听说现在都转民用了。当年是军工，产什么谁也不晓得。我们只产一个零件，谁也不晓得是用在什么武器上的。也不准问。”

孙离其实是知道的，他故意逗老人家玩。老人还真是不知道。时代变了，军工厂早没有当年的神秘。

孙离问爸爸：“你们来去一趟，得花多少钱?”

爸爸听出儿子的意思，说：“钱你放心。二十几个人，你三五块，他一两块，一起凑的。我们都记了账，回去一五一十算给人家听。只花了去的车票钱，我和你张叔叔路上每人买了两碗面吃。面钱我们只报销一半，在家自己也要吃饭。出来吃贵些，大家补一半。回来车票是郭主任买的，每人打发十块钱路上吃饭。钱，还有剩余的。”

张叔叔说：“老侄，我和你爸爸都是硬邦人，不贪。”

吃过晚饭，爸爸说：“老张，过去看电视。”

张叔叔坐在沙发上，屁股上下摇了几下，说：“好软啊!”

电视里正放着猪饲料广告，亦赤边跳边跟着背广告词。张爷爷听着惊得啊呀啊呀的，说："怎么就这么聪明呢？几岁的人，电视里讲的他都背得出！"

孙离笑笑，递上茶："张叔叔，你小心烫啊。"

张叔叔望着电视，说："老孙，你真有福气！养的儿子个个中用。你孙却是乡里第一个买摩托车的，城里有电视机的人家也不多吧？"

孙离听着耳朵发烧，忙说："张叔叔，我也没给爸爸一分钱用，我哪里中用啊！"

"中用，中用！做大人的，就是要个脸面。你两兄弟这么争气，就是最大的孝顺！"张叔叔望着电视，又只道如今的人真是太聪明了，"老人家讲的千里眼，顺风耳，都兑现了。电话不就是顺风耳？电视不就是千里眼？"这话是乡下人常讲的，亦赤外婆也这么讲过。

不讲 508 厂了，话都是张叔叔包场。他觉得不讲话不礼貌，不停地找话说。问到孙离工资，问到孙离老婆在上海做什么，问到幼儿园交不交钱。问到最后，张叔叔摇着脑袋，说："城里人也不容易，吃的用的从锅子底上买起，一滴水都要花钱。"

亦赤窝在沙发上睡着了。爷爷就说："睡了睡了，我们都睡了。"

孙离领着儿子睡有电视机的房间，爸爸和张叔叔睡对面房间。第二天大清早，孙离醒来发现爸爸和张叔叔已经走了。

十三

喜子在上海读到博士才没继续读下去。她本想在上海找一所大学教书，但孙离只有自修本科文凭，去上海连中学都进不了。她只得回到母校，苍市师范大学。博士在苍市还算人才，师大答应安排孙离的工作。

孙离的中学正传着他的桃色新闻，喜子一边同孙离吵着离婚，一边忙着给两人找单位。一切都已妥当，只需履行调动手续了，喜子才回到家里，冷冷地瞪着孙离说："我们可以离开这个鬼地方了。"

孙离问："不离婚了？"

喜子说："过去再说吧。"

可以调到苍市去，孙离心里自是欢喜，却又有些伤自尊。他故意说："我就不去了吧。你都是博士了，我跟了去丢你的脸。我到你们大学附中去，文凭肯定是最低的。"

喜子说："文凭低怪得我？我要你考研，你自己不肯呀。"

孙离说："你说得轻巧啊！我也考研去，儿子怎么办？为了你读书，我们夫妻六年不在一起。你只怪儿子不亲你，儿子其实都不怎么认得你。”

吵架是他们夫妻的常事，谁都不把它当回事。那个暑假过后，一家人都到苍市来了。孙离去的师大附中是完全中学，他被分配在初中部。他在县里是教高中的王牌老师，来到苍市只能教初中。孙离感觉到屈辱，很长时间都在生闷气。

亦赤初三开始到学校寄宿，从那以后回家就像做客。周末和寒暑假，儿子开始单独睡。两室两厅的房子，一间用作卧室，一间用作书房。孙离先是带着儿子睡书房的，亦赤初三之后只是偶尔回家，孙离就偶尔睡客厅的沙发。

儿子去学校寄宿，孙离回到喜子的床上。孙离进房的时候，喜子正坐在床头看书。她看见孙离走到床边了，偏头看看床头柜上的钟，就把书页折了一个角合上，放在床头柜上，开始脱衣服。她脱衣服时不慌不忙，嘴里漫不经心地道着家常，说她今天送儿子寄宿时的琐碎，都是些毫无意义的话。

喜子脱光衣服，扯过毛巾被盖着躺下，发呆似的望着天花板。孙离也在脱衣服，刚脱到一半，突然有了尿意。他跑到厕所，站了老半天，没有拉出几滴。说不清从哪天开始，孙离有了这个毛病，上床前必须跑一趟厕所，多是无功而返。他自嘲这是心尿，并不是真要拉尿。他没有拉出尿来，仍取下淋浴龙头，坐在马桶上冲洗。他只是想让喜子听到冲洗的声音，不好意思刚拉完尿就那样了。

他再回到房间，灯已熄了。摸索着上床，碰到喜子光溜溜的身子。喜子侧过身来，回应他送过去的嘴唇。他内心莫名地焦虑，便用亲吻鼓励自己。他放缓全身节奏，慢慢地呼吸。他尽量让自己的气息变得悠长，带上绵绵柔情。他越是焦虑，越是全身发软，背上冒着冷汗。

喜子亲吻着他，手慢慢往他那里探去，像是不经意似的。她太熟悉他了，并不感到失望。他曾经开玩笑，说自己永远是一部很好的长篇小说，只是序言有些冗长。

那个晚上，喜子读完他长长的序言，发现他的长篇小说还算得上引人入胜。喜子重重地拍打他的屁股，算是对他的奖励。她拍打得越重，内心越是欢快。多年前，她曾经一边拍打他的屁股，一边还狠狠咬他的肩头。他左肩上深深的牙痕，几天都没有消退。

孙离的屁股很久都还在发烧，喜子刚才打了他七八下。孙离搂着喜子睡觉，没多久手臂就开始酸麻。他想抽出手来，却不好意思，怕喜子多心。他越是挺着，手越是酸麻，全身都僵硬了。听到喜子的呼吸，微弱而匀和，知道她睡着了。喜子睡着时像个婴儿，悄无声息。

孙离上的是师范专科学校，出了省就没人知道那学校在哪个角落。他的母校如今升格为本科，冠上省的名号，唤作理工学院。喜子开他的玩笑，说："你不必寒碜自己，美国麻省理工学院，可是世界名牌大学！麻省是省里的，你们理工学院不也是省里的吗？"

孙离从此便经常自嘲，说自己是麻省理工学院毕业的。他毕业那会儿，专科生还算稀罕，居然分到了县里第一中学。五年后，喜子从苍市师大毕业，也只能分配到县里的中学了。孙离后来也自修了苍市师大的本科文凭。他俩毕业证上盖的是同一位校长的印章，孙离便说："我俩好在也算是同学吧。"

喜子偏要故意同他开玩笑，说他就是麻省理工学院毕业的！有一回，喜子一手拿着孙离的专科毕业证，一手拿着他的苍市师大毕业证，说："不是我吹嘘自己的大学，看看你专科文凭上的照片，年轻是年轻几岁，反而不如后来英气。名牌大学气场不同，人的气度就不同。"

孙离专科毕业证上的照片，大大的眼睛，浓浓的眉毛，短短的平头，嘴角长着微微的绒毛。目光有些怯懦，一副怕挨欺负的样子。他自修本科毕业证上的照片，脸庞显得饱满，目光自信多了。

记得刚结婚时，夏秋夜逢上好月色，孙离喜欢撩开窗帘睡觉。半夜醒来，月亮照在窗外清凉的樟树上，喜子安静地躺在他的身边。月光下的妻子，比白天更好看。有回在月窗下做爱，喜子突然把头微微仰起，她的额角、鼻梁、嘴唇到下巴，一道奇妙的轮廓，叫他心旌飘摇。从那以后，孙离喜欢有意捕捉喜子那道神秘的线条，每次他都感觉到心脏高高空悬着，晃晃悠悠。

月色中游移的那根线条，为何有这么神奇的法力？老天爷在男人身上使了怎样的魔法？他想也许男人爱上女人，本来就是说不清原因的。

男人同女人很不相同。男人听女人说："我爱你！"男人就会把这个女人抱在怀里。

女人听男人说："我爱你！"女人却要问："你为什么爱我呀？"

男人就得搜肠刮肚，说出很多理由。他们的话有些是真的，有些是临时编出来的。他们也许并不想欺骗女人，可是女人需要理由，男人只好让她们满意。

喜子也问过很多为什么，孙离也编过很多理由，但他从来没有告诉她，喜欢她那道神奇的线条。他要是这么说了，喜子会怪他胡说八道。他只得说爱她的善良、聪慧、美丽等等，这些都是套话，可以用在任何女人身上。

男人说出再多爱的理由，女人私下里再怎么心满意足，她们还会说不相信，还得看你做得如何。男人和女人夫妻几十年，女人每天都在看男人的表现。女人就像一架验钞机，时刻验着男人的真假。也许怪不得验钞机，假钞实在太多了。

女人都是爱漂亮的，可男人赞美她们的容颜，也是件很危险的事情。有的女人，她知道自己姿色平平，你越说爱她的美丽，她越发不相信你，尽管你说的是真心话。有的女人，她知道自己漂亮，你越说爱她的美貌，她越会说你忽略了她的内涵。她多半会反问你："貌美的女人多的是啊！"

孙离会真心赞美妻子的漂亮，只要看到她某个姿态巧倩动人，他就会微笑着说几句好听的话，却总是适可而止。喜子会抿嘴笑笑，瞟他一眼。她这一笑一瞟，也是动人的。孙离很喜欢喜子的唇线，有时他把妻子那道从额角到下巴的神奇线条省略了，单单冥想她的唇线，也会春心荡漾。

孙离忍受着右手的酸麻，又在喜子脸上寻找那道神奇的线条。他稍稍偏一下头，线条很容易就找到了。这条神奇的线条，他发现十多年了。他内心守着这个秘密，一直没让喜子知道。

但是，今天他的心脏并没有高高地空悬着晃悠。喜子背过身去，人仍在睡梦中。孙离就势抽回右手，举在黑暗中摇晃几下。他翻了身，背靠喜子躺着。他就像锅里煎鱼，不停地翻来覆去。越是睡不着，越想上厕所。人就在厕所和床沿间穿梭。却又拉不出东西来，憋着人又发慌。

喜子醒了，说："知道你怕吵了我，忍着不动，反而更睡不着。你还是睡到那边去吧。"

孙离只道："没事的，一会儿就睡着了。"

几个晚上都没睡着，孙离只好又回到自己房间。失眠是他的宿疾，自小如此。记得很小的时候，他总是通宵在床上爬来爬去。爸爸妈妈被他吵得不能睡觉，烦得张开巴掌打他屁股。他几乎每个晚上都被打得哇哇哭。

孙离长到八九岁时，爸爸妈妈终于想到他可能有病，才带他去看医生。医生也觉得奇怪，没碰到这么小就不睡觉的孩子。孙离至今还记得，医生笑眯眯地说：“夜里想什么睡不着呢？想大人的事呢？你又太早了些。”

医生和爸爸妈妈都笑了，孙离不知道他们笑什么。多年以后想起那个医生的话，才知道是开他的玩笑。所谓想大人的事，就是想女人。

亦赤小学五年级时，有天吃着晚饭突然放下碗，抬头望着爸爸妈妈，老半天才问道：“你们之间是不是出问题了？”

“什么问题？”喜子望望儿子，又望望孙离。

亦赤说：“你们分居了。《婚姻法》规定，夫妻分居满两年，就可以离婚。”

孙离一听，笑了起来，说：“你这傻儿子，爸爸妈妈这不叫分居。”

那天夜里，喜子问孙离：“怪不怪？儿子这么小就知道《婚姻法》了？”

孙离感觉事情不妙，说：“他肯定是听别人说的。说不定儿子在学校跟同学们议论我俩的事，说我们不在一张床上睡觉，以为这就叫分居。”

喜子长吁短叹，说：“难怪儿子越来越不说话！”

十四

喜子做图书馆馆长那年三十七岁，苍市师大从未有过这么年轻的图书馆馆长。那个冬天，一个叫刀郎的歌手红了。刀郎像突然从地底下冒出来的，人们走在大街上随处可听到他的歌，《2002年的第一场雪》。

那一年，苍市的冬天很暖和，没有下雪。

女人们喜欢暖冬，有更多机会穿裙子。孙离见老婆每天穿裙子出门，便说："喜子，冬天了啊！"

喜子说："你不觉得这像春天吗？"

孙离就说："暖冬并不好，灾年要来了。俗话说，瑞雪兆丰年。"

喜子也是乡下人，却没有孙离那么重的乡村情结。她也不懂农事，不知道暖冬坏在哪里。她凡事不太往深沉处想。孙离有作家的职业毛病，动不动就见微知著，以小见大。喜子习惯了孙离的深沉，遇着男人皱着眉头说事，她只轻松地笑笑而已。

亦赤的老师都说，孙离这个儿子是神童。他课堂上并不怎么用心，考试成绩却总是前几名。老师又怀疑亦赤有多动症，他下课时简直飞檐走壁，一年四季手里抱着个篮球，没事就把篮球顶在手尖上转。

有天，语文老师走进教室上课，见亦赤站在课桌上玩球。他把球顶在头上，身子慢慢往后倒，球就顺着他的额头、鼻梁、下巴往下滑，停在了胸脯上；又从胸脯滑到左手臂上、滑到右手臂上。同学们都屏住呼吸，看他的表演。

老师也看得发呆。突然听到隔壁教室的读书声，老师才拍拍教鞭，喊道："孙亦赤，要什么猴子把戏!"

亦赤从课桌上跳下来，坐到座位上去，球仍夹在双膝间。

有一回，高年级同学打篮球，亦赤站在旁边看热闹。他冷不防冲进赛场，抢下一个球就投进篮筐里。比他大的同学追着他要打人，他跑起来比猴子还快。

喜子很想上讲台，可她调来的时候正好图书馆缺人。校长许诺她先在图书馆干几年，过几年调到文学院去。喜子先在图书馆的信息咨询部，后来调到馆藏部。两年后，她竞聘副馆长岗位，聘上了。又三年，升任图书馆馆长。

这一年，孙离家买了新房子，四室两厅的。孙离执意要给窗户安上防盗窗，喜子忙摇头："儿子都这么大了，还怕他爬窗户?"

孙离说："还是装上防盗窗吧。"

喜子望望屋外的梧桐树，又趴在窗口看看楼下，说："怕贼?你是老待在家里的，哪天有个贼爬到梧桐树上，看见一个男人，面色又不善，他会吓得掉下去!"

喜子得意自己的幽默，望着孙离笑笑。喜子不是个太幽默的人，她今天手里捏着新房钥匙，说不出地高兴。

孙离抓着自己的头发，说："还是装上防盗窗吧!"

喜子皱了眉头："我最讨厌防盗窗，太败坏格调了。"

孙离仍抓着自己头发，咬咬牙说：“我怕自己跳楼！”

喜子只得依着孙离，房子装上了防盗窗。这个时候，她上讲台教书的想法早已淡了。喜子话不多，只埋头做事，若需要和外面打交道，她也收放自如。同事们都觉得她稳重，似乎还有些神秘感。她天天在图书馆忙着，却不停地发表论文。她的论文有图书馆管理方面的，更多的仍是自己专业范围的。她的硕士研究方向是中国现当代文学，博士论文的选题是“汉译文学研究”。

喜子的生活就像图书馆的书架，一切都是井然有序的。下学期开学时，夏天还没有过完，天气依然炎热。喜子六点半起床，轻轻撩开窗帘，看了看外面的天气。外面下着小雨，路上的行人都打着伞。

孙离昨夜好不容易睡着，似乎马上又惊醒过来。他做了一个噩梦，望见自己站在高高的屋顶，张开双臂跳了下去。他身子弹了一下，睁开了眼睛。原来他在睡梦里，头从枕头上慢慢滚了下来。头滚下枕头，也许不过几秒钟，他在梦中的历险却相当漫长。他像一张纸片儿，从楼顶往下飘呀飘呀，半天落不到地上。

喜子睡在隔壁房间，她早上起床从不去惊动他。孙离早已从附中离职，成了自由写作人。想到自由写作人几个字，喜子心里隐隐有些歉疚。孙离在媒体和读者那里，已是很红的作家了。

喜子读过太多的书，她心里有自己的文学坐标，当代很多作家都入不了她的眼。孙离是写推理小说的，若不是这几年由他小说改编的电视剧大热，他这位推理小说家不知道何年何月出头。

喜子喜欢下雨天，昨天夜里她躺在床上就听到窗外隐约的雨声。房间虽然开着空调，但她心里感觉到的清凉，却是雨声中自然的清凉。喜子不怎么化妆，她简单梳洗过，穿了件白色真丝衬衫，一条藏青薄牛仔裤。

喜子一直很清瘦，东西也吃得不多。她七点钟下楼，照例在门口小店买了一个馒头，就着从家里带的一杯酸奶慢慢吃，站在路口等校车。她上班不喜欢自己开车，校车很方便。刚才出门的时候，她心血来潮，穿了一双黑细高跟鞋。她平时不喜欢穿高跟鞋，买高跟鞋也是一时觉得好玩。

校车上的同事大多认识，也有不认识的。喜子跟同事打过招呼，坐下来慢慢地喝酸奶。同事们在校车上聊天，每天聊的都是房子和孩子。喜子从不插话，也不会专心去听。她留意窗外的风景，雨中的树叶油亮亮的。

有位老师反复说到自己在美国读书的儿子，喜子不免也想到自己的儿子亦赤。亦赤上高二了，已在学校寄宿。亦赤每个周末回来住两晚，耳朵上时刻戴着随身听摇头晃脑，同她说不上几句话。老师说她儿子的英语很好，可喜子感觉他汉语只会两个词：知道。好呢！

喜子下了校车，撑开一把黑白细格雨伞，一边和同行的老师搭讪，一边往图书馆走。图书馆在学校中央靠后位置，两幢高大的楼房展开来像一本翻开的书，也像一双舒展的翅膀。图书馆正大门前有三十二级宽大的大理石台阶，前面是一个圆形广场。喜子穿过广场，听着雨滴击打在伞上的“噗噗”声，心情很是愉快。

上图书馆阶梯时，喜子不留神脚下一滑，左脚往外一撇，哎哟一声跪倒在地上。喜子怕人笑话，正要挣扎着站起来，突然有人一手接过她的雨伞，一手用力把她扶了起来。

喜子抬起头，看到一双细长的单眼皮眼睛，藏在一副黑框眼镜后面，眼睛里黑白分明。他是刚调到图书馆来的谢湘安，他的名字和晋朝名士谢安只一字之差，很容易记。谢湘安本是学校信息技术学院的助理讲师，不久前调到图书馆的数字图书馆部。

喜子连声说：“谢谢，谢谢！”心里却有些懊恼，太狼狈了。

她人还没站稳，就想挣开谢湘安的手，用力抽了一下手却抽不回来。谢湘安牢牢挽着她的胳膊，力道不轻不重，既能扶着她站稳，又没把她的手臂捏痛。她只好让谢湘安扶着。她左脚踝关节针刺般地痛，没人扶也走不了。

同事们看着，开玩笑说："谢老师真绅士！"

谢湘安朝他们笑笑，替喜子撑着伞，扶着她说："朱馆长，你今天穿了一双漂亮鞋。"

喜子脸红了。谢湘安是说她今天鞋没穿对，雨天湿滑，容易摔跤。她自己也觉得今天莫名其妙，下着雨却穿了一双细高跟鞋。她哪怕就在平日，穿高跟鞋的时候也不多。她尤其不爱穿金属鞋跟的鞋，踩在地上笃笃笃地响，听起来就像钉钉子的声音，感觉心里凉凉的，一阵一阵地发紧。她大多穿软底平跟鞋，或是橡胶底的粗跟鞋。

喜子忍着痛走了几步，可以勉强走路了，就停下来对谢湘安说："谢谢你湘安，不痛了。"

谢湘安放开喜子的胳膊，伞也递给她，微微一笑说："朱馆长，你小心点。"

喜子的办公室很宽大，进门左边靠墙有一排图书资料柜，墙角有一组黑皮沙发，沙发边立着一个饮水机。右边墙上挂有一联，意思和字都很一般。因为是老馆长留下来的，她就照旧挂着。喜子本来处事谨慎，她做馆长快六年了，办公室仍是老样子。她只在文件柜靠里的侧面安了一面穿衣镜，进门出门都习惯站在镜前照一照。

喜子掩上门，坐在沙发上，脱下左脚的鞋，把脚抬到沙发上细看。左脚踝处虽有些隐痛，却并没有红肿，应该不会有事。她的左脚本来就有旧伤。喜子是乡下孩子，小时候免不了有些野。小学二年级时爬树，从树上摔了下来，左脚受了伤。她跛着脚走了半个月，左脚才没有痛。不过后来摔跤总容易伤左脚，平时左脚单立也有些不适。

喜子看着自己的脚踝，眼前浮现的却是谢湘安的笑脸，她自己也忍不住微微地笑。谢湘安今天也穿的白衬衫和牛仔裤，和她穿的衣服一样。她突然想起辛弃疾的词句：似谢家子弟，衣冠磊落；相如庭户，车骑雍容。

喜子平时就有种奇怪的感觉，听人说起某位未谋面的谢姓男子，她猜想那必定是位英俊潇洒的少年；而说起某个没见过的姓彭的男人，她就会联想起一位白髯飘逸的老寿星。她这想法有些莫名其妙。

谢湘安真是位衣冠磊落的谢家子弟呢！喜子这么想着，心里突然动了一下。她儿子亦赤今年十六岁，谢湘安三十岁，她自己四十岁了。谢湘安是同济大学的博士生，又去美国留过学，研究认知与智能信息处理，原是信息技术学院的助理讲师。喜子上任后建起了数字图书馆部，太需要计算机方面的人才，学校就把谢湘安调了过来。

喜子处理了一些杂事，不知不觉时间就过了。中午快下班时，听到有人敲门，喜子忙说："请进。"

谢湘安推开门进来，头发湿漉漉的，一定是刚淋了雨回来。喜子说："你头发湿了，我那里有条干毛巾，擦擦吧。"

谢湘安摸摸头，像小狗淋湿后抖毛一样，头左右甩了几下，微笑着说："没关系没关系。朱馆长脚还痛吗？午饭要不要我给你带回来？"

喜子平常中午是不回家的，午饭大多时候到学校教工食堂吃，有时也打电话叫盒饭。她说："你心真细，谢谢你。我脚已经好了，没问题。一会儿我自己去吃饭。"

喜子伸出左脚，脚尖悬空优美地划了几个圈。喜子的脚很秀气，衬着黑色细高跟鞋，裸露出的脚背白得像羊脂玉。

谢湘安眼珠跟着喜子的脚转了几圈，呆了一呆。喜子突然红了脸，赶忙把脚放下，又说了声："湘安，谢谢你。"

她的语气明显地变得客气了。谢湘安也忙说："那我就不打扰了。还有，朱馆长，上次你要我写的数字图书馆智能系统化问题分析材料，我已发到你邮箱了。"

喜子说："那太好了，你辛苦了。我也不懂智能系统优化，我找几个专家看看，再跟你们数字图书馆部商量。"

谢湘安说："好的。那我就不打扰了。"

谢湘安带上门出去了，喜子下意识走到穿衣镜前照了照。她长着一双圆圆的杏眼，颧骨有些高，皮肤还很紧致，并不像已年过四十的女人。外面的雨停了，天光很亮，映得她的脸白白的。

十五

孙离初次见到李樵，她还是一个小姑娘。一个冬天，有个女孩打电话来，说她是《新日早报》的记者，想约他做个采访。孙离不太愿意接受采访，那些问题他被问过若干次了。

“你的新作仍然保持了你过去的风格吗？”

“你考虑过创作转型吗？”

“你能用一句话给读者概括你新作的主题思想吗？”

“你可以透露下一部小说的创作打算吗？”

“你能对读者朋友说几句寄语吗？”

“你对推理小说怎么看？你介意读者质疑它的文学价值吗？”

孙离最不习惯记者问他小说的主题思想，这是非常愚蠢的问题。他成名之前，写了近二十年推理小说，却一直被看成不入流的作家。直到近几年，他的小说连着被拍成电视剧，才被很多读者追捧。他的小说在网上也很红。很多网络小说在网上好评如潮，印成纸质书就是落地死，好比大海里劈波斩浪的大蓝鲸，冲到海滩上就死掉了。

刚开始，出版社看他的推理小说实在很棒，小心地印了五千册，居然被读者一抢而空。之后一印再印，直把他印成了畅销小说家。他现在任何一本新书出版，都会成为一个文学事件。但是，书在市场上走得好，有些人看来竟成罪状似的，说："孙离啊，畅销书作家!"

孙离不喜欢接受采访，也是懒得费口舌。李樵很会说话，电话里没聊几句就叫他心软了，答应同她见见面。

李樵约的地方是海云大酒店一楼的咖啡厅。孙离进了酒店大堂，正四处张望，听到一个声音："请问你是孙老师吗？我是李樵。"

孙离循声望去，一位小姑娘，身穿白色马海毛大衣，伸手朝他走来。

孙离说："抱歉，让你久等了。"

李樵递上名片，说："没关系，我自己来得太早了。"

孙离接过名片，看清她的名字。他在电话里听着，以为她叫李乔，或别的什么"乔"。她像猜准了他的心思，说："看名字人家总以为我是个男的，见了人就以为我是乔木的乔，或是荞麦的荞。"

孙离心想，这真是个聪明姑娘。李樵的茶已喝下去大半杯，估计她已经等候多时了。她果然没有太多采访经验，却也没有媒体俗套。孙离回答的话，远比她提问的话少。她每提出一个问题，都会对他的小说作大段阐述，还要引用很多西方文艺理论，差不多都是谁谁谁的原文。她说的那些西方谁谁谁，有的孙离知道，有的他未必清楚。可他并不觉得这孩子在炫耀学问，反而觉得她挺可爱的。她研究生刚毕业，课堂上听来的东西，都还在肚子里热乎乎的，不小心就倒出来了。

作家很容易挑剔和尖刻，孙离尽量叫自己平和宽容些。但也许是一种本能，他同人见面，总是下意识地挑毛病。可他在李樵身上，真挑不出毛病。或许是这孩子长得清爽顺眼？

她这年龄的女孩，若要化妆是很愚蠢的。李樵没有化妆，她眉毛修长，稍稍过浓了些。如果是成年女人，她会把眉毛拔去一线。她的眼睛原本很大，可笑起来就弯成一条缝儿。

孙离暗自琢磨着她这种变化，他想弄清楚，这双大眼睛，笑了起来，怎么会是一条缝儿呢。她埋头喝茶的时候，孙离终于弄明白了。李樵的睫毛浓而长，眼睑稍稍合拢，就成一道漆黑的弯儿，盖住了眼睛。难怪她的眼睛忽大忽小！

李樵作采访的时候，孙离也采访了她。她在复旦大学读的本科，北京大学读的硕士。她说很多同学都留在北京了，可她不习惯那里的干燥，仍是回到了故乡苍市。她直说自己没出息，年纪轻轻就热土难离了。

她倒有种一般女孩子身上少见的气质。孙离突然发现，他不敢正视李樵的眼神了。她提问的时候，他无法回避她的眼神，只好眼睁睁地望着她。不然太不礼貌。她说完话就笑起来，眼睛变作美丽的弯儿。

孙离朝她笑笑，便望着她右膀，慢慢作答。她的右膀后面，放着一盆兰花。孙离想起自己在小县城见过的兰花。他这么喜欢兰花，这么多年却从未栽过。

李樵问："你可以谈谈新作的结构吗？"

孙离说："我没有在小说结构上刻意过，也许是我偷懒，或者创造力平庸，也许是我对结构有自己的一孔之见。"

李樵点点头，弯着她的眼睛朝他微笑。

他继续说道："看看你右手后面的那盆兰。"

李樵回头看看，说："是的，我注意到你老盯着它。"

孙离说："要我说结构，就是一句话，顺其自然。怎样的小说，需要怎样的结构，那是一种天然。小说好比植物，那是地里自然长出的。倘若强加人力，那就是病梅馆里的东西。你再看看后面那个放兰花的根雕架子。”

李樵回头看看，又弯着眼睛笑。孙离说：“我很不喜欢根雕，本来是天然的东西，却叫自作聪明的人修饰坏了。为什么一定要把树根想象成一条飞龙，或是一只雄鹰呢？”

孙离停了片刻，慢慢喝着茶，又说：“有句说得很溜的话，说形式就是内容。从小说类型而言，没有哪类小说像推理小说这样形式同内容紧密关联的了。作家在构思小说情节的时候，小说的结构自然就完成了。好的推理小说，天然就有好的结构，这是小说内容决定的。”

孙离摸摸口袋里的烟，犹豫着没有拿出来。他从来不忌讳抽烟的，今天他突然觉得不应该抽烟，怕烟味坏了李樵身后那盆兰花的幽香。他十指交叉着搭在腿上，慢悠悠地说：“大家不是都说文学就是人学吗？推理小说是最揭示人性的小说，看似通俗的推理小说往往都深刻地诠释着人的问题。”他的目光有些遥远，“我们今天谈论的这部小说，主人翁为什么走向如此阴暗的人性深渊？不光我在小说里有拷问，相信读者阅读的时候都会有各自的思考。”

孙离同李樵聊了整整一个下午，加上晚饭时间差不多有七八个小时。李樵说的话，差不多是他的三倍以上。可是奇怪，李樵给孙离留下的印象竟然是安静，就像她身后的兰花。

孙离喜欢安静的女人。有的女人话其实并不太多，可她给你的感觉就是太吵了，张嘴就是噪声。李樵说了那么多话，她却是安静的。她朝你微笑，那弯弯的眼睛里，似乎弥散出一种叫你安静无比的物质。那种物质是不明的，孙离感觉它分明在空气中飘忽。或许就像她身后那盆兰，它也分泌着一种安静。

据说人的情绪，实际上是一种物质，它是可以被测定的。情投意合的男女待在一起，他们身上会散发出一种气流，这种气流相互缠绕，绵绵不绝。用某种特制的仪器来观测，可以看到这种气流呈现美丽的绿色。

两个相互讨厌的人待着，他们的身体里散发出来的则是黑色气流。如果把这种黑色气流收集起来注入金鱼缸里，可以把鱼活活毒死。

假如把那种美丽的绿色气流搜集起来，埋在玫瑰树下，花儿会开得更加鲜艳。

孙离曾在书上看到过一种说法，说的是男女之间，日久就能生情。这未必就有道理。他倒认为男女之间是否会钟情，初次见面就有感应。直觉告诉你同这个人好不起来，两人处得再久也好不了。

孙离初见李樵的时候，他还没有看到这种说法。他当时只觉得这孩子挺叫人怜爱的。他夜里曲肱而眠，自然又是睡不着。失眠在他是经常的事，未必就因为见了李樵。但那天夜里，他确实想到了这个姑娘。假如用那种神奇的仪器测测，李樵身上会散发出什么气流呢？他的身上肯定散发出奇妙的绿色气流。

十六

第二年，也是冬天，李樵又打了他的电话。他总是在冬天出版新小说，她也总是在冬天约他采访。每当文章见报，她会打电话过来，说些感谢的客气话。从此很久没有音讯，孙离平时会把她忘掉。

好几年都是如此，他同李樵每年见面一两次。孙离有时找别人的电话号码，突然在名片堆里翻到她的名片，他会望着她的名字凝神片刻。

李樵的名片是白色的，报社地址和电话印一面，名字单独印在另一面。李樵两个字，小四号楷体居中，看上去安静极了。

有一年春上，孙离躲在外地写小说，收到李樵短信：孙老师在家吗？想约你喝茶。

孙离看着短信，心想，李樵除了采访，从来不联系我的呀！

他回短信：我在外地，几天后回来。

李樵回道：回来后告诉我吧。

孙离没等上几天，第二天就回来了。他提前结束在外面的写作，不知道小姑娘约他有什么事。

喝茶的地点是李樵定的，时间在晚上八点半。孙离整个白天都心神不定，盼着晚上八点半早点到来。他吃过晚饭就出门了，赶到喝茶的地方还很早。

他停车的时候，心上莫名地打鼓。他摸着自己胸膛，笑自己四十多岁的人了，居然还怕见小姑娘？李樵又不是陌生人！

茶馆在一条僻静的街巷，叫紫亭。他到的时候，李樵还在路上。他发了短信去：我坐在东边靠窗的包厢，你慢慢来，不着急。

他没有先点茶，只喝着白开水，不停地长长舒气。

“李樵到来之前，一定要让自己平息下来。”他暗暗嘱咐自己。

听到轻轻的敲门声，他来不及应声，门就拉开了。李樵站在门口，笑吟吟的。她穿着咖啡色羊绒外套，围着大红的围巾。

孙离站起来，调侃道：“很漂亮！可以进来了，亮相时间不要超过十秒钟！”

李樵坐下来，取下围巾，脱了外套，说：“我清早就这么出门的，衣服穿多了。今天早上有些冷。”

“晚饭没回家吃吗？”孙离接过她的外套挂到衣帽架上。

李樵笑着喘一口气，说：“报人就是这样，起早贪黑，废寝忘食。”

“没吃饭？我问问这里有没有菜吃。”

李樵说：“我说没有回家吃饭，也可以在外面吃呀！我是盒饭族啊！”

服务生进来点茶，孙离问：“你喜欢喝什么茶？”

“喝红茶吧。”李樵又问孙离，“你呢？要不我就随你。”

孙离说：“我也喝红茶。”

服务生泡好茶出去了，孙离请李樵端了茶，自己再把茶端起来，慢慢抿了一口，说："好久不见了。你都出门一天了，怎么看都是才梳妆过的样子。越女新妆出镜心啊！"

李樵望着他笑，说："孙老师你从来不夸女孩子的啊！"

"是的。见了女孩子就说你真漂亮，只是一句客气话，我不习惯说。"孙离也嘿嘿地笑，"李樵，早听说你当社长了。怎么样？好吗？"

李樵没有回答他的话，眉头稍稍皱了一下，问："你说，人和人之间，可以相互信任吗？"

"也许是我没有在复杂的人际关系中生活过吧，我是愿意相信人性善的。"孙离说，"尽管我的小说总是揭示人性的暗角，但我在生活中愿意看到明亮的东西。"

孙离侃侃而谈的时候，突然想起自己呼吸不再紧张了。李樵不说话，只是听他说，望着他，目光柔和。茶杯没有离开过她的手，她的目光也没有离开过孙离的脸。孙离似乎真切地看到某种神秘的物质，从李樵的眼睛里慢慢地弥散而出，飘浮在茶室柔和的灯光下。

看看十点多了，孙离舍不得走，却怕李樵不方便，就说："李樵，时间你掌握啊！我反正是不分白天黑夜的。"

李樵看看时间，说："也不早了，我们走吧。"

出了门，孙离问："你开车来了吗？"

李樵说："我让司机走了。"

"我送你吧！"孙离领着李樵上了车，"住哪里？你指路。"

"我还得去报社。"

孙离笑了起来，说："你是怕我找到你家吧？"

李樵也笑了，说："你又开始写推理小说了吗？"

孙离偏头望了一眼李樵，说："听你口气，你骨子里还是瞧不起推理小说的。"

李樵摇摇头，说：“我眼里没有类型小说的概念，我只看好小说。你的推理小说，艺术性高，也有内涵。别人怎么看我不管，我喜欢。”

“谢谢你，李樵!”孙离说着，腾出一只手伸过去。

李樵不像平常那样很随便地同他握手，而是把手掌攥成一个紧紧的小拳头。他抓着她的小拳头，轻轻握了握就放下了。他装着平淡的样子，心里却有些怪怪的。她刚才那个紧紧的小拳头，似乎是在防范或抗拒他。也许，逼仄的车里，叫她感觉不安全?

沿路候了几个红灯，李樵都没有说话。孙离无话找话说，怕露出内心的尴尬。快到报社的时候，孙离没事似的说：“明天中午有空吗?我请你吃中饭。”

李樵笑起来很欢快，说：“好啊，有饭吃好啊!”

“行，我明天十二点到报社门口恭候!”孙离把车停在报社门口，双手搭在方向盘上，偏着头目送李樵。他按下窗玻璃打招呼，李樵却没有回头看的意思。

孙离驱车走了四五分钟，停在了马路边上。他脑子里乱纷纷的，尽是李樵的影子。她的眼睛，她的眉毛，她的嘴巴，她笑吟吟的样子。“她为什么约我喝茶?我为什么这么慌乱?”孙离满脑子的疑问。

孙离刚想重新上路，身子猛然发热了。“她约我原是有话说的呀?难道我说得太多，她只好不说了?”孙离这么想着，身上很不自在。“是的，她问我人与人之间可以相互信任吗?必定不是平白无故问的。”

孙离慢慢开着车，就像做了很不得体的事，羞愧得摇头叹息。“明天一起吃饭，我听她好好说说。”孙离郑重地嘱咐自己。又想起李樵紧紧捏着的拳头，没有回应他的握手。

第二天中午，孙离早早地赶到报社门口。

十二点了，他发了短信：我在大门口。

李樵回复：稍等，马上出来。

过了约十分钟，李樵出来了。她穿了一条灰黑细格的紧身毛呢长裙，腰身苗条，裙摆宽大。望着李樵款款而来，孙离心里像有十只青蛙在跳。她拉开车门，轻轻撩起裙子，坐进车里。

孙离朝她笑笑，说："我第一次看见你穿裙子，人像高了十厘米。"

李樵也笑笑，说："你真不会夸女人。"

孙离慢慢倒着车，说："我是写推理小说的，第一印象就是外形的精确描述。推理小说既要有文学头脑，又要有科学头脑，真的不容易！"

李樵偏头望了望孙离，说："你看上去不像太坏的人啊！"

"原来你一直以为我是坏人？"孙离假装生气。

李樵故意调皮，说："看你的小说，你把人性写得那么阴暗，人心最幽暗的角落你都伸进去了。我就想，这个人好可怕啊！"

孙离伸手过去，抓住李樵的手，说："没见我吃了你呀！"

李樵攥着的小拳头慢慢松开了，手掌软软地放在孙离手里。孙离便握着她的手，再也没有松开。直到吃饭的地方，孙离才把李樵的手捏捏，说："我们到了！"

餐馆临着河，凭窗可望见河里的船。

李樵坐下来，望着窗外，说："这地方真好！"

孙离就说："那就作为我们的定点餐厅吧。"

李樵脸微微红了，浅浅地笑。孙离望见李樵脸红，就有种口干的感觉。懂得脸红的女人不多了。李樵应是上过大台面的人，怎么还会脸红呢？

孙离把菜单翻了翻，说："李樵，你点菜吧。我没有特殊口味，你点什么我吃什么。"

李樵接过菜单，一页一页慢慢地翻，不像在点菜，像是在看书。她的胸脯匀和地起伏，沉静得像夏天树荫下看书的女大学生。

李樵看菜谱的样子，叫孙离想起看书的喜子了。他把目光移向窗外，望见河里有水鸟飞过。多年前，家乡那所中学的教研室里，喜子就是这么坐着看书的。他想起那个遥远的午后，阳光照着喜子的耳朵，粉红粉红的。

李樵把整本菜谱慢慢翻完了，又从头看起，点了几个菜，说："点多了吃不了。"

孙离笑道："李总做决策真是谨慎啊！"

"别笑话我了。我喜欢这些菜式的照片，拍得真不错。"

李樵刚才原来一直在看照片！

他想这女人入静了，简直是一尊菩萨！

孙离想起她昨天的话了，问："李樵，你问人与人之间可否相互信任，有具体的事吗？"

李樵望着孙离，眉头微微皱了一下，说："没事呢！"

孙离隐约觉得她藏着话不说，又不便追问下去。她果然不想说，开始说窗外的事了："对岸的芦苇真好看。等秋天的时候，芦苇滩里的水退了，芦花也开了，到里面看看去。"

"我可以陪你去吗？我去看过，很漂亮。"孙离和喜子一起去那里看过芦苇。

李樵笑笑，说："那还得等几个月呢！那时候，天知道你在约哪个女读者！"

孙离眼睁睁望着李樵，说："不许乱说啊！李樵，我从现在就开始勾手指头算日子，只等芦苇滩里的水干了，我们就玩去！"

菜端了上来，孙离问："喝点什么？"

李樵说："白开水吧，我不喝酒。茶和果汁也靠不住，不如白开水。"

孙离摇摇头，笑道："不能想太多，想多了活不成。你说水，我们喝的水其实也有大问题，铬污染呢！"

"我比你清楚。"李樵夹起一根红菜薹，慢慢送进嘴里，"我们收到很多这方面的材料，不光是铬，还有铅、锌、砷，多种重金属污染。上面打了招呼，不准报道。"

"为什么不准报道？"

李樵说："你真这么单纯吗？控制负面新闻，我们行话叫控负！"

"控制了负面新闻，负面事情就不发生了吗？"

"你还是写你的小说吧。"李樵笑着朝他飞了一眼。

孙离也夹了红菜薹吃，说："也好，我们不知道吃的是什么还好些。知道了，仍要这样过日子。告诉你，我们最喜欢吃的这些蔬菜，恰恰是污染最严重的。"

李樵望着孙离，眼睛里尽是问号。他接着说："我们吃的红菜薹、白菜薹、大白菜、小白菜，都是十字花科的，最能吸收土壤中的重金属。土壤受到重金属污染，自我修复需要几十年到上百年，人工修复最有效的手段就是种植十字花科作物。"

"什么是十字花科？"

孙离说："十字花科，就是开花是十字形的，四瓣花。我刚才说的各种菜，开的花都是十字形的，四瓣。"

"你怎么这么专业呀？"李樵很好奇。

"写推理小说嘛！"孙离笑笑，"你知道吗？十字花科作物吸收了重金属，它也成了污染物啊！物质不灭，重金属从土里到了作物里。所以，还得处理这些作物，毁尸灭迹。"

李樵放下筷子，说："太可怕了！我们不是在吃浓缩重金属？我要吐了！"

孙离也放下筷子，双手抱拳说："抱歉抱歉，我说多了。你也不要这么紧张，只要菜薹不是河滩上长的，就不是吃浓缩重金属。有些市民自己在河滩上种菜，真是危险啊！”

“你还说！”李樵生气的样子，双目成了圆杏子。

孙离笑着拿话岔开，天上地上说了些无关的事。饭吃得差不多了，李樵说：“我下午还得看稿子，送我回去？”

上了车，李樵说：“我有些困，放倒座位躺一下好不？”

孙离慢慢地开车，遇着堵车也不着急。他不按喇叭，刹车也踩得轻轻的。瞟一眼李樵，她真的睡着了，长长的睫毛搭下来，一道黑弧线轻轻地往上弯着。

孙离听见了李樵的呼吸声，轻微而匀和。她今天的小拳头慢慢地松开了，她今天随便同他睁着杏眼生气了，她这会儿在他面前安然地睡着了。

他微微地张开嘴巴，好像有股气浪随时会从胸口冲出来。望见报社大楼了，李樵就醒了，轻轻调直了靠背，说：“睡得好香啊！”

孙离说：“你太累了，要注意休息啊。”

“好了，不用进去了。谢谢啊。”李樵让孙离把车停在报社大门外。

孙离把车轻轻地停下，说：“我再约你啊！”

李樵回头笑笑，清清爽爽地说：“好！”

孙离没有伸手过去，李樵也没有握手的意思。他没有把车窗摇下来，李樵下车之后也没有回头。孙离倒好了车，再回过头去，已望不见李樵了。

孙离恨不能天天见到李樵，却不好约得太密了。他隔一两天约她一次，都是约她吃中饭。李樵偶尔会有事，就说：“明天吧，行吗？”孙离就说：“随你吧。我反正天天都有空。今后我只做一件事，就是等你吃饭。”李樵在电话那边笑，说：“老孙同志，你嘴越来越油了啊!”李樵不再喊他孙老师，非得称呼的时候，就调侃着喊他老孙同志。

天气很快热起来，脱下春装就得穿短袖。有天一大早，孙离发短信给李樵：我知道郊外一个地方，僻静，菜也好吃。

李樵半天没有回短信，孙离心想她要么就在开会，要么就是手机不在身边。快到十一点钟的时候，仍没有她的消息。他想：先到她附近去等着，不然等她回了信，时间就不够了。

他快到报社的时候，李樵的电话来了：“抱歉抱歉，我一早开会把手机静音了。好呀，你来接我吧!”

孙离嘿嘿一笑，说：“我已经到了。”

李樵轻轻哦了一声，就挂了电话。没多时，李樵出来了。她穿着薄薄的灰色大摆长裙，配着白色棉质短袖衣。

李樵上了车，孙离笑眯眯的，说：“真漂亮!”

李樵记得他上次说的话了，就说：“假话吧？你自己说的。”

孙离忙说：“你知道我说的是真话，别骄傲嘛！你穿裙子真的漂亮，腰身好，腿又长。”

李樵笑出了声，说：“能穿几年就好好地穿几年，等到变成股份公司就穿不成了。”

“什么股份公司呀？”孙离把车开得慢悠悠的，他同李樵在一起，开车就像散步。

李樵说：“腰上的肉一股一股的，不是股份公司吗？我看有些大姐，腰上的肉圈圈四五道，裙子还非勒得鼓鼓的，我看着心里着急。我就想，自己到了这个时候，死也不穿裙子，死也不穿紧身衣。”

孙离笑道：“我看见有些年纪大的男人裤子拉链开了不知道，就想自己老了就隔三分钟摸摸裤裆。”

李樵打了孙离的手，笑着说：“亏你想得出，人家会当你是老不正经呢！”

孙离叹一口气，作古正经地说：“男人老了真能做到不正经，说明他身体很好。看到有些报道，说现在的男人越来越不行了。”

李樵只当没听见这话，摸摸腿说：“车里怎么有蚊子？”

“怎么会有蚊子呢？”孙离瞟了一眼李樵的腿，“你的小腿漂亮，穿长裙可惜了。”

李樵捂嘴笑个不停，就像想起了什么笑话。

孙离问：“我脸上有鸟屎吗？”

李樵说：“人身上凡长得漂亮的地方都要露着，天下就大乱了。”

孙离一本正经地说：“我看还是古罗马人思无邪，雕那么多裸体男女放在街头，也没见天下就大乱了。我最不明白的是网上贴的女人裸照，乳房分明全部露着，非得把乳头打上马赛克。未必只有乳头是黄色的？”

“拜托，你别越说越具体行不行？”

“讨论，纯属学术讨论！”孙离嬉皮笑脸的。

出了城，车子开得快些。孙离看见路边竖着一块简陋的牌子，上面写道：快活林。

“我们到了。”孙离把车开进一条窄窄的小路。

李樵说：“我们是要去打劫生辰纲吗？农家乐尽喜欢起这种故作风雅的名字。”

孙离说：“我们就别挑剔了，只要菜的味道好。”

路弯弯曲曲的，不知道还得进去多远。李樵正疑惑着，突然眼前一亮，望见一栋小屋筑在山前，屋门口有个不大不小的坪，停了一些车。

孙离把车停下，说：“这地方不好找，客却很旺。”

李樵撑开伞，说：“你先进去吧，我在外头看看。”

李樵转到屋后，见山上长着松树、竹子和杂木，林子里有鸡群自在地觅食。一只公鸡振了几下翅膀，脖子昂起来向前徐徐一伸，颈上金黄的羽毛顿时竖了起来，长长地叫了一声。李樵看得很开心，心想这就是乡下的闹钟，午饭时候到了。

她绕着屋子走，忽然闻得浓浓的花香。正想着这香气哪里来的，就望见屋子另一头有棵高大的玉兰树，树上开满了小指头大的白花，鸟在树上欢快地跳着。

“看得这么入迷呀?”孙离找她来了。

李樵说：“这地方真是太好了。能有这样一个地方住着就算享福了，离城里又不远。”

“天下好地方多，哪能都拿来自己住?”孙离说，“这里的鸡都是野地放养的，很好吃。我没点别的菜，就一只土鸡，一份蔬菜。”

李樵指指林子，说：“鸡我看见了呢，正在树林里吃虫子。”

那只公鸡又打鸣了，孙离开玩笑说：“那么多母鸡，伺候一只公鸡，那位先生真是幸福!”

李樵在孙离背上打了一拳，说：“你心里只有那点事!”

孙离抱拳求饶，说：“我是乡下人，想事说话都是乡村经验。乡下俗话说，一只公鸡管一乡，一只公鸭管一江。”

孙离望见李樵背上微微汗湿了，说：“我们进去吧，外头热。”

“今天有些闷热，只怕会下大雨的。”李樵抬起头，越过密密的林荫，望了望天空。

进了餐馆，凉爽多了。孙离选了靠窗的位置，菜很快就上来了。仍是什么酒水也不喝，只是吃菜吃饭。

孙离先给李樵舀了一碗鸡汤，说：“尝尝吧，你肯定会喜欢。”

李樵拿调羹试了一口，禁不住闭上眼睛，说：“真是鲜美!”

孙离也喝着鸡汤，说：“佛教公案说参禅三境界，我说如今城里人都到第二境界了。”

李樵自己舀了鸡肉，问：“如何说？”

孙离有些显聪明的样子，说：“见山不是山，见水不是水。我加一句，见肉不是肉。”

李樵听得有意思，说：“我还加一句，见人不是人。”

“你这句话说得经典！”孙离摇摇头，又说，“我们吃饭吧，别越说越沉重了。”

蔬菜是小白菜，嫩嫩的微微有些甜味。

“这菜该不是浓缩重金属吧。”李樵笑得一脸的调皮。

孙离便说：“不准再提十字花科什么的啊！这里的菜都是他们自己种的，你不见屋前一大片菜园子吗！”

“看见了，还有一口大水塘，鱼肯定也是他们自己养的吧。”李樵吃得很舒服，额上沁着细微的汗珠。

孙离递了纸巾过去，说：“刚进屋还凉快，很快就热起来了。”

李樵说：“这么多的人，这么多冒着热气的碗，哪有不热的？”

慢慢地吃完饭，又坐着喝了几口茶，李樵说：“真想再往山的深处走走。”

“看天气，怕有大雨呢！”孙离又问，“下午没事了吗？”

“我们走吧。”李樵站起来，“事情做不完的，稍晚看看头版就行了。”

出了餐馆，孙离望望天上的乌云，问：“往山里走吗？”

李樵也抬头看看天，说：“开着车走走吧，下雨反正在车里。”

路越往山里越窄，有些地方错不了车。路面还算过得去，铺的是水泥。路的两边，一边是山间水田，狭长的一溜儿顺着山谷往里去；一边是连绵的山，长着松树及各色杂木。田里的禾苗嫩嫩的，像绸缎似的迎风起着浪；山上的林子稠密得有些阴森，可以望见很多白鹭起起落落。

李樵说：“只隔一个山口，里面就看见有人种田了。城市近郊的田土都已荒了，这里的人还种地，可见民风还算淳朴的。真有些桃花源的意思。”

孙离笑笑，说：“亲爱的，你想多了。这里的人还种地，只因城市规划还没到这里来。只要城市规划红线一划，这里长的就不再是禾苗，而是荒草了。”

李樵揪了孙离的腿，说：“拜托了，大作家！别什么事情到你眼里就看穿了好吗？你让我假装幸福一下也不行吗？我正沉醉于这里的田园风光呢！”

听得一声大大的炸雷，雨马上就下起来了。

“雨说来就来了。也好，下一场雨天气会凉些的。”李樵望望车窗外的雨，“乌云看不见了，天也看不见了。全是雨，混沌一片。”

“这个季节的雨，说来就来，说走就走，很快就没了。”孙离把车靠路边停下。

雨越下越大，雨刮器已刮不开雨帘，完全看不见前面的路。他俩都贴着玻璃看，外面却是什么也看不见。孙离往左边看看，隐隐看见山坡上长着一棵大树，就说：“若不是这棵大树，雨雾还会大些。”

李樵知道擦玻璃也没有用，却忍不住擦了擦，说：“好像是棵古樟树，只怕七八个人才能合抱。”

“李樵，这世界上只有我们俩了，我俩成亚当和夏娃了。”孙离嘿嘿笑着。

李樵回头望着孙离，目光有些迷离。孙离摊开手，李樵就把手掌放了过来。孙离揉着李樵的手，她的头低下去了。

他把她轻轻地揽过来，紧紧地抱着。李樵就像没了骨头似的，软软地躺在他的怀里。他亲吻李樵，她的嘴先是闭着的，慢慢就张开了。

雨越下越狂暴，他俩的亲吻也越来越热烈。李樵的双手在他背上使劲地抠着，好像要把他的骨头取下来。孙离则一边亲吻，一边抚摸着她。

雨慢慢小下来，看得见窗外的稻田和山林了。

孙离伏在李樵耳边说："宝贝，我们找个地方去，好吗？"

李樵微微点了点头。孙离百般的不舍，也只好先放下李樵。他轻轻吻了她的脸，示意她坐好了。他开车往前走了一段，想找个稍微宽些的地方掉头。路太窄了，他掉头的时候全神贯注。他把车掉头过来，却见李樵已放倒座椅躺下了。望见李樵这么轻松地躺在他身边，他胸窝里热热的。

进城没走多远，看见有家五帝大酒店。孙离没有说话，径直就把车开到酒店去了。车刚停下，李樵闭着眼睛说："你先去吧，我过会儿再来。"

雨已完全停了，太阳照样很晒人。孙离下车，直奔大堂。他胸口虽有千军万马，却装着若无其事的样子。他把房卡捏在手里，几个指头都汗淋淋的。

孙离一边上楼，一边发信息给李樵。他进了房门，站在门后守着。李樵没有回短信，不知道她收到没有？他正这么琢磨着，门铃响了。

他开了门，李樵低着头进来了。他一把搂着李樵，喘气喘得喉头发烧，说："亲爱的宝贝，我胸口里装着定时炸弹，咔嚓咔嚓地响，快要爆炸了！"

李樵不像在车上那样用力抠他背上的肉，她长长地摊开双臂躺在床上，眼睛不松不紧地闭着。她放松得就像一摊流沙，散漫在宽大的床铺上。

孙离全身热热地冒着火，他把这火向她猛烈地喷去。李樵却轻得像落地的黄叶，任狂风席卷着漫天飞舞。

李樵裹上浴巾去卫生间，孙离把眼睛闭上了。他就像自己做了坏事，有些不好意思。李樵冲了老半天的澡，出来的时候依然低着头。

孙离平日冲澡很快，却故意久拖了些时间。他不想给李樵留下马虎的印象。他揭开被子，看见李樵趴在床上，头埋在枕头里。他忍不住去亲吻她的背，双唇顺着她的背脊往下走。

李樵的背舒缓地拱了一下，深深地吸了一口气。她慢慢转过身子侧躺着，眼睛微微睁开，淡淡地笑着，说："说说吧。"

"说什么呀?"孙离云里雾里的样子。

李樵仍是浅浅地笑，说："说说你自己。"

"我自己?"孙离问。

李樵眼睛又闭上了，说："交代吧。你的情感故事，或者说你的浪漫史。"

孙离趴在李樵身上，说："我哪有什么浪漫史！一个老婆，一个儿子。儿子上高二了。"

李樵淡淡地说："听说很多夫妻都等着孩子上大学就离婚，你有这个打算吗?"

孙离内心难堪，又莫名地焦虑，说："离婚是这么容易的事吗?"

李樵笑了起来，眼睛睁开了，直直地望着他，说："别吓着了。我不是要你离婚，我问着好玩的。我们报社接到过很多读者来信，倾诉名存实亡的婚姻。很多中年夫妻，一不做爱，二不离婚，这叫一不做，二不休。这已经是社会流行病了。"

孙离问："你也说说吧。"

"我？"李樵笑笑，"结过婚，离了。没孩子。"

"为什么？"

"什么为什么？"

孙离说："算了，不问了。我也不知道要问什么，脑子里很乱。"

"是啊，你有计划有预谋地把事做完，这会儿说乱了。"李樵瞟着他，似笑非笑的。她翻过身子，又趴在床上。

孙离抚摸着李樵的背，想起中午在山谷里看到了嫩绿的禾苗。风一吹，那禾苗一浪一浪的，绸缎似的飘着。

"摸背很舒服，真舒服！摸吧，我喜欢你摸着背。"李樵轻轻哼哼着，"我可能是属猫的，你摸着背我就舒坦了，舒服死了！"

孙离说："傻孩子，你是属狗的，狗也喜欢让人摸背。"

孙离摸着摸着，手就不老实了。

李樵埋着头笑，说："你不要坏啊！狗的尾巴是不能让人摸的，摸狗尾会被咬手的。"

孙离爬到她身上去，重重地压着，说："小狗狗，你咬我吧。"

李樵叫唤一声，说："你会把我压碎的！"

孙离把她身子慢慢翻过来，他身体里的火又要喷出来了。

李樵抱住他的头，说："你，你，你怎么像十八岁的小伙子？"

孙离有些语无伦次："你把我抱紧吧，你抱得越紧，我越有力量！"

过了好久，孙离的火焰骤然间熄灭，李樵仍被烈火烧灼着。她爬到孙离身上，没头没脑地亲吻，嘴里含混着说着些疯话。

李樵在孙离身上滚了会儿，就像突然用完了力气，软软地滑了下来。

孙离问："怎么了？"

李樵深深地叹息着，不说话。

孙离急了，问："我让你不高兴了吗？"

"我俩为什么就这样了呢？"李樵这话听起来很伤心似的。

孙离抱着她，说："我爱你！"

李樵摇摇头，说："爱，这是世上最无力的字。"

"为什么呀？"

李樵说："我们说过很多的爱，又能如何？"

"我同你在一起，轻松，自在，时刻想把你搂在怀里，让你开心，让你满足，让你忘记烦恼。"孙离不知道怎样才讲得清自己的感受，他其实也找不到更好的话说。

孙离想起多年前，他同喜子讲过的话：爱历元年。

这些年来，他俩谁也没有提过那个属于他们夫妻俩的纪年。

今天，这个初夏的闷热的日子，孙离是不会忘记的。郊外那场暴雨，他也不会忘记。他默默地想着这些，没有讲出来。他怕自己守不住，又讲出爱历元年之类的话。

李樵不知道孙离在想什么，只是呆呆地望着他，半天才说："我是不由自主，就跟着你走了。"

十七

孙离亲吻着李樵，问："你用的是什么香？"

李樵说："我不太用香水。今天我没有喷香水呀？"

"我在你身上闻到兰花的香味，淡淡的，很清雅。"孙离想起那年初次见到李樵，她的身后放着一盆安静的兰花。

李樵笑笑，很开心的样子。她不再是一摊散漫的流沙，她的双手在做爱的时候出奇地有力，常叫他听到咔嚓的骨头的响声。他分不清是她的骨头响，还是他自己的骨头响。他的眼睛喜欢闭得紧紧的，李樵就像暴风雨中发狂的舵手，驾着船撞向前面的巨礁。

撞向巨礁之后，李樵会精疲力竭地躺着，久久不再说话。有时她会转过身去侧躺着，或是趴在床上，像是深深地睡去了。她并没有睡去，只是不想说话。

孙离永远不知道她心里装着什么事，平时只是望着她微微锁起的眉头，听着她若有若无的叹息。他俩经常默默对坐着喝茶，世界轻得像一片羽毛。

孙离在床上最喜欢做的就是摸她的背，摸得她开始哼哼了，她就会转过身来，抱着他亲吻，喊他孙老头子。

孙离还喜欢扒拉着她的嘴皮儿开玩笑，说："今天又讲了几点意见？"

她会笑得弯下腰，说："什么几点意见？重要讲话！"

孙离同李樵在酒店里幽会，每次都是她先离开，孙离留下来善后。有回李樵本已离开多时，孙离收拾完了走进电梯，居然又碰见她了。

他惊得不知怎么说话，李樵却望着他笑，说："老孙，怎么这么巧？"

电梯里并没有第三个人，李樵故意逗他开心，热情地握着他的手，说："好久不见了，忙些什么呀？"

出了电梯，她又说："来车了吗？要不我送送你？"

大堂里兴许就有熟人，孙离不好说什么，客气着上了她的车，问："你搞什么鬼？"

李樵说："我没注意看，进了电梯却发现是上去的。我干脆跑到顶楼，看看那里的空中花园。我很喜欢这个酒店。"

"我也很喜欢这里！"孙离说罢便望着她，脸上故意坏笑。

李樵瞟他一眼，撇了撇嘴巴。孙离早就发现，李樵撇嘴的神态很像喜子。这是海云大酒店，孙离同李樵经常在这里见面，多是孙离先去房间等待。他的时间自由些，他可以待在酒店里，整天整天地等待李樵。他会背上手提电脑，安安心心地写小说，听到门铃响了就去开门。

李樵每次进门，总是疲惫不堪的样子。她必须把事情忙完，才能小心地脱身。孙离就紧紧抱着她，热热地吻她。李樵双手垂着，并不回抱他。他得把她的手放在身后，她才软软地搂着他。

孙离火一样地燃烧着，李樵似乎有些冷。他想到这些心里会隐隐不快，但他实在是太爱这个女人了。想到她只要到了床上就换了一个人，他心里就平复些了。

他很需要这个女人，每天都想见着她。他有时也生她的气，但只要她一个电话，一条短信息，他就把什么都放下了。

那天李樵把他送回家门口，扬扬手说："再见!"

她掉转车头，扬长而去。他却要打的回酒店取车。李樵在他面前就像孩子样的调皮，叫他哭笑不得。

孙离起初见她笑起来总是毫无掩饰，不是弯腰，就是蹲下，就问："你在外头也是这样?"

她马上故作正经，说："我在外头还是有架子的！我可是李社长啊!"

有回孙离问她："你是靠充电才能活动的人吗?"

李樵听得没头没脑，问："什么意思呢?"

孙离说："看你快乐着、欢笑着，突然情绪就不对了，有气无力的样子。就像手机没电了。"

李樵趴在他耳边说："老头子，你给我充电啊!"

从那天开始，他俩在一起的时候，孙离总喜欢坏坏地笑，说："亲爱的，我们来充电吧。"

李樵每次充过电，闭着眼睛半天不肯睁开。孙离便拿手肘撑着自己的身体，李樵在他怀里，又不至于压着她，任她舒舒服服地躺着。她有时候就在他身下睡着了，发出匀和的呼吸声。

孙离望着她的发际、眉毛、鼻梁、嘴巴，心头热热地发颤。她的眼角隐隐有些细碎的皱纹了。孙离刚认识李樵那年，她才二十几岁，脸就像羊脂玉，白嫩嫩地透着亮光。

李樵偶尔自己开车，她喜欢开快车，油门在她脚下轰轰地响，恨不能一脚踩进油箱里。孙离不停地喊："慢点慢点，我们并不急着赶路啊。"

李樵不听，得意自己的快车。若是到了郊外，遇着车辆稀少，李樵一边狂飙，一边摇头晃脑地唱歌。

有个周末，李樵驾车飞奔在老公路上，路两旁行道树是高大的梧桐，拱成漫漫无尽的绿色甬道。孙离望着车窗外金黄的稻田，说：“李樵，慢下来吧。多好的景色，你看这稻田，你看这遮天蔽日的梧桐树。”

突然，一条大黑狗飞跑着横穿马路，李樵猛地踩了急刹。孙离没有系安全带，身子往前一冲，头碰到了挡风玻璃上。

李樵赶紧把车靠边，问：“老头子，伤着了吗？抱歉抱歉。”

孙离半天才觉着痛，却摸着前额，笑道：“四川女人喊老头子，就是喊老公啊！”

李樵把嘴一抿，说：“想得美啊你！你爱怎么想就怎么想吧。”

“我第一百次求你，别这么开快车。这种老公路上，人类历史上发明出的所有交通工具，人、狗、牛、猪、鸡、鸭，都会在上面跑，弄不好就出大事。”孙离说得很严厉。

李樵像是受了惊吓，又像是有些累了，身子懒懒的，说：“道理我都知道，可我就是喜欢开快车。你知道为什么吗？我只要猛踩油门，车子一声低吼冲出去，我就身体收得紧紧的，像高潮来了一样，眼前一片白光。”

孙离故意瞟着李樵，说：“原来你这么色呀？未必我就抵不上一辆车？”

李樵抓过孙离的手，假装狠狠地咬，说：“吃了你！”

孙离缩回手，望着手上浅浅的牙印，说：“难怪你那么享受开车，我可不敢坐你的车了。”

李樵顽皮地掐着他的脖子，威胁说：“你坐不坐我的车？坐不坐？坐不坐？”

孙离一下子又兴奋起来，紧紧地抱着李樵，说：“我们回去吧，找地方吃饭，再去做个科学试验。”

“做什么科学试验呀？”李樵听得认真了。

孙离嘿嘿一笑，说：“看看我抵不抵得上你开一回快车！”

李樵咬着嘴唇笑，慢慢地把车掉了头。回来时，李樵车开得慢些了，嘴里依然不停地唱歌。她是上世纪七十年代生的人，却是从三十年代起的歌，都能唱得下来。她唱的都是经典，有首贺绿汀的歌，孙离听了一次就着了迷。

这首歌的歌词只有简单的几句：

门前一道清流，
夹岸两行垂柳，
风景年年依旧。
只有那流水，
总是一去不回头。
流水啊，
请你莫把光阴带走。

贺绿汀那一代音乐人还是很了不起的，只可惜风流总被雨打风吹去，那些人现在中国可没有了。

孙离想想自己写的那些小说，忽然觉得没有任何意义。一种深深的虚无感，重重地压在他的胸口。

李樵的歌就像原野上的风，微微地吹，没有来路，没有方向。她唱着唱着，居然又唱起京剧了。

她唱的是《锁麟囊》里薛湘灵的《春秋亭》：

春秋亭外风雨暴，
何处悲声破寂寥。

隔帘只见一花轿，
想必是新婚渡鹊桥。
吉日良辰当欢笑，
为何鲛珠化泪抛。
此时却又明白了，
世上何尝尽富豪。
也有饥寒悲怀抱，
也有失意痛哭嚎号。
轿内的人儿弹别调，
必有隐情在心潮。

孙离听李樵唱得这么开心，泪水都忍不住快出来了。他更多时候听到的是李樵的叹息，难得她今天这么自在开心。他把手伸过去，李樵并没有侧过头，就像耳朵上长着眼睛，她把右手放在了他的手掌里。他轻轻捏着她的手，泪水真的就出来了。

李樵唱完，颇有几分得意，笑道："老头子你知道吗？我这可是程派唱法，咽腔，似断似续，好难唱的呢。"

进了城，遇着了红灯，李樵突然望见孙离眼睛红红的，问："怎么了？"

孙离只是开玩笑，说："你唱得好，艺术感染力啊！"

李樵哈哈大笑，说："老头子，你这么容易被艺术感染，你要是听艺术家唱歌，不要哭得眼睛发肿？"

孙离紧紧握着李樵的手，说："老婆子，世上再没有你这么好的艺术家啊！"

李樵忙说："不准你叫我老婆子，只准我叫你老头子。我可没那么老啊！"

孙离见李樵没有找地方吃饭的意思，就说："你今天成神仙了，饭也不吃了？”

“去我家吧。”李樵轻轻说。

孙离头一回听李樵请他去家里，忍不住又捏了捏她的手。李樵心里舒服，嘴上却故意说：“老头子，我手要被你揉成面团了。”

李樵故意调皮，拿手指轻轻挠着孙离的手掌心。孙离手被挠得痒痒的，忍不住就把脸朝她凑去。李樵忍住笑，清清嗓子，说：“严肃点，严肃点，不要妨碍司机同志开车。自由诚可贵，爱情价更高；若为生命故，二者皆可抛。”

孙离听李樵篡改了裴多菲的诗，就想起一个笑话，说：“有位文化官员给作家作报告，讲作家一定要博学，你看贝多芬的诗多好！生命诚可贵，爱情价更高；若为自由故，二者皆可抛！他的音乐也非常了不起，你看他的《命运交响曲》，哪哪哪——哪——”

李樵不信孙离的笑话，讲：“你们作家就喜欢编段子臭人！今天的文化官员都是文化人，哪有分不清裴多菲和贝多芬的？”

李樵再怎么在车里跟孙离缠绵，再怎么嬉皮笑脸，一下车就变了一个人，端庄亲切，又有一种疏离。孙离也装作陌生人，两人一前一后走进电梯。李樵泰然自若，跟认识的邻居笑着打招呼。

孙离同李樵对面站着，李樵的目光停在孙离胸脯上，却又似乎没有望见他的胸脯。她的目光好像透过他的身体，投到他身后不锈钢的电梯壁上。

李樵住的地方叫上都印象，一幢二十八层的滨江高楼，下楼横过马路就是沿江风光带。李樵住十四楼，她说当初买这套房子，倒不是因为喜欢看江景，而是爱上江边那些香樟树。

这些香樟树还是上世纪五十年代种下的，树干已粗到一人合抱不拢了。每年春天，樟树长出嫩红的新叶，老叶慢慢掉落。春天阳光下，簇簇新叶红亮剔透，玉片一样在风里摇来摆去，泠泠作响。老叶落下时也还是油绿油绿的，樟树无论怎样都不会给人悲戚的感觉。

李樵的家布置得像一个禅室。进门玄关前面的地上，摆着一块平整的青石，上面放着一双藤编女拖鞋，小小巧巧的，已有几分旧意。李樵先穿上这双藤编拖鞋，再拉开玄关旁边的旧木柜，拿出一双男式帆布面拖鞋，也是旧旧的。

玄关进去是客厅，地板和墙面都贴着胡桃木板，颜色有自然的深浅。屋里的调子本来有些暗，可是客厅正对门是一扇落地大窗，光线足足地涌进来，棕黑色的地板照成了浅金色，安静明亮。

客厅正中放着一段香樟树墩，半米高的样子，虽去了皮，却仍是原木风味，做茶几用的。香樟树墩上孤零零放着一个黑釉陶罐，插着几枝菖蒲。

孙离手脚不知往哪儿放，站在客厅中间四顾。一组藤沙发靠着墙，李樵把他推到沙发上坐下。

孙离四下打量，说："李樵，不对啊。你是媒体人，怎么不见电视啊？"

李樵抿嘴一笑，说："我有信息恐惧症。我回家就只想喝茶读书睡觉，也听听音乐。哎呀，说句没良心的话，报纸电视其实都不要看，看了只让人心里不安。世间本无事，新闻纷扰之。不信你试试，一年不读报纸，不看电视，保证你超凡脱俗。"

孙离左望一下，右望一下，装出一副找人的样子说："咦，这是不是《新日早报》李社长李总编的家呀？我刚刚和她一起进来的，怎么不见了？怎么她家里只有一个胡说八道的小姑娘呀？"

李樵嗷的一声，猫一样扑到孙离身上。房子并不算大，除了客厅，还有一间卧室，一间书房。厨房和卫生间的门敞着，都很宽大，只有卧室门虚掩着。

李樵在家的样子极是散漫，她先用电水壶烧水，再哼着歌取出杯子来洗，好像屋里没有孙离这个人。

孙离说："宝贝，你这屋里样样好，只是少几幅字画。"

李樵笑笑，说："我平日同书家、画家们打交道也多，从来不问他们要字画。他们都是有润格的，感觉就像问人家要钱似的。"

"你倒是个懂事的人。"孙离又环顾四壁，"我去找人画几幅，不算你职务腐败吧。我玩得最好的画家朋友是高宇先生，我下次请他画画，他的字也很好。"

"高宇？苍市有这个画家吗？"

孙离说："他在北京，不是苍市人。"

"哦，原来如此。中国的书家、画家太多了，能让人记住的真是不多。"

孙离站起来，走到卧室门前，很想轻轻把门推开。女人的性情是什么样子，看看她的卧室就知道，客厅都是布置给别人看的吧。

孙离心里猜着李樵卧室是什么样子，腿却朝李樵厨房走去。厨房很时尚，一色的灰蓝色调。料理台在中间，灶台和橱柜靠左边墙，右边墙角是双开门大冰箱。

看得出李樵并不常做饭，橱柜上挂着六个平底煎锅，从大到小，整整齐齐，闪着隐隐的光，就像新的。

孙离说："好洋气！"

他拿手指在锅底轻轻一抹，拖长了声音说："好锅好锅，可惜可惜。"

李樵站在旁边，举起拳头砰砰打在孙离肩上，娇嗔说："人家没有时间做饭嘛！"又低下眼睛，放低声音，"人家一个人，做什么饭！”

李樵眼睛往下的时候，眼睫毛厚厚长长地覆下去，两片细黑的上弦月，弯弯地浮在她白皙的脸上。孙离把李樵小心地揽在胸前，像抱婴儿一样轻轻抱着。李樵已三十五岁了，这个女人在他眼里就是个孩子。

李樵突然从孙离怀里挣出来，装出一副要哭的样子，嚷嚷说：“饿了，饿了，出去吃饭。”

孙离说：“不要出去吃，我来做给你吃吧。”

孙离过去拉开冰箱，只有一盒鸡蛋，三个干瘪的柠檬。

李樵吐吐舌头，说：“我还有很多香料哦。”

她走到橱柜前，拉开一个抽屉，里面满满两排圆玻璃罐，装的都是外国香料。孙离拿出来细看，一罐多香果，一罐干紫苏叶，一罐干香葱末，一罐月桂叶，一罐小豆蔻，一罐干芹菜末，一罐干薄荷叶，一罐红椒粉，一罐沙姜粉，一罐番红花，一罐鼠尾草，一罐迷迭香，一罐香蒜末，还有几罐子别的什么。

孙离边念边笑，说：“哈哈，比你梳妆台上的化妆品还多吧？是不是真的用来美容的啊？我终于知道你为什么身上总有兰花的清香了，你一年四季叫这些香熏着啊！”

“真不会拍马屁！人家身上就是天生的香嘛！”李樵撒着娇，又说，“这些草的名字很好听，味道也很好闻。”

李樵拈出几片灰绿色的迷迭香叶，凑到孙离鼻子下面：“你闻你闻，好闻不？”

孙离闭着眼，深吸了一口气，又睁开眼，张嘴从李樵手上吃了两片迷迭香叶，嚼了嚼，说：“不错不错，又甜又苦，还有一股松叶香味。”

李樵像小孩子得了表扬，很得意的样子。

孙离问：“你有没有米？”

李樵说："米呀，米是有的，大大地有。"

她又走到橱柜前，抽开另一个抽屉，从里面拖出一袋日本米，说："还没有开封呢，一位朋友送给我的，说是日本新潟产的越光米，是好米哦。"

孙离说："好，我做饭给你吃。有这些就够了。"

孙离拆开米袋，用电饭锅煮上饭。李樵黏在孙离身边，看孙离做饭。孙离拿出冰箱里的鸡蛋，先连壳把鸡蛋煮熟，迅速倒进冷水盆里泡凉，再敲碎蛋壳，剥出完整的鸡蛋。

李樵见孙离手脚这么熟练，嘴里啧啧几声，说："哇，好厉害，原来诀窍在这里呀。我剥鸡蛋壳总是剥得碎碎的，蛋壳粘在鸡蛋上好难下来，鸡蛋剥出来好难看。谢谢孙老师。"

孙离把鸡蛋切成厚片，又端着一副上课的样子，说："剥鸡蛋正确的方法不是煮熟后泡冷水，而是先把鸡蛋表面的水分擦干，等它自然冷却后再剥。我这样剥蛋壳其实不科学，因为鸡蛋壳表面有微微的气孔，泡在水里蛋上的细菌容易浸进去。今天这样只为了图快，偶尔为之而已。你以后可不要这样。"

李樵笑得蹲在地上，边喘气边点头："孙老师教导的是！学生明白，学生铭记在心。"

孙离做了一个家乡的传统菜：金钱蛋。鸡蛋片放在平底锅里两面煎香，加上盐和酱油，咸淡合适，再放些紫苏末、红椒粉、香葱末、蒜末。金钱蛋做好了，饭也煮好了。

李樵刚举起筷子，又起身走到厨房，找出一包味噌汤料包，拿开水冲了。金钱蛋浓肥郁烈，干香扑鼻。米饭晶莹剔透，嚼起来很有弹性。李樵话也不说，鼓着两颊，一口气吃了两碗饭，鼻尖上渗出细密的汗珠。

孙离看看菜碗里还剩了一些蛋末碎渣，又舀了一勺白饭拌进去，拌得油汪汪的，说："呵呵，我家乡的土话，这叫作敛碗。

原来家里穷，油星子都舍不得浪费一点，剩菜碗再用饭敛一敛，这几口饭是最香的。”

李樵看见，又像小孩子讨食一样张开嘴巴，“啊啊”地要吃。孙离就用勺子舀着饭，喂一口李樵，自己吃一口。

吃完了，李樵这才呻吟起来：“哎哟，哎哟，肚子痛，肚子撑死了。”

孙离说：“这金钱蛋最好用新鲜的紫苏叶，新鲜的葱蒜，还要加一勺我家乡的油糊辣子，味道更好。小时候，我家菜园墙脚四周长了好多野紫苏，高的足有人把高。我最喜欢摘紫苏叶子揉碎了闻，好香好香。”

孙离中学时读《从百草园到三味书屋》，想到的就是自家的菜园子。别人家的菜园子都只是夹了篱笆，他家的菜园子却筑了土墙围着。他记不得自己几岁时，看见爸爸有空就在屋后的菜园筑墙。用厚厚的木板夹成一个长方框子，黄土倒进夹板框里，拿木筑锤哼哧哼哧地筑。常有两三个邻里帮忙，边筑墙边摆龙门阵。大人说的很多话，孙离都是听过无数次的。

“叔你要是不从 508 厂回来，只怕当到厂长了。”

爸爸说：“我马上就要送到大学去读书，你晓得的，突然来文件说回乡支援农业生产。”

“你要是读了大学出来，肯定当厂长了。”

爸爸说：“命里只有一把糠，不怕你三更半夜喊天光。”

过了几年，土墙就有了很多的蜂洞。油菜花开了，蜂洞里会藏有土蜂。孙离会捉了土蜂，放在瓶子里关着，塞油菜花进去，看它能不能产蜂蜜。土蜂没有蜇人的刺，孙离每到春天就捉土蜂酿蜜。

孙离讲起老家的菜园子，眉飞色舞的样子，又笑道：“小时候真傻，明知道土蜂酿不出蜜的，年年都玩这个把戏。”

李樵听得很神往，柔声道：“老头子，你现在都还很顽皮。看你顽皮的样子，我就想象你的小时候。你小的时候，我怎么不同你在一起呢？我怎么不能陪着你一起玩呢？”

孙离听了这话鼻子酸酸的，他拉了李樵的手，故意开着玩笑，道：“只怪观音大士没有通风报信，不然我会在超生路上等你十年的！”

李樵突然攀住孙离的脖子，直直地望着他的眼睛，半天才轻轻说了两个字：“亲人。”

说完眼睛一红，泪珠从眼角滑下来。可她马上从孙离身边跳开，若无其事的样子，唱歌似的说：“我的家乡，我的家乡，我也有家乡呢。我的家乡在广东潮州，我长到七岁才随父母到苍市来。我的家乡最好吃的是乌榄，配白米粥，你吃过吗？我最爱吃白粥配乌榄。我记得小时候，早晨跟外婆去菜市场买乌榄，回来外婆把乌榄洗干净，放到开水里煮软，等凉了，用棉线把乌榄从腰中间一割，勒成两截，把核取出来，再往乌榄里塞些芝麻盐，腌一腌就能吃了。腌好的乌榄，外面乌黑发亮，里面紫红色，这两种颜色配在一起，好艳丽！”

孙离说：“巧了。我老家做金钱蛋，也不用刀切，也是用棉线割的。那样蛋黄不会散，也不会沾在刀背上。”

李樵望着孙离说：“哪天你陪我回潮州去看外婆好不好？”

孙离说：“好。可是你外婆问我是谁，我怎么说呀？”

李樵笑得眼睛一弯，说：“我就说你是我的男秘书！”

李樵泡了茶递上。茶桌临着窗，望得见下面的江水，对岸的青山。说着话，李樵突然扑哧一笑。

孙离问：“笑什么呀？”

“你老是偷偷儿瞟那扇门，进去吧，看看里面藏着什么秘密。”李樵望着他笑笑，站起来往卧室去。

李樵床上铺着软软的藤凉席，淡淡的茶色。床头墙上挂着李樵的一幅照片，大大的眼睛正好望着床铺。

孙离望着照片，说："她在望什么呀？"

"她呀，她在看这是谁在欺负我呀？"李樵说着，就进浴室冲澡去了。

孙离也去冲了澡，他还记得李樵在郊外说的话，回到床上说："宝贝，我一定要试试，看我有用，还是车有用！"

李樵紧紧地搂着他，嘴凑在他耳边，说："不准你讲我坏话！我要上来，我要骑在你身上当司机！"

李樵当了一回疯狂的司机，又软软地躺下了。两人冲洗了回来，孙离从后面搂着李樵，轻轻摸着她的背，沉沉地睡去。

孙离先醒来，听得李樵呼吸轻轻的就像婴儿。他不忍惊了她，纹丝不动地躺着。李樵是扑在他的怀里睡的，脸贴在他的胸膛里。

孙离从李樵家出来，天已黑了。街对面高楼上，挂着一幅巨大的美容广告。画幅上是位黑发美女，肌肤白得像落在山顶的雪，长长的睫毛像两朵黑云停在白雪上。

孙离停下脚步，久久望着广告上的美女，心里想着的却是李樵轻轻对他吐出的两个字：亲人。李樵对他说这两个字时，嘴里的气息暖暖的。孙离很想返身上楼，再敲开李樵的家门。他仰起下巴，下滑的眼泪停在两颊上。

十八

谢湘安宽肩长腿，一头浓密的黑发，眼里总是蓄满笑意，很温柔的样子。他做人落落大方，学术前景又好，很让同事们喜欢。喜子很看重数字图书馆，少不了常找他商量事情。谢湘安每次进她办公室，她有意无意要把门敞着。走廊里来来去去的人多，她潜意识里似乎要让人作证。证明什么呢？喜子细想就觉得荒唐，难道她会跟一个三十岁的小伙子传什么绯闻？

有次喜子要向谢湘安交代事情，她没打电话叫他上来，自己去了他的办公室。数字图书馆部占了三间办公室，谢湘安和别的老师合用一间。喜子那天穿的是平底圆头麂皮鞋，走路没有声音。她走到门口，看见门半掩着，正准备敲门，突然听到里面有女孩子的抽泣声。

喜子连忙把手收回，正要悄悄离开，听得女孩子带着哭腔说："我不管，我不管，我就要这样。"女孩子的声音颤巍巍的，娇憨任性，又有几分稚气。

听得谢湘安说："熊芸，你别闹，懂事一点好不好。我在上班呢。你这样对你不好，对我也不好。"

原来女孩子叫熊芸。谢湘安虽然是在斥责，但又像是在恳求，语气十分温柔。

喜子赶紧快步走开。听声音，那叫熊芸的女孩子还很年轻。一定是这对恋人闹矛盾，只有恋人之间才会这样讲话。女孩子也不知是受了什么委屈，听得出谢湘安还是很在意她。

九月天气，虽然下了几场雨，雨一停又闷热起来。孙离这几天写作不太顺畅，干脆和几个朋友自驾游，往四川九寨沟去了。亦赤周末考试，也不能回来。喜子心里不妥帖，一个人出去走走。也不方便走远，午后稍稍休息会儿，就去了近郊的苍莨山。

苍莨山并不太高，却是石骨峻秀，古木参天。山路两旁尽是两人合抱粗的樟树、银杏和枫树，浓荫匝地，林泉幽深。半山腰上有座寺庙，名唤苍莨古寺，为六朝圣迹，香火很旺。过去这里僧尼同寺，和尚尼姑各有住持。两个住持不和，宗教局出面把和尚发到山下寿公庙去了。宗教局有个副局长叫马波，是孙离的同学，也是好朋友。喜子听马波说过和尚住持和尼姑住持闹意气的事，也没怎么在意听。苍莨古寺就只剩下尼姑，香火比往日更旺了。原来是这里新来了住持，法号唤作妙觉。俗姓周，出家前的名字就叫美尼。也许是命里占就的，美尼长大后真的就做尼姑了。

喜子进了山门，深深地吸了口气，心里清凉起来。她是不拜佛的，进寺庙只是想看里面的几棵古树。她自小就很怕闻香火的气味，熏着头就发晕。她沿着庙宇里面的围墙走，目光只在古树上盘桓。围墙到寮房处就不通了，她又往回走，知道那里有道后门。听说那位妙觉法师长得很漂亮，又善为书法，好作诗填词，还会古琴。很多香客进寺烧香，都想看看妙觉美尼。

喜子从寺庙后门出来，再往山顶方向去。山道两边的香樟、枫树交织在头顶，成了一个绿色的甬道，人就像是钻进了一个青幽的万花筒。日光照耀之下，天上地下变幻着绿光。她伸出手，手指尖都映绿了。

山道边有座亭子，顶上盖着枯旧的杉树皮，极有野趣。亭子旁边立着几株老松，又种着一丛丛紫竹，风里便有几分松竹的清香。亭中一对青年男女对坐，都穿着白色T恤和牛仔裤，正在那里说话。好像说到了开心处，两人仰面而笑。

喜子望一眼那男的，背影很像谢湘安。喜子很爱看谢湘安的背影。有次开会，大家都往图书馆小会议室走，谢湘安走在前面。喜子望着谢湘安的背影，说不出是哪里好看，只觉得他肩膀微微晃动，像一竿风中的竹子，又挺拔，又灵动，说不出地潇洒。有次喜子路过谢湘安办公室，望见他正站在书桌前，侧着身子从桌上拿什么东西。只是一瞥，那个侧着的背影已经让她心动。

喜子不愿细想自己的内心感受。当年她同孙离谈恋爱，似乎是糊里糊涂过来的，只是觉得男女必须成家，必须生儿育女，就像上学必须交作业似的。她稀里糊涂就成了他的老婆，吵吵闹闹过起日子。吵多了就不吵了，两个人都吵疲了。

谢湘安的背影在他动作的时候才好看。静下来，比如给他的背影照一个相，那种妙处是照不出来的。喜子这么琢磨的时候，脸就不由得红了。

她正要走开，那男的却抬起头来喊道："朱馆长。"

喜子的太阳穴猛地跳了一下：果然是谢湘安！

他背后长着眼睛吗？喜子定了定神，轻轻招呼一声："湘安呀？"

喜子望着谢湘安对面的女孩，齐眉刘海，一头长发黑得发亮，弯弯曲曲垂在肩上。她脸上的表情仿佛才褪去孩子的稚气。女孩很有礼貌，起了身说："朱馆长好！"女孩声音清得像滤过细沙的水。喜子听出来她的声音，这女孩就是那天在谢湘安办公室里哭泣的熊芸。

果然，听谢湘安低头对女孩说：“熊芸，你先回去吧，我陪朱馆长爬爬山。”

熊芸仰起脸，噘着嘴说：“不，我也要陪朱馆长爬山。”

喜子忙说：“你们自己玩吧，我想一个人爬爬山。”

谢湘安对熊芸说：“听话，你先回去练琴，晚上我再给你打电话。”

熊芸望着喜子，又望望谢湘安，张了张嘴，人却不动。

“小谢，你真的不要客气，我难得清静，你们玩。你陪我，我反倒不自由了。”喜子又对熊芸笑笑，“你们继续玩吧。”

谢湘安很干脆地说：“熊芸，你回去。我找朱馆长有事。”他的语气简直让人不能有异议。

喜子说：“小谢，有什么事上班时候再说吧，今天是休息日呢。大家都好好休息休息。拜拜啦。”

喜子说完转身走出了亭子，不再给谢湘安说话的机会。她踩着石级往山上走，故意把腰挺得笔直，步子迈得轻快。她脑后仿佛长了一双眼睛，知道谢湘安和熊芸还站在那里望着，她不能显出老态来。

喜子突然为自己的心思吓了一跳，转又自宽自解：这只不过是女人的自尊心罢了。谁没有自尊心呢？喜子同孙离结婚之后，不是没有遇到过好男人，可她是个导不了电的绝缘体。

马波有天同孙离开玩笑说：“你家喜子给人的印象，美，但是冷。”孙离自己琢磨：喜子的这种冷，不是冷艳，而是冷漠。冷艳会让男人有渴望，冷漠只能让男人望而却步。

孙离回家告诉喜子：“马波说你是冷美人。冷美人，多好啊！没有人敢抢我老婆了。”

喜子听了这话，并不觉得有什么不好，只是略带讥讽地说：“马波老婆叶子是热美人。”

马波的夫人叶子瑾，熟悉的人都喊她叶子。叶子在银行工作，见人就谈揽储或理财的事，给人的印象不太好。喜子很理解银行工作的压力，但说话总得有个场合。叶子和人坐下不到三分钟就开始拉业务，有些叫人受不了。

孙离有回忍不住，开马波的玩笑，说："你家叶子是业务标兵吧？"

这话叶子是当面听见的，她不觉得孙离是在讽刺她，反而说："孙大作家，你赚那么多稿费，一点都不照顾我！"

喜子爬着石级，一会儿就出了汗，背上的衣服洇出一大块湿印。石级两旁尽是大樟树，间杂着还没长高的红枫。这种红枫是新近从美国引进的，名字叫秋焰，叶子一年四季是红的，红得特别鲜亮。

苍莨山本来就以秋天的红枫出名，可这些年哪怕过了寒露霜降，枫树上的叶子还是青的。许多慕名来看红枫的人不免失望。山道两旁如今都种了这种叫秋焰的洋枫树，那种霜染红枫的季节感也就没有了。

一条盘山青石板路把苍莨山裁成上下两截。太阳已经偏西，阳光柔和地从树叶隙缝间落下，地面满是一块块跳跃的光斑，树木的清香夹着腐殖质的湿气在风中弥散。

喜子从山下往上爬，正要踏上这条盘山青石路，一条大黑狗突然从她眼前窜过。她脑子里一空，跌坐在地上。

喜子抚着胸口，闭着眼喘气。刚刚回过神来，睁开眼睛，却见谢湘安笑盈盈站在她面前。他伸手扶了一把，喜子才站起来。她满身是汗，先前一脸煞白，现在脸却红了。

谢湘安一本正经，却是故意幽默，说："朱馆长，真对不起，怎么你每次摔跤都被我碰见？"

喜子左右望望，没看到熊芸。她自我解嘲："老了，胆子太小。我从小怕狗，太吓人了。”

谢湘安看看喜子脸上的汗，从口袋掏出一条方格手绢，叠得整整齐齐的，递给喜子说：“擦擦汗吧。”顿一顿，又说，“刚换的，干净。”

喜子愣愣地望着谢湘安，并不伸手去接他的手绢。谢湘安却把手绢展开一半，伸手轻轻在她脸上按了按。喜子像着了魔，闭起眼睛，半仰着脸，乖乖地让他擦汗。

喜子闻到一股似曾相识的味道，暖暖的，带着一点儿辛辣，不知是手绢上的，还是谢湘安手上的。喜子想起她小时候，有次摔了跤，哭得眼泪鼻涕横流，爸爸过来把她抱在怀里，她闻到的就是这种味道。

她突然反应过来，内心惶然而又羞愧。她在一秒钟之内，从那个恍若赖在父亲怀里的三四岁的小女孩，变成了老成沉稳的朱馆长。

她从谢湘安手里拿过手绢，动作不经意似的，心里却刚刚掠过风暴。她站稳身子，后退一步，定一定神，本想说谢谢，又没有说出来。

谢湘安似乎也察觉到了某种说不清楚的尴尬，又对喜子笑笑，说：“朱馆长，你想独自走走，我就不打搅了。”

谢湘安走了，喜子才发现他的手绢还在她的手里。她不知道谢湘安刚才是一直跟在她后面，还是在她摔倒的时候偶然碰上的。她也没去想为什么是他一个人在山上，熊芸那孩子真的听了他的话先回去了吗？

喜子回家做的头件事就是洗手绢。她倒了一点薰衣草香味的洗衣液，把手绢放在水龙头下轻轻搓揉。手绢是麻料的，已经半旧，很柔软。喜子想现在还有几个人用手绢呢？只有那些老派的先生，另外就是那些环保主义者。

亦赤他们这一代，恐怕连手绢都没有见过吧？一盒一盒的纸巾，打开一张一张地抽，一张一张地扔。他们也许从来没有想过，纸巾盒里的纸巾是从哪里来的。

记得亦赤小时候，孙离在饭桌边问："儿子，你知道饭是哪里来的吗？"

儿子回答："爸爸煮的。"

孙离又问："爸爸煮饭的米是从哪里来的？"

亦赤说："商店里买的。"

"商店里的米哪里来的呢？"

孙离问到这里，亦赤就答不上了。儿子小小年纪，只知道吃的玩的穿的都在商店里。商店里永远有很多东西，永远也买不完。

喜子少女时代也用过很多手绢，有印着兰花的，有印着牡丹的，还有印着大头娃娃的，大多四周都滚着精致的牙边。她还得过一套湘绣真丝手绢，一共四条，分别绣着梅兰竹菊。她很喜欢那四条手绢，舍不得用。她现在已经想不起来，那些精心收藏的漂亮手绢哪里去了。

她记不清楚自己是哪年开始用纸巾的，好像是上世纪九十年代初吧。仿佛一夜之间，中国人都不用手绢了，城里人的桌上都摆着纸巾，口袋里也时刻塞着纸巾。洗衣服也早就只用洗衣机，只有买了高档衣服，售货员才特意嘱咐手洗翻晒。有时口袋里的纸巾忘记掏出来，洗衣机洗出的衣服都沾满纸末，晒干以后抖都抖不掉。

喜子把谢湘安的手绢洗净叠好，晚上临睡前就干了。她把手绢放进一个信封里，准备上班时还给谢湘安。她突然想起宝玉送两条旧帕子给黛玉，脸又不由得红了。第二天，她把装了手绢的信封放在包里去了学校。一忙，又忘记还了。手绢放在包里带了几天，干脆就拿出来放在抽屉，看哪天谢湘安来办公室再给他。

十九

图书馆学会的年会在湖南的凤凰古城召开。喜子是图书馆学会理事，收到了开会通知。谢湘安的一篇论文被评为年会论文一等奖，他作为论文获奖作者，也应邀参加会议。

谢湘安跑到喜子办公室，问："朱馆长，我们怎样去开会？我需要做些什么准备？"

"我们坐飞机先飞到长沙，再改坐长途汽车。"喜子说起来忍不住有些兴奋，"长沙去凤凰的路上，高速公路两边都是很好的山景，很漂亮。凤凰我去过几次了。"

早上七点，喜子坐的士到机场，远远就看见谢湘安站在国内出发口外面。谢湘安还是穿的白衬衣和牛仔裤，斜挎着一个帆布包，脖子上挂着一个单反相机。相机看上去沉甸甸的，压在他宽阔的胸脯上。他看见喜子下了的士，忙迎上来接过她的行李箱。

谢湘安含笑说："朱馆长，我们又穿一样的衣服。"

喜子今天穿的也是宽松的白棉布衬衣，牛仔裤，旅游鞋。初秋天凉，她手臂上还搭着一件藏青色的风衣。"他还记得九月下雨那天，我在图书馆台阶前摔跤时穿的衣服。"喜子想着，脸上有些发热，怕谢湘安看出她的脸红，目光就直直地望着前方。

换过登机牌，两个人的位置不在一起。“这么早的飞机，这么快就把位置选完了。”谢湘安笑笑，“中国人真是着急啊。”

喜子明白他的意思，遗憾两个人没有坐在一起。谢湘安说：“上去后，我找人换换。”

登上飞机，谢湘安先找到座位，马上同旁边的客人打商量，说：“可以换换位置吗？我两个一起的，分散了。”

那人说：“我行李放好了，难得麻烦。”

喜子忙说：“湘安，不用换，一个多小时就到了。”

喜子座位在谢湘安后面二排，她放好行李往前望去，谢湘安正回头望着她笑。直到她坐下去，谢湘安才挥挥手也坐下了。他俩选的都是最后的散座，都是夹在中间的座位。喜子得伸直脖子，才望得见谢湘安的后脑勺。喜子很爱看谢湘安的背影，自然也很熟悉他的后脑勺。她突然脸红心跳，自己都吓着了。原来，她这么喜欢看谢湘安的背影，都因她只能从后面偷偷地看他！她羞愧地咬着嘴唇，好像全世界的人都看穿了她的心思。

喜子闭着眼睛，慢慢就似睡非睡地迷糊了。身子感觉跳了一下，飞机已经落地。苍市到长沙，真是太方便了。出了到达口，就有去凤凰的大巴车。谢湘安跑步过去看看，忙回头朝喜子招手。

车上只有一半的人，座位随客人自己选。谢湘安请喜子先靠窗坐下，他再来安放行李。谢湘安忙东忙西，半天才落座。他俯下头将落座，望着她的眼神，竟像大哥哥宠爱自己的小妹妹。

喜子从小要强，事事自己打理。她和孙离结婚这么多年，仍然没有等人照顾的习惯。她只是不太喜欢做饭，很怕手上油腻腻的感觉。真做起饭来，她手脚飞快的。女人的所谓小鸟依人，她潜意识里有些鄙视。刚结婚时，孙离一心要当护花使者，她却并不领情。她除了不爱做饭，也确实样样能干。孙离就乐得偷懒省心，心安理得让她去做女强人。他俩去外面吃早饭，孙离找地方先坐下，喜子就忙着点餐，拿筷子，端上早点，递餐巾纸。

汽车不用进城，很快就上高速公路，风驰电掣了。谢湘安不拘谨，也不多话。喜子也不说话，只是偶尔指指车窗外的风景。高速公路两旁是绵延的丘陵，长着枞树、樟树，有些矮山坡种着橘树。

橘子正是成熟的时候，黄黄绿绿枝头累累。秋天的太阳很柔和，斜斜地照在喜子的脸上，她右耳的耳廓粉红粉红的，几乎透明。当年孙离看到她这粉红色透明的耳廓，心里怦怦发跳，才开始约她散步。

喜子头往前倾了一下，谢湘安看见她的发丝在阳光照射下像镶了金边。他从后面看着喜子的马尾辫，竟然有些少女的姿态。

喜子上中学梳着两条辫子，上大学后梳一个马尾辫，一直梳到现在。结婚时烫过一回头发，她后悔了好多年。她在头发上花的时间最少，不染，也不烫。每天早晨起来，她用木梳把头发梳抻透，用一个黑丝绒发箍扎在脑后。

她梳头发的时候闭着眼睛，尽量把每一处头皮都刮遍，才舒舒服服地张开眼睛。偶尔碰上有些很正式的场合，她就会把头发放下来，梳成披肩直发。

喜子不说话，谢湘安就安安静静坐着。他偶尔也侧过脸望她一望，很自然地笑笑。喜子一直想问问谢湘安，那个叫熊芸的姑娘是不是他的女朋友。也算是关心年轻人吧。又想谢湘安这么细心地照顾自己，是不是把她当成妈妈辈的老年人了？

喜子装作很随便的样子问："小谢，那天在苍莨山上和你在一起的小姑娘很漂亮啊，你的女朋友吧？"

谢湘安忙说："不是不是，她还是个学生呢，才刚刚二十岁，在我们师大上二年级。她家和我家是邻居，我看着她长大的，怎么可能。她爸爸妈妈托我照顾她，她也常常来找我玩。”

喜子看他急于辩清，着急得脖子都直了，不知怎么心里就有些高兴。谢湘安说过，他的家乡在一个很大很大的湖边，那里有座很大的石化工厂，厂区职工家属有两三万人，职工医院、幼儿园、学校，什么都有。谢湘安的父母在职工医院工作，父亲是医院院长，母亲是妇产科医生。

谢湘安停了一下，望了喜子一眼，说：“那孩子，麻烦呢。我爸爸妈妈和她爸爸妈妈是医院同事，她家还和我家住对门。”

喜子等着谢湘安往下说，他叹了一口气，却没有再说下去。

中午，汽车停在生活服务区休息。谢湘安先站起来，望着喜子说：“去吃饭吧。”

谢湘安并不问喜子要不要吃饭，先下了车，站在车门边等着。喜子低头下车，他很自然地牵住喜子的手。

喜子笑笑，说：“我还没老到这个地步呢。”

谢湘安很认真地说：“你不老。”

他这句话里有郑重其事的意味，喜子听了不禁悚然一惊。太阳光直直地射下来，喜子抬着头，眯起眼睛找到天上的太阳。她看见一个一个光圈，水波一样漾开去，闪烁着彩虹一样的颜色。

喜子闭上眼睛，头有些发晕。谢湘安调来图书馆这几个月，她不知不觉在心里对谢湘安滋生了柔情。喜子想：“我这真是母爱泛滥。我和谢湘安已经不是一辈人了。”喜子这样自宽自解，可又觉得自己分明是想多了。

服务区有快餐厅，卖关东煮、玉米、粽子、肉包子和方便面，餐厅里人挤来挤去。谢湘安让喜子在桌边坐好，俯身问她：“想吃什么？”

喜子很想吃一根煮玉米，转念一想，啃玉米时的样子难看，龇着牙，嘴角上沾着没嚼碎的玉米粒，手还黏糊糊的。

她正犹豫，谢湘安柔声说："吃根玉米吧，再吃点煮豆腐。"

谢湘安买来了煮玉米和关东煮。关东煮里有油豆腐，有海带，也是喜子爱吃的。谢湘安也吃了一根玉米，一碗关东煮，还吃了两个大肉包。他吃东西嘴张得大，一咬一大口，吃得津津有味，很享受的样子，并不让人觉得粗鲁。喜子也开心地啃着玉米，玉米粒又嫩又香，一口咬下去，满是清甜的汁水。

谢湘安还买了些橘子，剥好皮递给她。喜子望望他，说："你这样周到，好像我是个生活低能儿，连吃橘子都不会了。"

谢湘安说："不是不是，你就让我假装一回绅士好了。当绅士的感觉很好的。"

他自己也剥了一个橘子，掰一瓣放到嘴里，酸得连连抽气，龇牙咧嘴，眼睛里泪光闪闪。他正想用手去擦眼泪，喜子一把抓住他的手，说："别擦别擦，傻孩子，你手上尽是橘子皮的油，越擦眼睛越痛的。"

喜子放下他的手，摘掉他的眼镜，拿出一张纸巾，轻轻在他眼睛上按了按，又帮他把眼镜戴好。谢湘安闭着眼睛，乖乖坐着一动不动，眼镜戴上了他还不动，眼睛里竟有些涩涩的。

"可以啦！"喜子声音拖得长长的，胸口说不清的柔软。

谢湘安这才睁开眼睛，又露出那种孩子气的笑。

一会儿又上车了，喜子仍靠窗坐着。她眼皮发沉，懒洋洋地想打瞌睡，又担心睡着后头会歪到谢湘安那边去，就撑着不睡。

谢湘安看出她困了，就说："休息一下吧。你睡一觉，差不多到了。"

喜子摇头说："不困。"

她说是不困，到底慢慢睡着了。喜子有意识地把头倒向车窗那边，可汽车遇着减速带就颠簸，她的额头在窗玻璃上磕得生疼。她赶紧把头摆正，一会儿又迷迷糊糊睡着了。睡也睡得不踏实，汽车不知怎么突然一刹车，她的头就滚到了谢湘安的怀里。谢湘安忙抱住她的头，轻轻把她扶起来。她刚才果然头已枕在谢湘安肩膀上了。

喜子心里尴尬，说："不好意思，我把你当枕头了吧。"

谢湘安说："哪里啊，你继续睡吧，还有些路程呢。"

喜子已完全没有睡意了，说："两边的山真漂亮，看风景吧。"

喜子留意沿路的地名，觉得非常有意思。每个地名似乎都有故事，叫人生出无限的想象。突然看到一个惹眼的地名，居然叫借母溪。一块蓝牌子写着：借母溪；又一块褐色牌子写着：借母溪国家森林公园。

喜子说："我在这条路上走过好几回，原来没注意到这么有意思的地名呢！"

谢湘安刚才没有注意，问："叫什么地名，这么有意思？"

喜子说："借母溪，哪里还有母亲可以借？湘安，如果要你想象，你会觉得是个什么故事？"

谢湘安说："地名都有来历，哪兴随便想象的？"

"我是想着好玩，让你想象一下嘛。"

谢湘安说："我想，可能是一个很孝顺的儿子，看到老父亲很想念死去的母亲，就去借个母亲回来送给老父亲。"

喜子笑得肚子都痛了，说："果然是理科生，太没有文学想象力了。"

年会定在凤凰古城边上一个山庄开。下午签了到，喜子进房间安顿好行李，清清爽爽洗了个澡。从房间窗户往外望去，天蓝得那么不真实，大朵大朵的白云低低地垂在空中，好像伸手就能摘到。

今天只是报到，参会的人三三两两地到来，晚饭就开得有些随意。一桌凑上十人就吃。吃过晚饭，谢湘安问："朱馆长，晚上有什么安排？”

喜子说：“你要是累了，就休息。不然，我们去古城转转。我是来过两次的，我做你的向导。”

进了古城，喜子眉头皱了皱，说：“煮饺子啊！我们中国人都不干事吧，天天在外面玩？你看这凤凰城里的人，一年比一年多，都走不通了。”

谢湘安笑笑，说：“朱馆长，你的话我很不同意。你怪游客太多，玩起来不清静。未必只准你玩，不准别人玩？自己内心清静就行了，各玩各的啊。”

喜子也笑了，说：“小谢，你倒是很包容的。好吧，我们挤吧。跟着我，别走散了。这里七拐八弯的，很容易迷路。”

谢湘安仍在继续刚才的话题，说：“浙江有个地方，本来是个很有名的古镇子，鲁迅先生笔下经常写的。那里辟为东西两半，一边人流如织，一边冷冷清清。冷清的那边，拍鬼片倒是好外景，玩是没法玩的。平时有人嫌旅游景点太热闹，我就告诉他去拍鬼片那里，那里可清静啦。”

喜子听到这儿，假装生气了，说：“表扬你一句包容，你就要我去拍鬼片的地方啊！”

谢湘安大笑起来，为自己惹恼了喜子而开心。走过一个银饰店，喜子进去了。谢湘安问：“喜欢什么？”

喜子不作声，只沿着柜台细细地看。店家很热情，喜子眼睛看到什么，他就介绍到什么。“看看嘛，看看嘛，不买没关系的。”店家说。

走出银饰店，谢湘安问：“没有一样你看得上眼的？”

喜子笑笑，说：“你想充大老板，送礼物给我？”

谢湘安说：“银饰又不贵，我不是大老板也送得起。朱馆长，你看那边还有银饰店，我们去看看？”

喜子说："别傻了！你在店里问我，我一句话都不答你。为什么？我俩都不认得银子，旅游景点好多卖假货的。"

出了小巷子，走到沱江边上。天慢慢黑下来，两岸燃上暗红的灯火。谢湘安问："朱馆长，你看这些灯好漂亮啊。"

喜子一眼望去，想到的却是烧红的蜂窝煤。两岸的吊脚楼就像用蜂窝煤垒起来的，沱江的水若溅上去就会嗞嗞地响。她觉得自己的想象太没有美感了，没有说出来。

不知孙离看了这灯火，他会在小说里怎么描写？她掏出手机，想给孙离发个短信。想了想，又把手机放进包里。"我出来一天了，他短信电话都没有，就这么放心？"喜子这么想着，心里有些不快乐。

沱江边上尽是酒吧茶馆，谢湘安问喜子："找个地方坐坐吗？喝茶还是喝杯啤酒？"

喜子倒是想坐下来喘口气，只是这里太不安静。不管是酒吧还是茶馆，都开着高高的音响，唱歌的人不怕把天喊塌下来。她又不想显得自己老气，便说："由你吧。"

谢湘安说："我们去酒吧好吗？"

进了酒吧，喜子说："我们坐露台吧，清静些。"

侍者过来，问："两位喝点什么？"

谢湘安不答话，望了望喜子。谢湘安的眼里挂着两盏红红的灯笼，灯笼是屋檐上映下来的。喜子望望他的左眼睛，又望望他的右眼睛，笑了，说："喝红酒吧，啤酒喝了撑。湘安，你的眼睛里有红灯笼呢！"

谢湘安也看到她眼里的红灯笼了，说："我在你眼里看见的是玫瑰。"

侍者把红酒倒上，谢湘安举了杯子，说："来，为这良辰美景！"

谢湘安是背对江面坐的，他说这话时回头望了望沱江。喜子举起酒杯，同他轻轻碰了碰，抿嘴微微一笑，酒只在嘴边沾了沾。

听谢湘安说到良辰美景，她想到的是奈何天。夜色，沱江，依稀的山影，真叫人无可奈何！谢湘安把酒干了，举着空杯子傻笑。喜子拿起酒瓶，替谢湘安酌酒。他也不客气，随她把酒慢慢地倒进杯子。

谢湘安轻轻地晃着杯子，抬头望着天上，说："山城也是人间繁华，我们把天上的星辰忘记了。"

喜子也抬起头，慢慢地就望见天上满是星辰。"湘安，"喜子的声音几乎像是叹息，"这时候若是突然停电了，没有灯火，也没有嘈杂，只有银河在山头上奔流，这里就是仙境啊！"

两个人望着夜空，各自想着心事。谢湘安觉着脖子发酸了，才把目光从天上收下来。他看见喜子也没有看星星了，她正望着眼前的河水。

夜色凉凉地照下来，她的脸色白得像冰，又映着若有若无的微红。这微红是从河那边吊脚楼的灯笼里飘来的。那些灯笼似乎并不照人，而是散出阵阵红雾，浮游在夜气里。

喜子微微叹息一声，回过神来望望谢湘安，心想：这地方应该是谢湘安同熊芸来的。

谢湘安给自己倒了酒，说："朱馆长，我自酌自饮，你的酒没动呢！"

喜子笑笑，说："你刚才抬头望天的时候，我偷偷喝掉两杯了。"

谢湘安望望酒瓶，相信了，说："朱馆长原来是能喝酒的！来，干一杯吧。"

干了杯，喜子说："我不会喝酒，今天破例了。"

喜子慢慢喝着酒，听酒吧里的人唱着一首陌生的歌。喜子对流行歌曲很熟悉，儿子亦赤是个音乐发烧友，他在家时经常把音响开得老大，吵得上上下下的邻居来拍门。好在后来流行了随身听，亦赤便耳机不离身，走到哪里都是摇头晃脑的。

她看不惯儿子这个样子，但说了也是白说。亦赤是谁的话都听不进去的。有一天，孙离朝亦赤发火，儿子冲着他喊道："老孙头，你凭什么教训我？你去学校问问我的成绩！我才不会考你的麻省理工学院呢！"

孙离被呛得面红耳赤，扬起的巴掌打不下去。

"湘安，你听过这歌吗？舒缓，忧伤，又好像一团火。"喜子的神色怔怔的。

谢湘安听了听，说："我真不熟悉呢。"

这时，侍者过来倒茶，喜子问："唱歌的是客人，还是你们的歌手？"

侍者说："我们酒吧的老板，歌是他自己写的，词和曲子都是他自己的。客人不唱的时候，他就自己唱。"

喜子又问："你们老板？他是音乐人吗？"

侍者笑笑，用很浓重的湘西土话说："他是个卵音乐人！他只读过几年小学，一直在外面打流，这几年才回来开酒吧。"

喜子听了，不由得回过头，透过窗格子，望望里面唱歌的人。一个瘦瘦小小的男人，约摸二十几岁年纪，理着短短的平头。他闭着眼睛弹吉他，身子一摇一摇地唱歌。又望望酒吧里坐着的人，也都闭着眼睛听歌，酒杯在手里慢慢地晃。

喜子回头望着谢湘安，轻轻地说："湘西这鬼地方，尽是这些古怪人。你说沈从文先生，他才读过几年书？你明天去熊希龄故居看看，他也是小小的个子！"

谢湘安喝了一杯酒，嘿嘿地笑，说："难怪我说自己蠢呢，原来是个子长得太高了！”

“你别骄傲行不？你的学问谁不知道呀？”喜子拍拍身边的位置，“坐这边来吧！看你又要抬头看天，又要回头看河，很忙的样子。”

“我喜欢面对面看你呢！”谢湘安说着调皮话，人却坐到喜子身边来了。

沱江里有放河灯的，一条暗红的火龙游在水面上。

喜子问：“湘安，你知道放河灯是什么意思吗？”

谢湘安摇摇头，说：“我还真不知道。我是在工厂里长大的，那里面没有民俗。”

喜子忍不住笑，说：“游客无知，听人糊弄放河灯。河灯是乡下人祭亡灵才放的，平白无故放什么河灯？没事放河灯，想着都不吉利。”

谢湘安又是嘿嘿地笑，说：“我又要讲你不通达了。中国人过圣诞节、情人节、万圣节，不就是这样？不过是年轻人多找些借口开心罢了，非得追究宗教背景、文化背景，那还过得了日子？”

喜子假装生气，说：“行了，你们年轻人思想开放，不像我们老古板僵化了。”

谢湘安端起酒杯，说：“来，喝酒吧，别总说老不老的。”

喜子眉头微微一皱，说：“我可能喝多了，晕乎乎的。”

谢湘安说：“那你就尽杯里的吧，余下的都是我的了。”

谢湘安酒喝得越来越慢，酒杯却时刻端在手上。他东一句西一句说话，喜子只是安静地听着。她突然想起孙离的一位画家朋友，名叫高宇，也是湘西人。高宇年轻时到北京去漂，就像当年沈从文似的，颇有几分窘迫。一日，高宇右手无名指被饭篓的竹签刺伤，发炎红肿，奇痛难忍。夜里却梦见自己无名指尖开出一朵灿烂的花，美艳无比。醒来，高宇想这梦应是吉兆，自己的手能巧夺天工。他便自刻一枚闲章：梦指生花。果然没几年，高宇就在北京画坛有了大名气。可惜中国成语的原创时代早就终结了，不然若干年后，说不定梦指生花也会成为成语，就跟梦笔生花似的。

露台下仍是游人来来往往，酒吧里的客人走了旧的来了新的，没有停歇的样子。半空中飘着孔明灯，忽忽悠悠地飞升。喜子又望望沱江里的河灯，不由得叹息一声。

她的叹息声很轻，谢湘安却听见了，问："没事吧？"

喜子："没事，没事呢！"

她看着孔明灯和河灯，内心其实是伤感了。孔明灯和河灯，闪着微弱的光芒，都不知道自己会到哪里去。这两样东西，似乎都在暗寓着消逝。眼前满城的灯火，终究会慢慢暗去。

谢湘安说："你可能是累了，我们走吧。"

走出酒吧，谢湘安无意间碰着了喜子的手，没事儿似的抓着，说："你的手好凉啊。冷吗？"

喜子索性挽着他的臂膀，说："不冷。你的手热热的，到底是年轻人。"

谢湘安把喜子的手夹得紧紧的，说："又说这话了！你别老是说年轻人年老人，你很年轻！"

走到一棵大树下，谢湘安停下脚步，立在喜子的面前，双手轻轻搭在她的肩上。喜子闭着眼睛，脸微微仰起来。谢湘安的手忍不住抖了一下，紧紧地抱着喜子亲吻。

谢湘安吻得气喘，说："我想马上回房间去！"

喜子一点力气都没有。她糊里糊涂地想，不能，怎么能这样？我是发疯了吗？她想喊谢湘安放开她，可她整个身子却像被吸附在谢湘安身上。

"我们往回走吧。"谢湘安轻轻地说。

喜子停下来，踮起脚尖附在他耳边说：“我们是在往回走，兜了一个圈子，马上就到了。”

她说完这话，也热热地吻了他的耳垂。

回到山庄，正巧没碰上熟人。时间不是太晚，古城里游玩的人还没有回来。谢湘安跟着喜子进了房间，从后面把她抱起来，嘴在她的后脖上亲着。喜子慢慢转过脸来，身子轻微地颤抖。谢湘安把她搂起来，抱小孩似的放到床上去。

喜子忍不住叫起来，谢湘安忙用双唇堵上她的嘴。喜子摇着头，挣脱他的亲吻，闷着嗓子叫喊。

谢湘安壮得像头公牛，他的激越没有停下来的时候。喜子像是哭泣似的，说：“我会死的，我要死了！”

谢湘安掀起一阵更猛烈的风暴，喜子被卷到了九霄云外。她紧紧抱着谢湘安，闭着眼睛一动不动。

喜子喘着粗气，轻轻地说：“小安子，你把我照亮了！”

小安子是她脱口而出的称呼，必得这样喊着，她胸口才不那么隐隐地疼。

“喜子，我好爱你！”

谢湘安搂着喜子说话，两人都像是在梦里。谢湘安说着说着，又把喜子紧紧搂住，像要发狂了一样。喜子吃惊地睁大眼睛，说：“小安子，我真的会死的！”

喜子这回真的哭了，泪水不停地流着。她嘤嘤的哭泣被他一阵阵猛烈的撞击打碎。

谢湘安终于安静下来，喜子喃喃地说：“小安子，你把我带到好远好远的地方，我飞了过去，又飞了回来。小安子，你把我照亮了！”

谢湘安躺下来，喜子趴在他身上。透过墨绿色的窗帘，隐约看见两盏孔明灯从窗口缓缓飞过。

二十

谢湘安迈开长腿，三步两步跨到领奖台上。喜子望着他那微微晃动的背影，胸口软得像棉花。她长长地舒了一口气，才发现自己一直紧绷着身子。谢湘安回到她身边坐下，她觉得脸上热热地发烧。她把谢湘安的获奖证书要过去，翻来覆去看着。简简单单一个红本子，里面印的字也没有超过三十个，喜子看了足足十几分钟。台上再次响起掌声的时候，喜子才回过神来，原来总结讲话开始了。

晚餐订在凤凰城外的农家乐，吃当地土菜。湘西最有名的菜是腊肉、酸鱼和血粑鸭，南方人自是很喜欢吃，北方人也乐意尝尝口味。

喜子和谢湘安这桌都是高校的教授，有两位年轻女孩是会务组的工作人员。年会嘉宾们胸前挂着蓝色牌子，工作人员挂的是红牌子。有个黑脸大眼的女孩子，额上头发扎成一个小鬏系到后脑上，再和后面的头发汇成一个大马尾辫，露着光洁饱满的前额，像杨柳青年画上的娃娃。

女孩子正坐在谢湘安对面，神情腼腆，未语先笑。她有意无意眼风总扫向谢湘安，却不敢正眼望人，只好假装望谢湘安旁边的人，眼影里却全是谢湘安，水汪汪的眼睛脉脉含情。喜子看在眼里，暗自叹息。心想谢湘安不论年龄还是相貌，都是最惹女孩子爱的时候。她想到这些，胸口有些莫名的慌乱。

熟识的人都纷纷站起来敬酒了。圈内就是这么些人，许多人早就是老相识。喜子在专家组里不算年纪大的，但她这位图书馆馆长却很有名气。谢湘安的论文获了奖，也给她争了面子。

席上摆了白酒和饮料，白酒是湘西有名的酒鬼酒。喜子从未喝过白酒，昨夜的红酒都是破例。今天有人劝她喝白酒，说："朱馆长，你有喜事，白酒肯定是要喝的。"

"我有什么喜事呀？"喜子说这话时，脸很不争气地红了。

那人就望着谢湘安，说："小谢不是你的喜事吗？"

喜子似乎听出这人的一语双关，很镇定地说："小谢的科研成果又算不到我的头上，怎么算我的喜事呢？"

谢湘安忙说："当然是你的喜事呀！不是朱馆长用心指导，我哪有这成果呀？"

喜子拍了谢湘安的手，说："小谢你什么时候学会拍马屁了？你在家不知道拍马屁，跑到外面表演拍马屁来了！"

一桌人打哈哈，笑笑就过去了。熟人们过来敬了酒，喜子也得去回敬。

谢湘安轻声说："你拿饮料吧，别喝醉了。"

喜子也轻轻说："没事，我好像还能喝几口。"

熟人们见喜子端的白酒，都说喝酒就怕女士，女士们不喝则已，一喝就是海量。喜子忙说："我哪来的量！只有这一杯的量了，再喝不下去了。"

一位男教授打趣说："那可不行！你一根骨头，逗一群狗！"

这话说得大家哈哈大笑，被比作狗的男人们个个红光满面。

喜子喝酒不上脸，反倒越喝脸越发粉白粉白，额上渗出一层细汗。

谢湘安也忙着给各位前辈敬酒，他喝酒上脸，脸早已红了。他始终跟在喜子后面，不时提醒她少喝。她已经添了五杯酒，又示意服务员再给她满上。

谢湘安忙挡住说："不要喝了吧。"

喜子说："不要紧，我要去敬一敬我的老师。"

喜子原本皮肤白，喝酒后更白得像瓷人，太阳穴上现出青色的纤细经脉，像是画上去的。她走到一位梳着大背头的老先生面前，说："李教授，我来敬你！"又指指谢湘安，"这位是谢湘安，是我们数字化图书馆的总设计师，同济大学的计算机博士，到美国留过学的。"

李教授望着谢湘安，摸了摸自己灰白色的大背头，说："小谢的论文我认真拜读过！小朱有这样的好助手，如虎添翼！小谢，你们朱馆长是我门下最优秀的学生！"

"我常听朱馆长说起您呢！"谢湘安点头恭敬地笑着。

李教授笑道："她肯定是讲我的坏话吧！我有些严格，脾气也坏！我的专业同你们图书馆并没有关系，我是教你们馆长汉译文学研究的。我这次被邀请来，仅仅同版本目录学沾得上关系。"

喜子笑道："李教授是学界泰斗，哪块都缺不了您！"

三个人站着，说了半天的话，才碰杯喝了酒。喝过了酒，喜子又说："湘安，李教授带我读博士的时候就说要退休了，过去十多年了学校还不准他退休。李教授就是我们学校的名片，退不了休。"

李教授哈哈大笑，说："学术民工，终身服役！"

喜子脸上看不出什么，脚步已有些软了，微微有些踉跄。谢湘安赶紧搀了喜子，带她回到座位上。他舀了一小碗酸笋汤，说：“喝一碗，会好受些。”

同桌的人看见，都说小谢真是个绅士。谢湘安笑道：“为领导服务！”

再有人来敬喜子的酒，谢湘安都抢先站起来，端过喜子的酒杯，干干脆脆说：“我替朱馆长干了。”

喜子脸色发白，嘴唇却显得柔软红润。她温柔地望着谢湘安，任由他大包大揽去。

喜子不知道自己怎么回到房间去的，醒来时已在床上躺着。取过手机看时间，却见屏幕上浮着谢湘安的信息，打开看了：喜子，醒来打我电话。

时间已是凌晨三点，喜子犹豫一下，就不打电话了。她起来洗澡，闭着眼睛用热水久久地冲着头和背。她想起同湘安的事，呼吸就有些紧了。她从未那么叫喊过，她真是忍都忍不住。“他把我照亮了，他真的把我照亮了！小安子！”喜子心里轻轻喊着，热水从头顶舒舒服服地冲下来。

隐约听见电话铃响，喜子忙关了水龙头，满身是水地冲出浴室。

“我打你手机，没人接听啊。睡着了吧？怎么样了？”谢湘安语气很温柔。

喜子说：“我才醒来，刚才在洗澡。”

“看见我短信了吗？”谢湘安说，“我让你醒来打电话呀？”

“太晚了，小安子！”

谢湘安说：“我一直没睡呢，等你电话！”

“你这傻孩子，怎么不睡呢？”

谢湘安叫了几声亲爱的，说：“我想过来，我想你！”

“天都快亮了，小安子！”

“我马上过来！”谢湘安不由分说，放了电话。

喜子想去浴室擦身子，就听到门铃响了。她开了门，湿淋淋地躲在门后。谢湘安抱起她往床边走。喜子吊着谢湘安的脖子，说：“我一身是水呢！”

“水就水吧！”谢湘安的声音微微发抖。

喜子双臂紧紧地箍着谢湘安，娇喘着说：“小安子，你这是要杀了我吗？”

谢湘安问：“你喝得有些多，还晕吗？”

“本来不晕了，你一来，我又晕了。”喜子软软地躺在他怀里。

第二天，会务组安排游览凤凰古城。喜子昨晚喝醉了，很有些疲倦，请了假。谢湘安就对会务的头开玩笑，说：“我也只好请假，留下来拍马屁。”

上午酒店里很清静，谢湘安泡了很好的红茶，两人坐在窗前轻轻地说话。推窗即是青山，木窗台低低的，坐下来抬手可凭，好像就为喝茶看山，专门做成这样的。山上长着各色杂木，颜色明暗很有变化，看着就想深深地吸气。

“经霜之后，这山必定更漂亮。”喜子懒懒地靠在藤椅里，感觉自己莲花似的正慢慢开放。

谢湘安笑笑，说：“喜子，你好有情致！我是工厂里长大的，伴着烟囱和机械，人也死死板板的乏味。”

“你还乏味？”喜子拿茶杯半遮着脸，笑吟吟地望着她的小安子。

谢湘安的脸居然红了，道：“不许说，我真有些难为情了。”

喜子忍不住大笑，半天才讲：“难怪听人说，我们这辈人还知道谈情说爱，你们这代人就只知道做爱了。连歌都唱，爱就做，不要说！”

谢湘安耳朵一偏，说：“咦，喜子你唱歌很好听。唱下去呀，再唱几句我听听。”

喜子就想起儿子了。亦赤在家时，屋里歌声不断。只要不是木头，听都会听熟几首。她突然咬咬嘴唇，目光从谢湘安脸上移开，望着窗外的青山。

半天没听见喜子说话，谢湘安有些慌了，问：“有心事了?”

“我在看山。”喜子没有回头，“你定眼看着那山，它好像不是静止的。一会儿变得朦胧遥远，一会儿又近到你鼻尖上。若能守着这窗口老去，便是神仙了。”

“神仙都在山里吗?难怪仙字里头有个山，仙人就是山里的人。”谢湘安开玩笑说。

喜子调侃道：“理科生就是理科生！繁体字的仙字，并没有山呢!”

谢湘安就认真起来，说：“我的姐啊，你不知道我爱书法呢!古人的仙字既有你讲的那个繁体的写法，也有今天简体的写法。很多简体字是从繁体的草书来的，但仙字好像不是的。”

喜子忙说：“好了好了，我服你了。小安子，你的毛病就是得理不饶人，我讲一句，你要回十句。你能不能学学你的数字语言，只有0和1?”

谢湘安哈哈地笑，说：“你也知道0和1?”

“真的，小安子，”喜子说，“你给我讲讲你们计算机语言吧。我只听人说，计算机语言只有0和1，我怎么也想不明白。”

谢湘安笑笑，说：“我的姐，你不知道就不知道吧。起码上百个人问过我这个道理，我讲了没一个人真能听明白。隔行如隔山。我由此想到教育的浪费。我们数学课学了那么多知识，对我们有用吗?完全可以不学的。”他端起茶杯，“数学课教我们计算圆柱体的容量，未必今天茶馆老板非得让我们把这杯子能装多少水算出来，才准我们喝茶?”

“小安子，你太可爱了！听你讲话，就像听小孩子讲话。”喜子笑得茶要喷了，抽纸巾印了印嘴上的茶水，“小安子，我想起来了，我还有东西没还你呢。”

“什么东西呀?”谢湘安的眼睛睁得大大的。

喜子说：“你在苍莨山给我的手绢，一直放在我办公室抽屉里。”

谢湘安笑了，说：“我现在人都是你的了，还说手绢?”

喜子听了，忍不住走过去亲吻他。她坐回对面的藤椅，仍望着谢湘安笑。阳光斜斜地照进来，她的耳朵成了粉红色。

谢湘安忙说：“别动，我给你照几张相。这阳光，木窗，淡淡的山影，太漂亮了。你的两只小耳朵，粉粉的就像蝴蝶!”

喜子懒懒地坐着，轻声说：“真好，真想就这么变成化石了。”

谢湘安说：“我也想时间这么定格了。喜子，我会永远记住这个日子，这个地方。你的耳朵真美!”

喜子手微微颤了一下，胸口突然堵了起来。孙离看见她粉红色的耳朵，才开始约她散步的。她把头转向窗外，望着阳光下的山色。她想起多年前，孙离同她约定爱历元年的话了。那年秋天，她在教室外面听孙离上课。那年是他们的爱历元年，今年应该是爱历多少年了？她脑子有些乱，一时没算出来。

二十一

樱花仿佛偷偷约好，一夜之间骤然绽开笑颜。喜子爱看樱花，看着就有些透不过气。真是太漂亮了。她这几天进了校园，都要绕着图书馆大楼走一圈，就是想多看看樱花。没到上课时间，学生们也喜欢徜徉在樱花树下拍照谈笑，手里拿着书本也只是做做样子。

图书馆前的两排樱花树是日本晚樱，初开时花瓣是淡粉色，过两天就变成透明的莹白。喜子推开办公室的窗户，就能看到盛开的樱花，蜜蜂嗡嗡地在花间起落，鸟也飞来啄食花瓣。难道鸟吃花的吗?

喜子想到她和小安子，不就和这樱花一样吗?美而热烈，又注定沉重而短暂。独自一人的时候，她只要想到小安子嘴角就会微微翘起。她过去的性子多少有些硬和冷，如今在小安子面前她却是少有的温柔。可是，她最近只想远远地躲着他。她开始害怕了，莫名地害怕。

喜子拿起抹布擦桌子，眼睛却忍不住瞟着窗外的樱花树。突然，有人从后面拉了她。喜子差点儿叫出声，知道是谢湘安进来了。她想挣脱他，却被他拖到了资料柜后面亲吻。

喜子吓得脸都白了，轻声说："别胡闹了，这是办公室！"

喜子好不容易推开小安子，却又听他质问："为什么这几天都不愿意见我？为什么见了我就绕路？"

"我哪里绕路呀？"喜子轻轻地说，不能多作解释，"小安子，你回自己办公室吧，这不是我俩说悄悄话的地方。"

谢湘安就像受了委屈的大孩子，不声不响地出去了。她望见谢湘安的背影慢慢晃出门外，胸口突然空空地作痛。自己明明那么想小安子，可见面又畏惧，不见又惆怅。

喜子打扫完了办公室卫生，桌上的电话响起来了。她迟疑着接了，怕是谢湘安打来的。果然是他，又是刚才那句质问的话："为什么见了我就绕路呢？"

"我哪里绕路了呀？"喜子也说着刚才的话。她想可能是自己进了校园就绕到楼后面看樱花，谢湘安正好远远地看见她了。

喜子来不及解释，又听谢湘安说："你总躲着我，不肯见我。可是我呢？看到一棵好树，就想和你一起站在树下；吹来一阵好风，就想你也一起被风吹着；吃到好吃的，就想为什么你没有也在这里吃。"

几天后，谢湘安坐在她办公桌对面，外人看了就像汇报工作的样子。他表情严肃，说："我报了一个暑假的旅游团，去法国、意大利和瑞士，半个月。我报了我们两个人的名。"

喜子惊得全身发麻，胸口马上又柔软起来。她第一次看到小安子那么霸气，像一个顶天立地的男子汉。而她自己好像真变得年轻了，坐在她面前的是一位大哥哥。要是换一个地方，她会小鸟依人伏在他怀里，轻轻点头答应跟他去欧洲。

谢湘安不等她答应，又好像不必等她答应，说完这话就起身走了。喜子这时才理智地想这事，只叹小安子太鲁莽了。她哪是说跟他去欧洲就能去的？她越想心里越发慌，害怕她同小安子的事只怕要就此打止了。

晚上回到家来，喜子定了半天神，说：“我们几个同事邀着暑假去欧洲，你同我一起去吧。”

孙离的回答正是喜子猜到了的：“我从来不参加你们同事的活动，你知道的。”

“我的同事们都希望你一起去呢！”喜子又说。

孙离笑笑，说：“别再说你的同事崇拜我了。我知道，你那些教授同事，说的都是假话。他们眼里，只有那些不再喘气的作家才是经典作家。”

喜子也笑笑，说：“我们在讨论你去不去欧洲，怎么说到喘不喘气了？”

孙离说：“你跟同事去玩吧。我手里小说正要赶一赶，也走不开。”

“我也没有最后定，再看看吧。”喜子说得漫不经心。

喜子说完这些话，躲进卫生间半天不想出来。她揉着毛巾，三番五次地洗脸。泪水止都止不住。她不习惯这种撒谎的日子，谎言总有戳穿的时候。

过了两周，喜子回家对孙离说：“我不想去欧洲了。”

“为什么呀？”孙离问。

喜子说：“本来有五个同事一起去的，今天有三个人说不想去欧洲，改去日本。”

孙离说：“不是还有个同事吗？”

喜子说：“男的，小谢。他是执意要去欧洲，说一个人也要去。”

孙离问：“欧洲和日本，你愿意去哪里？”

“你知道我想去欧洲啊，我都说了几年了。”

孙离心里虽不大情愿，嘴上只得说：“那你去啊，有小谢陪着也行啊。”

喜子就势故意说得随便，道：“小谢知道只剩我俩去了，可高兴了。他说正好逮住机会给我提包，当小跟班。我说你比我亦赤只大十几岁，我等于带着儿子出门吧。小谢说我占他的便宜了。”

话到这个地步，孙离只好说：“你就安心去吧。有小谢照顾着也好，不然我也不放心。”

说完这些话，喜子跑到卧室阳台上吹风。她胸口堵得想吐，心慌得双手微微发抖。她轻轻合上眼睛，双手捂在胸前默念：饶恕我，罪过！她心里的话不知是对菩萨说的，还是对上帝说的。

喜子安排着图书馆和家里的事，暑假很快就到了。她用心搭配着旅行穿的衣服，慢慢收拾着行李箱。她想到自己和小安子有十几天朝夕相处，心里就忐忑不安。小安子说了，他问了导游，这个旅游团只有他们两个苍市人。但喜子仍是担心，会不会碰巧又遇到外地的熟人呢？而且，自己和小安子走在一起，会不会不般配？小安子太帅，容易引人注目，指指点点的人会很多。她自己的睡相很难看吧？

孙离那天有事，没有去送喜子。喜子正好不想让他送，自己打车去了机场。她长发披肩，戴着墨镜，穿了一条鹅黄色碎花长裙，一双豆豆鞋。她和谢湘安约好在机场国内出发厅会面。一见到谢湘安笑吟吟迎上来，喜子心里倏然轻松起来。她笑容娇媚，一下子忘了这些天的种种不安。

先飞到上海，与旅游团的人会合。候机的时候，谢湘安拉着喜子站到镜子面前，笑嘻嘻地说：“喜子，你看看，我还配得上你吗？”

喜子取下大墨镜，眼睛马上就放亮了。自己娇娇小小的，站在谢湘安身边，像个幸福的新娘子。谢湘安紧紧搂着她的胳膊，像要把她塞进自己的身体里去。“喜子，你看自己多年轻！我个子高大，脸又晒得黑，人家会说你怎么找了个这么老的男人。”

喜子笑道：“小安子，你尽拣好听的说吧。”

谢湘安把下巴叩在喜子的头顶，望着她在镜子里亮闪闪的眼睛，轻声说：“你不知道自己有多么迷人!”

第一站从上海飞罗马，十三小时的旅程。一路上小安子细心照顾，喜子也百顺千随，尽情享受两人的甜蜜时光。喜子的眼睛躲在墨镜后面，小心地观察别人看她和小安子的表情，并没有发觉有什么异样。她长长吁了一口气，暗自有几分得意，心想自己还没老到那个地步，没那么和小安子不配。

飞到罗马，当地时间是下午四点多钟。天气晴朗，稍稍有些闷热。罗马机场很有几分破旧，瓷砖地黏黏糊糊，到处都有尿臊味。喜子四处看看，小声说：“小安子，我俩真到了罗马吗？怎么到处看到的还是我们同胞黄色的脸啊？”

谢湘安牵着喜子的手，拖着行李箱，也小声说：“亲切吧？不光罗马，现在世界各地到处黄流滚滚呢！咱中国人现在有钱了，还不许出来见见世面？旅游算什么，哪天我们把罗马的斗兽场都买下来。”

喜子掐了掐他的手说：“小安子，你怎么也一口土豪腔呀？不准这么说话!”

谢湘安顽皮地笑笑，说：“不就是说着好玩嘛!”

大家吵吵嚷嚷出了机场，上了一辆大巴。导游一路上和司机说话，好像是某方面沟通出了阻碍。导游拍拍手说：“请大家一定记住我们这辆车的车牌号。我们这位司机叫阿佐，名字很好记。大家还要记住他的长相。我们全程都是这辆车，这位阿佐带我们。”

阿佐是个中年人，黑发黑眼睛，络腮胡子，穿一件雪白的棉短袖，手上戴着白手套。他知道导游在介绍他，转过头来冲大家笑笑，摆了摆手，用中文说了一声："你好。"说得怪腔怪调，大家都笑起来。

导游做了一个鬼脸说："意大利语说'你好'，就是'帮猪哪'。来，我们一起说一声，'阿佐，帮猪哪'。"

大家笑得更厉害了。坐在前排有两位妈妈，各带着一个十一二岁的男孩。两个男孩坐在一起，上车就开始撩撩打打，这会儿高兴得像疯了一样，大喊："阿佐，帮猪哪，阿佐，帮猪哪。"

谢湘安笑笑，小声说："阿佐，帮猪哪！我们上当了呀？阿佐这几天不是帮我们服务吗？我们都成猪了。"

谢湘安平时上车就往车后走，喜欢坐在最后一排。他从小个子高，养成了不挡别人的习惯。他现在和喜子在一起，怕后座太颠簸，就选了倒数第二排的座位。最后一排没坐人，放着大家的行李。

车子左边前面坐着那两对母子，中间四排坐着五位男子，年龄四五十岁上下，彼此很相熟，都戴着眼镜，衣着讲究，行李箱很高档。右边前两排坐着四位西安来的美女，打扮时尚，稍胖一点的是位少妇，红色短发，鹅蛋脸，行李箱和手提包都是路易斯威登，脖子上一颗大钻石吊坠。导游姓范，矮个子，罗圈腿，身上有很重的狐臭，坐在最前面车门边的导游座位上。大家叫他范导。

罗马到处是神殿和广场。台伯河穿城而过，河面不宽，河水清绿，高高的水槽横在城市上空。阿佐并不知道酒店的确切位置，只知道它在罗马城另一边的郊外。他不急不慢开着车，带着大家穿过罗马城往酒店去。

傍晚时分，夕阳的光线愈加柔和。喜子软软地靠在谢湘安身上，两人的手指交缠在一起。喜子巴不得司机慢慢开车，一直这样开下去，永远不要结束。

喜子正这样想着，就听到谢湘安俯在她耳边低声说："喜子，罗马又叫永恒之城。我要罗马作证，我对你的爱也像这罗马城一样，是永恒的，永远不会变。你可不要丢了我啊！"

谢湘安的声音颤颤的，喜子紧紧闭着眼睛，脸埋在谢湘安肩上，眼泪小溪水一样往外涌，又湿又热地浸着谢湘安的肩膀。

第二天，参观古罗马斗兽场。近中午时分，太阳像个金盘子挂在空中，天蓝得水晶玻璃一样晃眼，吹着微微的风，天气倒是不热。

远远地望见灰褐色的古罗马斗兽场，左高右低，断壁残垣，勉强维持着一个椭圆形的样子。高的这边有四层，每一层都密密排列着圆形拱门，像蜂巢一样。斗兽场的甬道里人挤着人，外面也黑压压排着长队。

范导把大家领到售票处，嘱咐了一些注意事宜，定好集合的时间和地点，自己就躲到树荫下嚼口香糖去了。

谢湘安望望售票口外排着的长队，又望望喜子，做出一副冲锋的样子，问："想不想进去看？你站在那棵树下去等，我去买票。"

喜子一刻也不愿和小安子分开，她说："你想看不？我是可以不看的。你想看我就陪你。"

谢湘安拉着喜子的手说："那就不看吧，我们在外围走走就好。附近还有不少古罗马遗迹，我们都看看。"

喜子挽着谢湘安的手，说："鲁迅先生说中国人是看客，古罗马人其实早就是看客哦。你想想，当年成千上万的古罗马人钻进一个个这样的蜂洞里，高喊着杀、杀、杀，看见血淋淋的刀子捅到人身上兴奋得发狂。这多可怕！听导游说，斗兽场地上的土真的是血染红的，那块土已在角斗士的血里浸泡了千百年呢。”

谢湘安知道喜子害怕血腥，却故意逗她，说：“小喜子，那是为勇气和胜利欢呼！鲜血和死亡会给人刺激，让活着的人更热爱生活。”

喜子正色道：“一个人活得有意思不能以别人的生命做代价，何况是那么残忍的杀戮。”

谢湘安忙说：“喜子，我错了，你说得对。我写论文写惯了，只要立了论，就千方百计去找论据来论证。现代人活得越来越麻木，有些人就是行尸走肉，找不到活着的感觉，只好去吸毒，去撞车，去搏击，从堕落、破坏、鲜血和疼痛中找到活着的感觉。你读过《搏击俱乐部》的小说吧？还拍成了电影，那个卖肥皂的泰勒是好莱坞大帅哥布拉德·皮特演的，好疯狂。”

喜子拿起谢湘安的手，假装使劲却只轻轻地咬了下，说：“坏小子，口口声声说我错了，可还是在给自己的论点找论据。我看过《搏击俱乐部》，确实让人感到震撼。人都处在一种被奴役的状态，有的人被物质奴役，有的人被权力奴役，有的人被情感奴役，可是自己不觉得，还认为这就是生命的意义，唉！”

谢湘安忙转移话题说：“好了好了，我的博士馆长，不要唉声叹气。不论怎样，自己觉得幸福就好。我就好幸福，我心甘情愿被你奴役，只怕你不要我。”

谢湘安说着，轻轻吻了喜子。喜子今天穿了一件白棉布绣花背心连衣裙，一双黑色罗马鞋，戴了一顶宽边大草帽，脖子上围了一条浅蓝色丝巾。她人本来就瘦，纤腰一握，肩膀和锁骨露着，显得精致性感。迎面走来的罗马人朝她微笑，也有朝她做着手势夸赞的。

谢湘安特别得意，走到哪里都紧紧拉着喜子的手。他看到男人目不转睛地望着喜子，就孩子气捏着拳头威胁说：“再看，再看剜掉你的眼睛。”

人家听不懂谢湘安在说什么，莫名其妙地望着他。望见他骂人之后又笑，人家也稀里糊涂地笑。

斗兽场前的草地上保留了一段古罗马时的道路，短而窄，一块块的青石嵌在黄泥地里，面上磨得溜平。谢湘安牵着喜子走上去，说：“喜子，你说这些石板会不会在心里计数，数着一共有多少人从它身上踩过？快两千年了，那会是一个多么大的数字！”

喜子轻轻叹一口气，说：“古罗马等级那么森严，可是对于铺在地上的青石板而言，贵族的脚和奴隶的脚，又有什么区别呢？”

罗马城里到处是地中海松，树冠浓密，很像云朵。喜子看着这像云朵的树，连连惊叹，说：“长得好奇怪哟，真漂亮。”

谢湘安得意地告诉她：“那是地中海松，那些绿帽子是人工修剪出来的，不是天生长成那样的。”

谢湘安无意中说了绿帽子，两人一下子都沉默了。

过了老半天，谢湘安才哑着嗓子说：“喜子你看，罗马城里到处都是喷泉，好像有洞的地方都可以出水哦。”

喜子低着头，不吭声。

谢湘安又说：“古罗马的供水系统做得了不起，那时城里的罗马人就用自来水了，还收费，好穿越的感觉。”

喜子听了这话，终于微微一笑，说：“我还真有点口渴了。”

他俩的背包里都带着水，谢湘安却硬要去买水果吃。离斗兽场不远是一条大道，也有一座凯旋门。路两边长着高高的地中海松，浓荫匝地，走在下面很凉爽。不少人扮成角斗士等着和游人合影收费，也有扮成埃及法老的。路边还有不少街头艺术家，有拉小提琴的，有披散着头发拿着电吉他唱摇滚的。两人走走停停，边看边找水果摊。

走了不远，有一个蓝色小木屋，围满了人，正是卖水果的。葡萄紫绿，粉嘟嘟的，又圆又大，一串串吊在一根绳子上；地上一个个木筐，堆着金黄色的芒果、青色的梨、紫红的李子；草莓鲜艳欲滴；无花果绿色的皮上带着紫红色纹理，蒂把处还渗出乳白的汁液，摸上去黏糊糊的；地上还堆着一堆青棕色的椰子。

喜子看得入迷，说："还是地中海的阳光好，看这些水果，简直是一幅马蒂斯的画了。"

谢湘安不管什么马蒂斯不马蒂斯，低头挑了两个椰子，又从绳子上取了一串葡萄，买了一些无花果。喜子一言不发，笑眯眯站在一旁看着。她看谢湘安额上渗出细密的汗珠，就拿出纸巾轻轻帮他把汗印掉。

水果铺边就有水龙头，谢湘安故意做出大人对小孩说话的语气，说："还不把手伸出来？洗手！"

喜子乖乖把手伸出来。谢湘安握住喜子的手，心里只觉得无限满足。两双手伸在水管下，任由凉凉的水冲着，好半天才回过神来。

喜子和谢湘安站在路边，用吸管喝了椰子汁，又吃了一些无花果。喜子从没吃过这么甜这么绵的无花果，直说腻住了。谢湘安也说吃不下了，葡萄就带回去吃吧。看看差不多到集合的时间了，两人就慢慢往回走。

第二日清早，坐大巴往佛罗伦萨去。有了两天时间，旅游团的人熟识起来，开始聊天，说话也随便一些。范导黏着那几个西安美女插科打诨，逗得她们笑个不停。几个美女拿出从国内带的葵花子嗑，垃圾桶就放在她们座位旁边，瓜子壳还是吐得满地都是。

那位丰腴少妇叫罗萍，家里开着大公司。她白皙皮肤，鹅蛋脸，笑起来就有了双下巴。范导说："哎哟哎哟，双下巴出来了，好想捏一下。”说着两只罗圈腿都软了似的，直往下盘，愈发显得矮。

罗萍噘着嘴说：“喂，范导，昨天住的那酒店是什么破酒店呀？床那么窄？房间那么小？我的妈呀，我睡上去，不敢翻身，生怕床垮下来。好在只住一天，我可受不了。我去年去美国，住的都是五星级酒店，人家那床，又宽又大，金光闪闪的，席梦思是乳胶做的，太舒服了。我一回西安就把家里的床垫换了，一床要一万多呢。”

范导说：“我的娇小姐，你真是土豪啊。欧洲的酒店讲究实用，不像美国人，只讲奢华气派，面子不好看就没人看得起你。欧洲有文化在后面撑着，酒店再差你也要来啊。”又调笑说：“我的乖乖，我的个杨贵妃，你睡乳胶床垫不好，睡上去无声无息，没有情趣。还是睡欧洲这样的窄床最好，睡上去咯吱咯吱，颤颤巍巍，哎哟，好性感，迷死人了。”

他们俩说话的声音大，一车的人轰地笑了。

喜子和谢湘安坐在后面，他俩习惯了小声说话，说话只两人听得见。谢湘安想到昨夜两人的缠绵，不禁小声说：“喜子，我恨不得把全身的皮都扒下来，熨得平平整整，暖暖乎乎，把你包在里面，那样抱你才解渴。”

喜子不知想起了什么，怔怔地说：“胡说，好好的，说什么扒皮，我怕。”

谢湘安赶快把喜子揽在怀里说：“不怕，喜子不怕。”

坐在左边中间三排的五个男人是一起的，头发花白的那位戴着一副无框眼镜，他们同来的几个人叫他陈院长，对他毕恭毕敬的。他们不大和别人说话，只管自己聊天，也只讲些自己圈子里的事，少不了对陈院长歌功颂德。

陈院长说：“欧洲的酒店是讲究实用，你们发现没有？昨晚住的酒店里，电插头的插座位置就很高，站着伸手就能插到，很方便。不像我们国内的电插头，非要安在踢脚线那儿，你要用插头，腰都弯不下去，自找麻烦。”

一个戴黑框眼镜的，他们同行的人叫他李博士。这位李博士忙转过脸对陈院长说：“陈院长太了不起了，观察问题的角度就是不一样。我昨晚还用了插头，我怎么就没意识到这个区别呢？”

李博士脸上满堆着笑容，那笑容都快一块块往下跌了。他是这五个人中最年轻的，时刻跟在陈院长身边，拎包递水的，像个贴身秘书。他见陈院长听得满面春风，又挨个儿望望自己的人，说：“我们陈院长都可以当博物学家了。今天早晨我陪陈院长在酒店院子里散步，有一种树开着粉红色的花，长长的花蕊，结青色的小果子，我问，这是什么树？陈院长一眼就认出来了，说，这是合欢树。哇，好厉害。”

谢湘安一听，轻轻捏了喜子的手。吃早餐前，他和喜子在那树旁站了一会儿。那种树叫桃金娘，罗马当地常见的树。谢湘安也不认识那树，喜子扯下一片叶子，揉碎了，边闻边说：“这是桃金娘，你闻，叶子很香。花也开得久，开得密。小安子，你去读欧洲文学，古希腊神话故事里就有好多桃金娘的故事。它是欧洲人的爱情之花。”

小安子听了高兴，忙把鼻子凑到花上去闻，说：“我们的故事里也有桃金娘了。”

果然范导游也听见李博士的话了，回过头来说：“昨天我们住的酒店院子里种的是桃金娘，不是合欢树。罗马最多的树是地中海松，就是那种像顶着一个帽子一样的松树，那种树的造型是人工修出来的，罗马人把这种树型叫修士头。中世纪的修士都理这种头。”

陈院长他们好像没听见，没一个人搭话，尴尬地沉默了一阵子。正在这时，陈院长手机响了。他不急不慢接通了电话，懒洋洋地喂了一声，马上神色一变，坐直了身子，说："撞死了没有？放弃抢救了？对方来了多少人？人在交警大队？他们有没有对他怎么样？钱不要管，只要不是狮子大开口，要多少给多少，先把人弄出来。你喊小陈到交警大队去处理，一定要想办法私了，不能留下案底。好的，有事要小陈直接跟我联系。"

车上的人屏住气不说话了。两个初中生刚才还嘶着嗓子，唱陈奕迅的《浮夸》，也连忙止住声。听得陈院长又拨了一个电话，语气非常恭敬："周书记呀，我跟你汇报一下，你吩咐的事，我已交代下去了，放心放心。我这会儿在欧洲考察，我已让小陈同你秘书联系。不谢不谢，应该的。周书记啊，我还有件小事要麻烦你啊。不好意思，犬子不争气啊，闯祸了。喝了酒开车，撞死一个人。我是愿意接受法律处罚，但对方家属提出私了，赔钱。我想尊重对方意见。我那儿子平日还是蛮听话的，喝酒喝糊涂了。拜托啊，周书记，谢谢，谢谢。"

陈院长不知说了多少个谢谢，放下电话，脸色轻松下来，说："好，摆平了。"

一位小朋友站起来，头转向陈院长，说："伯伯真牛！"

李博士问："政法委周书记吗？他一句话就搞定了。"

"儿子不争气，碰上这事也没办法。"陈院长摇头笑笑，像是在表示谦虚。

李博士很气愤的样子，说："现在的行人走路都不看路的，真讨嫌。他巴不得你撞他，撞了就发财了。"

几个人都一起附和，说现在是开车的怕走路的，穿皮鞋的怕穿布鞋的，保护弱势群体搞过了头，到处都是刁民。那位李博士果然书读得多些，说："民粹主义泛滥，好像凡事老百姓都是正确的，民众的任何要求、任何呼声，都是天经地义的。你看网上只要涉及官民矛盾的报道，好像官方就绝对是输理的，网民一边倒地骂官方。”

“是啊，刁民太多，官不聊生。”

“老百姓受西方拜金主义影响，眼里只有钱了。”

听着这些话，谢湘安脸早气得通红，几次想站起来发飙。喜子把他的手握住，轻轻抚着他手背上一跳一跳的青筋，那青色的血管粗粗地凸出来，像要爆裂一样。

谢湘安终于忍不住，故意高声大气地说：“这种草菅人命、权权交易的事，当着孩子们的面做，真是不知羞耻！”

陈院长他们假装没听见，只顾自己几个人谈笑风生。陈院长又恢复了懒洋洋的眼神，软得像一团泥靠坐着，说：“范导，去瑞士我要买几块表，都是女士戴的，你推荐一下咯。”

谢湘安生了半天的气，仍没有放下这事，轻声同喜子讲：“也不知道那家伙是什么院长？检察院？法院？医院？大学里的什么学院？反正带长的好的不多。”

喜子笑笑，说：“我还是馆长呢。谁去管他是什么院长！你也别孩子气了，哪有这么绝对？真的逢长就坏，世界不早毁灭了？”

“哈哈，我忘记身边坐着这么大一个长了！”谢湘安说笑几句，又道，“我有个美国同学，阿列克塞，他原来是奥迪车迷。前几年，他跑到中国工作，发现中国一些官员坐奥迪车，回去就把自己家的几辆奥迪车全部卖了。他有道德洁癖，说坐着奥迪车感觉很耻辱。”

喜子把头往谢湘安肩上靠着，说：“你这位美国同学，生气也生得太牵强了，这跟奥迪车有什么关系？”

“中国古时候这种故事还少吗？”谢湘安很认真的样子，“不共戴天，不共天地，都是这样的故事呀！”

到了佛罗伦萨，范导把一车人交给当地的地导，自己又不知哪去了。佛罗伦萨的建筑多是中世纪时建的，红色屋顶，橘色墙，到处看见塔楼。城里没有什么绿树，小巷里跑着马车，马粪的臭味扑面而来。

导游带着大家穿过小巷，到圣母百花大教堂去。小巷铺着小方块青石，走起路来硌得脚痛。喜子穿的是罗马鞋，底子很薄，踩在路上脚底生痛，她不由得微微皱着眉。谢湘安往喜子面前一蹲，拍拍自己的背，笑嘻嘻地说："来，宝宝骑马马。"

喜子脸一红，心里一恍惚，想起了孙离。她当年同孙离都在家乡教中学，喜子在家听到走廊里孙离的脚步声，就先站在进门口的沙发上。听得孙离在门口停下来，掏出钥匙开门。喜子屏住气，等孙离一进门，她不等门关好，就往孙离背上一跳，口里喊："骑马，骑马！"孙离笑吟吟地背着喜子在屋里绕上好几个圈，喜子才肯下来。孙离去厨房做饭，喜子在旁边打帮手。那其实不是什么厨房，只是在单身宿舍最顶头阳台上放了个藕煤炉子。

看过圣母百花广场，又去佛罗伦萨的行政中心老宫。大家一窝蜂拥到大卫像前，啪啪啪地拍照。地导老老实实地告诉大家，这里的大卫像，还有佛罗伦萨米开朗基罗广场的大卫像，都是复制品。真品早就收到佛罗伦萨美术学院里去了，要看倒可以去，离圣母百花广场不远，但要买十欧元的门票，还要排队。

喜子很想看看但丁故居，问地导："有没有安排参观但丁故居？"

地导看了一下表，皱起眉说："不行啊，范导只给了我一小时二十分钟。"

喜子说："不是还有两个多小时才离开佛罗伦萨吗？我们还没看什么东西呢，还有乌菲兹美术馆，也应该让我们看看吧。好不容易来一趟。"

那位西安美少妇罗萍一听急了，噘着嘴说：“不去不去，什么但丁铁钉，范导说了要带我们去购物，都说佛罗伦萨有个什么‘这买儿’，是购物天堂，古驰巴宝莉都在五折以下，还有豆豆鞋，我要买我要买。快走，回去找范导吧。”

地导笑了起来，说：“你说的是 The mall，那里确实品牌多，东西便宜，还退税，但你们今天也来不及去了，那里在佛罗伦萨郊区，坐车要一个小时呢。城里也有很多买东西的地方，范导会带你们去的。”

谢湘安看喜子没兴趣买东西，就打了范导的电话，问清离开佛罗伦萨时上车的时间和地点，说他和喜子保证按时赶上车，其余时间就自由活动去了。谢湘安很礼貌地请假，范导在电话里不高兴，却也发作不起来。

谢湘安高高兴兴对喜子说：“喜子，我们脱离队伍了。走，我们先去但丁故居，再去你说的乌菲兹美术馆。”

谢湘安和喜子从从容容看完但丁故居和乌菲兹美术馆，看看还有时间，又到阿诺河上的老桥逛了逛。阿诺河水像一块软软的绿玉，水面平静得像凝固了似的。老桥并不宽长，两边密密排列着铺子，大多卖珠宝首饰。

谢湘安一心只在喜子身上，紧紧揽着喜子的腰，痴痴看着喜子的一颦一笑。他比喜子高半个头，看喜子时总要微微低侧着脸。喜子就伸手把他的脸推开，笑着说：“你老扭着头望我，小心以后变成歪脖子。”

谢湘安说：“你还怪我？你的眼睛里有钩子，勾人的魂呢，你自己不知道？”

喜子岔开话说：“小安子，你说这桥像不像中国侗族人的风雨桥？那风雨桥建得好的，比这漂亮多了。这座老桥还有一个典故，你知道吗？”

谢湘安说："知道。但丁遇见他的恋人贝亚特丽采，就在这座桥上。那时但丁才九岁呢，只看了那么一眼，一爱就爱了一辈子。"

喜子说："九岁的孩子能知道什么？那应该不是爱情，是被贝亚特丽采的美震骇住了，但丁是把美理解成了爱。"

谢湘安说："美才能爱呀。我要是九岁时遇到你，你那时多年轻，我一定也会爱上你。"

喜子笑着说："年轻才美。我老了，年轻时不美，老了更不美。"

谢湘安说："你永远年轻，永远美。"

喜子想到谢湘安九岁时，自己十八九岁，正是最好的年纪。那时对爱情完全懵懵懂懂，连孙离都还没认识。现在，儿子亦赤都快二十岁了，自己怎么会不老？她望着谢湘安，那是多么年轻的一张脸啊，咧嘴一笑，还是满脸的孩子气呢。那浓浓的眉毛，挺直的鼻子，下巴上隐隐的胡茬，清亮的眼神，会让多少少女迷恋。

喜子突然觉得自己的荒诞。她仿佛占有了一件不属于自己的宝物，又爱又喜又怕。

喜子心里正千回百转，谢湘安却只有一派柔情。他紧紧搂着喜子，把脸埋在喜子头发里，轻声说："你就是我的贝亚特丽采，我会爱你一辈子。"

二十二

旅游团从佛罗伦萨到威尼斯，三天后进入瑞士。喜子望着车窗外的天空，问谢湘安："小安子，我小时候在乡下，天也很蓝，云也很白，只是房子有些破旧。可我没有见过这么蓝的天啊。"

谢湘安说："这里海拔高，空气干燥些，阳光渗透力强，天才蓝得这么深。我们家乡空气湿度大，天再蓝颜色也会浅些。"

喜子笑笑，说："理科生的本色出来了。"

因为要爬阿尔卑斯山的少女峰，就先到了瑞士的小镇因特拉肯。范导站起来，大声说："因特拉肯是买表的理想地方，到苏黎世和日内瓦，反倒没有时间买表了，也不如这边便宜。机不可失，失不再来。想买表的，我这里有折扣券。"

那位儿子醉驾撞死人的陈院长淡定自如，热热闹闹和他的同行者商量着买表的事，说了一路的卡地亚、劳力士、宝玑。

几位西安美女也请教范导买什么表最好，罗萍还勾着手算账，哪位亲戚朋友礼物还没准备好。谢湘安听着就想，她说的什么亲戚朋友，多半就是要回去拍马屁的官员。

罗萍她们一路买的东西太多，新买了两个大瑞莫瓦行李箱才装得下。范导拿了不少的回扣，心情越来越好。他看准那两位带孩子的妈妈有钱，但不舍得花。愿意大把花钱的除了几位西安美女，陈院长几个实力不可小觑，只是暂时还没有出手。范导不免对陈院长用心巴结，老是凑上去说话。天气热，范导身上气味重，陈院长只好屏住气，尽量把身子往后靠，不停地皱眉。喜子和谢湘安没怎么买东西，范导对他俩就冷冷的，却也不敢得罪，爱理不理的样子。

大家完全忽略了因特拉肯小镇童话世界般的美，心里只有买手表这件事。一下车，范导就领着大家心急火燎穿街走巷，拥到表店里去。街上到处是名表的招牌，表店里也都是讲中国话的，熙熙攘攘吵闹得像中国乡下的菜市场。

谢湘安知道喜子平常并不戴表，可他早就想好要买一对情侣表两个人做纪念。喜子一路上跟他约法三章，坚决不准他为她花钱。他想假装给自己的父母买结婚三十周年的礼物，到时候请喜子帮他选手表。

进了一家表店，谢湘安说："喜子，我这次买表还带了任务呢。我爸妈结婚三十周年纪念，老两口好浪漫，要买一对情侣表。你帮我挑啊。"

喜子抿嘴一笑，说："好啊，我平常不戴表，也不懂。要什么价位的？"

谢湘安说："二三万一块的吧。"

喜子想了想，说："我们一起看看吧。"

喜子千挑万选，选了一对浪琴嘉岚系列的情侣表，珍珠白的表盘，很纤薄，表壳是不锈钢镶钻的，气质安静优雅。喜子说："我喜欢这对表。你了解你爸爸妈妈的品位，他们会喜欢不？你看看行不行。"

谢湘安诡诡地笑，拉过喜子的手，把女款表戴在她的手腕上，自己又戴上男款的表，并在一起反复看。

谢湘安喜滋滋地说："我喜欢，你喜欢不？"

喜子白他一眼说："小安子，你给爸爸妈妈选礼物，态度要认真哦。"

谢湘安说："我的态度不但认真，而且是神圣呢。真的，喜子，你不信吗？"

喜子这会儿倒心烦意乱起来。她自己是从不戴表的。年轻时也戴过表，可总觉得表太重，戴在手腕上好像承不起，累得很，不如不戴。小安子应该戴块表，买粗犷一点的，酷一些，男子气一些。

她很想给孙离买块好表。他一直有时间焦虑，手表要时时戴着，好随时知道时间。偶尔忘记戴手表，出了门还要折回来取。手表让他有一种能掌控住时间的安全感。他现在也算名作家了，有些场合也需要一块好表来衬身份。刚才一路看下来，喜子看中宝玑的两款男表，一款经典系列的机械表，玫瑰金表壳，配棕色皮质表带，很适合孙离。还有一块自动机械表，钛合金的黑色表盘，厚重粗犷，可以买给小安子。可是，她给孙离买，又给小安子买，这算什么呢？她一下子觉得无地自容，全身像有蚂蚁咬啮，恨不得抬手给自己一个耳光。

喜子怔怔地出了一身冷汗，猛一抬头，正望见谢湘安盯着她，他的神色有些凄然。谢湘安强笑着说："喜子，你是不是要给孙老师买块好表啊？"

喜子木然地点了点头。她本来想解释，可一句话也说不出来。

谢湘安说："那你看好了吗？"

喜子又点了点头。

谢湘安说："在哪里，我们去买吧。"

喜子买了看中的两块宝玑表。谢湘安并不问为什么要买两块，也许有一块是给亦赤的吧。他不想显得小气，心里却隐隐抽搐作痛。无论他多么爱喜子，他只能是喜子生活中的隐形人。永远如此。当初爱上喜子，仿佛是一场沦陷，越陷越深。他越爱就越痛，越痛又越爱，两种感觉混在一起，仿佛在火焰里焚烧，却又浑身冰凉。他不敢想象回到国内后的情形。他这些天和喜子一起，像做梦，甜蜜满足，飘飘若仙。可是，回去以后怎么办呢？谢湘安赶紧摇摇头，他什么也不想了，只想现在紧紧把喜子搂在怀里。

车在去酒店的途中迷路了，阿佐把大巴停在路上打电话。他说的是意大利语，谢湘安和喜子都听不懂。打了半天电话，阿佐回头对范导摇头，摊了摊双手。看来，仍没问清路。这时，一辆小轿车停在大巴前，下来一位中年女士。女士抬头同阿佐说话，阿佐茫然地回头望望范导。女士拍拍车门，车门开了。女士上了车，望着大家笑笑。

谢湘安轻轻对喜子说："女士说的是法语，范导和阿佐都听不懂。"

"你懂法语？那你去吧。"喜子只知道谢湘安的英语好，没想到他还懂法语。

谢湘安站起来，问候了那位女士，回头问范导："我们住的酒店叫什么名字？你把行程单给我吧。"

女士碰上会讲法语的人，脸上笑得更加灿烂了。她指着行程单上的酒店，轻言细语地同谢湘安说话。她确信谢湘安听懂了，才向大家挥挥手下车。

谢湘安回头对范导说："我不懂意大利语，你告诉阿佐，我们走反方向了。先把车掉头，走过五个路口，左拐出城，酒店在郊外。"

谢湘安回到座位，听前面的人议论，说："这位女士真好！我们在国内，这会儿停在大巴前面的，不是交警，就是城管，反正是找麻烦的。瑞士人怎么讲法语呢?”

范导回头说:“瑞士的语言很杂,讲什么话的人都有。我德语还能讲几句,碰上讲法语的我就不灵了。真感谢这位谢大帅哥!”

谢湘安朝范导笑笑,低声同喜子讲:“瑞士是个内陆山地国家,四周同哪个国家接壤就讲哪个国家的话。讲德语的人最多,再就是讲法语的人多。”

这天晚上,住的都是单栋的圆木别墅,阳台上鲜花盛开,童话一样浪漫。两个初中生兴奋得尖叫,嚷嚷着两个妈妈睡一栋,两个孩子自己睡一栋。

范导特别欢快,大家今天都花了大笔的钱,他也跟着发了一笔小财。他手里攥着一大把钥匙,笑眯眯地说:“今天的房间就不分配了,大家来拈吧,都是别墅,大家拈到哪一栋就是哪一栋。”

这些天住酒店,范导都是把最好的房间分给陈院长几人,稍好些的给西安美女。喜子和谢湘安总是最后拿到钥匙,他们也不在乎。可两位带孩子的妈妈已经有怨言,抱怨范导狗眼看人低。

酒店的小木屋一座座散落在绿草坪上,外表看上去古朴笨拙,里面的设施却是现代化的。下面一层是客厅和厨房,上面两间卧室,也带一个小客厅,最适合家庭旅游居住。

夜里,喜子任由谢湘安紧紧地拥抱着爱抚,百依百顺地听从他激情澎湃。

“饶恕我,饶恕我。”平静下来的时候,喜子突然泣不成声。她心里恍惚着,不知道这句话到底是对小安子说的,还是对孙离说的。

两人彻夜未眠,一会儿拥抱着亲吻,一会儿背靠背想心事。

喜子到底没有接受谢湘安买的那块浪琴表。喜子给谢湘安买的那块宝玑表,他却高高兴兴接受了。他马上把手表戴上,说:“喜子,我说过的,只要是你给我的,我都接受,只要我活着,我会永远保留在我的生命里。可是，你如果要拿走，你就拿，你把我的心拿去我都给你。我的心，我早就给你了，你摸摸看，我胸腔里是不是空的？我的心在你那里呀。”

喜子原先听谢湘安说这些话，人轻得就像要飘起来。可她现在听着，心里却灌了铅似的沉重。喜子打定主意，不能再这样下去，一定要和小安子分手。她想在回国以前，就把这话说出来。

谢湘安隐约看出她的心思了，胸口钝刀捅着似的痛。他原先就答应过喜子，他会尊重她的感受，会好好地听她的话。那时，他还一心沉浸在爱的喜悦中。他曾拉着喜子的手，笑着说："我的大人，生杀予夺，一切在你。你就是我的天，我的神。"

谢湘安从喜子给孙离买手表时起，就知道自己要失去这个女人了。她夜里哭泣着喊"饶恕我"，那是对老天的忏悔吗？

喜子并没有把话点穿，谢湘安感觉自己就像等着宣判死刑的犯人，过了今天不知道明天。他成天失魂落魄，却更怕看到喜子伤心。他嘱咐自己要像个男子汉把一切都担着，不能再增加喜子的痛苦。

忧伤让谢湘安变得沉静了，天空的一片云他能望上半天。他们在法国的安纳西小镇停留了一天，两个人离开团队自由游荡。太阳快下山了，谢湘安牵着喜子到安纳西湖畔。夕阳照耀下，阿尔卑斯山顶的积雪金光闪闪，就像被火烧红了。湖边绿树参天，天鹅安闲地浮在水面，人都是无忧无虑的样子。

谢湘安紧紧地牵着喜子，指给她看各处的美景。他只想把最美好的印象，尽可能多地留在喜子心里。谢湘安柔和地笑着，脸色却是苍白的，喜子看在眼里，心都碎了。

巴黎是最后一站。喜子和谢湘安都不怎么说话，去埃菲尔铁塔、卢浮宫和凡尔赛宫，也只是安安静静地看。法国看不到一个外国文字，谢湘安轻声地给喜子翻译。谢湘安很欣赏法国人捍卫语言纯洁的做法，不像中国人已把汉语弄成洋泾浜了。

“嫌意译太麻烦，音译也是可以的嘛！阿司匹林，盘尼西林，老百姓都懂了呀！我特别讨厌官方也用英文缩写，什么WTO、GDP！Wireless-Fidelity，我们也直接用它的英文缩写Wi-Fi，我不喜欢。我想如果音译成万飞，保证大家都能接受。前人讲的信达雅翻译哪里去了？”谢湘安想让喜子开心些，故意说了这些孩子气的话。

喜子只是淡淡一笑，脸往他的手臂上贴了贴。

傍晚，谢湘安带喜子去了塞纳河边。白天坐船游了塞纳河的，喜子说还想到河边去坐坐。天色慢慢暗下来，沿岸宫殿、房屋的灯火渐渐亮起，植物的暗香在夜风中悄然弥散。游船在河里驶过，船上的灯光很有些梦幻。

谢湘安说：“我们到街上去走走吧。”

街上人很少，灯光昏暗得恰到好处。一只猫穿过街道，停在他们前面，优雅地回过头来，闪着蓝幽幽的眼睛。谢湘安轻轻叫了一声喵，猫便飞跑进路边树林里去了。谢湘安笑笑，调皮地说：“喜子，这只猫可能也是讲法语的，听不懂我的话。”

喜子轻松不起来，她犹豫了好久，说：“孙老师会到机场来接我。”

谢湘安点了点头，也说：“熊芸也会来接我。她已在一家公司上班了。”

说完这话，两人的手握得紧紧的。喜子终于忍不住了，失声哭了起来。她站在昏黄的路灯下，说：“小安子，把我抱紧！”

回国的路上，别人都是大包小包的，只有喜子和谢湘安依然是来时的行李箱。范导莫名地对他俩多了几分敬意，目光一对视就欠欠身子道一声好。那些让他挣够小费的游客，他已没有太多热情刻意周旋了。

飞机进入中国境内，天慢慢亮了。喜子从睡梦里醒来，见谢湘安正瞪大眼睛望着她。喜子声音涩涩的，问："小安子，你没睡吗？"

"睡了，才醒呢。"谢湘安声音轻轻的。

从上海机场出来，大家礼貌地告别。谢湘安性子犟，一直没有搭理陈院长那伙人。"他们是中国的坏人。"谢湘安对喜子说。

飞到苍市已是下午四点多，喜子和谢湘安默默地出来，都没有说话。等行李的时候，两人也是干站着。谢湘安取了行李车，把两个人的箱子放上去。喜子说："不用行李车，自己拖着吧。"

喜子说着就把自己的行李箱拿下来了。谢湘安也只得取下自己的行李箱。他俩一前一后，拖着行李箱往外走。喜子远远就看见熊芸了，她手里捧着鲜花。喜子轻轻说："湘安，熊芸在那里！"

谢湘安说："我早看见了。"

喜子说："别孩子气！"

快到出口，熊芸高高地举着鲜花，喊道："湘安，湘安！"

谢湘安装着才看见的样子，朝熊芸挥手。

喜子也看见孙离了，挥挥手朝他微笑。

熊芸飞扑上来，紧紧抱着谢湘安，又在他身上捶打，说："只知道发信息，电话都不打一个！"

谢湘安嘿嘿地笑，回头同孙离打招呼："孙老师，你好！"

孙离笑笑，说："小谢，谢谢你一路照顾喜子！"

熊芸脸上红扑扑的，朝喜子和孙离鞠着躬，说："朱教授好，孙老师好！"

上了车，孙离看了看喜子，说："老婆，你瘦了。旅行是件辛苦的事。唉，年轻人到底浪漫。我没有带鲜花来接老婆，不会失望吧。"

"老爸，我们年轻时也没有太浪漫啊。"喜子把手放在孙离手里，她对孙离的称呼是就着儿子喊的。

二十三

中秋刚过，孙离四十六岁生日快到了。喜子说：“老爸，从来没有认真给你做过生日，今年做一次生日吧。”

孙离说：“做什么生日啊？我手上的小说还没完呢，不如让我出去住几天，写小说去。你去欧洲时，我就想出去。想着家里没有一个人，我又待在家里了。我过了四十岁后，每年过生日都高兴不起来。孔子说四十不惑，我是越过越糊涂了，都恨不得忘了自己有多少岁。”

喜子笑笑，说：“你糊涂？你只是在对我装糊涂吧？”

孙离心里歉歉的，两手按着喜子的肩膀，说：“我的生日就不过了，等今年腊月，我们不过年，哪儿也不去，专门只给你过生日，把家人亲戚朋友都请来，热闹热闹。”

喜子正是农历腊月二十八出生的，自小就没有好好过一回生日。做大人的忙年忙得团团转，她的生日总被忽略掉了。喜子小时，她妈妈年年都说：“你的生日正是要过年了，想吃什么都有，又有压岁钱，比真的过生日还好呢。”

喜子小时便抱怨自己生得不是时候，等于没有生日。结婚后，自己当了家庭主妇，腊月二十八早回了婆婆家，帮忙张罗着煮财头、洗萝卜，哪还能提自己的生日。孙离说今年不过年，专门给喜子过生日，也不过就是一样的内容，换一个名头而已。可人有的时候要的不就是这个名头吗？图一个心理安慰好了。

孙离今年的生日也就不过了，反正是散生。马波帮他联系了城郊的何公庙，孙离打算到那里住个把月回来。正好秋天，天气不凉不热。李樵知道他要去何公庙，就笑着问他是不是打算出家了。孙离笑笑说："那你也去，我俩一起出家，我就是吕洞宾了。"

出城往东，离市区不过三十里路，有个古镇，叫花梨镇，紧临留河边上。留河发源于隔壁省的大山，九曲潆洄，河湍浪急，到下游便变得宽阔舒缓，水清沙白。两岸平畴绿野，自古是鱼米之乡。

花梨镇的主街一边是密密麻麻的店铺，另一边紧挨河边，疏朗空阔。偶有一些人家搭了吊脚楼临河住着，后门往往砌了石级直接通到河滩。石级旁摆些破陶缸、旧瓦盆，种些栀子花、指甲花，红红白白。河面一起风，花香就从河边人家后门穿堂而过，溢到街上来。

河滩上长的泡桐、苦楝，树的枝叶也大大方方，伸到人家的窗户里。家里光线本来幽暗，绿叶在窗前一摇，夏天更觉清凉了。这条街商铺只占街的一半，因此就叫半边街。镇子虽叫花梨镇，这时候恰是梨子成熟的季节，可是镇上并不产梨，也没有梨子卖。

孙离提着简单行李，一大早就打车到了花梨镇。如果自己开车来，就要把车停在庙里。千年古庙里停着一辆汽车，实在太煞风景。何公庙就在花梨镇边上。

孙离不急不慢在街上走，行李很轻。早晨九点多钟的样子，阳光斜斜地从街对面穿下来，左边的街铺便涂上一层浅金色。街面不到两丈宽，青石路面年代久远，已踩得凹凸不平，磨得像镜子一样油光水亮，照得见人影。靠里街这面密密麻麻各种店铺，卖渔具农杂的为多。渔具店招牌大多蓝底白字，写有“恒昌渔具店”、“四海渔具店”等等，店门口堆着暗绿尼龙绳编织的渔网，店里满是渔网、渔竿、渔钩、渔线。

孙离进店随意问问，并没有要买渔具的意思，只是觉得好奇好玩。街上的竹器店也多，竹器店往往没有招牌名字。店里的鸡笼子、竹腰篮、箩筐、竹扫帚，多摆在街面上，店堂深处往往还靠墙堆着一捆捆竹子。孙离是乡下人，知道那是菜园子夹篱笆用的。

顺着街往下走，风吹过来，满鼻子的水腥味，还有新破竹子的淡淡酸味。走到街尾处，街突然往右拐，迎面而来的却是热乎乎的米香味。原来街尾有几家手工米粉作坊，沿街边架着一排排竹竿，晾着一块块圆形的米粉皮。米粉是镇上人都要吃的早餐，他们把早晨吃粉喊作唆粉。李樵很爱吃粉，她有空到这里消闲几天，肯定喜欢的。

孙离一年三百六十五天，天天早晨一碗牛肉面。他对米粉并不喜爱，总疑心米粉是用很差的米制作的。今天走到这街上，看见刚刚晾出来的米皮，热气腾腾，米香扑鼻。他忍不住想伸手扯一块米皮下来吃，一眼看见旁边站着一位年轻女人，嘴角边沁着细汗，腰间扎一条蓝碎花围裙，手里端着一个铝盘子，正笑吟吟望着他。孙离赶紧收回了手，朝那女子笑笑，从竹竿间穿过去走了。

何公庙原是晋朝一位姓何的名士归隐的地方。孙离走过米粉作坊，一出半边街，眼前突然开阔起来。一片麻石铺地的大坪，参差着种了些松树、紫薇。树还不算大，看得出是近些年才种的。

走过麻石坪，人就到了何公庙的山门前。山门三间四柱，也还气派。左边侧门开着，孙离便走了进去。他原先也到过何公庙好几次，只是没有在这里住过。这里虽然离城不远，但香火不如苍莨寺那么旺，倒是个很清寂的地方。

孙离头回来就听人介绍，说是当年何公虽是归隐了，但朝廷每有大事，还是遣人来咨问，民间就把这位何公称为山中宰相。庙里供奉过何公的肉身菩萨，听说祈雨或退水都很灵验。肉身菩萨在元代就毁于战火，何公庙也被大火烧过好几回。今天看到的何公庙是清代建的，晋代的遗物只有几根石柱子了。

何公庙在六朝是个佛寺，不知怎的，慢慢地却成了一个道观。孙离是图清静来的，他对道观并无虔敬之心。他总觉得道观像个杂货铺，既供奉元始、灵宝、道德三座天尊，又供奉观音大士，还供着孔子、诸葛亮、关帝。

进山门便是戏楼，戏楼右侧有棵大樟树，四五个人牵手合不拢。风吹进来，听得樟树叶子沙沙地响。孙离抬头望望，但见满树绿云，覆满了半个院子。枝叶间鸟声啾唧，最多的是麻雀和白头鹎。

麻雀孙离看得多，没有什么稀罕。白头鹎却很耐看，从脖子到腹部是乳白色，翅膀却是暗暗的黄绿色。它眼旁有一条细细的白带同后脑相连，像极了少女们额头上勒着的发带。鸟的叫声也很娇俏，江丁丁江地发颤，像女孩子撒娇说话的声音。

孙离站在戏楼前坪里听了一会儿鸟叫，拿出手机打了住持熊道长的电话。熊道长身后随着一位知客，很快就从大殿侧门沿石级碎步下来。熊道长手里拿着拂尘，老远就连声说："孙老师，欢迎欢迎！"

熊道长走近了，很正经地打拱行礼。孙离放下行李，也连忙还礼。熊道长四十上下年纪，穿着黑色道袍，头发束成高髻，别着一根老玉簪。熊道长让知客接过孙离行李，又打拱说道：“马局长早几天就给我打了电话，我已经安排好了。大作家来了，欢迎欢迎。马局长对我们道教非常关心，前年我们重修山墙和吕祖殿，马局长亲自来考察拨款。我们明年还要修关帝殿，还要维护壁画，都得靠马局长多多关照。”

熊道长引着孙离，进了左偏殿的客寮。房间一床、一桌、一椅、一柜，简单整洁。木地板的红漆磨旧了，斑斑驳驳的。桌子当窗放着，桌上有一盏新台灯，看得出是新买的。窗外栽了一丛紫竹，一股清气渗进房间里。

熊主持把拂尘搭在右手臂上，说：“孙老师，庙里就这样了，多有怠慢。你需要什么，只管跟李知客说，他会管好你的生活。你千万不要客气。”

熊道长寒暄一番，抱拳拱手，退身告辞了。李知客留在房间，想听听孙离吩咐。这李知客六十多岁，发髻灰中夹白，嘴边两道深深的法令纹，眼神很慈祥。

李知客说话声音很轻：“请孙老师只管安心休养。孙老师的饭菜在高灶上单独做，有人按时送来，也可以到小斋堂去吃。想吃什么都可以做。道士在庙里是要吃斋的，但来的客人就不一样了。这里的鱼好，可以多吃吃鱼，每天早晨喊人到河边去买，很方便。”

孙离学着道士的礼，拱着手连连感谢。李知客又问清孙离中午吃什么，想在哪儿吃饭，也告辞出去了。

孙离放好行李，坐在桌前椅子上，给喜子打了电话。想了想，又给李樵发了短信，就等着吃中饭了。他早就想独自在外住一段时间。这些年，他辞职当了自由作家，跳出三界外，不在五行中，天上地下，谁都不管。

孙离刚辞职那段时间，夜里还常常做噩梦，要不就梦见上课了，突然看见教室后排有校长坐着听课，偏偏自己又没带教案，上课不知所云，说话乱七八糟。要不就梦见自己站在讲台上，突然发现没穿裤子，光着屁股站在学生面前。很奇怪的是他离开老家这么多年，时常梦见的校长仍是刘元明。

噩梦渐渐不做了，睡眠却越来越差。夜里一到睡觉时间，他就莫名地紧张。书房就在卧室隔壁，喜子喜欢在卧室里看书写文章。喜子提醒孙离睡觉往往是三部曲，先是大声嚷嚷："我先洗漱了啊。"

孙离就会答："好，你先洗完我来。"

孙离嘴上答应，人却不见动静。喜子洗漱完，坐到梳妆台前梳头抹脸，又在床上看一会儿书，然后再喊："我先睡了啊。"

孙离又会答："好，我就来。"

孙离人却还坐在书房里。喜子只好起身到书房去，站在他身边东拉西扯说闲话。孙离这才站起身往浴室去，洗漱完了走进卧室，却又忍不住转身出来，再到书房里展开宣纸写几张字，或画几笔画。

很多时候，他都是睁着眼睛熬到天明。他怕翻来覆去吵醒喜子，就一动不动躺着，躺得一身酸痛。夜深时，听着喜子时有时无的鼾声，孙离就会陷入一种恐怖的想象。

他想到自己写的推理小说，假设凶手为了某个目的，要把妻子杀死在卧室里，必须布置一个密室杀人现场。那么，怎样杀？怎样制造密室现场？怎样制造自己不在场证据？为什么杀妻？

孙离一步一步推想过去，每一个细节都反复推敲，仿佛自己就是凶手。他屏住呼吸，越来越紧张，两手叠在胸口前，一动不敢动。他生怕自己想得忘了形，一时恍惚爬起来，就对身边的喜子下手。

孙离同喜子早就分床睡了，但他是否失眠好像喜子都知道。

他要是没有睡好觉，总觉得是对不起喜子。

上班时，喜子早早起床走了。逢上周末，孙离起床就长时间地洗澡，多用热水冲冲脸，看起来不会那么疲倦。从浴室里出来，生怕喜子看出他的失眠似的，人和目光都躲躲闪闪的。仔细想想自己，只怕是心里有病了。

孙离最近写的这个推理小说，仍是一桩密室杀人案。凶手的作案过程完美到无懈可击，毫无蛛丝马迹可寻。经验丰富的警探明知凶手是谁，却无法找到任何有说服力的证据。孙离设计警探最后采用心理攻势，抓住凶犯心理弱点，迫使凶犯心理崩溃，主动向警探自首。

孙离想，这个凶犯的善恶色彩有些暧昧，警探在破案时也时时陷入道德的两难处境，破案推理过程自是精彩，故事背后的东西更引人深思。孙离的小说非常畅销，却被某些道貌岸然的评论家指为通俗小说。

当年李樵采访他的时候，也提到这个问题，他说："我不想解释什么是优秀的推理小说，我只想建议那些评论家去读读迪伦马特。"

孙离虽然不满别人对他小说的质疑，自己内心却越来越怀疑他写作的意义。他感觉这个世界就像放多了沐浴露的浴缸，人坐在里面看到的只是厚厚的泡沫。他的写作就是要撇掉浴缸上面的泡沫，直抵水底真相。他研究了很多犯罪案件，原来大多数凶手犯罪的起因，都只是为同不公平的命运抗争。

命运是什么？命运不是某种看不见的玄机，命运就是你必定遭遇的所有。这些都是不可改变的！孙离想写出一个同命运抗争的英雄，可他找不到合理的现实逻辑。如果他严格忠实于现实，他的英雄最后只能毁灭。这样的小说能给热爱他的读者带来什么？人活下去需要希望和安慰！

孙离打开行李袋，拿出换洗衣服放进柜子里。柜子里有股清凉的木头香，他闻出这是樟木的香味。他拿出自己的茶杯，过会儿自己煮煮黑茶喝。他想找李知客借把小凿子来凿黑茶，又不想出门去找他，只等他来时再说。

房间里备着的茶叶是当地的烟熏茶，孙离喝不习惯。他把手表取下来放在床头，这是喜子暑假从瑞士给他带回来的。手表花了十九万多，他有些心痛。他要是自己买表，舍不得买这么贵的。他原本穿着皮鞋，带了一双塑料拖鞋。他想换上拖鞋舒服些，又觉得不太恭敬。要是还带双布鞋来就好了，穿布鞋走在庙里会很安静。

李樵会来看他吗？她如果说来，就请她带一双布鞋。孙离突然心里一惊：这些婆婆妈妈的事，应该是喜子管的。孙离有好几双北京手工布鞋，穿着很是舒服。他可以让喜子送布鞋来，可他想到的却是李樵。

李樵并不知道他穿多大码的鞋，请她去买也未必买得合脚。孙离想着李樵虽觉得很亲，却又觉得她离自己其实很远。

孙离坐在房中胡思乱想，李知客敲敲门又进来了。孙离望望李知客，总觉得这人脸上罩有一层悲苦气，心里却又很静。这样的人有没有可能成为凶犯？他会因为什么而杀人呢？他为什么入道？

孙离胡乱揣摩着，听李知客说道："孙老师，饭菜做好了。请问是送到房里吃，还是到斋堂吃？"

李知客说话时两手结了个太级印放在小腹前，等候客人的吩咐。孙离不想房间里满是油盐味，就说："我还是到斋堂去吃吧。方便不方便？"

何公庙有大小两个斋堂，都在右偏殿关帝殿后面。孙离的客房在左偏殿观音大士殿后面，出房间去斋堂得过一个小天井。一款太湖石盆景摆在天井里，细看还颇有些野趣。又有一盆南天竺，已结了一簇簇青色小圆珠。

李知客把孙离引到小斋堂，说：“这是熊道长平常用饭的地方，也在这里招待尊贵的客人。”

小斋堂开着四扇雕花格子窗户，光线明暗恰到好处。一个红木半圆几紧靠墙摆着，几上一个细瓷花瓶，插着三支白莲，两朵将开未开，一朵已快谢了。几上有一片飘落的白莲花瓣，略略有些发皱。房间当中摆了一张长条饭桌，四围各放了宽凳子。

李知客说：“今天就只有请孙老师一个人用饭了。熊道长是应该陪的，他中午有事到城里去了，一时赶不回来，孙老师多多原谅。”

孙离巴不得一个人清清静静吃饭，连声说：“不客气，不客气。”

刚说完，门外进来一个十一二岁的男孩，又瘦又黑，短发，宽宽的脑门。他低着眼睛，手里端着一个方盘，里面摆着三碗菜。男孩把方盘平平端着放在饭桌上，一样一样小心端出菜来摆好，低着头一声不响出去了。

孙离问李知客：“怎么庙里还有这么小的孩子？出家了吗？拜了师吗？”

李知客说：“这小孩子可怜，就是这花梨镇上的人。他父亲自小是个混混，有一年从外面带回来一个女人。不知道结婚没结婚，反正就生了这个儿子。他父亲脾气不好，喝了酒就打老婆。这孩子四五岁的时候，他妈妈有回差点被打得半死，跑出去，再也没回来了。孩子大名我不知道，诨名叫江陀子，今年好像也有十四岁了。”

“十四岁了？我以为他只有十一二岁呢。”孙离说。

李知客叹了一声，说：“自小没什么吃的，个子长不高。老婆跑了，他爸爸喝酒就喝得更厉害了。他爸爸在街上摆摊子，跟城管打架，打伤了人，判了六年刑，关在里面还没出来。他爸爸坐了牢，家里只有奶奶，也管不了他。又不肯上学，还喜欢偷人家东西。他奶奶实在没办法，求我们熊道长收了他，说好不论怎么管教都可以，生死由命。”

孙离叹口气，问：“家里再没有别的亲戚吗？”

李知客说：“有是还有亲戚，谁都不管，也不敢管，都装聋作哑了。”

话没说完，江陀子又端着盘子进来了。这回送了一碗汤，一大碗米饭，一碟庙里自己做的腐乳。江陀子仍是低着眼睛，放下东西就出去了。

李知客说：“孙老师，你要小心点。江陀子野惯了，原来喜欢偷东西，挨过很多打。收他到庙里，只在厨房里帮忙，早晨也扫院子。也是个可怜的小孩子，一下子怕难得改好，你要把东西看好。”

听李知客这么说，孙离想起放在床头的手表了。他隐隐有些担心，却也不想马上回去取手表。李知客说罢，告辞出去。孙离肚子早咕咕叫了，坐下来吃中饭。一碗葱煎土鲫鱼，一碗水煮油豆腐，一碗麻油凉拌香菇，一碗丝瓜汤，孙离吃得稀里哗啦，酣畅淋漓。庙里人做的腐乳好，入口即化，有一股异香。

他本已吃饱了，却又舀了一勺饭，就着腐乳，泡了些鱼汤，三两口便扒进肚去。窗外那丛紫竹，微风中枝影摇曳。孙离想这寺庙果然是人间清福地，若是心里安静，这真是享福了。

孙离来何公庙时就想好了，此番出来除了用手机打打电话，发发短信，坚决不上微博，不上微信，也不上网络。小说写不出来就不写，发发呆也好。

他想是这么想，手机还是时时拿在手里。他的手机设置成振动模式，不时看看有没有短信或电话。喜子已回过电话了，孙离却并没有跟她提布鞋的事。李樵没有电话，也没有短信来。孙离知道李樵并没有出差，不知她在忙什么。

孙离回到房间，马上去看看床头，手表还在那里。他准备午睡。房间里不用空调，也不用电扇。这季节城里还正是热的时候，何公庙的房间却很清凉。喜子夏天是必须要开空调的，她上床就不能出汗，不然就睡不着。孙离受不了空调房里的干燥，鼻子干得冒火，喷嚏不断，声震如雷，眼泪鼻涕横流。

孙离有回开喜子的玩笑，说："你已不是一个自然人了，该流眼泪时不流眼泪，该出汗时不出汗，到底是进化了还是退化了？"

喜子听了这话却是多心，说："是啊，我在你眼里，就是个冷血动物，不懂得喜怒哀乐。是的，我觉得麻木了。"

孙离也不解释，糊涂着过去了。他喜欢出汗的感觉，他坐在家里写作，天气再热书房门窗都要敞开，热风阵阵。他打着赤膊，颈上搭条毛巾，汗从额上冒出来，从眉毛上往下滴，身上热气蒸腾。

孙离午睡起来，看看床前摆着的皮鞋，实在不想穿，只好换上塑料拖鞋。他正想着要不要请李知客托人到城里，先随便帮他买一双布鞋来穿，放在枕边的手机突然嗡嗡地振动起来。

孙离接了电话，原来是马波打来的。上大学时，孙离和马波喜欢过同一个女同学，两人最后都没追上。孙离有时跟他开玩笑，称马波为同情兄。

马波在电话里说："大作家呀，安顿好了没有啊？条件还可以吗？我明天要到北京开会，过两日回来再来看你。有什么要求，只管跟熊道长说。"

孙离说："很好很好，感谢老同学。这熊道长是什么样的人啊？看上去波澜不惊的，眼睛里倒显得很精明。”

马波说：“老同学啊，这熊道长还真不是个普通道士，这个人有味、有故事。等我从北京回来再跟你细讲吧。你可以把他当一个小说人物哦。”

孙离本想让马波在电话里先聊聊熊道长，听他这么说，只好先把好奇心按捺下来。两人闲聊几句，挂了电话。孙离没来由地想起，有回在酒店电梯里遇着两个和尚的对话。若闭着眼睛听，就是两个红尘中的俗人。

“这个事不是你帮忙，肯定搞不下来。”

“哪里哪里，朋友嘛！”

“真的感谢你！看你哪天有空，请你坐坐，吃个饭。”

“不客气，不客气！”

那天出了电梯，孙离就想给马波打电话，问问和尚是不是也要到宗教局跑项目。他没有打电话，只想这世上还有半寸净土吗？

孙离想喝杯黑茶，刚才忘记问李知客要茶刀了。揭开开水瓶，水是温的。他只好换上皮鞋，又把手表戴上，提着开水瓶，去厨房换一瓶开水，顺便借一把凿子把黑茶凿散。黑茶最好是煮着喝，要不也得拿滚开的水冲泡。

何公庙的厨房在左偏殿后面，宽敞明亮，也很干净。厨房里有烧煤的灶，也有液化气灶。孙离看见江陀子正蹲在地上，埋头洗着泡发的黑木耳。江陀子左手扶盆，右手伸到水里，把黑木耳捞起来，又丢下去，捞起来，又丢下去。黑木耳在清水中打转，就跟做游戏似的。江陀子低着头，孙离看不见他的脸。

孙离故意咳了一声，笑眯眯地等江陀子转过脸来。江陀子并不吃惊，慢慢站起身。他见孙离提着开水瓶，手湿淋淋地就伸过去，却又缩回手，反到身后，就着衣服把手擦干。江陀子接过开水瓶，咕咚咕咚把瓶里的水倒掉了。

孙离有些过意不去，找话说：“江陀子，你一个人在做事啊？我想要一瓶开水泡茶。”

江陀子不答话，走到灶台前，提起一个大水壶，灌了满满一壶水，放到灶上烧起来。水壶比一般家里用的要大很多，磕得坑坑洼洼，却擦得锃亮。江陀子胳膊细瘦，提着一大壶的水却全不费力。

“那么大的壶，不用烧那么多吧？”孙离看了看壶盖上圆圆的细孔，又无话找话，“江陀子，你知道壶盖上为什么要有一个细孔吗？”

江陀子抬起眼睛，望了一眼孙离，又赶紧把眼睛移开。孙离有一种奇怪的感觉，似乎江陀子像一条鱼，宽宽的额头，细圆的眼睛，黑瘦的身子。他的眼睛冷冷的，身上带着河水的味道。

孙离下意识地吸了一口气，好像自己就站在河边一样。他又问了一遍：“江陀子，你知道水壶盖上为什么要有一个小洞吗？”

江陀子仍不答话，孙离自己说起来：“有一个日本人，做生意把钱亏了，自己又生了病，快要死了。他的老婆和儿子都出门打工去了。他一个人躺在床上，口渴得要死，只好自己爬起来烧水喝。水快烧开了，水壶的盖子被水蒸气往上冲，冲上去又落下来，噗噜噗噜地响。这个日本人听得心情烦躁，抓起旁边柜子上一把小刀往水壶上一扎，正好扎中水壶盖子，扎出一个洞来。咦！水壶不响了。他后来病好了，又买了几把水壶来做试验。再后来，他把这个专利卖给一家大工厂，工厂做出了这种壶盖上有一个细孔的水壶，发了大财。这个生病的日本人也发了财。”

江陀子听得呆呆的，愣了半天，走到灶台前去看水壶盖上的孔，伸出手指在那个细孔上探探，又提起水壶，倒掉一大半水，再放回灶上去烧。

孙离还想和江陀子说点什么，李知客进来了。他后面跟着一个挑担的中年汉子，戴着一顶发黑的草帽，箩筐一头放着三个长粉冬瓜，三个扁圆南瓜，一头是一个个圆圆的青白色的香瓜。望见香瓜，孙离立马就闻到了甜香的味道。

李知客跟孙离客气地点了点头，就招呼汉子把冬瓜、南瓜、香瓜都轻轻地拿出来，沿墙脚整齐地摆好。汉子摘下草帽，走到水池边，拧开水龙头，手也不洗，用手掌捧着水，喝了几口，笑一笑，担着空箩筐出去了。

李知客望见灶台上的开水瓶，知道孙离是来灌开水了。他对孙离笑笑说："孙老师请回房休息吧，我等一下送个电开水壶来。你要泡茶，现烧的开水好，老是来打水不方便。你请回房休息。我就送来。"

孙离刚回到房间坐下，李知客就送来一个电开水壶。江陀子跟在后面，端着一个老式圆白瓷盘，盘里是三个洗净的香瓜。

江陀子把瓷盘放在桌上，退到旁边立着。孙离茶也不泡了，就来吃香瓜。他很爱吃香瓜，小时候曾跟同学去瓜地偷过瓜吃。他老家的人吃香瓜，一不削皮，二不吐籽。孙离笑呵呵的，左手拿起一个瓜，右手捏拳一捶，香瓜裂成两瓣，瓜籽瓜瓤溢了出来。

李知客点点头，说："孙老师很会吃瓜。"

孙离拿起一半瓜，咬一大口，连皮带籽嚼了吞下去，说："不文雅，这是我们小地方人的吃法。好香瓜，香，甜！江陀子，你也吃吧。"

江陀子没有伸手，也不答话，低下头走了。

李知客骂道："这小孩子，不懂规矩。"

孙离问："江陀子多大了？"

李知客说："怕有十四五岁了。"

“看不出哦，看上去十一二岁。”孙离说完这话，才想起刚问过江陀子年龄了。心底下就有些难堪，想自己是不是有些老了？

李知客是个精明人，权当第一次说起，只道：“营养不良，长不高大。”

孙离想了想，试探着问李知客：“你老在这个庙里好多年了？”

李知客说：“十七八年。”

孙离问：“老家是这里不？”

李知客说：“我家离这里三四百里地。”

孙离等着李知客多说些自己的事，李知客却不再说话，合着手默默站着。

孙离问：“也做些功课不？”

“早晚都打坐。”李知客顿了一顿，又说，“熊道长专门打了电话，下午他会回来，晚上陪孙老师吃饭。”

二十四

李知客刚走，孙离电话响了。一看是李樵的电话，忙接了，听她在电话里问："你猜我在哪里?"

李樵说话总是未语先笑的样子，就像太阳未出即是红霞满天。孙离就像看见了李樵那双弯弯的笑眼，覆着黑黑的长睫毛，一颤一颤，像黑蛾子的两扇翅膀。

"你在哪里啊?"孙离问道。

李樵说："你猜啊!"

孙离仿佛看见她略偏着头，一副小女孩的淘气样。

李樵说："我已经停好车了。"

孙离问："你在哪里停好车了?"

"笨蛋！你到何公庙的门口来呀。"

李樵咯咯地笑，声音就像温润的珠子滚了一地。

孙离两耳一热，才明白李樵已到了何公庙。

他房门都没关，拿着手机就往外走。穿过偏殿走廊，从观音大士殿穿过，再过三清殿，人还没下台阶，就看见李樵了，她站在戏台前坪的大樟树下。

李樵仰着头看樟树，黑厚的短发在阳光下闪着斑驳的蓝光。孙离几步下了台阶，悄悄走到李樵身后，本想像李樵突然来访一样，突然拍一下她的肩膀，好吓她一吓。又怕真的把她吓着，孙离伸出去的手又收回来了。

孙离正准备喊李樵，她恰好转过身，笑盈盈望着他，样子有些调皮。

孙离说："你后脑勺长着眼睛啊？要来怎么不先打电话？"

李樵说："我来陪你吃完晚饭就走。"

她又转过身仰头看那棵樟树，说："这樟树真大啊，有八百多年了呢。我每次来都要摸摸这棵树。我好喜欢这棵树。"

李樵说着，走到树跟前，伸手抚摸着樟树皮。深褐色的樟树皮，皴着粗粗的裂纹。李樵突然像孩子一样叫起来："看，这里一只蚂蚁！"

一只蚂蚁正顺着樟树皮的裂纹，急匆匆地往上爬。

孙离举起手机，说："别动别动，你这个姿态很美，我给你拍个照。"

李樵很配合地把身子转过来，望着孙离嫣然一笑。孙离的心像被一根橡皮筋轻轻弹了一下，柔柔地痛起来。

孙离问："你渴吧？去喝点水。这里的香瓜好，走，吃香瓜去。"

李樵来过好几次何公庙，前院后殿的都很熟悉。可她每次来，都要把何公庙再细细地看一遍。一进三清殿，李樵停住脚，把背包交给孙离，双手合十，一脸严肃地跪下，朝着玉清元始天尊、上清灵宝天尊、太清道德天尊，规规矩矩磕了三个头。

她跪着时合上掌，头磕下去，两手摊开，手心朝上。孙离心里说，李樵像个老香客呀。李樵站起身，见孙离望着她，似笑非笑的样子，忙说："不许笑！我外婆跟我说的，菩萨其实就是人心里的善念，都是要敬的。”

孙离说：“你磕头的样子很好看，像跳舞一样。”

李樵赶紧竖起一个手指，压在嘴唇上：“嘘，罪过罪过。”

李樵走到孙离面前，又回头望他，笑着半天不语。孙离看她这副样子，正要去拉她的手，李樵突然伸手蒙住他的眼睛，顽皮地说：“不许偷看。猜猜，这三清殿里一共多少根石柱子？”

孙离想了一下，摇摇头，老老实实地说：“没有数，猜不出。”

李樵说：“还写推理小说呢！这么不注意观察环境！”

她猛地把手松开，说：“来，现在好好数一数。”

孙离一数，前殿两排二十根，后殿一排十根，一共三十根石柱，柱底雕的是莲花覆盆。

李樵又拉着孙离，转到三座天尊面前说：“你看，元始天尊手里拿的太极宝珠，灵宝天尊手里拿的如意，道德天尊手里拿的扇子。”

李樵说着，嘟起腮，用手假装捋了一下胡须，咳咳两声，两手端在胸前，做了一个执扇的样子。

孙离拍拍李樵的头，笑着说：“你也姓李，道德天尊自是你的本家。你的样子不适合拿扇子，应该拿一支粉红色的棉花糖。”

李樵说：“这里还有很漂亮的壁画，你看了吗？”

孙离说：“我上午才来，还没来得及看。”

李樵扯着孙离的衣袖，迈了一个京剧老生的台步，弓着腰，拉着长腔说：“来，来，来，待老夫引你慢慢看来。”

壁画画在观音大士殿的墙上，画的是二十四孝图。孙离对二十四孝图的内容不感兴趣。李樵一幅一幅图看过来，一边指指点点，孙离只笑着跟看。一会儿，孙离说：“小朋友，你说了这么多，口也渴了，人也累了，去喝喝茶吧。”

孙离领着李樵往客房走。李樵没到何公庙来时，他那么想念她；李樵没打电话，没回短信，还害得他直猜疑。李樵现在就在身边，他心里有些惊喜，也有些慌乱，好像突然得到一个宝贝，一下不知怎样才好。

孙离暗自咬了咬牙，怪自己好没出息。两个人在一起这么久了，孙离每次看到李樵，都像一个初恋的毛头小伙儿，胸口突突地跳。

进了房间，孙离轻轻把门虚掩着。李樵站在门后，踮着脚搂着孙离脖子，亲一下他的嘴，放开他，盯着他的眼睛，笑得像一个婴儿。

孙离深深吸了口气，轻声说："别调皮，让我好好抱一抱你。"

李樵乖乖地伏在孙离胸前，身子软软的，一动不动。过了一会儿，孙离说："唉，你这家伙，让人安魂呢。"

"老头子，我想你了。"李樵伏在孙离耳边，轻轻地说。

孙离把她抱得更紧了，说："小家伙，我比你想得更厉害！"

李樵突然抬起头，拿开孙离的双手，说："老实点，这是清静之地啊！"

孙离让李樵坐下，拿起瓷盘里的香瓜，用力一捶，一掰两瓣，说："吃香瓜吧，香，又甜。"

李樵看着说："哇，好野蛮。"

她接过香瓜，看着绿莹莹的瓜皮和金黄色的瓜籽，犹豫着没有下口。孙离说："吃吧，连籽带皮一起吃才好吃。我们从小吃瓜，都是皮和籽一起吞，那才脆、香、甜。不但吃瓜这样，我们吃杨梅也是不吐籽的，而且不能洗。"

说得李樵又笑了。有次孙离家乡送了好杨梅过来，他兴冲冲赶紧送来给李樵吃。李樵要洗，孙离抢过来不准洗，抓起杨梅就往李樵嘴里喂，还不准吐籽。李樵闭起眼睛吃杨梅，籽却无论如何吞不下去。李樵笑闹着，说：“不能吃籽，吃下肚去，肚里长出一棵杨梅树来，会把肚子撑破的。你要谋害我呀？”孙离走后，李樵用凉盐开水把杨梅洗干净，吃起来真的不那么甜了。

吃过香瓜，李樵拿起手机看看时间，说：“不渴了，茶就不喝了。寺庙里过午不食，不知这何公庙里有没有晚饭吃？我想陪你吃晚饭，不知方不方便？”

孙离说：“方不方便？怎么说话像外交官了。”

李樵笑笑，说：“不是在自己家里，这是在庙里。”

孙离说：“有晚饭吃。李知客说了，晚饭还有熊道长陪。这里饭菜好吃得很，还吃荤，我中午吃了鱼。留河里的土鲫鱼，鲜美。”

李樵说：“熊道长陪吃饭呀？我不喜欢。我只想和你清清静静吃饭。不过这个熊道长倒是一个别致的人，没有什么道士气，人情练达，也能说出一些有意思的话。”

孙离问：“今天马波也说他不简单。他怎么个不简单法？你了解他？”

李樵说：“我们见过面，谈不上了解。我们报纸对他做过专题报道。他原本是什么中学的老师，教英语的，家境不错，还考过业余钢琴十级呢。据说有一次到南岳大庙玩，正巧赶上庙里的道士做斋醮，演奏了什么道教音乐，不知道为什么他灵魂出了窍，一时开悟，回去后就辞了职。先在武当山学了几年，又去了终南山几年，不知学了些什么，不知什么时候来了这里。”

孙离听李樵说了好多的不知什么，就笑了，说：“前些天有个老板请一位书法家吃饭，在一个私人会所，一定要我也去。这位书法家名气不小，饭还没开始，就展纸泼墨，给老板写字。他写狂草，龙飞凤舞，墨汁淋漓。写完让大家批评批评，我大气不敢出，一句话也不敢说。”

李樵说：“为什么不敢说话呀?”

孙离说：“我不认识他写的什么字呀。那个请客的老板连声说好，胆子天大，磕磕巴巴去念，什么什么什么里，什么什么长什么，什么林人不什么，明月什么什么什么。”

李樵娇嗔一声，掐住孙离的手背，使劲一拧，说：“好，你骂我，你骂我。我是不知道那道士去了哪里学道，学了些什么。又不关我的什么事。好讨厌。”

李樵垂下眼睛，默一下神，说：“你真笨。这书法家写的什么，你只要认得出几个字就猜得出啊。这不就是王维的诗吗？独坐幽篁里，弹琴复长啸。深林人不知，明月来相照。你猜到了，大大方方读出来，假装每个字都认识的样子啊。”

孙离笑笑，说：“我是猜出来了，可我确实不认识他写的草书。老实一点还是好些吧。”

李樵拉过孙离的手，嘴凑在他手心里热热地亲了一下，抬头说：“所以你才这么可爱呀。”

说着话，李樵突然眉头微锁，只是默默喝茶。孙离习惯了她这个样子，不去问她，也只是喝茶。听到李樵轻轻地叹息，孙离才忍不住问：“有事吗?”

“没事呢。”

“那你叹什么气呢?”

“叹气不是经常的事？人活在世上，可叹之处多呢!”

孙离笑了起来，说：“怎么到了庙里，你更加像哲学家了?”

“什么哲学家!”李樵摇摇头，“我写了一个下午的检讨，写得烦了，跑来找你。”

孙离听得眉毛都直了，问：“出什么事了？还要写检讨?”

李樵倒笑了，说：“做报社老总，写检讨不是正常的事?”

“什么事，说说吧。”

“我不想说，没意思。”李樵望望孙离，“我担心你写进小说里去呢！”

孙离抿了一口茶，半天才说：“你知道的，我最不关心官场的事。我写小说，只关心人性。”

“官场中才最见人性呢。”李樵望着窗外的紫竹，“我给你说吧，真是件荒唐事。中秋节那天苍市发生了一桩杀人案，编辑为了吸引眼球，把新闻题目改作《劫匪中秋杀人》。结果，出大事了。”

孙离听了不明白，问：“没错呀？这会出什么事呢？如今流行标题党，这是个好标题呢！”

李樵摇摇头，说：“你呀，真是个两耳不闻窗外事的老学究。你不知道我们市委书记叫刘中秋吗？”

“怎么不知道？我还是政协委员呢。我在会上看到过他，大背头梳得溜光的。”孙离描述了半天刘中秋的形象，“他叫刘中秋怎么了？帝王时代避讳也只避到太子为止呀？他刘中秋放在古代，不过是个知府而已。”

李樵笑道：“你没听过这么一句话？你可以骂美国总统，不可以骂身边的科长。”

“那好，中秋节也不能说了，刘中秋在任期间就喊月饼节算了。”孙离嚷了几句，又说，“喊月饼节也会有事。我们家乡传说，元朝时候有一年密谋杀家鞑子，秘密串联的字条就夹在月饼里。喊月饼节，有造反的意思。”

“家鞑子是什么？”

孙离笑道：“我的李总也有不知道的？元朝时候，各村都驻有元人，被称为家鞑子。我听老辈人讲，那时候汉人娶亲，家鞑子享有初夜权。”

李樵听着恶心，说："难怪元朝亡得那么快！"

孙离笑起来，说："好了，不说什么家鞑子了。我得感谢中秋大人，他让你写检讨写烦了，不然我今天见不到你呢。"

李樵又抓起孙离的手咬，说："没良心的，我咬死你！"

孙离故意夸张地叫一声，说："我总有哪天要被你吃掉的。"

李樵又开孙离的玩笑，说："多些你这样的政协委员、人大代表，上面是最高兴的了。你反正什么都不关心，开会只举举手、鼓鼓掌。"

孙离说："我会都懒得去开，能请假的就请假。冠冕堂皇，没有意思。"

李樵又是叹息，说："何公庙毕竟远了些，不然有空就来这里喝喝茶，也省得去专门的茶馆。那些茶馆，就是花架子多。看见那些泡茶的服务员跷起兰花指一招一式，我就起鸡皮疙瘩。"

孙离说："你喜欢到这种地方喝茶，下次我们去苍莨寺，那里近。"

李樵望望孙离，抿了嘴笑，说："你常去？听说那里的住持是位很漂亮的尼姑。"

孙离忙说："我哪里去过！马波邀过好多次，我都没空呢。"

看见窗外人影一晃，孙离忙向李樵做了一个眼神。门本是虚掩的，孙离便伸脚把门缝又踢开一点，就听得门上轻轻敲了几声。

孙离说："请进。"

李知客推开门，站在门口，望着李樵点了点头，又对孙离说："孙老师，熊道长回来了，请你到小斋堂一同便饭。"

孙离说："我来了一位报社的朋友，可以一起去吃饭吗？"

李知客笑着连声说："当然，当然。"

孙离、李樵跟着李知客到了小斋堂。熊道长本来立在小斋堂门口，微笑着迎候，他看见跟在孙离后面的李樵，忙跨前两步，躬身打了一个拱说："原来李社长也来了。有失远迎，失敬失敬。"又对孙离也打了一下拱，"孙老师好。"

熊道长穿一件青蓝色直领大褂，长身玉立，倒有几分仙风道骨。

李樵笑着说："熊道长，冒昧来访，不知欢不欢迎啊？"

熊道长忙又打了一个拱，说："李社长，我们小庙请都请不来呢。我下午去宗教局汇报工作，没有陪好李社长和孙老师，恕罪恕罪。"

孙离见这熊道长果然人情练达。李樵也算是官员，又是女士，自然称呼时要放在孙离前面。熊道长对孙离客气，也许不是因为敬重他是作家，只因为他是宗教局马副局长的同学。

晚餐是素斋，一盘素烧茄子，一盘青菜末拌豆腐丁，一盘油炸鲊辣椒，一大碗香菇竹荪粉丝汤，一锅南瓜红米饭。饭菜都是江陀子端上来的，他一声不响地进来，一声不响地出去。李樵见庙里有这么小的孩子，嘴上想问，又怕失礼，就忍住了。

熊道长自然又连连道歉，说自己只能吃斋，委屈两位了。李樵对着红木几上的莲花插瓶细细看了半天，又伸手拈起一片落在几上的花瓣，对着光细看，放到鼻子前，深深吸口气，说："真香。"

熊道长接口说道："莲花有四德，一香，二净，三柔软，四可爱。谢而又发，华实齐生。《阿弥陀经》中说，极乐国土，有七宝池，八功德水，充满其中，池底纯以金沙布地。池中莲华，大如车轮，青色青光，黄色黄光，赤色赤光，白色白光，微妙香洁。"

李樵听得入神，赞道："比读诗还好听，熊道长对佛学经典也这么熟悉啊。"

熊道长说："宗教虽各有不同，却都是人类对生死，对宇宙，对过去与未来的猜想和思考。佛教讲诸法无我，诸行无常，涅槃寂静，是要让人看破虚妄，放下执念，这样就没有烦恼了。我们道家讲三一为宗，天、地、人三者合一以致太平，讲一气化三清，长生不死，肉体成仙。佛教教人不要怕死，道教教人不死。不死怎么可能呢？彭祖活了八百八十岁，还不是死了？"

"听熊道长这么说，你对道教还很有反思精神哦。"孙离言外之意，说的是熊道长并不信奉道教。

熊道长坦然说："我不迷信任何宗教。我把所有宗教都当哲学，我想用它们来解决我的人生问题。有些人入道就为了打坐养生，以为老子《道德经》就是讲养生的。也有人以为道家可以预测祸福，你看我们大殿里就有个签筒，每天抽签的人不少。有些人抽了签，一定要我去给他们解。其实福因祸根都已自己种下了，只是自己一时迷惑，看不清楚，要有什么人帮他指点一下。《抱朴子》上说，得道之士掩耳而闻千里，闭目而见将来，这也不过是说人要入静，静虚生悟，就能顺其自然，参破造化。"

李樵问："熊道长，别人说你是有一次在南岳大庙，听了道士们做斋醮时演奏的音乐，一时开悟出家的，是真的吗？"

熊道长笑着说："那是后来我敷衍的。这样来回答我为什么出家入道是不是很唯美，也显得很神奇？我入道其实有很多原因，主要是对人生问题有很多困惑。我出家前，常人以世俗的眼光看我，样样都圆满。我却突然入了道，实在跟人解释不清，干脆胡诌一个理由，简单就回答了。"

熊道长边说边做了个手势，请李樵和孙离在餐桌前坐下。待李孙二位入了座，熊道长才坐下。晚餐是三个人一起吃，每人面前摆了两副筷子，一副红木，一副乌木。一副自用，一副是公筷。

孙离老家虽然是农村，他们村里却早有一个风俗，家家户户待客都用公筷，很多人家平时也用公筷。孙离离开家乡进城后，自家吃饭也一直用公筷。亦赤很大了还用不好筷子，两双筷子换来换去更不耐烦，就干脆拿一个大菜碗，一次把菜夹够，坐到一边吃去。

熊道长说："我们道家讲究卯时进早餐，午时进中餐，酉时进晚餐。这三个时辰是阴阳交替的时候，这时进餐有利养生的。"

孙离想了想，说："卯时是早晨五点到七点，午时应该是中午十一点到下午一点，酉时是几点？算时辰我脑子是个木的。"

李樵说："就是现在啊，傍晚时候五点到七点。"

熊道长点点头说："李社长说得是。按规矩我们进餐是不能说话的。但有客人来了，我们就破例了。请李社长孙老师用餐吧。"

李樵吃得很斯文，她喜欢吃那盘油炸的鲊辣椒。这鲊辣椒是何公庙里很有名的一道菜，泡酸的大红椒，挖去里面的籽，塞进拌好香料的粗糯米粉，放进陶坛子里腌上。要吃时，夹出来放在油锅炸熟，外头焦脆，里头香糯，酸辣得恰到好处，确实美味。李樵抿着嘴巴慢慢嚼着鲊辣椒，腮边若隐若现两个酒窝。

孙离细听熊道长侃侃而谈，心想道家讲究打坐练气，这熊道长还真有一点道家的修炼功夫。上午孙离听熊道长讲话，就觉得他的声音听起来很舒服。熊道长的声音既不是人们常说的温厚磁性，也不是什么沙哑性感，而是气息用得好，声音用气送出来，静水流深，又缓又匀。

吃过晚饭，李樵还想陪孙离去留河边走走。孙离却说："天色还亮着，快回城去吧。你一个人开车，天晚了我不放心。"

李樵想起刚才看到的小孩，忍不住还是问了："庙里怎么会有这么小的孩子？我说的是端菜的那个小孩子。"

"一个苦命的孩子，他爸爸坐牢去了，妈妈也跑出去几年了。"孙离说。

熊道长点点头，说："是的，是的，孩子没地方去，我庙里只好把他收了。"

李樵听了叹息几声，也说不出什么话来。她晚些回去倒不怕天黑，只是想起报社还有事没处理好，只好告辞。

孙离同熊道长把李樵送到山门外，她的车尾轻轻弹了一下，再拐进弯道就不见了。孙离胸口突然一阵钝痛，只是当着熊道长的面不好怎么流露。

孙离回头对熊道长说："你请回吧，我随便走走。"

熊道长拱手作了个揖，自己进山门去了。孙离顺着李樵离去的路，慢慢地走。他想起李樵晚饭时的吃相，斯斯文文的。只有那回在她家里做饭吃，李樵鼓着腮帮子，小嘴油光光的。

晚稻才收不久，田里散着横七竖八的稻草。孙离想起自己家乡，农人必要把稻草一把把扎好，立在田里晾干，再收回去码成草树。草树是孙离家乡特有的风物，过去在生产队还有专门的草树塬。通常是选高爽的地方，竖起高高的杉树桩，干稻草围着树桩码上去。码好的草树上尖下粗，像巨大的草塔。冬天喂牛、平时垫床铺、垫猪栏，都用干稻草。苍市这边乡下的稻草，晒干之后就堆在一起，一把火烧了，真是可惜。

孙离独自走了半个小时，收到李樵短信：老头子，我进城了。

孙离回短信过去：怎么这么快？你又飙车了吧？就是不听话！进城车多，小心。

李樵又回过来：老头子就是啰嗦！

看着李樵娇嗔的短信息，孙离心里说不出地温暖。看看天色有些黑了，孙离转身往回走。

何公庙每天早上五点开静，五点半敲烧香鼓。值殿的道士打扫殿堂，给神像上香，供清茶。不值殿的道士洗漱完了，有的打坐，有的打太极，有的散步。孙离习惯了失眠熬夜，昨晚却睡得早，一夜无梦。清早听到烧香鼓，他也起床了。

天色已蒙蒙亮，听得叽叽喳喳的鸟叫。鸟声不似白天听起来那么清脆，润润地带着些雾气。孙离走到殿前大樟树下，看见大坪里江陀子小小的身影，挥着一把大竹扫帚正在扫地，扫帚比人还高。这孩子一天难得听见他说一句话，也不知他整天想了些什么。孙离绕着大樟树散步，想到自己的儿子亦赤，重重叹了一口气。算起来，江陀子比亦赤小不了几岁。

二十五

画家高宇到了苍市，孙离想介绍他认识李樵。一见面，孙离见高宇剃了光头，便说："高宇兄越来越容光焕发了。"

高宇笑道："只有容光，没有焕发！"

孙离定下吃饭的地方，没有请别的朋友作陪。他同高宇早早地进了包厢喝茶，李樵是需要等待的人。高宇性子直爽，嘴也有些贫，问："这么郑重其事地介绍我认识，又要我这么费时费神等待，什么重要人物？"

孙离笑道："她是我的朋友，你才是重要人物，行吗？我想把你介绍给我的朋友，你不会笑话我献宝吧？"

高宇从包里掏出一本书，说："画家都出画册，我傻里傻气出了一本不知道是什么书的书，你拿回去翻翻吧。"

孙离接过一看，原来是高宇新出的散文集《恍惚》。书里配了好些他自己的画，就成了他讲的不知道是什么书的书了。

孙离便说："你别太得意好不好？出这么漂亮的书，拿出来气我啊！我要是画得出这么好的画，我写什么小说呀？"

高宇便认真起来，说："你画画的悟性很好，你要坚持画下去。不费太多时间，你写作累了，提笔画几下嘛。”

高宇曾到孙离家专门教他画画，画了一幅竹，一幅兰。孙离自小喜欢拿铅笔和钢笔画画，他当年给学生上语文课时偶尔在黑板上画几笔，很能征服那些没见过世面的孩子。

孙离见高宇这么当回事，也有些不好意思，就说：“我是向你拜过师了，但我真是不上进。好的，我记住老师的话，有空就画画。”

高宇回敬孙离：“我是老师，你是大师。”

孙离说：“人们说话不过脑子。认真起来，老师比大师级别高。一个老字，一个大字，哪个辈分高？”

说话间，听得敲门声。服务员推开门，李樵进来了。孙离迎上去，接过李樵的包，递给服务员。他拉着李樵的手，介绍道：“这位是《新日早报》社长李樵，这位是北京来的著名画家高宇。”

高宇笑道：“孙离兄，介绍朋友给我认识，你也不用把人家手握着不放，我也握一下行吗？”

李樵同高宇握了手，说：“常听孙离说起高老师，果然很幽默。”

高宇哈哈大笑，说：“评价一位画家很幽默，有点意思。我成讲相声的了。”

孙离对李樵笑道：“李樵，他就是这么个人。我给高宇兄的评价是人好，画好，文好，诗好，字好，五好先生。”

高宇朝孙离很夸张地鞠了躬，说：“我是孙老师的五好学生！”

李樵笑得捂着嘴巴打哈哈，说：“高老师真的可以讲相声！”

“是的，当得好厨师的剃头匠是个好裁缝。”高宇又是大笑。

菜早已点好，李樵坐下没多时就上菜了。高宇不肯喝酒，孙离也不是馋酒的人。三个人只喝饮料，海阔天空地聊天。高宇知道很多前辈画家的掌故，说起来极是有趣。他说齐白石先生人奇，性情亦奇，最忌讳别人问候他的夫人，特意在门上写了启事：凡我门客喜寻师母请安问好者请莫再来！

孙离便笑道："好危险！幸好我从未问过弟妹安好！李樵你知道吗？北京有前辈画家说，高宇兄这模样极像中年齐白石先生！"

高宇笑了，自嘲说："我到台湾去，景点有好多'蒋介石'，陪游客照相，照一张十块钱，人民币。平时只要有人讲我长得像中年齐白石，我就想起那些长得像蒋介石的人，他们同老蒋半毛钱关系都没有。"

李樵笑道："高老师就是来得快！有急智。"

"不是急智，我是被你孙老师逼急的！"高宇故意瞪圆了眼睛，"他孙老师名满天下，不见他大人大量，见面就拿我开玩笑！"

孙离说："台湾景点的'蒋介石'同老蒋没有半毛钱关系，你同白石先生还是有些钱的关系的。齐白石的《松柏高立图》，白石老人专为蒋公六十大寿画的，不久前拍了四个多亿！高宇的画，美术界权威刊物开的参考润格是每平尺两万人民币。"

高宇望着李樵说："李社长，你听见孙老师怎么贬人了吧？齐白石是五行山，我只是五行山下的那只猴子！"

孙离又笑，说："李樵，我这兄弟你看见了吗？他有朝一日要在中国画坛大闹天宫的！我理解的参考价就是最低价，下要保底，上不封顶。不封顶，不就是要闹到天宫去了？"

高宇双手抱拳，说："服了服了，我处处都在下风。我要变成齐天大圣，也得由师父你救我出来呀？"

孙离自嘲道："阿弥陀佛，我宁愿做个花和尚，也不做唐僧！"

孙离说到花和尚，李樵就笑着瞟了他一眼。高宇是个明白人，难怪孙离要介绍他认识李樵了。吃过饭，高宇问："孙离兄，能不能在哪里找个地方，让我给李社长画一张画？我吃了这顿饭，饭钱还是要付的。"

李樵听了高兴，说："太感谢了。我报社就有地方画画，也常有画家朋友去。"

三人出了酒店，都上了孙离的车。孙离说："李樵，说正经的，我讲高宇同齐白石有渊源，也不是瞎说的。齐白石有两个得意门生，一个是李可染，一个是李苦禅，世称齐门二李。李苦禅门下有位关门弟子，叫郭石夫，他是当今中国画坛巨擘。我们这位高宇兄，就是郭石夫的高足。"

高宇在后面听了，哈哈大笑，说："李社长，你带计算器了吗？"

李樵不明白他的意思，说："手机里不都有计算器吗？"

高宇说："孙离刚才说到我同齐白石的关系，转了好多层关系我都算不清楚了，得拿计算器算算。"

孙离说："你就别谦虚了！有位老篆刻家因年轻时同白石老人有一通信的往来，就刻了个闲章叫白石门下。白石老人的后人有意见，他又改作白石门外。他老人家这一改，我们搭着都沾光了。我们都是白石门外啊！高宇就不同，他怎么说也是齐白石的再传再传再传弟子。"

高宇从后面拍了孙离的头，说："尊敬的孙老师，你别结巴行吗？你再结巴几次，我真同白石老人半毛钱关系都没有了。画靠自己画，攀附吴道子都没有用。我考证了，我是高适的第二十一代玄孙，可我写不出好诗。我是高鹗的第十代玄孙，哪天孙老师写一部《青楼梦》，也许我可以来狗尾续貂。"

"《青楼梦》已经有人写了吧。"孙离也打了个哈哈，"李樵，我当面讲高宇坏话。他这个人手脚大方，给朋友赠钱赠物都可以，就是不轻易给朋友送画。我知道，画值钱，钱不值钱。钱是要贬值的，画是要增值的。他就有这么小气。”

高宇坐在后座，光光的脑袋伸到前面来，说：“孙离又在诋毁我！李社长是淑女，有句话我说了太粗鄙。我平日给好朋友送画，都会嘱咐一句说，拿回去糊墙是可以的，别拿去擦屁股，墨会掉色。”

进了报社电梯，李樵开孙离的玩笑，说：“你是高老师学生，你就是齐白石的再传再传再传再传弟子了。”

孙离忙双手合十，说：“白石门外，白石门外。”

高宇笑道：“我们都要被孙老师整成结巴的。”

画室在五楼，李樵把门打开，说：“请，今天高老师光临，小报蓬荜生辉！”

高宇故作生气的样子，说：“你们俩怎么一唱一和呀？他一见面就说我容光焕发。我说只有容光，没有焕发。我这会儿到你李社长地盘了，就说什么光临！别老拿我的生理缺陷说事！”

李樵就笑，说：“我刚才还犹豫了一下，不知道该说光临，还是说赏光呢。”

高宇指着孙离，望着李樵，说：“刚认识时，孙老师逢人就介绍我曾在俄国留过学，俄国名字叫谢尔盖。”

“高老师留过俄？”李樵真相信了。

高宇又故意扮了苦脸，说：“你俩就别配合着演戏了。我当时留的是长发，顶上秃了，他就叫我谢尔盖。有回他说，大画家要么就是好长的头发，要么就是没有头发。我就反省，我这画家不大不小的，难道问题都出在头发上？于是，我一咬牙剃个光头，看看能成多大的画家！”

开了半天的玩笑，高宇才铺纸作画。李樵笑起来，说：“我有话想说，又要得罪高老师了。”

高宇乐哈哈的，说：“我到了你的地盘，不就任人宰割了？说吧说吧。”

李樵说：“苍市有个本土笑星，歌其实唱得很好。可他说段子更有喜感，他每回上场就先说好多好多的段子，笑得全场火爆了，他突然一本正经开唱。”

高宇听了，把笔一提，凝神定气，说：“我要一本正经开唱了！”

孙离见高宇落笔，就知道他要画兰花了。高宇的兰花画得好，兰花送李樵正合适。李樵也很像兰花，很有些孤高清雅的意思。她身上真有天然的淡淡清香，已叫孙离沉醉好几年了。

孙离看了一会儿高宇画画，又忍不住要翻他的书。读了几段，暗服高宇的文字。高宇的旧学底子，当今中国画家中并不多见。欧阳修说过，观人题壁，而可知其文章。见画家题款，便知道他的文墨功底。高宇画上的字和题识，都可细细玩味。

高宇画完一张水墨兰花，拉开提包找印章。孙离瞥见包里有一张字，便说：“可否欣赏一下？”

高宇把字拿出来，边打开边说：“我昨天到的时候太晚了，没有打你电话。晚上一个人在酒店，无聊，写了四个字。”

打开一看，极有意思的四字：孤灯秃人。

下面又题有一行小字：独处旅次，更深露重，流萤过窗，顿觉天地寂寥。

孙离看着这字，直觉背心发寒。他隐隐觉得，高宇这位看上去乐观的人，内心必有大寂寞，大无奈。他把这份感慨掩藏起来，故作笑言，说：“我回去好好拜读这本《恍惚》，写一篇心得体会，借李樵宝地发一发如何？”

李樵忙说：“求之不得！大作家写大画家，珠联璧合。”

孙离反复看着高宇的字，又突然大笑起来。

高宇就说："你肯定想到什么坏话了。"

孙离说："我家乡的话，秃读作偷，就成孤灯偷人了。高宇兄，昨晚到了先不通报，必有女崇拜者陪你吧？"

高宇在孙离肩上重重拍了一板，说："我头一回见李社长，留我一点面子行吗？"

孙离笑道："我说句正经话，高宇兄远未到巅峰期，李樵好好藏着他的画吧。"

高宇白了孙离一眼，就说："我到癫疯期，就是梵高了。"

谈笑着下了楼，李樵执意自己回去，孙离就送高宇回酒店。孙离同高宇一起，说的尽是玩笑话。

送罢高宇，孙离回到家里，通宵就把《恍惚》读完了。第二天睡到九点多起床，他洗了一把脸，自己倒了一杯牛奶，就急着写文章。高宇的文字胜过很多作家，孙离又极喜欢他的画。不消个把小时，一篇小文章就写好了。孙离知道报纸的文章，写长了也要被腰斩的，字数把握得恰到好处。文章的题目就叫《孤灯秃人》，几天后就在《新日早报》发出来了，又配了高宇的几张画。

吾友高宇，无字无号，湘西土家人。其大写意之竹石花鸟，烟波水云，或高古清劲，或天真简远，横涂纵抹，骨拙姿媚，皆能着墨传神，元气淋漓。其诗、书、文，亦别有章法，气韵高逸。今有高宇君新书《恍惚》一册在手，以文诠画，以画印文，两彰其美，令人耳目一新。

自古文人多能画，能画者必多能诗文。诗、文、书、画，四美并俱者不乏其人。两宋苏、黄、米、蔡，元朝赵孟頫、倪瓒，书家，画家，诗人，文人，淹博融贯，格局宏大。明徐青藤以画行世，郑板桥甘为"青藤门下走狗"。齐白石“恨不生前三百年，为其磨墨理纸”。徐青藤自己却说：“吾书第一，诗二，文三，画四。”盖画而诗，诗而文，文而书，本自一源，皆为写心。正如苏东坡言：“诗不能尽，溢而为书，变而为画。”

高宇君乃世间一畸零人矣！一条湘西汉子，血性郁烈，古道热肠，交友不就利，亦不避害，颇有一股侠气。爱他书画的人多，求而得之，则视若珍宝，求不得，则嗒然若失。故此相交满天下，平日出行，大多呼朋引伴，前呼后拥，颇不寂寞。他亦不乏知心莫逆，心胆之交，可抵足眠，可联床谈。然其畸零何也？某个夏夜，高宇君独处旅次，更深露重，流萤过窗，顿觉天地寂寥，遂大书四字：孤灯秃人。读这四字，我无端地想起傅山先生两句诗：一灯续日月，不寐照烦恼。世人从傅青主诗里读出的是其亡国之痛，三百年后的高宇君所痛者何？大抵古今之艺术家都有一股痴气，这痴气皆因有一颗赤子之心。赤子之心者，真心也。唯真，故有深情，世间一花一木，一猫一狗，大则天地日月，小则蝼蚁蜉蝣，皆是情之所在，一往辄深。深情，亦多情；多情，便不忍；不忍，必多伤痛。多伤痛而执迷不悔，世人便多不解，多笑骂。笑骂不解，虽可由人，虽能不屑，心中却仍觉得孤独凄惶。于是乎，众声喧哗，灯红酒绿之际，仍踽踽畸零人也。此非高宇君哉？

《恍惚》以文配画，凡一百一十八篇，发畸零喟叹者多也。《蟹耕于田》一篇，从友人赠送的菊花石砚造型说起，说自己是一只“耕田蟹”，受了许多非议白眼，却仍得为着砚田里的谷粮辛勤地耕田。《光焰明灭》一篇，写夜读贾平凹，陪着贾平凹好好地哭了一场，又感慨金冬心“国香零落抱香愁”的身世，岂不是借他人酒杯而浇自己块垒。此文配的是一幅兰竹图，题识曰：“临风怯有声，向月影更寒。同是湘江种，相对何眷眷。”用意便很明白。《酒囊》一篇，写自己画过一张葫芦，腹空柄长，不成大器，权可给闲人做酒囊。“怕坐黄昏，这会儿黄昏独坐，不知怎么就想起这张画了，心里难受着呢。”《礼拜一的画和话》一篇，画石榴，一枝，一实。枝涩结，石榴饱沉欲坠。其文道：“我天天都在末字的谐音或同义字——莫、漠、寞、陌里熬受着，便愈发觉得世界与我是疏陌了，隔阂了，我像是踟蹰在穹庐的边际，焦躁着，又茫然着。”《荷影》一篇，说自己是“自卑之人，多寡于言而怯于行，拙于外而敏于心”，这样的人，在这样浮躁冷漠的世界里，自然会有时候凌晨三点犹辗转反侧，“自顾四壁，唯剩予与一灯影耳”。高宇君自言一直喜欢李商隐、黄仲则、苏曼殊诗，口诵心默，多次录写。此皆才气纵横深情多情之人，亦皆伤痛畸零之人。高宇君人品道德可称君子侠客，书画文章亦已大成气候，快心适志之时，也许别有怀抱?

《世说新语》里记载大将军桓温问名士殷浩：“卿何如我?”殷浩淡然说：“我与我周旋久，宁作我。”高宇君便是只做高宇，只认高宇，他笔下的书、画、诗、文，便也只是高宇。自己面目，别无他家。他骨子里更有一腔傲气，一股倔劲。他喜画松、梅、兰、竹，尤喜画荷。他的松是憨厚的松、不屈春风的松；梅是冷梅、拙梅；竹是野竹、瘦竹、晴竹、居无竹；荷，则是痛荷、晨荷、不净心荷、孤荷、影荷。他又苦苦问道于荷：“这世间种种，是为何呀?”而被问道的荷却是一支默荷，只将一颗盈圆的露珠倾下荷盖作答，如一颗莹然的泪珠。

莹然的荷泪便是高宇兄证得的道。用他自己的话说，

“而我呢，最恻动的心意是怜恤——怜恤与生命相关联的种种情事，其中犹包括幸与不幸，更无论快与不快了”。这怜恤便有大爱，有大爱便有大不忍，有大不忍则必有大温暖，亦有大伤痛。这就是高宇君书、画、诗、文的底色了。

孙离有自知之明，一个并不懂画的槛外人，从不写谈画的文章。苍市画坛是个门户林立的大江湖，他怕不小心就陷到江湖里去了。高宇不在苍市，又是他真心喜欢的画家，写几句随性的文字就无所谓了。

二十六

孙离同李樵在紫亭喝茶，他突然想起江陀子，说：“何公庙里那个小孩，江陀子，我记得你见过的。我有回随口同马波说了，他答应托朋友帮忙，给江陀子找个事做。那孩子，如果不带出来做事，恐怕会憋出事来。”

李樵笑笑，说：“那孩子我见过，我还问庙里怎么会有这么小的孩子呢。你真是活菩萨，一个并不相干的人。”

孙离只是刚才突然想起江陀子了，他后来也没有向马波问过那个孩子的事。孙离说：“我也不是什么活菩萨，只是在庙里碰上那么个孤苦的孩子，能帮就帮一下。”

“马波倒是个肯帮忙的人啊。”李樵随口说着。

“是的，马波这个人在官员里面算是很优秀的，儒雅，有涵养，也没有官气。”孙离说着马波，想着的却是他的老婆叶子。喜子不太喜欢叶子，平时同学聚会说好要带老婆，喜子能不去就不去，就是怕听叶子说话。

李樵笑笑，说：“我说句话可能对你老同学不敬。宗教局也没有什么贪的机会，只好做廉洁官员了。寺庙是要向施主化缘的，宗教局是僧人最大的施主。也没听说别的教要给宗教局官员送钱。”

“我估计他们也要向宗教局打报告要钱的。”孙离说。

正闲聊着，喜子打电话来说：“你快去儿子学校，不知道他又闯什么祸了。”

“儿子，又是我那宝贝儿子。”孙离放下电话，摇头叹息，“我最讨厌见孩子学校的老师！孩子放在学校，我有一种被老师绑架的感觉。”

“孩子的事天大，你去吧。我再坐会儿，这里有无线网络，我就在这里处理稿件。”李樵放下茶杯，取出手提电脑。

孙离站起来，笑道：“你办公室都可以不去了？”

李樵摇头道：“要紧的稿件先在这里看看，看版还得回报社去。我没你那么自由啊！”

亦赤已上高三了。从他上幼儿园起，孙离就经常被老师找去谈话。儿子不是打架，就是恶作剧。可是亦赤很会读书，老师拿他爱也不是，恨也不是。

孙离去了亦赤的学校，找到班主任。班主任刘老师是个年轻人，言语倒还客气，说：“我们教导主任想找你谈谈。”

刘老师把孙离送到教导处，说：“这位是我们教导处郭主任。”

郭主任半天没有抬头，正在本子上写着什么。孙离坐下，说：“郭主任你好，我是孙亦赤的父亲。”

郭主任忙完自己的事，才抬起头来说：“听说你是作家？”

孙离见郭主任这样傲慢，就故意说：“听说你是教导主任。”

郭主任张着嘴巴僵了会儿，才说：“我想当作家的应该更明白教育孩子的道理。”

孙离忍不住说：“郭老师，你是我儿子的老师，不是我的老师。我儿子犯了什么事，你说吧。”

郭主任也生气了，说：“家长是学生的第一老师！我女儿也是这所学校毕业的，我认为自己是合格的家长。我女儿考上清华大学，现在正在美国留学。”

孙离笑了起来，说：“郭老师，你今天叫我来，不是叫我来崇拜你的吧？告诉你，我也当过中学老师。”

“你当过中学老师，就更应该知道怎么教育孩子。很快就高考了，同学们都在认真复习，只有你孙亦赤三天两头有事。”郭主任就历数孙亦赤劣迹种种，越说情绪越激动。

孙离听着却是平静，说：“郭老师，你说的这些我都知道了，班主任刘老师告诉过我了。你只告诉我，今天他又有什么罪状？”

“老孙，”郭主任抬着头，下巴翘得高高的，“你家长这个态度，会宠坏孩子的。今天中午，同学们都在午睡，孙亦赤捉了一只癞蛤蟆做解剖，弄得教室乌烟瘴气！”

孙离想自己孩子确实有些调皮，若不是郭主任这副了不得的样子，他自会说些赔不是的话。可他实在看不惯这个人的嘴脸，便说：“我讲个故事你听吧。从前，有个学生不喜欢上化学课。有一天，他捉了一条蛇放在化学老师的讲义夹里。老师打开讲义夹，一条蛇爬了出来，吓得全班学生大呼小叫。老师却满脸是笑，说同学们，我们先把这条蛇捉起来！老师捉住了蛇，说，这下好了，我们把它制成标本，生物课就有蛇标本用了。化学老师没有问这条蛇是怎么到他讲义里去的，继续上课。这个学生被化学老师折服了，从此热爱化学，后来成为诺贝尔化学奖获得者。郭老师，凡学生都是错的，凡老师都是对的，这个观念本来就有问题。”

郭主任听着，站了起来，说：“你觉得你儿子将来会得诺贝尔奖？”

“孩子在你手里，你觉得该怎么处理就怎么处理。但是，不至于开除吧？”孙离也站起来，撂下这句话就走了。

孙离去了班主任刘老师那里，说：“抱歉，刘老师，我刚才同你们教导主任说话不投机。孩子有什么问题，你尽管批评，我也会批评。孩子的毛病，我自己是知道的。”

刘老师笑笑，说：“孙亦赤也谈不上有什么大毛病。他只是仗着自己成绩好，喜欢玩些别的东西，会影响其他同学。他学理科的，一直在写诗。他的诗稿在同学中间流传。我嘱咐他多练练作文，他不听，还经常说作文题出得不好，没意思，不肯写。”

孙离说：“好吧，我会跟他说说的。谢谢刘老师，孩子让你费心了。”

孙离出了校门，打李樵电话：“你还在喝茶吗？”

“你没事就来吧，我们就在这里吃饭，我吃了晚饭再去报社。”

孙离赶到紫亭，见李樵埋头趴在茶几上。

孙离轻轻走过去，问：“怎么，困了？”

李樵一把抱住孙离，身子微微地发抖。

孙离吓着了，问：“宝贝，怎么回事，病了吗？”

李樵抱着孙离摇头，半天才说：“我刚刚看到的稿件，你看看吧。”

孙离看了看电脑上的稿件，报道的是昨天暴雨，城外一处道路塌方，泥石流压下来，停在路边等雨的小车被埋，车上一男一女双双遇难。

孙离说：“真是不幸！”

李樵抬起头，惊魂未定，说：“你还没看清楚啊！出事的地方，正是我俩去年躲雨的地方。你看看现场照片！”

照片上，大樟树连同山上的泥土垮了下来，黑色小轿车埋得只剩半截尾厢。孙离看着电脑上的照片大气不出，半天才说："怎么断定就是那个地方呢？"

他说这话，为的是安慰李樵。

"我问了记者，正是那个地方。"李樵怔怔地望着孙离，"老头子，这是在警告我们吗？"

孙离吻了吻李樵，说："别多想了，宝贝！我们会平平安安的！"

李樵不说话，默默地坐着。孙离说起刚才去学校的事，想把李樵的心思岔开。李樵听了，说："老头子，你太袒护儿子了吧。"

"你也是学校老师的观念？"

李樵说："你说的是外国的故事。别忘了，我们说任何话，做任何事，都要知道自己在中国。"

孙离埋头喝了几口茶，说："你说得有道理。我最大的毛病，就是常常忘记自己是在中国。比方说吧，逢年过节，别的家长都会给老师送礼，我就不送。老师都开始受贿了，教育还有希望，国家还有希望？"

李樵说："孔夫子也要收几块腊肉呢！"

"那是学费！我们是交了学费的，为什么还要给老师送礼？老师被家长们惯坏了，不送礼孩子在学校就不被待见！"

"也不能怪老师，怪只怪整个社会出问题了。"李樵的情绪好像从那个新闻里出来了。

孙离说："你这话也等于承认学校的教育和风气是有问题的。"

"我的老头子，你就别盯着学校了！比学校问题大的地方多了去了。总之，我们国家的某些方面是出问题了。"

孙离笑得有些像恶作剧，说："我的宝贝，你平日不说这些话的呀！"

"你平日也不说呀，你的小说是远离现实的。"李樵把手提电脑关上，“我希望通过我的工作传播光明，可我看到最多的恰恰是阴暗面。”

孙离看看时间，说：“我们不谈这些了，吃饭吧。”

孙离按了呼叫铃，服务生进来了。各人要了一份套餐，安安静静地吃起来。孙离喜欢吃牛肉，餐餐都吃不厌。这里菜式本来很多，吃套餐花样就少，李樵也随着孙离吃牛肉。每当孙离点牛肉菜，李樵就会笑他是个牛肉宝。孙离就满脸坏笑，说不多吃牛肉我哪来这么大的劲？李樵就红了脸，暗暗掐他的腿。孙离越加发疯，夸张地喊着：“哎哟，我哪天腿要残疾的！”

吃过饭，各自驾车离开茶馆。李樵还要去报社，孙离只好回家去。

孙离才上二楼，就听得狂暴的音乐声。他这才想起，今天是星期五，亦赤回来了。他开门进屋，音乐更是震耳欲聋。推开亦赤的房门，见他正闭着眼睛，坐在书桌前摇头晃脑。

“声音小点行吗？”孙离大喊。

亦赤好像没听见，继续摇着脑袋。

“房子要震垮了！”孙离吼了起来。

亦赤回头瞟了一眼，啪地关了音乐。

孙离这才轻言细语说：“亦赤，我跟你讲过多少回了，邻居都有意见。你爱听音乐，你就自己戴耳机听。”

亦赤不答话，随意翻着手里的书。

孙离又问：“亦赤，你可以把诗给爸爸看看吗？”

亦赤笑笑，说：“免了吧，我的诗你是看不懂的。”

孙离说：“别小看你爸爸，他也是个作家，名气不大不小。”

亦赤摇着头，看着手里的书。孙离看了看亦赤手里的书，居然是叔本华《作为意志和表象的世界》。

“你在准备高考，没必要看这种书吧。”孙离不忍心讲亦赤看书太好高骛远，只问，“回来看见妈妈了吗？你吃了晚饭吗？”

亦赤说：“管好你自己的事吧，大作家！”

孙离伤心地说：“亦赤，我好几年没听你喊一句爸爸了。”

“不喊爸爸你也是我的爸爸呀，喊了你爸爸又如何呢？”

“儿子，你怎么变得越来越冷漠？爸爸妈妈把你看成宝贝似的，你这是怎么回事呀？”

“老大，你不是准备讲我是你们爱情的结晶吧？没那么崇高！那种事儿，动物叫作交配，人类叫作做爱。做爱是你们自己做爱，跟我有什么关系呢？我不过是你们做爱的副产品，说不定还是你们避孕失败的结果。”亦赤无所谓地笑着。

孙离听得两耳嗡嗡叫，气血冲顶，朝儿子扇了一耳光。亦赤头都没有偏一下，脸上仍有一丝冷冷的笑意，语气一点都没变，说：“说对了是吧？说得你难堪了是吧？你们就是虚伪，什么无聊的事都能找出高尚的意义。”

孙离气得胸闷，半天才说：“你真是个冷血动物啊！父母把你从小带大，哪怕养一条狗也养亲了。”

亦赤回头望着孙离，目光直直地像两根棍子捅过来，说：“你们生了我就得教养我，这是法律赋予你们的责任。我知道你想说要我感恩。抱歉，我对你们没什么恩可感的。不是我自己要到这个世界来，是你们莫名其妙把我带来的。但是请你们放心，你们老了我会赡养你们的，我一定尽法律义务。我会是个守法公民，但你别同我谈崇高。”

听得门钥匙响，知道是喜子回来了。孙离过去接了喜子的包，闻得她身上有酒气。

“亦赤呢，我做好了饭出去的。”喜子换了鞋，“你吃了饭吗？”

孙离脸还黑着，没有说话。

喜子就说："怎么了？你天天在外吃饭，我问过吗？"

孙离懒得解释，一声不响去书房了。喜子跟进来，说："写了一篇论文，找地方发表。朋友帮忙约了人，我必须应酬，这是没办法的事。"

"你教授早评了，馆长的位置也没谁抢你的，还发什么论文？"孙离本来不想说这些事。

喜子说："你隔上三年不出书试试？读者早把你忘得干干净净！我们大学跟你还不同，得不断地发表论文，不然学术分上不去，年终少拿钱是小事，学术地位就没有保证。我一个女人，你以为我喜欢抛头露面？"

孙离铺开宣纸，写了几个字。他心情不好的时候，会用写字舒缓情绪。喜子说他的字慢慢长进了，他自己却从来都不满意。书家朋友们说，你越是不满意自己的字，就越说明你的字在进步。他有时学着画几笔画。画是画了好几年，却从未敢在外人面前动笔。

喜子在书房坐了会儿，问："今天去学校的情况如何？"

听孙离前前后后说了，喜子叹息说："话是你这个道理，但没有必要同教导主任吵。那个姓郭的我见过多次了，不论哪次见面他都是趾高气扬的样子。不就是他女儿考了个清华吗？也有扫大街的人儿女考清华的呢！亦赤也确实难管，不晓得他种哪个。"

"种我吧，我就是个不讲规矩的人。"孙离说。

喜子听着又生气了："别什么事都往你自己身上摊，我没有说你的意思啊。"

喜子去了儿子房间，说："亦赤，妈妈不认为你今天的事有什么大错，但你不该在同学们午睡的时候做解剖。你解剖癞蛤蟆，妈妈想着也恶心。我说你呀，还是顽皮了些。"

亦赤头都没有回，只顾在电脑上打游戏。喜子又说："打游戏的时间，不可以放在学习上吗？你算算时间，离高考还有多久？”

亦赤这才说了话：“朱教授，你讲点契约精神好吗？周末回家用电脑，玩什么由我自己决定。我们已经约定两年了。”

“好吧，我只是建议。我实在看不出电脑游戏有什么意思。”

“我也看不出你们唱老歌有什么意思，我也看不出你们用几句老话教育我有什么意思。”亦赤始终没有回头看妈妈。

喜子放平了心，过去摸着儿子的脑袋，说：“亦赤，你也这么大了，高中一毕业就上大学，认真算起来，你在父母身边的时间不会太多。大学出来就工作，会有你自己的家庭。我们一家人，朝夕相处不会超过二十年。爸爸妈妈都很珍惜我们在一起的日子。”

亦赤轻声说：“放心吧，我同你先生说了，我会尽法律责任的。我是说，你们老了，我负责赡养。”

“难道我们之间只有法律关系吗？”喜子望着儿子的后脑勺，声音颤抖，“我们都会有退休金，老了也可以进养老院。儿子，我们之间不只是法律关系啊。”

“知道，我小时候听你说过，我是你们爱情的结晶。朱教授，你再说一遍试试？相信你自己都说不出口了，听着酸，想着假！”

喜子再也忍不住，泪水夺眶而出。她跑进卧室，门“砰”地关上了。

孙离听得响声，忙跑出书房。他推推卧室门，门被反锁了。

“喜子，你开开门吧。”孙离敲着门。

门叫不开，孙离去了儿子房间，问：“怎么回事？”

“什么怎么回事？我不知道发生了什么事。”

孙离说：“你一周回来一次，住一个晚上，就不可以同爸爸妈妈好好说说话？每次回来都弄得妈妈不开心。”

亦赤望望孙离，说："你的意思是我今后不要回来？可以啊，你给我办个银行卡，每周按时把生活费打到卡上吧。"

亦赤说完，调小电脑音箱，戴上了耳机。他边听音乐边玩游戏，不想听孙离再啰嗦。孙离扯掉儿子的耳机，大声吼道："你的父母都是体体面面的人，只因为你，我们经常在你老师面前低三下四！"

亦赤抢过耳机，声音十分平淡，说："老大，谁让你们去低三下四啦？我犯了法，还是违了纪？学校有本事就开除我呀？我学习成绩年级第一，他们想开除都舍不得呢！他们免学费、免生活费，从乡下高价挖来的那些穷学生，只知道读死书，也比我不上。你真愿意低三下四，你给学校递个报告，说你是下岗工人，老婆也没工作，学校保证给我免学费，生活费也不要你给了。不过，现在不行了，你打报告也没用，快要高考了。"

孙离气得嘴唇发紫，拳头捏得紧紧地回到书房。他猜喜子肯定也受了气，跑进卧室哭去了。亦赤自小跟着孙离，直到上幼儿园都还很亲他的。自从上了小学，亦赤慢慢变得叛逆了。他比别的孩子叛逆得早，也叛逆得有些离谱。

孙离想等喜子开门，进去好好安慰安慰。他在书房呆坐，李樵发了短信来：我非常害怕。孙离猜想，李樵还没有从泥石流的阴影里出来。

孙离站在卧室外面，敲敲门说："喜子，我要出去一下，你先休息吧。"

孙离下楼，开车出了小区，才打电话给李樵："你还在报社吗？"

李樵说："我在回家的路上。"

"我去你家里，陪陪你，行吗？"

李樵没有回答，电话断了。孙离犹豫着，仍开车去了上都印象。他刚下车，正好看见李樵从车里出来。李樵看见他了，没有打招呼，径直往楼道里走。孙离跟在后面，也没有喊她。进了电梯，他俩就像陌生人似的。

李樵掏出钥匙开门，孙离站在她身后，就像尾随而来的歹人。门开了，李樵身子往外偏开，孙离先进去了。李樵进屋把门关上，身子就软软地快垮下来。孙离过去扶着她，引她到沙发上坐下。

孙离提壶烧水，进厨房洗杯子。他泡好了茶，李樵靠在沙发上，好像睡着的样子。孙离凑上去，刚准备亲吻，李樵睁开眼睛，抬手轻轻地挡了，说："老头子，我们分手吧。"

"为什么？你还在喊我老头子呢。"

"我怕！我怕那是老天在警告我们！"李樵又把眼睛闭上了。

"你还在想那个泥石流的新闻呀？那是偶然事件，同我们有什么关系呢？"

李樵的泪水从眼角渗出来，说："我跟你相处一年，晕晕乎乎的，一直是在梦里。今天，看了那个新闻，我突然醒了。埋在那车里的女人，就像是我自己。我第一次约你喝茶是在紫亭，一年之后我们又在紫亭喝茶。就在我俩一年前躲雨的地方出事了。老头子，这难道不是在警告我们吗？我怕，我真的怕，老头子！"

孙离握着她的手，望着她的泪眼。

二十七

马波约了好久，邀孙离去苍莨寺喝茶，孙离每次都说没有空。他有时是真没空，有时是约了李樵。有天听李樵说也有兴趣见见那位苍莨寺的美尼，他就答应马波一起喝茶。

那天是周末，马波约孙离下午去苍莨寺喝茶。上午，孙离成就了一桩好事。他的新书出版不到半年，电视连续剧的改编权就被签下了。合同约定，七个工作日后付款到账。

下午，孙离和李樵上了苍莨山。进了苍莨寺山门，小尼姑忙上前迎着，问："请问是孙老师吗？"

孙离点点头，小尼姑便说："马局长已到了，正同师父在后面喝茶。"

寮房后面有个天井，香客是进不去的。小尼姑把孙离和李樵领进去，退身出来了。马波站起来，故意开孙离的玩笑，说："孙老师架子大啊，千请万请请不动。"

孙离忙介绍了，说："这位是宗教局马局长，这位是《新日早报》李社长。"

马波把手伸过来，说："李社长，李樵，大名鼎鼎，我知道！"

李樵忙说："马局长开我的玩笑！我算什么？一个新闻民工！"

马波这才把手摊向妙觉，说："这位才是我先要介绍的，她是这里的主人，苍葭寺住持，妙觉师父。"

妙觉刚才一直垂手站着，脸上略带微笑。她的一袭海青显然是量体定制的，既有几分出家人的清逸脱俗，又难掩女性的玉肌秀骨。她招呼道："各位请坐吧。马局长喜欢喝红茶，不知二位爱喝什么茶？庙里别的没有，茶倒是有好的喝。"

孙离知道李樵也爱红茶，就说："我们都随马局长吧。"

李樵望着妙觉的手，长得真像玉兰花似的。她不由得看看自己的手，觉出几分俗气。孙离老夸她的手长得好看，哪有妙觉的好看！又看看妙觉的眉眼，无一分不像往好看处刻出来的。女人看着这般绝妙的女人，不会生出忌妒，反觉有几分爱慕。

李樵见妙觉递茶，先双手合十谢了，忙说："谢谢妙觉师父！"又看看妙觉，"有句话不知说了是否唐突，我平时只听说苍葭寺里有位美尼，今天亲眼见了真像天仙似的！"

妙觉淡淡一笑，说："出家人无色无相。美尼倒是我在俗家的名字，以前叫我美尼是没有错的。"

孙离今天心情格外好，恨不能一睡七天，醒来钱就到账了。他并不等着这钱用，但钱毕竟是好东西。他是个急性子。他同李樵约会，也是一个急字。说好一起吃晚饭，他会提前一两个小时到店里。好在慢慢适应了等待，能够静下心来写小说。他的手提电脑随身带，似乎就是为了等待李樵。

茶几上有个长方雕花香盒，香烟从里面袅袅逸出。

李樵问："这香好闻极了，什么香？"

妙觉说："檀香。李社长要是喜欢，走时带些回去。"

马波望着李樵说："李社长一看就是个雅人。"

李樵忙又双手合十，说：“马局长别打趣我了，我们在妙觉师父面前都是俗人。”

“李樵说得正是，要说最俗是我了。”孙离暗笑自己这会儿一肚子想的都是钱的事。

马波听孙离这话好没来由，便道：“你们都在讽刺我吧？一个是作家，一个是无冕之王，妙觉槛外人更不必说，只有我在官场上混日子。俗，只有我俗到家了。”

孙离就接过他的话开玩笑，说：“俗到家的人，管的尽是出了家的人。”

聊天聊到快吃饭了，不料下起小雨。马波只道好可惜，在天井里吃饭是最好不过的，又说：“妙觉师父，你其实可以置一把大太阳伞，雨不大，在外面吃饭也无妨。”

妙觉笑道：“出家的地方，哪敢那么破费？消受这份清闲，又有好朋友上山说话，已是大造化了。”

从天井退回来就有一个小茶室，看得出这里平时是妙觉待客的地方。

妙觉说：“今天饭就只好在这里吃了。庙里的斋饭，各位请将就吧。”

孙离见茶室也摆着书案，案上放有笔墨纸砚，想必这又是妙觉的书房？又见书案下面有一张古琴，便暗想这妙觉是何等的妙了。

不一会儿，小尼姑端了斋饭上来。一盘煎豆腐，一盘炒茄子，一盘烧土豆，一盘拍黄瓜，一盘凉拌云耳，一碗酸菜豆角汤。

妙觉双目微合，一手为揖，一手拨着念珠，默默诵经。马波、孙离、李樵安坐着，大气都不敢出。窗外风动树响，雨雾蒙蒙。

妙觉诵完经，淡淡笑着，说：“庙里的菜，就这些了。”

李樵嫣然一笑，说：“妙觉师父再多念一会儿经，我的口水就出来了。斋菜做得真香，又好看。”

妙觉做了个请的姿势，各位才端了碗吃饭。马波和妙觉是老朋友，不说话反倒有种默契。孙离头回见妙觉，又碍着她是尼姑，说话太随意怕失礼，哑着又怕冷了气氛。倒是李樵放得开些，一来她是女人，二来性子爽朗。一顿饭下来，多是李樵说话，妙觉应答。

李樵想起刚才饭前妙觉诵经，便问：“妙觉师父，你刚才吃饭前诵的是什么经？”

妙觉微微一笑，说：“经文原话太复杂，意思是供养诸佛，供养众生，一餐一饭来之不易。三德六味，禅悦为食，法喜充满。”

李樵吐吐舌头，说：“如此庄严，饭都不敢往下咽了。”

妙觉说：“无妨，行坐皆禅，自在便好。”

不论李樵说多少话，妙觉只寥寥几字就回答了。她说话轻声慢语，简练却又精当。很多红尘里缠缠绕绕的道理，用佛家话说二三字就通了。每听妙觉回答李樵的话，孙离都暗自叹服佛教真是大智慧。

饭吃得很慢，也很安静。孙离本是个吃饭快的人，这回吃饭想快也快不起来。李樵若不同妙觉说话，就只偶尔听得树叶似有若无的落地声。平日都说王维的诗有禅意，“雨中山果落，灯下草虫鸣”，孙离并没有太深体会。这会儿，慢慢咀嚼着斋饭，听树叶飘然落地的声音，浑身流贯清寒之气，他似乎也悟到些禅的意思了。

吃过饭，妙觉说告辞片刻，就进里面去了。李樵去了一趟净所，出来时不见孙离和马波。原来他俩尿急，寮房这边又没有男净所，马波领着孙离出后门小解去了。天井一角有后门，从里面上的闩。人只能从里面出去，外面进来就得喊门。后门外对着山崖，只在沿墙有小路绕到前面山门。这条小路偏僻，外面知道的人很少。

孙离打了一个尿颤，说话含沙射影："马波兄，你对这里很熟悉啊！"

马波笑道："老同学，你别往邪处想啊。"

尿完进来，轻轻闩了门。天井一角有水龙头，两人过去洗了手，又没事似的，绕着天井转了几圈。雨已停了，夜气很清凉，两人又回到茶室。

李樵猜着几分，却装着什么都不知道。马波同孙离刚坐下，妙觉从里面出来了。她并没有换衣服，人却像焕然一新，看上去更显漂亮。孙离看看时间，问马波："你看是不是有些晚了？"

马波笑道："时间其实还很早，你感觉很久了。山中日月长啊。想不想听妙觉师父弹一曲？我们听一曲就不再打扰了。妙觉师父，没有为难你吧？"

妙觉说："马局长见外了。我平日都只对着长天空谷弹琴，今天正好有知音哪！"

马波显然是听过妙觉弹琴的，亲自动手把她的琴移到茶几旁边来。他又亲自烧水，干起茶童的活。

孙离就开玩笑，说："马波，我正想开个茶馆，请你帮我打理。"

马波乐哈哈的，说："荣幸荣幸，能给大作家打工，非常荣幸！"

妙觉轻声谢过马波，坐下来。此时香已燃尽，她又起身取了三支檀香，划燃火柴点了。李樵屏息静气看着妙觉，她生怕哪位男士掏出打火机，啪的一声，很败情致。孙离本来是抽烟的，他在李樵面前很自然地就把烟戒了。他不好意思在李樵面前吸烟，似乎那是件很粗鲁的事。李樵应和兰花香茗在一起，兰花香茗是经不得烟熏的。李樵知道孙离不抽烟，马波身上有没有打火机就不知道了。她觉得这地方点香就该划火柴，打火机那啪的一响，这份肃穆清妙就全毁了。

妙觉微微低头，先试了几根弦，双手合十，默念片刻，开始抚琴。李樵听得妙觉把琴弦轻轻一挑，就像有一粒圆润的珠玉柔柔地弹到她的胸口。她不由得微微收住肩膀，双手微合着轻放在膝头上。天地寂寥，雁阵低回；沙平日远，秋叶翻飞。李樵注视着香盒里飘出的檀香，好像只有它才是妙觉的知音，忽而如大漠孤烟，忽而如嫦娥舞袖。她似乎不忍听了，眼睛轻轻合上，感觉鼻腔发酸，眼泪快要流出来。

听得两位先生鼓掌，李樵才慢慢睁开眼睛，掏出纸巾揩了揩泪水。马波长叹一声，说："难怪孔圣人要说礼乐！乐，真的关乎礼。妙觉的古琴，我最爱听的就是这曲《平沙落雁》。每回听了，都心清如洗，出尘九霄之外。"

孙离很少听古琴，不太熟悉这个曲子。只是听的时候，如独自身在空谷，似有流泉鸣响，又闻兰花清香。

妙觉并不多说，只道："每回抚琴，有如佛光普照，祥云缭绕。妙觉寄身佛门，有古琴做伴，苦厄便是福报了。"

孙离说："妙觉师父，老早就听说了，你的诗写得极好，我能有幸拜读你的诗吗？"

妙觉双手合十，低诵一声阿弥陀佛，起身从书案上取了一本薄薄的书，说："我出过一本小诗集，羞愧。送你一本，见笑了。我昨天晚上拟了几句，请教正。"

孙离接过妙觉的诗集，书名唤作《冷烟集》。李樵忙说："妙觉师父，我也能讨一本吗？"妙觉微笑着也递了一本给李樵，又把一张诗稿送到孙离面前。马波和李樵都凑过来看，宣纸上写了一首五律，毛笔字很是隽秀：

篱下灌园久
归来烹蕈葵
绿萝窗外冷
新月檐边垂
性空尘市远
弦静妙音微
黄莺隐深树
能拣一枝依

孙离不懂格律平仄，不敢乱评妙觉的诗，只是觉得这诗确实像出家人写的。细细琢磨后面两句，隐隐又有思凡之意。他也只是私下里想想，不敢唐突说出来。

李樵赞道："妙觉师父这一句'弦静妙音微'，比嵇康的'目送归鸿，手挥五弦'要温柔蕴藉，又比陶渊明的抚无弦之琴更自然玄妙，真太好了。"

妙觉忙说："李社长过誉了。"

马波默默看了半天诗稿，望了望妙觉，说："好诗，真是好诗，唉，我读懂了。我可不可以抄一份留着？"

妙觉脸微微一红，笑道："马局长客气了。"

马波走到书案前，取了宣纸抄诗。马波落笔才写了几个字，李樵就望了望孙离，暗自点头称赞。孙离知道马波的字好，却不想已到这份功底了。他自己平时不怎么写字，偶尔提笔只当消遣。逢上需要应付的场面，孙离能推就推，实在推不了的，就写个斗方，不过三四字，落款也只留名，年月日都懒得写。每次必说："写少字，落穷款，写多了就露马脚了，藏拙，藏拙。"

马波抄完诗，对孙离说："大作家，好久没见你写字了。今天难得在妙觉师父这里雅集，你也留下墨宝吧。”

孙离又是摇头，又是摆手，说：“马波你这不是在妙觉师父面前出我的丑吗？你知道我的字见不得人的。”

“你就是谦虚！我又不是没见过你的字！”马波说着，笔就硬塞到了孙离手里。

孙离手里拿着笔，极是尴尬。

李樵就朝他笑，说：“怕什么呀？大姑娘似的！我没见过你的毛笔字，你的钢笔字好，想必你动笔也差不到哪里去。”

“崔颢题诗在上头，我哪里还敢动笔呀？”孙离指指马波的书法，先望了望妙觉，再对马波说，“我学着画一张画吧。我有个画家朋友，高宇，湘西人，客居北京。李樵是见过的。画坛是个大江湖，画家要在里头混出名头极其不易。高宇的画我非常喜欢，他在北京画界还是有些名头的。苍市这边，行内人知道他的，也都佩服。我同他认识多年，一直是好朋友。几年前，他专门到我家里教我画画，他说你们作家有文化底子，下下功夫出手就自有面目。中国画，尤其是中国文人画，画的就是文化。我信誓旦旦拜他为师，但真画起来太难了。今天都是朋友在场，我就献丑画几笔吧。”

孙离先把笔放下，取了宣纸铺开。马波在旁边说：“孙离认识的都是高人雅士啊！下回这位高先生来苍市，你介绍我认识一下。”

孙离歪起脑袋望着马波，半真半假地说：“我干吗要介绍给你认识？你们官员只知道等人家送画，你未必肯买人家的画不成？画家送画，形同自杀；开口索画，谋财害命！”

马波大笑，说：“我不想当杀人犯，算了，算了。”

孙离故意臭马波，说：“一句玩笑，你就当真了。你们做事尽开玩笑，讲话开不得玩笑！下回高宇来，我真要介绍你们认识，你们肯定谈得来。他鼓励我画画，我就是不肯下功夫。高宇先生说，画坛大师都很谦虚，都说自己是手艺人。他说，这话也不全是谦虚，绘画确实有很多技术性的东西，一靠手熟，二靠会悟。启功先生拜过齐白石为师，他亲见白石老人画虾，才知道他老人家毛笔是悬着不动的，左手扯着纸慢慢地转。动纸不动笔，这是白石画虾。大师们各有各的独门绝技，这个靠悟。当然，我也看到过书法家在墨里倒酒的，也看到过画家在画上撒盐撒洗衣粉的，这就是江湖野道了。”

孙离说得滔滔不绝，只为给自己定定神。他先画了一柱嶙峋瘦石，再画了几丛菊花。偏头看看，似乎稍嫌单调，又画上几枝梅花。梅枝刚刚画好，又觉得压得过低，画面反见繁复了。但落笔成局，悔也悔不成了。

马波头一回看见孙离作画，不由得频频点头，却又道：“菊花和梅花好像不是同季吧？”

孙离提笔立着，说：“什么好像不同季？隔着一个冬天呢！”

“那你就是时空大挪移了。”马波笑道。

孙离和马波玩笑惯了的，也不怕谁伤着谁，只道：“马波同志，王维还画雪里芭蕉呢！”

马波说：“那倒也是的。我平日看见有人画百虎图，就在心里犯嘀咕。老虎是独处的猛兽，一山不容二虎，哪会有百虎啸聚的场面？孙离这么解释，我就明白了。”

妙觉的目光低低垂着，嘴角总挂着微笑。李樵暗自看了，觉得妙觉目光无时不罩着马波。她就心想：妙觉同马波只怕不是寻常朋友。细想她的诗，是禅心，也是凡心。这样一想，李樵又觉得自己多心了。

孙离心想高宇兄不在场，求救也没有办法了。画得繁复压抑，该怎么补救呢？看见书案上有颜料盒，就问：“妙觉师父，这些颜料是朋友画画留下的，还是你自己也画画？”

妙觉说：“我有时也学着画一画，从来不敢拿出来让人看的。”

孙离心想妙觉只怕也是行家，心里又虚了几分。他本想只画水墨，这会就想拿颜色调一下，兴许菊花着了黄，梅花点了红，画就跳脱些了。他先把黄颜料挤在白瓷盘上，换了毛笔蘸水调淡。

孙离正调着菊黄，突然想起今天上午的签约，心里格登一惊。他的家乡话，剧同菊都读作菊。菊黄了，不就是剧黄了吗？梅红了，不就是没红了吗？菊黄梅红，都非吉兆。

孙离不是个神神道道的人，但恰在此刻想到这一层，又是在供奉众神的寺庙里，他心里难免又添一虚。他今晚就不该听马波的，反正提起笔来心里一直虚着。

孙离正想着如何马虎过去，突然屋子一黑，停电了。他禁不住哈哈大笑，说：“菩萨救我了！”

少顷，妙觉嚓地划亮了火柴，点上蜡烛，说：“庙里很少停电的，今天怎么了？”

孙离又说：“佛祖保佑！今天是菩萨救了我啊！”

马波说：“什么救不救？妙觉再多点几根蜡烛不就成了。”

“饶了我，饶了我！电灯下干活习惯了，蜡烛再多眼睛都看不清。”孙离拱手作揖不止。

李樵看出这画布局不是太好，却仍是为孙离鼓劲，说：“我看你画得很好的，干脆画完嘛！你又不是画家，画得将就些也没人笑话的。”

妙觉也说：“孙老师眼见着就是认真学过的，就是太谦虚了。”

孙离执意不肯再画，跑到天井外面摸黑洗手去了。

停了电，大家意趣也去了大半。马波恋恋不舍地说："我们就不打搅妙觉师父了。"

山门早关了，从前门走得穿过好几个大殿，夜里黑灯瞎火也不方便。妙觉难为情的样子，说："只能麻烦三位从后门走，真是不好意思。"

妙觉打了手电，送三位客人出了后门，沿着围墙绕到前面。望着客人各自上了车，妙觉才打着手电回去。

孙离倒车的时候，车灯亮亮地照着通往后门的围墙拐角，妙觉已经从后门回去了。李樵眼尖，望见围墙角上写了四个大字：此路不通。

李樵问孙离："停电了你笑得那么开心！我看你画得还过得去啊！"

孙离又是大笑，说了刚才心里的鬼胎，道："想到剧黄了，红没了，我就疑神疑鬼。幸好停电！"

李樵听了，也说："太有意思了，世上怎么会有这么巧的事呢？"

第二天一早，孙离打电话给高宇，说了他在苍莨寺画菊画梅的故事。高宇听了大笑，说："好危险啊！第一，不是我在画，不然我吃罪不起；第二，幸好停了电，不然你会寝食难安。老兄啊，今后我给你画画，得多留个心眼，要不破了你的财，我赔不起。"

李樵上午在办公室看稿子，有人过来说："李社长，有位尼姑找你。"

李樵一抬头，见昨天在苍莨寺迎接她和孙离的那位小尼姑，腰间斜挎着布袋，垂手站在门口。

李樵忙说："师父你请坐，有事吗？"

小尼姑施了礼，说："妙觉师父说，昨夜一停电，要紧事都忘了。师父说要送你檀香，你走时师父忘记拿了，今天特意嘱咐我送来。”

小尼姑从布袋里取出一盒檀香，双手举过放在李樵桌上。李樵忙站起来，人都有些拘谨了，说：“真是不好意思，为一盒檀香专门下山。我也没什么好送的，这里有盒新茶，请拿给妙觉师父尝尝。知道庙里多的是好茶，我这里只是个心意。你辛苦了，替我谢谢妙觉师父。”

李樵送走小尼姑，马上打了孙离电话，讲了妙觉师父送檀香的事，说：“真是出家人不打诳语！妙觉师父我见犹怜，何况你们男人啊！”

孙离在那边听了，忙道：“阿弥陀佛，罪过罪过！”

二十八

周末，喜子说学校有会，早早地就出门了。孙离打了李樵的电话，说："懒虫虫，听声音你还在床上吧！"

李樵声音黏黏的，说："我哪像你啊老头子，想什么时候睡觉就什么时候睡觉。我只有周末才可能睡个自然醒。"

"今天没别的事吗？天气很好，我带你去个好玩的地方。"孙离边说边推开窗户，太阳照在稀稀落落的梧桐叶上。已是深秋，梧桐叶快掉光了。

李樵也不问去哪里，只道："你过来接我吧。"

孙离赶到上都印象花了四十分钟，李樵梳洗只怕得花个把钟头。他把车停好径直上了楼，按了门铃。门开了，果然见李樵才洗过澡，头上包着毛巾。孙离抱起李樵，说："看你这样子，我的心就跳到喉咙里，滚到舌尖上了。"

李樵把舌头伸进孙离嘴里，说话含糊不清："我怎么没有碰到你的心呀？你把心吐出来，我吃了。"

孙离摸着李樵的胸口，说："你早把我的心吃了，咽到这个地方，正在里面跳呢。"

李樵推了推孙离，正经说：“好了，老头子！我换衣服去，我们出门吧。”

孙离不依，说：“不着急出门，我想要你。”

李樵娇憨地笑着，半是生气的样子，说：“我的老头子，你吃了什么神药，还是练了什么神功呀？”

孙离不由分说，抱着李樵进了卧室。李樵闭着眼睛，说：“老头子，我会死在你手里的！”

十点多，两人才出门。孙离突然想起，问：“你还没吃早饭吧？”

李樵说：“你还记得问问啊！圣人说，饮食男女，饮食还放在前面呢。”

虽然是玩笑，孙离也有些不好意思，问：“想吃什么？门口有很多小吃铺啊。”

“算了吧，我平时也不怎么吃早饭。”

“这是坏习惯！三餐必须正常。”孙离话说得很认真。

上了车，李樵仍不问去哪里。孙离便说：“宝贝儿，你没有半点好奇心？”

“什么好奇心？”李樵问。

“你也不问问去哪里。”

李樵笑笑，说：“去哪里，不都是去你这里！”

孙离听了这话，心里热乎乎，差点泪水都要出来了。他长长舒了一口气，紧紧握住李樵的小手。李樵把她的小手放在孙离手心里，轻轻摩挲着。

车到大桥上，孙离指指对岸河滩，说：“小宝贝，你看看，多漂亮。”

李樵望见了大片芦苇，雪白的芦花在太阳下亮亮的，绸缎似的轻轻飘荡。她想起去年夏天孙离说过，秋天带她去看芦苇。去年却一直不凑巧，他们错过看芦苇了。

车在沿江大道边停下，孙离从尾箱取出两张蓝帆布折叠椅，又把一个白色布袋递给李樵，说："宝贝，你拿水壶吧，我泡了好茶。"

李樵接过布袋，听到了叮当声，里面放着茶杯。李樵就想孙离真是个细心的男人。他是写推理小说的，心细缜密是自然的。又见布袋鼓鼓囊囊，好像不光只是茶壶和茶杯，扯开布袋看看，里面还有个圆塑料盒，就问："拿个空塑料盒做什么？不嫌麻烦？"

"自有用处，等会儿看吧。"孙离笑笑。

爬上河堤，芦苇沿着河滩蔓延开去，不见首尾。李樵说："老头子，慢些走，先让我站在这里看看。"

白色的芦花，碧蓝的秋水，夹岸高低错落的城郭，远处淡淡的山影。李樵深深地呼吸着，说："我的老头子，我们这座城市原来这么漂亮！"

孙离说："我想，都是心境吧。你今天心情好，物景皆好。不然，今天就是枫叶荻花秋瑟瑟。"

李樵抿抿嘴，瞟了瞟孙离，故意逗他说："你别自我崇拜了，老头子。"

孙离听着这话，心里隐隐有些堵。私下又想，她说话不太在乎他的感受，也是她的天真可爱之处。他自嘲着笑笑，领着李樵逆着河往上走。

孙离想起刚来苍市的情形，说："记得我刚到苍市，只有两三条宽敞的街道，大街迎面的房子还过得去，转进背街小巷就一塌糊涂。不到二十年，苍市完全是两番天地。"

李樵说："我是在苍市长大的，我小时苍市更不像样子。变化真的快。"

下河堤的阶梯还得走几十米。走到阶梯处，看见台阶上刷着四行红漆字：

案件多发地
独自莫停留
芦苇虽美景
小心藏歹徒

李樵轻声道："煞风景！"

孙离只当没听见，心想这地方夜间必定发生过刑事案件。又想这公安派出所肯定有位文学青年，警示语刷得文绉绉的。

沿阶梯下到河滩，沙地踩上去松软松软的。贴地长着些芜草，芜草之上是开着紫红花的蓼蓝。行人踩出的毛路，深深浅浅，斜斜横横，通往芦苇荡。

李樵低头望着河滩，说："这花好漂亮！近看也平常，远看很成景致。"

孙离告诉她："这叫蓼蓝。"

李樵又瞟着孙离说："老头子，你能有不知道的吗？"

孙离哈哈大笑，说："世上的事，你要我都知道，很难；你要我都不知道，也很难。"

"听着怎么这么绕呀？哲学家？"

孙离说："我们乡下不叫蓼蓝，叫辣叶子草。看看，长得有些像辣椒叶。辣椒，我家乡叫辣子。糯米甜酒，我家乡叫糟。糟需用一种酒曲，蓼蓝是制酒曲的原料。做糯米甜酒，我家乡叫蒸糟。"

孙离还要讲下去，李樵已笑得蹲在地上，半天起不来。

孙离问："我讲的是笑话吗？"

李樵边擦眼泪边站起来，仍是笑着，说："老头子一口一句我家乡。什么都要拿你家乡作对比，你脑子里怎么只有你家乡呀?"

孙离便认真地说："告诉你，你说我什么都知道，就因为我有一个乡下的老家。我自小生活在乡下，那里是个大课堂。用你们新闻官话讲，那叫接地气。高宇告诉我，他曾教过城里孩子画蝴蝶，画青蛙，孩子们都画得很好。可是见了真蝴蝶和真青蛙，孩子们都不认得!"

李樵随口道："高宇有些日子不到苍市来了。"

说话间，走进了芦苇荡。李樵抬头望着高高的芦苇，说："我长这么大还没有仔细看过芦苇呢！你看这花，远看雪白雪白的，其实是黄中带白，有些还全是黄色的。"

"我们讲芦苇其实是笼统的说法，这里长的有些是芦，有些是荻。你说我什么都知道，我哪有这么神啊！我是山区长大的，芦和荻我就分不清楚。听湖区朋友说过，忘记了。"

李樵停下来，前后左右望望，说："真美！若是有一把大大的太阳伞撑着，躺到芦苇深处睡一觉，抵得上神仙了。"

孙离说："你太会享受了。若依古人的风雅，这故事流传下去，必定是当地八景十景之一，叫芦荡仙卧。"

走着走着，隐隐可见河面了，芦苇由茂密而渐稀疏。河的那边，沿岸长着高大樟树。树的背后，起起伏伏的高楼大厦。隐隐望见树下街道上车水马龙，却听不见半丝喧嚣。

李樵说："老头子，看看河那边，只见动静，不闻声音，就像演哑剧似的。"

"我也正是这么想的呢！宝贝，你说是人的思维可以暗自相互传递呢？还是我们脑袋都长得差不多?"孙离想起在家里，窗户关得紧紧的，看见窗外树木摇晃，他想到的也是哑剧。

"肯定各有不同，不然我也成作家了。"李樵说。

"我们就在这里坐坐吧。"孙离把折叠椅放好，做了个很夸张的绅士动作，"请吧。"

李樵也夸张地坐下，故意把腿架起来摇了几下，马上又放下了，笑道："不知道你们男人为什么喜欢跷二郎腿？很不舒服嘛！"

"我看你们女士跷二郎腿，不是不舒服，是不雅观，不淑女。"孙离说着就坐下来，腿不由自主就架上了。他取出茶壶和茶杯，又把塑料盒倒扣在地上。倒好茶，放在塑料盒上。

李樵这才明白了，竖起拇指，说："老头子，我真的服了。你原来带了个茶几来！"

孙离站起来吻吻李樵，说："我最爱听你喊我老头子，你却不准我喊老婆子！"

"你别得意！"李樵这话说得好像没头没脑。

孙离想起刚才李樵叫他别自我崇拜的话，便说："宝贝，我见你跟我在一起很安心，比如你在我身边睡着，发出微微鼾声，我听着很沉醉。告诉我，为什么你这么安心？"

李樵从包里取出一把小伞，撑开斜扛在肩上。伞是白底起着蓝花，阳光照下来，她的脸粉白粉白的。李樵望着远处的河水，慢悠悠地说："你其实是想问我为什么爱你。告诉你吧，我也不知道自己是不是爱你。我不敢太深地想这件事。我只是感觉同你在一起，很简单，很安静，很轻松，没有负担。我知道没有未来，所以没有更多期待。刚开始的时候，我有些害怕，有些抗拒。后来，偶尔会非常想你，但我不会同你说。再后来，也就是现在，跟你在一起，成了一种习惯。"

"樵，我很想抱你！"孙离望着李樵，人却没有站起来。

他转头望着渐渐变瘦的秋水，秋水之上有些鸟在飞。鸟约有七八只，忽上忽下跳着飞，像是在玩游戏。

风停下来，太阳仍有些晒人。孙离脸上开始流汗，油光光地发亮。

李樵问："晒着不难受吗，到我伞底下来吧。"

孙离望见不远处长着野芋头，走过去折了一片大大的叶子，戴在头上，像个草帽。

李樵就笑，说："想象得出，你小时候不知道有多野！怪，只要想到你小时候的样子，我心里就软软的。"

孙离坐下来，说："我不算野，我弟弟才算野。我弟弟小时候在河里游泳，见河里漂来一头死猪，他把死猪扛回去，整得干干净净，拿到集市上卖掉了。"

李樵听着想吐，手在胸口抚着，脸上一副想哭的样子。

孙离摇着头笑，说："也不知道怎么回事，那时候人就是贱，发瘟的五禽六畜我们都吃，也不见谁吃了犯病。我们还吃过老鼠。我家养过一条大黄狗，拿去打猎肯定是很好的猎狗。晚稻收过，我和弟弟孙却去田埂上挖老鼠。老鼠也是狡兔三窟，你在这里往洞里挖，它不知道从哪里就跑掉了。我那条大黄狗很神，它算得准老鼠会从哪个洞里出来，趴在外面守着。老鼠一出来，它扑上去就咬住，无一回失手。"

"你真吃过老鼠？"李樵问。

孙离说："新鲜老鼠肉不好吃，吃熏腊了的。腊老鼠肉，同腊兔子肉差不多。如今我连兔子肉都不敢吃了，不知道当时怎么老鼠肉也敢吃。"

李樵喝了几口茶，压压自己的胃，问："你刚才说你弟弟叫什么名字？"

"孙却，退却的却。"孙离说。

"你叫孙离，你弟弟叫孙却。名字这么怪，也不像乡下人起的名字啊。"

孙离便讲了自己和弟弟改名字的故事，说："当时户口管理不严格，也谈不上学籍管理，我两兄弟把课本上名字一改，一个就叫孙离，一个就叫孙却。我现在想起来，改名叫孙离、孙却，好可笑的。"

李樵说："却字确实比去字雅些。你那时候多大，就知道把去字改成却字了？"

"不小了，十五六岁了。"

李樵跷起拇指，说："十五六岁？那就算很聪明的了。你那时候，很多中学老师也就是中学生，能教多少东西给你们？"

孙离说："讲个笑话给你听，绝对不是我编的。有回我在电梯里听两个中学生聊天，说是郭富城和张学友发动了西安事变，郭富城被蒋介石杀了，张学友被蒋介石关到一百多岁。"

李樵笑得喷了一口茶，说："你是作家，你讲的话我不相信！哪有这么蠢的中学生？肯定是你编的！要不就是人家小孩子故意冷幽默！"

"我家孙却，你可以说他是奇才，也可以说他是乱世英雄。"孙离说了很多孙却的故事，不由得叹息，"当初我只恨他不肯读书，他如今是身家过亿的大老板，文凭也比我高，早就是博士了。也不知道他的博士是花钱买的，还是认真读出来的。他找了个女大学生成了家，我那弟媳漂漂亮亮的，十分能干，人也贤惠。"

因孙离说到自己弟媳，李樵无端地想到了妙觉师父，便说："我后来老想起那位妙觉师父。那么美的女人，又是那么聪明，怎么就出家了呢？年纪轻轻，未必就经历过逃不过的事了？"

孙离说："出家的理由千百种，总之都是佛缘。你一说，我想起那天她的诗了。记不全，后面两句记得：黄莺隐深树，能拣一枝依！我当时觉得这两句有思凡之意，不敢唐突说出来。"

李樵想了想，又笑笑，说："你是心里有什么才想到什么吧？

人家是喜欢黄莺隐深树的自由自在呢！出家人，喜欢的就是隐嘛。我最喜欢那两句：性空尘市远，弦静妙音微。很合那天夜里妙觉抚琴的意境。”

听见有人说笑着走过来，两人就不说话了。李樵无意间把伞放低些，孙离也把野芋头叶往前额处拉了拉。

孙离说：“这叶子贴在额头上凉凉的，好舒服。”

李樵不作声，低头添茶。

一对中年男女从孙离和李樵前面走过，那男的大声说：“他不可能怀疑的，你的话他最相信了。”

“你要对他讲反话，不显得我俩是一伙的。”女的笑道。

过会儿，那对男女又走过来，听那女的说：“你得先投几十万，他才会相信。我俩一联手，他的两千万就血本无归。再不要别人插手，这两千万都是我俩的。”

“我肯定会出的，只要能让他相信，我再多投些都行。”男的声音很大，就像要说给全世界人听。

李樵等那对男女走远了，看看时间，说：“老头子，找个地方吃中饭吧，有些饿了。”

走上河堤，正好看见刚才那对男女。男的足有一米八，五十多岁年纪，脸上堂堂正正。女的约三十来岁，长得明眸皓齿，玉人一般。

女人打开停在路边的奔驰车，回头说：“说好了啊。”

男人开的是奥迪，高声回道：“依计依计，一言为定。我还等着这家伙的钱换房换车呢！”

李樵上了车，问孙离：“推理小说家，你猜猜看？”

孙离摇头半天，长长地叹了一口气，说：“都说相由心生，你看这对男女，哪里像恶男坏女？男的仪表堂堂，女的相貌高贵，说起设计害人的事，居然谈笑风生，也不怕别人听见！”

“不说了，想着就恶心。老头子，快找地方吃饭去。”李樵闭着眼睛靠在椅背上。

孙离想了想，突然一拍大腿，说：“我带你去个地方，绝对叫你意想不到!”

孙离把车开进河边的一条小巷子，拐七拐八地打转转。路很窄，碰上对面来车会很麻烦。两边的墙上，隔不远就有个大大的“拆”字。

孙离说：“我总有些奇怪的联想。看见这‘拆’字，我就会想起小时候见过的生死牌。”

“什么生死牌?”李樵问。

“枪毙人的时候，插在死刑犯脖子后面的牌子。”

李樵问：“你怎么什么可怕的吓人的事都知道呀?”

孙离说：“小时候，县里每逢杀人，都要开万人公判大会。我们小，跟着去看热闹。看不清楚，就爬到树上，爬到电线杆上，爬到屋顶上。我小时候，爬树像猴子。只听得死刑一宣布，就有人拿着长长的木牌子，往犯人脖子后面重重地插下去。一插，我就全身发麻，就像插在我自己的脖子后面。我总担心木牌子不是隔着衣服插，而是直接贴着背上的皮肉插。”

“拜托拜托，别讲了，别讲了。你的描写已经很细致了，我感觉自己背上的皮被木板铲掉一块。”李樵不停地摸着胸口。

“木板上写着犯人的名字，打着大大的叉叉。就像这‘拆’字，画个圈还嫌不够威武，还要划一把大叉。”孙离慢慢开着车，生怕碰着路边的小摊，“画圈又打叉，语法上其实是错误的。”

“这上面有语法吗?”李樵不由得望望才路过的“拆”字。

孙离说：“怎么没有语法呢？画个圈，表示同意，表示强调，这地方一定要拆。又加一把叉，就把前面的意思否定了，好像不要拆了。”

李樵哈哈地笑，说："老头子，人家哪有你这么学究啊！"

"世道混乱起来，就会反映到人们的言行举止上。思维会混乱，语言会混乱，行为会混乱。"孙离脸上有些严肃，"我们通常说太平盛世，其实太平时期最容易变成乱世。"

李樵听孙离越说越严肃，便道："老头子，我肚子咕咕地叫，正在混乱呢！"

前面有处小三角空地，孙离把车停下来。

李樵问："什么地方？"

孙离说："前面有三十几栋老公馆，不知道是否也列入拆迁了。"

李樵下了车，前顾后盼的，问："未必这里是南津渡街？"

"正是南津渡。"孙离锁了车，又回身过去拉拉车门，"锁车锁门之后，又不放心要回去看看，据说这是老态来了。"

李樵抿嘴朝他笑笑，不理睬他的自嘲，只说："我很失职。前几年，我们报社策划了一个系列专题，叫'老房子'。我们这座城市，留下的老房子不多，很可惜。几个年轻记者，跑遍了城市的角角落落，专门寻找老房子。南津渡街我们报纸介绍过，这一片是保存最好的民国老房子。我自己一直没来看过。"

孙离领着李樵走进一条麻石街，街上的石头早已踩得光溜溜的。街两边尽是老公馆，门楼都显得破旧，有些房子还算完好。墙上照例写着"拆"字，画着圈，打着叉。

李樵说："刚才路过的那些房子拆了还说得过去，这些老公馆不保留就太可惜了。一座千年老城，经过那么多的战火，早毁得差不多了。剩下不多的老东西，还是要保留一些。"

孙离站在麻石街中间，想了想，说："好像是前面那栋房子，原来开着一家私房菜馆。"

过去看看，果然望见那房子门首挂着招牌：陈家私房菜。

孙离说：“正是这家。据说是陈宝箴家的厨子出来开的店子，传了一百多年了。我是不太相信，私房菜是这几年兴起的说法，听着就有几分草根味，不像大户人家的样子。不过，这家店的菜倒是不错。”

进门有个小小的天井，当门一口长方大石缸，上面刻着鱼龙变化图案，长着厚厚的青苔，爬着绿茵茵的虎耳草。李樵记得前几年做老房子的报道，专门介绍过这片公馆里的石缸，那些鱼龙变化图案，用现在的话讲，就是励志故事。发奋图强，鱼就会变成龙；不思进取，龙就会变成鱼。

李樵见着这石缸就欢快了，说：“这么好的地方，怎么不早点带我来呢？”

迎出一位小姑娘，低声问：“两位，吃饭还是喝茶？”

“吃饭啊。”李樵望望孙离，“你先点菜，我想看看房子。”

孙离随小姑娘进屋去了，李樵抬头先看看天井，望见白云在天上流。天空本不太好看，装进这天井就漂亮了。瓦檐上悬着些枯草，麻雀在屋瓦上跳来跳去。走进厅堂，清凉清凉的。墙面没有粉饰过，原范原样的清水墙。天花板却是粉白过的，显出灰黄的年代印记。

厅堂后面有小门，进去之后又是一方天地。小小一厅，上方直通三层楼顶，屋顶安着许多亮瓦。小厅实是楼梯间，木旋梯通到楼上去。李樵爬到二楼，正好遇着孙离，就说：“这地方太好了。占地似乎并不太大，设计得格外紧凑精致。”

孙离说：“这几条街过去全是老公馆，抗战时烧得只剩下三十几栋。看来，一栋都留不下去了。”

“不知道这房子现在的主人是什么人？”李樵十分艳羡的样子。

孙离领着李樵进了包间，说：“街上的老房子，先是都归过公的。后来，有后人符合政策的，就继承了。我记得头一回来吃饭就问过，这房子同陈宝箴家也好，同陈家厨子也好，半点关系也没有。主人姓刘，自己不住，租给别人开餐馆。这里也有茶喝。”

茶已倒好了，李樵端起杯子，试着喝了几口，说：“你是哪里好玩，就往哪里找啊！”

孙离说：“你也觉得这地方好，报纸不可以呼吁呼吁，保留下来呀？”

李樵拿指头点点自己的喉头，笑而不言。

孙离问：“打什么哑谜呀？”

“我们只是喉舌，一个小小器官。”李樵不想再说这事儿，抬手敲敲身边的墙，“这老房子多结实！我们现在其实也可以把房子建得这么好的。楼梯间顶上的亮瓦，只怕也有七八十年百把年了，一点儿没有损坏。”

菜上来了，一盘煎豆腐，嫩黄嫩黄的，上面撒着些葱段。

孙离说：“你尝尝，包你喜欢。我再没吃过比这里更好的豆腐。”

孙离拿筷子轻轻夹了一块豆腐，放在勺子里递到李樵手上。李樵怕烫，先吹了吹，再小心地吃，忙说：“好吃，真的好吃。外头的脆，里头的嫩，都恰到好处。”

不一会儿，紫苏煮青鱼端了上来。光是闻着紫苏的清香，孙离喉头就忍不住滚动起来，咽着口水说：“这鱼，你也是喜欢吃的。我太喜欢闻紫苏香了。”

“我要先喝鱼汤。”李樵说得有些撒娇。

李樵话还没说完，孙离已起身舀鱼汤了。喝了几口鱼汤，李樵额上开始冒汗。孙离马上又递过纸巾，望着李樵喝汤。

李樵抬起头，说：“你自己怎么不吃呀？”

“我在吃呀！”孙离说这话，突然想起小时候的事。

记不得几岁时，他跟着妈妈上街。中饭间，妈妈领着他进了餐馆，炒了一盘猪肝，买了一碗米饭。妈妈不吃，只看着他吃。炒猪肝放了油泼辣子，油光光地发红，喷香喷香的，孙离只想闭起眼睛吃。他问妈妈："妈妈，你怎么不吃？"妈妈说："你吃，妈妈吃过了。"他越是长大，想起这事越是愧疚。妈妈其实没有吃中饭，他那时候太小了不知道。

孙离喝着鱼汤，说起这个故事。李樵听着，泪水一滚就出来了，说："妈妈都是这样的。"说着，又笑了起来，"老头子，你不会是在当我的爹吧！"

李樵揩着额上的汗，自己舀了鱼肉，和着鱼汤吃。她穿的还是初春穿过的那件大摆裙，半旧的。孙离又想如今的衣服新的也像旧的，不像早年新衣服那样亮眼。光鲜显新的衣服，多半不是什么好的。他想起自己当年那件咖啡色呢子大衣了，忍不住笑了起来。

李樵看见他笑了，问："又在打什么坏主意？"

孙离说："你不会也变推理小说家吧？观察我的每个神情！我想起年轻时买过一件呢子大衣，穿起来感觉自己很像回事。当时就想，这呢子衣一世都穿不坏，我可以传给儿子，儿子可以传给孙子。刚才一想，早不知道那件呢子大衣到哪里去了。"

"你这么说，我想起我外婆了。"李樵放下筷子擦汗，"我外婆精精致致的，一年四季脑后梳着髻子，额上的头发抹得亮亮的，没有一根乱的。老人家春秋天穿一件薄薄的黑香云纱丝绵背心，像极了过去电影里头的地主婆。我很喜欢外婆这个样子。外婆对我说，樵儿啊，我这背心是你老外婆留下来的，等你长大了我就给你穿。"

孙离就想象李樵老了穿黑香云纱丝绵背心的样子，她的额头必定还像现在这样光洁。只是不知道他自己老了，会是个什么样子？

二十九

李樵打电话来，说："快来吧，一起吃中饭。南津渡老地方。"

"怎么突然打电话吃中饭？"孙离知道李樵不这么做事的。

"请你吃饭还得提前打报告吗？"李樵笑着，"你猜猜，我今天中午请谁吃饭？"

"原来你是让我作陪客呀？请什么大人物？"

"你老爸！"李樵在电话里笑。

孙离说："开什么玩笑，谁是我老爸？"

李樵哈哈大笑，说："你连谁是你老爸都忘记了？你听电话吧。"

电话里传来的真是他爸爸的声音："孙离，我碰到你的女朋友……女同学了，她要请我吃中饭。"

"爸爸，李社长是我的朋友，不是同学。她是女的，是朋友，不是女朋友。"孙离不知道发生什么事了，莫名其妙地紧张，担心爸爸乱说话，"爸爸你什么时候来苍市的？你跑到报社去干什么？"

爸爸说："你晓得的，我还不是告状嘛！"

孙离说：“爸爸，我告诉你好多回了，你那叫上访。好，我马上过来。”

十几年了，爸爸每年都同张叔叔出来上访。去年，爸爸去了北京。回来的时候，爸爸同张叔叔在苍市歇了脚。爸爸打孙离电话，要他去机场接人。孙离一路上想不明白，爸爸上访居然坐起飞机来了。

孙离站在机场到达口，老远就望见爸爸了。爸爸干瘦的个子，土气的穿着，挤在人堆里，格外显眼。张叔叔人矮，一下又被人流挡住了。爸爸四处张望，不知道往哪边走。孙离高高地招手，爸爸终于看见他了。老人家就像小孩子看见了大人，一下子就快活起来。爸爸快步走过来，脸膛红红的。

孙离把爸爸和张叔叔的包全都接过来，领着两个老人去停车场。

爸爸很兴奋，说：“这回开洋荤了，玩到天上去了！”

孙离说：“我同喜子说过好多回，要带你和妈妈坐一次飞机！”

张叔叔接过话，说：“老侄好孝心！这回不要你出钱，政府出钱坐飞机了。”

上了车，爸爸开始讲他们的北京故事：“你晓得的，我和你张叔叔找到政府，把状子交上去了。好多人围在大门口，太不像话。北京有好多外国人，要是拍个照，不丢国家的脸？我和你张叔叔不去围大门。”

“我和你爸爸只把状子交了，他们说会按政策办。我们要的就是按政策办。”张叔叔说。

孙离把车慢慢开出停车场，心里想：要是没有政策呢？要是有政策也不办呢？这些年，孙离只要知道爸爸要去上访，就劝他不要去。爸爸不听他的，干脆就瞒着他了。孙离劝不住爸爸，只好嘱咐他出门注意安全。爸爸有爸爸的道理，爸爸的道理都是过去报纸上的。孙离讲的道理爸爸不相信，爸爸相信政府和老报纸上的话。

孙离问：“爸爸，你把上访信交给哪个部门了？”

爸爸说：“你晓得的，反正是个政府，好多人在那里告状。”

“你交了信，人就走了，怎么会有人给你买机票呢？”孙离问。

爸爸说：“我和你张叔叔自己花钱爬了长城。你晓得的，长城好看，人山人海。回来在旅社睡了一晚，去政府听信。那天的人更多，警察都来了。我和你张叔叔被警察带到一间屋子问情况。”

“爸爸，你老人家的话，北京警察听得懂吗？”孙离想象爸爸讲普通话的样子，北京人根本就听不懂。

“你晓得的，听不懂我会写呀！”爸爸学着北京话，“哪儿的？哪儿的？地址，地址！警察要我写下地址。我把地址写下，警察就让我们坐着。过了两个多小时，来了三个人，一讲话，听出是我们省里的。我说的话，他们都听得懂。我说我们从来不无理取闹，但是人逼急了也说不准。我们县里有二十几个，全省不晓得有好多。我俩代表二十几个人，我俩是代表。我们只要按政策办，我们手里有三十年前的红头文件。又还没有改朝换代，又还是共产党的天下，怎么能不算数呢？”

“省里干部态度也蛮好的，说话都很随和。”张叔叔很幸福的样子。

爸爸说：“人心都是肉长的。你晓得的，只要讲道理，我们都听得进去。省里干部说，事情再大，都要当地政府处理。全国有十几亿人，都跑到北京来反映情况，北京地面不得沉下去？不要发生地震？这话讲得实在。我答应，回省里听信。”

“我们态度好，省里干部答应给我们买飞机票。”张叔叔讲起坐飞机，话格外多，“我一直在天上想，明明是这么大的一坨铁，怎么就飞到天上来了呢？飞机全在云皮上飞，鲤鱼飙滩，腾云驾雾！飞机上吃的，样样都不要钱。”

爸爸讲了张叔叔的笑话：“你晓得的，送吃的来了，有可乐，有茶，有咖啡，你张叔叔怕是要钱的，忙摇脑壳说不要不要，脑壳都快摇脱了。看人家都不给钱，他后悔了。等到送饭来了，他要两份。人家说等等，真给他又送了一份来。”

张叔叔笑笑，说：“我是大肚汉，那一点点饭，抓在手里没有一爪子，哪吃得饱？飞机上的服务员，态度好。”

那回，孙离要留爸爸和张叔叔在家住几天，爸爸当天就急着要回去。他只好把两位老人送到火车站，替他们买好车票。老人家兴冲冲地上车，就像他们真的要回508厂领退休金了。老人家的兴奋其实只因为坐了飞机，他们急着回家去吹牛皮。

孙离在路上想，爸爸又是跟张叔叔一起吗？他打了李樵电话，问：“请老人家吃饭，定在南津渡干吗？那地方太高级，老人家未必看得上。”

李樵说：“你径直去南津渡吧，我带老人家走。你别啰嗦，我看你老爸很有眼界，说话有条有理，很在行。”

孙离到了南津渡，看见大片的旧房子早已夷平，老麻石街和几栋单位宿舍仍在那里。推倒的那片，看得见抗议拆迁的白布黑字横幅，混在残砖断瓦里。几台巨大的铲车，正把这些破砖瓦铲上卡车。废墟那边正在建着八九栋高楼，脚手架上已横着巨幅售楼广告：盛世经典，尊享奢华。孙离看见奢华二字就暗自摇头，这些年很多贬义词成了褒义词，很多褒义词又成了贬义词。世界真是颠倒了。

一台铲车停在路边，司机高高坐在驾驶室里。孙离瞟了一眼铲车上的司机，又抬头看看，就放慢了车速。那个人有些像江陀子。孙离停下来，回头再望望，真的是江陀子。

孙离喊道："江陀子！"

江陀子听见了，眼光冷冷地扫下来。他认出是孙离了，马上从铲车上下来，走到孙离车边，说："孙老师，是你啊！"

孙离问："你学了开车？有驾照吗？"

江陀子说："学了，有。庙里李师父讲，我遇贵人了。好久我才知道，你就是我的贵人。"

孙离这是第一次听江陀子说话，这孩子脸上仍没太多表情。孙离问他："你讲的是李知客吗？我跟他说了，有人接你出去学手艺，麻烦他去给你奶奶说，不要拦你。"

江陀子说："我考驾照的学费，听说也是孙老师出的？我也找不到你人，今天碰见了，我身上也没带钱。"

孙离干脆下车，站在江陀子面前，说："长高了啊！江陀子，你考驾照的钱不是我出的。我把你托付给朋友，没有再问过。你不要管谁出的钱，好好做事吧。都是菩萨在帮你。"

江陀子说："我挣的钱都存着了。我要把妈妈找回来。"

"江陀子长大了嘛！"孙离笑笑，不敢多问江陀子的家事，知道他爸爸还在牢里关着，问了怕伤孩子的自尊，"你怎么不上工呢？"

江陀子说："铲车出毛病了，等人来修。"

孙离摸摸江陀子脑袋，上了车。江陀子似乎有话要说，孙离就把车窗摇下来。江陀子问："孙老师，可以留你电话吗？"

孙离报了电话号码，说："有事找我啊！"

上了车，孙离想这孩子只是有些木讷，人还是很懂事的。又想，江陀子都知道要去找妈妈，自家亦赤怎么就不把爸爸妈妈放在心上呢？

到了麻石街，看见两边墙上也挂满了抗议拆迁的横幅。李樵的车已停在陈家私房菜门前，知道爸爸他们已先到了。

孙离刚进门，就听李樵喊道："这边！"

他抬头一望，李樵正在楼上朝他笑。爸爸和张叔叔也把头伸出来。孙离爬着楼梯，耳朵里仍有李樵声音的回响。他越来越喜欢听李樵的声音，绵绵的又带些弹性。她若对着石头说话，会把石头化掉的。

李樵迎着他，说："真没选对地方。我没想到这里很快就动迁了，只怕保不住了。"

爸爸在旁边客气，说："很好，很好。你晓得的，去太高级的地方，我们反而不自在。"

"张叔叔你好！"孙离先招呼了人，跟爸爸开玩笑，说，"爸爸，你晓得的，这里就是高级地方，你晓得的。"

爸爸嘿嘿地笑，说："孙离你学我啊！我是忍不住，讲惯了，你晓得的。"

坐下来，张叔叔说："老房子修得真好！要是粉刷粉刷，装修装修，跟新房子一样！"

孙离望了望李樵，意思她就明白了。老人家果然并不觉得这是个好地方。李樵告诉孙离："我下午约了客户在这里喝茶，就把中饭定在这里了。没想到铲车已兵临城下。"

菜已点好，先喝茶说话。孙离问："怎么这么巧呢？"

爸爸说："我和你张叔叔去年不是去了北京吗？你晓得的，省里干部不是要我们回来听信吗？我们等了一年，没有半点消息。我们去了政府，门口武警站岗，人进不去，一个接状子的人都没有。跪地喊冤，我和你张叔叔又做不出来。你晓得的，太丑了。"

张叔叔忙说："是的是的，我们做不出来。爹娘都没跪过，哪能到外头来跪呢？我和你爸爸一商量，找报社。”

“报社是党的喉舌，找报社就是找党和政府。”爸爸望着李樵笑，点着脑袋，“报社群工部，专门管群众的事，你晓得的。我有一年买了一瓶假农药，打虫打不死，写封信寄到你报社群工部，很快人家就送真药来了。”

“报社现在没有群工部了，只有热线新闻部。孙叔叔说的这些事，我们报社现在也无能为力了。”李樵望着孙离，“我听楼下吵声大，问是怎么回事，说是上访的。又说到你老家的县名，我留了个意。我下来一问，居然是你的爸爸。孙叔叔很有口才，不信你问他自己。”

爸爸摸着脑袋，红着脸不好意思，说：“我哪有什么口才，你晓得的。他们问我姓什么，我说我的姓辈分很小，本事很大。我姓孙，不是孙子的孙，是《孙子兵法》的孙，是孙悟空的孙！我腾云驾雾，一个筋斗十万八千里！我火眼金睛，什么妖魔鬼怪都吃不了我的金箍棍！”

李樵听过一回了，仍笑得揉肚子。孙离也笑，说：“我的老爷子，你这一大串说下来，人家以为你是神经病，要不就是马戏团的。”

爸爸掏出一个信封，说：“我又不是全凭嘴讲，我有状子在身上，写得清清楚楚，你晓得的，还有三十多年前的红头文件。”

孙离看看爸爸递上的几页纸，题目是：

关于回乡支援农业生产如今要求回厂退休的状子报告函

抬头写道：

党中央国务院省委政府508厂集团办公室

孙离翻了翻爸爸讲的状子，说："爸爸，你其实可以在村里找个高中生改改，会好些。"

爸爸要过他的状子，说："我自己家里养着大学生、大作家，还要请别人去改状子，讲起来好听？我也晓得你忙，不麻烦你。我写了十几年状子，又不是不会写！"

李樵说孙离："你不要太在乎形式。我看了，叔叔讲的意思明明白白，相信哪位领导看了都明白。"

"但是，李同志，明明白白的事，你讲解决不了呀？"孙离爸爸问道。

"我就得先说孙离。你知道这事是办不了的，怎么不劝孙叔叔呢？年年跑，就不怕跑出意外？"李樵回头望着老人，"道理是你讲的道理，现实不是你想象的现实。孙叔叔你想想，那些在厂里干了三四十年的老工人，一两万块钱就打发回家了，什么都不管了，还有可能管你们？你们回到农村，参加农村生产，享受农村分配，现在还有口饭吃。他们留在厂里的，参加工厂分配，现在很多都买断下岗了，再就业非常难。"

李樵意识到自己讲得太书生气了，停下来喝几口茶，又说："孙叔叔，张叔叔，换个角度说吧。比方，留在工厂的人，如今下岗了，他们找工作没有地方，说要到你们农村去要一块地种，你们愿意给吗？"

张叔叔高声说："给！如今农村田没有人种，谁去要多少给多少！"

孙离爸爸忙摇头，说："老张，你这是讲气话。真问你要地，你肯给？那是割你的肉。"

菜上来了，李樵招呼着吃饭，又问："孙叔叔，张叔叔，喝酒吗？"

孙离知道爸爸是喝酒的，就说：“我车上有酒，我去拿一瓶上来。”

孙离下楼取了一瓶茅台，上楼时听爸爸在说：“你晓得的，我还是想不明白，都说工业农业同样是革命事业，工人农民都是在干革命，怎么就变成两回事了呢？”

孙离倒上酒，说：“爸爸，张叔叔，你们辛苦了。先喝酒，话慢慢说。你们就当旅游吧。我说，今后再旅游，我出钱，不要再为这事跑了。”

“爸爸和张叔叔还记得你们第一次上访吗？”孙离指指桌上的菜，“我那时只能在学校食堂打饭菜。”

“时代不一样，当时只有那个条件。”张叔叔说。

爸爸双手合十，朝着李樵说：“李同志，你太客气了，点这么多菜。”

孙离故意逗老人家，说：“爸爸，别看她年纪轻轻，她是报社一把手，你要喊她李社长。”

“李社长，李社长。”爸爸边喊边点着头。

李樵笑道：“孙叔叔，你别听孙离的，就叫我小李吧。今天不是报社请客，我自己请客。我和孙离是好朋友，请你老和张叔叔吃顿饭是应该的。”

爸爸连喝了几杯酒，叹息一声，说：“未必我这几十年都被骗了？”

“变了，都变了，城里人都扯旗子抗议了，世界变了。”张叔叔闭着眼睛干了满杯的酒。

“孙离他娘十几年前就讲了，我是黄鼠虫儿想天鹅肉吃。早该听她的话，认命！老张啊，你命里只该半升米，你活到百岁不满升！阎王老儿打发你一包糠，不怕你三更半夜喊天光！”孙离爸爸用土话讲的俗话都是押韵的，李樵却只听了个大概意思。

过了几天，孙离去上都印象李樵家里。李樵说：“老头子，你不能再让老爸上访了。年纪这么大，万一在外有个事呢？”

“相信他不会再跑了。我老爷子是仗义，他自己什么都不缺。大家都推举他，他拉不下面子。”孙离便把去年爸爸同张叔叔去北京上访，又坐飞机回来的事细细说了。

李樵听着很好玩，说：“老爷子最喜欢说，你晓得的。张叔叔说得最多的是态度好，自己态度好，干部态度好，飞机上服务员态度好。”

孙离摸着脑袋，说：“我想，这其实透露着他们的心理密码。”

“推理小说家，你又来了。”李樵趴在床上，双手撑着下巴同孙离说话。

孙离却是很认真，说：“宝贝，我越想越觉得有意思。我爸爸是个凡事认理的人，他觉得自己脑子里的道理，天下人都是应该认的。那都是过去报纸上、广播里、会议上讲的道理，能假吗？所以，他开口就觉得自己讲的，你也肯定是这么想的，就说，你晓得的。张叔叔呢？他这几十年过得窝囊，最在乎别人的态度。只要别人对他好些，他感激得不得了。所以，他眼里的人，只要不欺负他，都是态度好的。”

“咦，真让你分析出道理来了啊！”

孙离受了鼓励，愈加把道理拔高了：“我看，这反映的是中国最普通老百姓的两种声音，一是凡事都要讲道理，二是人与人之间都要平等。”

李樵笑了笑，爬过去趴在孙离身上，说：“非常鲜活的生活，一旦让你理论化，反而苍白了。难怪说，理论都是灰色的。”

孙离吻了吻李樵，说：“是的，有些事情不想清楚，反而幸福些。你知道大麻哈鱼吗？一种出生在黑龙江淡水河的鱼，生活在太平洋中。成熟的大麻哈鱼会在夏天洄游几千里，找到自己当年出生的地方交配。这时候，雄性大麻哈鱼因为数月的长途跋涉早已精疲力竭，交配之后就死去。我想，大麻哈鱼中的男人们，假如知道自己会为爱而死，它们会继续这样做吗？”

李樵笑得在床上打滚，然后说：“我的老头子，你的思维真是太跳跃了！从中国社会的大道理，跳到了大麻哈鱼的爱情。你想说明什么？”

孙离笑笑，说：“我在想，男人跟女人，谁更愿意为爱牺牲？”

李樵抿了抿嘴，又揪了揪孙离的耳朵，说：“你想用大麻哈鱼来证明你们男人的伟大？逻辑学上，这叫偷换概念啊！”

“我是在电视片里看到大麻哈鱼的，原先我并不知道有这种鱼。电视片上，沉在河底的大片大片翻白的雄性大麻哈鱼，真的触目惊心！我有段时间记不住这鱼的名字，总记成马大哈鱼。亲爱的，我不就是个马大哈吗？”

李樵又揉着孙离的耳朵，说：“你马大哈吗？你可是鬼精鬼精啊！”

孙离一把抱紧李樵，嘴附在她耳边轻轻地说：“好喜欢听你的声音！你的声音，会把我骨头化掉！”

李樵舔了舔他的耳垂，说：“有一种蜘蛛，做完爱之后，雌蜘蛛就把雄蜘蛛吃了。怕不怕我吃了你？”

孙离想到了喜子。他的家乡，蜘蛛喊作喜子。喜子是他的妻子。他仰面抱着李樵，微闭着的眼睛突然睁开。像是从沉梦中惊醒。他把李樵的头压伏在肩上，自己怔怔地望着天花板。他内心有说不出的难堪和愧疚，却只得点着头，说：“我喜欢你吃我，你把我活活地吃掉吧。”

三十

喜子同谢湘安爬上山顶，回望山下的河流、城郭和河边烟树。他俩最爱爬苍莨山，通常只走僻静的小路。山径曲曲直直，不远处若有人声，喜子就会说：“走这边吧。”

小路也可通往山顶。他俩都不想碰上熟人，只是心照不宣。喜子昨夜通宵未合眼。她想，真的必须和小安子分手了，不能害了小安子。

昨天，喜子去孙离书房打扫卫生，看见他后脑勺上已经有些白发了。她胸口一惊，忍不住过去摸摸他的头，说：“老爸，我们都老了。”

孙离抬起头来笑，说：“喜子，你年轻得很呢！”

“我把你这几根白发扯掉吧。”喜子说这话时就想，必须同小安子分手。

谢湘安不知道喜子满怀心事，他望着对岸，说：“喜子，从这里看去，苍市很像弗吉尼亚。”

“弗吉尼亚？我没去过。”喜子有些心不在焉，她在想怎么开口说分手的事。

“美国，离华盛顿不远，一个很美的小城。那里就是华盛顿的故乡。我在美国留学时，很喜欢去那里玩。”谢湘安目光远远的，“我回国看中国的好地方，跟美国差不多，有些地方比美国还好些。”

喜子笑笑，说：“我乘飞机的时候发现一个规律，那种长得不太漂亮，穿着很土气，但又自信满满，有些优越神气的女士，肯定是从美国回来的。她们通常带着个一两岁的小孩子，喊宝贝儿的时候故意带着洋腔。”

谢湘安哈哈大笑，说：“我的姐，从没见你这么刻薄啊！”

喜子淡然笑着，说：“我哪里是刻薄，讲了真实感受而已。前天从北京回来，就看见过这么一位女士。我先看她那种味道，就像是从美国回来的。衣服是我们二三十年前的感觉，鼓鼓囊囊的没型没款，带着个两岁的小孩，满嘴的贝比妈咪。旁边座上的问她小孩票便宜多少，她说少得六十刀。六十刀，说了三次。果然，美国回来的。”

苍莨山顶古木峥嵘，多是枫树、松树、榛树，遍地又长着些杂木，错错落落的。有棵老松躯干如虬，树下生有巨石，颇有古画的意思。每次上山来，只要那里没人，喜子都会说去坐坐。

谢湘安跑起来像个孩子，飞快地跑到古松下，回头笑眯眯地招手。喜子却是不慌不忙，慢慢走了过去。坐在树下，正可对望谢湘安眼里的弗吉尼亚。

谢湘安接着刚才的话题，又说：“中国女人到美国去了，再回国就叫人觉得土，为什么？她们浸染美国文化了。女人在美国，可以不在乎男人的感觉，可以随心所欲。相貌不再是资源，她们活得自我自信。我见很多美国女人，胖了就胖了，穿着松松垮垮的衣服，大大方方走在街上。只有中国女人，随时在乎自己的外表，内涵反而不重要了。”

"给你一句话，你就做起博士论文了。"喜子笑道。

"不是吗？我说中国的女人最关心的是两件事，身上的肉，肉上的布。"

喜子没听懂，问："怎么说？"

"减肥和穿着呀！"谢湘安得意地笑。

喜子拍了谢湘安的头，说："亏你想得出这话！不过，话糙理不糙。可是，为什么呢？你想过吗？我说，这都是你们男人逼的。有个段子很流行，你肯定听说过。二十岁的女人爱三十岁的男人，三十岁的女人爱四十岁的男人，四十岁的女人爱五十岁的男人。男人永远只爱十八岁的女孩，所以男人比女人忠贞。"

"喜子，你不觉得我是个例外吗？"谢湘安望着喜子，脸上有大男孩的调皮。

喜子听了，微微叹息着，说："别这么说，说了我倒伤心了。再过十年，我是个老太婆了，看你怎么办。"

谢湘安轻轻地说："喜子，我好想抱你。"

"神经病，人家看了，会说这么大的儿子还在妈妈面前撒娇呢！"喜子笑道。

"我们下山吧，我想你了。"谢湘安说着就站起来。

喜子拉他坐下，说："你就君君子子坐坐吧，别一天到晚只想着调皮！"

谢湘安坐下，又回到老话题了，说："我看也有女性自己的原因。昨天我看到一条微博，好玩死了。有位美女说，这世上还有谁，可以让我闭上眼睛，把手伸过去，安心地跟着他走？你看，自以为纯情得很，却满脑子不自信、不自尊，又想不劳而获。有人评论说，你是想找一条导盲犬吗？"

喜子听得笑出了眼泪，说："评论得真机智，世上的聪明人真多！总之，目前这世道，女人是最不好做的。你想想现在中国的作家们，笔下有一个美好的女人吗？我看连古代作家都不如。中国古典文学中还有几个美好的妓女呢，什么李香君呀，杜十娘呀。如今也有作家写三陪小姐的，看写的都是什么呀？”

“你专业里的话，我就接不上了。”谢湘安指指山下河滩，“那里长满了芭茅，你说里面会有蛇吗？”

“那不是芭茅，那是芦苇！《诗经》里说的‘蒹葭苍苍，白露为霜’，蒹葭，就是河洲上的芦苇。”

喜子想起了二十多年前的那片芦苇。领了结婚证回来，孙离带她去了河洲上的芦苇荡。孙离告诉她，这就是《诗经》里的蒹葭。

苍莨山下这片芦苇荡，孙离也带她去过。好几年前，也是这个季节，他俩去芦苇荡野餐。她撑着伞，孙离头上顶着一片野芋头叶。沙滩上长着一种草，开紫白色的花。喜子从小见过这花，只是喊不出名字。孙离告诉她，那草叫蓼蓝，可以拿来做酒曲，蒸糯米酒用的。

谢湘安按捺不住了，说：“喜子，我们下去吧，我想你了。”

喜子把头低着，说：“小安子，你听着，我是认真的。我们不能再这样下去了。会害了你。你还年轻，熊芸是个好姑娘，不要辜负了她。”

谢湘安急得像要哭了，说：“我说过好多回了，熊芸我找不到感觉。那是两家大人的意思。我相信熊芸对我是真心的，可也要我愿意呀！”

“我知道，你不能对熊芸专心，原因都在我身上。我离开了，你们就好了。”喜子轻轻说。

谢湘安不依，说：“你说过好多回了，从欧洲回来就说过了。我想你，我想抱着你！等我抱着你了，你再把心里的话都说完，我由你决定！”

谢湘安差点要哭了，喜子心又软下来，说："一言为定，我们找个地方安静坐坐，我听你说话。"

谢湘安就像破涕为笑的孩子，脸上马上放光，说："喜子，就去我那里吧。"

"那怎么行？同事看见，不上新闻头条？"喜子脸一红，汗都出来了。

谢湘安住在学校里，随处都会碰见熟人。

"我是说去我父母家。老两口出门旅游了，叫我看房子呢。"

"你父母在苍市有房子？我没听你说过呀？"喜子问。

谢湘安笑笑，说："我没有一一向你汇报呢！我爸爸妈妈单位早垮了，他们也退休了。卖掉了原先厂里的房子，拿出一辈子的积蓄，到苍市买了这套房子。我知道他们的心思，为的是把这房子留给我。不然，老房子留在厂里，最后分文不值。"

下山打了车，过河去了谢湘安父母家。今天喜子是说到学校开会，没有开车出来。她上班爱坐校车，心里有省油省钱的意思。

小区叫里仁居，里面只有八九栋高楼，园林做得很讲究。房子在十七层，往窗下望去，高高低低的绿树，很叫人心安。

"小区不能太大，我很喜欢这里。"喜子站在窗口，深深地吸着气。

谢湘安从后面抱着她，吻着她的后脖子。她转过身，亲亲谢湘安的脸，说："小安子，说好了，只说说话。你坐着，我来做中饭。"

家里原是孙离做饭的，自从他成了日夜不分的作家，喜子慢慢就成了家庭主妇。她真的操持起家务，却是快手快脚，又有条有理。孙离说她干家务是小旋风，又说她不是动作快，而是脑子清楚。

喜子拉开冰箱，定了三秒钟的神，就知道做什么菜了。不到半个小时，饭熟了，两菜一汤也上来了。一盘青椒炒肉，一盘炒白菜，一碗紫菜鸡蛋汤。

谢湘安夸张地尖叫："哇，你是魔术师吗？"

"抱歉，巧媳妇难为无米之炊，家里只有这些菜。"

谢湘安抱住喜子："嫁给我吧，巧媳妇。"

喜子拍拍谢湘安的脸，就像逗孩子："别说混话了，吃饭吧。"

吃过饭，喜子又飞快地收拾了厨房，回到谢湘安身边坐下。谢湘安抱起喜子，亲吻着，说："喜子，我想死你了。"

喜子心里酸痛。她忍住眼泪，说："小安子，我求求你，不要再这样了，我怕。"

"我要，亲爱的，我要，我要！"谢湘安不依不饶，就像固执的孩子。

喜子摸着谢湘安的头，说："别闹了，我不能，我真的不能了。"

谢湘安不由分说，抱起喜子进了房间，打劫似的把她脱光了。喜子光溜溜地蜷伏在床上，埋着头哭泣，说："小安子，我爱你，我没有哪天不在担心失去你！但是我不能够！我不能够！我真的不能够！"

谢湘安抱起喜子揉面似的团来团去，热热的嘴唇火辣辣地吻着她全身。他是那么的高大粗壮，她是那么的娇小柔弱。

"小安子，我不能再让你蹂躏了，我今天要报仇雪恨！"喜子终于喘息着，爬到了谢湘安身上，像个勇猛的骑士，"我要骑着你，跑到很远很远的地方去！小安子，小安子，我们跑吧，我们就这样跑吧，跑吧，跑吧……"

喜子跑得浑身大汗，大声叫喊道："小安子，你来吧，你来吧，我要做你的马，你来吧，我要你骑，要你骑，要你骑，要你把我骑得粉碎……”

喜子再讲不出半句完整的话。谢湘安浑身胀鼓鼓的，好像不论在他哪处戳一下，都会血喷三丈。

喜子安静下来，紧紧搂着谢湘安，喘着说：“我的冤家，我的祖宗，你把我整个人都戳穿了，我已体无完肤，我成一张满是洞眼的薄纸了。看吧，你朝我身上看吧，我是个透亮的人了，我全身透着气，透着风，舒服死了。”

谢湘安把头埋进喜子的双乳间，深深吻着，说：“我看见了，看见你的心在跳，看见你的血在流……”

喜子浑身湿漉漉的，头发散乱着贴在脸上。谢湘安喜欢看她披头散发的样子，透着令人心醉的野气。他抚弄着她的湿发，忍不住一遍一遍地亲她。他俩都争着亲吻对方，就像两只抢食的小动物。她的嘴唇热热的，润润的，柔柔的，好像要一点一点把他吸掉。

喜子进浴室洗漱去了，谢湘安躺在床上深深地呼吸。空气中弥漫着两个人的气息，谢湘安高举起双腿在床上弹了几下。

这时，喜子的手机响了起来。谢湘安忙跑到浴室门口，喊道：“我的巧媳妇，电话！”

喜子伸出头，问：“什么？”

“亲爱的，我今后就叫你巧儿！”

“你刚才不是说了什么吗？”

“电话。”

“不管，我再回过去吧。”喜子说得轻巧，心里却有些害怕。

她裹了浴巾出来，看了电话，说：“弟媳打来的。”

原来，打电话来的是孙却的爱人吴小君。谢湘安见她回电话，就进浴室去了。

喜子拨通电话，问：“小君，你打我电话？”

小君问：“嫂子，孙却来你们家了吗？”

“没有呀！”喜子听小君很着急的样子，“怎么？孙却他……你找他不到了？”

“出来三天了，手机关着，电话不通。他出门时说过，会到哥哥家去一下。”小君说。

“我没听你哥说过，你问过哥哥吗？”喜子说。

小君说：“我没有打哥哥电话。嫂子，我有话想和你说说，你在家吗？”

“你到苍市来了？”喜子问。

小君说：“我想到你家去坐坐。我在路上，大概一个小时会到你家。”

喜子看看时间，说：“我现在还在外面，四点钟可以到家。你到家里来吧。开车慢点，小君。”

喜子呆坐在沙发上，一时没想起去穿衣服。早听说孙却在外面有人，小君向她诉过苦。孙却生意越做越大，居然就戴上眼镜像个学者了。他先读了长江商学院的工商硕士，后来又读了清华大学的博士，苍市大学还聘他做客座教授。他的一位红颜知己，听说就是长江商学院的同学。

谢湘安从浴室出来，看见喜子木木的样子，问：“巧儿，怎么了？”

喜子站起来，说：“小安子，我得走了。家里有事。”

谢湘安问：“没什么事吧？”

“家事，放心吧。”她伸手拥抱谢湘安，浴巾脱落到地上。

谢湘安身上的浴巾也脱落了，他抱着喜子发疯似的吻着。他又来了，顶得她肚皮生生地痛。喜子摇着头，说：“亲爱的，我的祖宗，你就留我半条命吧。”

谢湘安把她抱到沙发上，说："不留，不留，半条命都不留！"

喜子哭出声来，说："祖宗，我会死在你手里的！我们怎么收得了场，我的祖宗！"

"我们不收场，我们不收场，我们永不收场！"谢湘安像头猛兽吼叫着。

喜子重新洗了澡，匆匆穿了衣服，说："小安子，我走了。你好好上床睡觉，我走了你就是一摊泥的。"

喜子赶到家里，四点还差十几分。她进门再照照镜子，小心看看脸上和脖子，怕留下吻印和牙印。又解开衣，照了照乳房，照了照肩背。想起谢湘安那头野兽，她又忍不住咬着嘴唇笑了。她捂住胸口，闭上眼睛，长长地呼吸。

听到门铃响，估计是小君来了。望望猫眼，果然是她。

小君站在门口，喊道："嫂子！"

"小君，快进屋。"

喜子倒上茶，问："吃中饭了吗？你先坐坐，我马上做晚饭吃。"

"嫂子，陪我说说话吧。我是连水都喝不进去。他要死要活把我追到手，没想到我就毁在他身上了。我一个正正牌牌的大学生，他算什么？养猪、做包头出身的，做成大老板了，读了硕士、博士了，就真是个人物了？长江学院，他还好意思说！滚滚长江都是水！"只有小君说话的份，喜子插不上半句嘴。

小君说的所有这些话，喜子都听过好多回了。她不停地揩着眼泪，说："嫂子，你说说，这是什么道理？男人有钱一定要花心吗？我在家辛辛苦苦养孩子为了什么？"

"小君，大山读几年级了？"喜子问。

"大山今年五年级。"小君问，"亦赤呢？大二了吧？"

喜子说：“大二了。他放假都不回来，自己出去旅游。大一时，我同你哥去上海看过他一次。我们这儿子，算是白养了，他是一点都不想家。”

“我看亦赤很好啊！书都不怎么读，轻轻松松考了上海医科大，本硕连读。”小君脸上勉强露出笑容，“我看亦赤越大会越有出息，他必定会成大才。他很独立，你这么看就是优点了。”

喜子说起儿子，胸口就隐隐地痛，不想继续讲下去，就说：“大山这孩子，从小就听话，人又聪明。”

小君突然又哭了起来，说：“嫂子，我守在家里带孩子，迟早这个家要散的。我想把大山放到苍市来上学，我仍然回公司上班。我不在公司，孙却就是一匹野马。”

喜子说：“大山这么小，怎么放得手?”

“他可以在学校寄宿。我争取每个周末过来看看，我要是过不来就烦嫂子照看。大山很懂事的。”

“我很喜欢大山，周末都可以去接他。只是，这么小的孩子就不在父母身边，对他成长不利。”喜子说。

小君说着大山的种种聪明可爱之处，似乎把心里的苦水忘了。喜子听着，心思早到九霄云外。她猜谢湘安这会儿肯定是蒙头大睡。不知道他自己会做饭吃吗？他只怕会偷懒，就把中午的剩饭菜热了吃。今天原本是要去说分手的，见面了却又是那个样子！她很恨自己，胸口慌得想敞开衣服吹风。

小君见喜子目光定定的，就不说了，问：“嫂子，你有事?”

喜子笑笑，说：“我没事，我在听你说呢。大山这孩子!”

小君已哭得鼻子红红的，头发也散乱了。喜子当初对小君有成见，一个名牌大学毕业的女生，嫁给一个暴发户，总有傍大款的感觉。慢慢发现小君很能干，成了孙却的好帮手。她也不是那种把钱看得重的人，听说哥哥嫂嫂要买房子，冲着孙却就喊：

"孙却，你哥的稿费没几个钱，你还要哥自己开口呀?"

孙却嘿嘿一笑，说："我老婆真好!"

孙离真不想要弟弟的钱，小君却提着一口袋现款送来了。

孙却有回买了一辆房车，带着爹娘来到苍市，邀孙离一家去鼓浪屿玩。小君又逗她男人："孙总，你都开房车了，也该把哥的车换换吧? 哥一个大作家，开着那辆桑塔纳，总不像话。孙总，你最低也得给哥买一辆奥迪。"

听着小君的话，最高兴的是老爹和老娘。兄弟和睦，媳妇是最要紧的。

小君又对喜子说："嫂子，哥的车孙却换，你的车我买。我和他各有股份，我不用他的钱。"

喜子说什么也不要小君买车，她说自己懒得去考驾照，上班有学校的班车。没过多久，小君把车送来了，一辆白色宝来，说："嫂子，车没有哥的好，你就将就着用吧。"

喜子说的不是感谢话，而是把小君数落几句，说她太不把钱当回事。小君听着心里反而高兴，这就是一家人嘛。

喜子见小君鼻红眼肿的，就说："小君，大山的事好说，你只要想好，到了苍市就交给我了。你去洗个脸，等会儿哥回来了不好看。"

"哥会知道孙却在哪里吗?"小君起身去洗脸，又回头问，"哥哪里去了? 什么时候回来?"

喜子笑笑，说："他也是个野人，出门进门都没有个准的。我是懒得问。说不准一会儿就回来了，说不准深更夜半回来。他自由惯了，交的都是一帮不分白天黑夜的朋友。"

小君进去洗脸，喜子又发呆了。她只同小君说孩子的事，男女之事她开不了口。自己算什么呢? 想着心里就又羞又恨。她不能毁了小安子! 她也不能再对不起孙离了! 可是，湘安真的把她照亮了。自从有了小安子，她整个人都变了。一天到晚步子都是轻快的，做什么事手脚都很麻利。脸色也更加光洁，透着她这个年龄并不多见的嫩红。

小君洗脸出来，说："嫂子，我刚才仔细照照镜子，我哪像三十五岁的女人？我比你小十岁，看上去比你老十岁。告诉我，嫂子，你是怎么保养的？"

喜子想起一句话：爱情是女人最好的养颜药。但她不敢说这句话，只道："小君，你年轻着呢！你仍然漂亮！孙却追你的时候，我还劝他不要只看漂亮，漂亮女孩多是花瓶！"

小君坐下，摸摸自己的脸，又伤心起来："我现在是开片瓷瓶了，古董。"

听小君说这么幽默的话，喜子胸口立马柔柔的，像母亲似的抱着小君，说："我妹妹真可爱。小君，听嫂子一句话，男人嘛，年轻时你放宽些，就当他是一时长不大的孩子。他是有事业的人，天南地北地飞，你能像风筝似的拿一根线扯着他？扯是扯不住的。扯得太紧了，线就断了，风筝就跌下来了。"

小君说："可是，嫂子，我心里痛啊！"

"痛就揉揉，多摸摸胸口就过去了。"喜子起身说，"小君，你坐着喝茶，我洗个脸就做饭去。"

喜子洗着脸，泪水突然出来了。她今天是为了说分手，才答应见小安子的，却又滚到一起去了，火焰比往日燃得更高！她恨不能拿最粗的话骂自己，恨不能逃到谁也找不到的地方去。喜子怕小君看出异样，一把一把地擦脸，直到泪水不再流淌。

听到开门的声音，小君喊："嫂子，哥回来了。"

喜子从洗漱间出来，看见进门的竟然是孙离和孙却两兄弟。孙却没想到会碰上小君，嘴巴张了一下，又平静地说："小君，你也来了？"

小君不理孙却，起身到孙离书房去了。

喜子只装糊涂，问："你两兄弟怎么碰上了？"

孙却说："我想来看看哥哥嫂嫂，打了哥电话。"

"我跟几个朋友钓鱼，孙却打电话说来家里坐坐。知道你在学校开会，我就先回来了。"孙离接电话时，正在南津渡陪李樵吃饭喝茶。

喜子望望孙离，说："难怪晒得油光光的！"

孙却坐下来，说："我刚从上海回来。嫂子你猜，我在上海碰到谁了？"

喜子猜孙却肯定是去看了侄子，站在厨房门口问："你去看了亦赤？"

"哪里是去看，我怎么找得着他？"孙却见喜子又进厨房了，就走过去，"我从大世界吃饭出来，看见几个年轻人吹吹打打的在街头卖唱，唱得真的好。我停下来看看，居然看见亦赤了。他弹着吉他，闭着眼睛摇头晃脑。"

孙离笑笑，说："他卖唱，我听着不吃惊。你不知道，他假期都不回来，一个人出门旅游。他也不问家里要钱，背着吉他一路卖唱一路走。他是宁愿去当乞丐，也不愿意回家来看看父母！"

喜子从厨房出来插话："他不瞎说父母双亡，自己讨学费就不错了。"

孙却劝喜子："嫂子，我看亦赤很不错。他不偷不抢，卖唱又不丢人。"

孙离笑了起来，说："孙却，侄子未必跟你学的？"

孙却想起自己小时候当乞丐的事，就说："我那是小，不懂事，闹着玩的。亦赤大学生了，他不是闹着玩。"

孙离就怕儿子不是闹着玩的。亦赤上的是医学院，却对文学和音乐这么痴迷。照说爱文学和音乐的人，心是最柔软的，可是儿子很冷。又想喜子也是研究文学的，读过古今中外那么多文学名著，也不见把她这人读得柔软些。孙离挑不出她身上任何的错，哪怕想朝她发火都没有理由。她有体面的工作和职位，她在自己的专业有学术成就，她回到家里埋头做家务。夫妻之事，只要孙离有兴趣，她都尽着女人的本分。可是，他就是看不到喜子身上的柔软。

孙离脑子里的这些事，都没有浮到脸上来。他是平和的，同孙却谈天说地。孙却说的都是生意上的事，或是同政界的交往，孙离不太关心，却也耐心听着。他不时点点头，看不出是赞赏，还是只表示听见了。

记得当年孙却刚当上小包头，就嘱咐哥哥有不方便的事找他。孙却说他在江湖上高矮都交，哪方面都有熟人。孙离没有不方便过，也没有找过弟弟。孙却的江湖却是越来越大了。孙却的硕士、博士，不知是真读出来的，还是花钱买的。孙离每次看见弟弟都想问，话到嘴边又都咽回去了。他相信凭孙却的聪明，书是读得下去的。只怕他是宁愿花钱，也不愿花时间。

孙离见弟弟和弟媳不说话，猜他两口子肯定在闹意见。孙却一路上没同他说什么，他这会儿也不好问。他走到书房门口，说："小君，出来喝茶呀？"

小君站在书架前翻书，说："才喝了，哥你不用管我。"

又听孙却说："我喊了亦赤，他眼睛睁开望望我，又闭上了，摇头晃脑的。"

"他叔叔都没叫？少教养的东西！"喜子听了很生气，人在厨房里高声地说。

"他不一直喊你朱教授吗？我还是老孙头呢！"孙离真不把儿子如何称呼他当回事了。

孙却说："我拿了一千块钱放在他碗里，乐队都停了下来。

很多围观的人，看着也觉得稀奇。只有亦赤仍弹着吉他，低头取了一百块，剩下的全还给我。我把酒店告诉他，要他收摊时去玩。我住的地方离大世界很近。我等到深夜，他也没有来。”

小君站在书房门口，冷着脸说：“亦赤要是去了酒店，不坏了你的好事了？”

孙却碍着哥哥嫂嫂的面，不好高声大气，只道：“小君你别疑神疑鬼好吗？我去上海是生意上的事。我身后跟着好几个人，我不至于那么荒唐吧。”

“你的荒唐事还少吗？你身边的马仔不都向着你？”小君说着，泪水又出来了。

喜子出来说：“孙却，小君，你俩有话好好说。依我，什么都不要说，先吃饭。两口子的事，只有你们自己一边去才说得清。我只说一句，孙却，小君是个好妻子啊！”

吃饭的时候，小君死也不肯出来。喜子端了饭菜去书房，小君也不肯吃，只是不停地流泪。喜子也陪着流泪，她是想起了自己的事。一定要同小安子断了。反正是要断的，痛是迟早的事。

孙离推开书房门，见两个女人在哭，把门又轻轻掩上了。饭吃得索然寡味，孙离也不好怎么劝弟弟，只道：“小君很不错，把孩子带得这么好。”

“我没说她不好。”孙却话说得很平静，“她是疑神疑鬼，自己把自己弄成神经病似的。”

书房门开了，小君提着包。喜子跟在后面，说：“要走，你俩一起走。”

孙却站起来，说：“哥哥嫂子，你们放心吧。”

小君回头，瞪着孙却说：“你不要跟着我！”

“你这几天不是都在找我吗？我不跟着你走？”孙却跟着小君出门了。

喜子站在门口，怕对面邻居听见，轻声说："不要吵架！"

"男人发达了，必须这样吗？"喜子关了门，说的是小君的话。

孙离只当没听见，拿起电视遥控器，随意翻了翻台。他几乎不看电视，翻台并不是真翻。他按了几下遥控器，就进书房去了。坐下来，拿起一本闲书乱翻。翻过好几页，眼里茫然一片。

喜子收拾完厨房，进来说话。她没有讲弟弟和弟媳的事，只讲小君想把大山送到苍市来读书。孙离想了想，说："我俩都不会带孩子，看把亦赤带成这个样子。大山在老家好好的，为什么要送到苍市来？"

"小君的主意是定了。亦赤的个性世上少有，未必就是我们带得不好。"喜子说起儿子，内心其实很悲伤，"哪怕就是我做母亲做得不够，他自小也是你带着的呀？他对你这个爸爸也不怎么亲。俗话说，人亲骨头香。"

孙离把脚高高地跷在书桌上，想让自己舒服些。喜子过去拉上窗帘，外面早已漆黑了。孙离安慰喜子："亦赤不会总是这样的，就当他比别的孩子成长慢吧。他是智商发达，情商发育慢些。我们给孩子时间，等待孩子成长吧。"

喜子好久不作声，半天才说："唯愿是你说的这回事。我们等吧，等着儿子长大。"

孙离问喜子："真把大山弄过来了，你有时间照顾吗？"

喜子说："又不是天天要看着，他寄宿。小君说周末她会过来陪儿子，万一没空才让大山到家里来。"

喜子看了看时间，突然想到谢湘安，不知他吃了晚饭没有。说不定他还在睡觉，懒得起来弄吃的。想起谢湘安那个大男孩的调皮劲，喜子胸口就像有个小舌头在舔。她脸上突然露出微笑，嘴上说的却是大山的事："大山那孩子，我是好喜欢的。"却又想，一定要同他分手，不能再这样下去了。

第二天，谢湘安又打电话，约她见面。喜子不敢见他了。电话打了半个多小时，手机都打得发烫了。谢湘安在软磨硬缠，一定要见喜子。她说：“小安子，我最后说一句，我们分手吧，求求你！”她挂了电话，干脆关机了。

过了几天，喜子晚上快上床了，她的电话突然响了。一看是谢湘安电话，她惊得不知所措。幸好孙离还在隔壁书房，没看见她的表情。她犹豫着接了电话，听见的却是谢湘安的哭声。她非常害怕，担心小安子疯狂起来干傻事。

“你别这样，你要冷静！”喜子轻轻地说。

谢湘安哇哇大哭，半天才说出一句整话：“我妈妈去了！”

喜子听得半天一雷，声音高了起来：“什么？什么时候的事？别哭，湘安，别哭！”

孙离不知道出什么事了，跑过来问：“怎么了？”

喜子抹着眼泪，望了望孙离，仍接着电话，默默地点头，最后说：“湘安，你请节哀！你要冷静！你现在最要紧的是照顾好你爸爸。你先放了电话，我跟工会联系。好的，我马上过来。”

放下电话，喜子说：“谢湘安的妈妈去世了。突发心脏病，救得不及时。走得太早了，他妈妈退休没几年。”

喜子打了校工会电话，又打了几个同事的电话，嘱咐他们去看看谢湘安。喜子说了马上过去看看，双脚却迈不开步子。她坐在椅子上好半天没有说话，也不敢望站在面前的孙离，双手绞着使劲地搓着。过了好久，喜子低头说：“老爸，我得去看看，你可以陪我去吗？”

孙离说：“这么晚了，我肯定要陪你去啊。”

出了门，喜子打了谢湘安电话：“湘安，我和孙老师来看看。你在哪里？医院还是家里？”

谢湘安说："喜子姐，你不要来了，太晚了。我刚从殡仪馆回来，我要回家陪爸爸。"

"我到你家去看看。"喜子放下电话，又打了同事电话，"你们动身了吗？你问问他是在爸爸妈妈家，还是在自己宿舍。"

过了会儿，同事发了信息来，告诉谢湘安爸爸妈妈家的地址。喜子念了同事的信息，说："老爸，湘安爸爸妈妈住在里仁居。"

谢湘安家坐着七八位同事，客厅就显得有些拥挤。喜子和孙离去了，同事们都站起来让座。谢湘安靠在沙发上，眼睛肿得眯成一道缝。熊芸紧紧握着他的手，自己也不停地抹眼泪。

喜子过去，坐在谢湘安身边，问："爸爸呢？"

谢湘安嗓子哑了，说："床上躺着。"

喜子站起来，望望孙离，说："我们去看看谢叔叔。"

谢湘安领喜子和孙离进了爸爸房间，说："爸爸，我们馆长看你来了。这位是孙老师，大作家。"

喜子没有见过谢湘安爸爸，一见面却觉得特别的亲。她想湘安老了就是这个样子，花白的头发，瘦削的长脸。喜子坐在床边小凳上，拉着老人的手，说："谢叔叔，你自己一定要保重身体。阿姨走得这么突然，我们都很难过。"

谢叔叔强撑着要坐起来，喜子按住老人的肩膀，说："谢叔叔，你躺着，别起来。"

谢叔叔说话也没力气了，只道："湘安他妈妈什么事都不担心，只是对湘安和熊芸的事放心不下。熊芸这孩子好，我们看着她长大的。他妈怕湘安不懂事，亏待了人家孩子。"

熊芸就呜呜地哭，说："爸爸，你老放心吧，妈妈也会放心的。湘安哥对我很好，我们会幸福的。"

喜子抹着眼泪，说："湘安善良，他不会亏待人的。"

孙离插不上话，站在床前很不自在。谢叔叔反复喊孙离坐，他摇摇手说了几句客气话。喜子见孙离有想走的样子，就说：“湘安，我们先走了。你好好照顾爸爸。治丧的事，学校和馆里都会出面的。”

从里仁居出来，孙离叹息着，说：“湘安你别看他牛高马大的，真还像个小孩子。熊芸小，看上去比他还懂事些。”

“独生子女不都是这样？他这么早就没妈妈了，真可怜。”喜子说着泪水又出来了。

谢湘安妈妈追思会那天，喜子素颜黑裙，从头至尾帮着张罗。尽完了所有仪式，亲友们穆然地排着队，同谢湘安家人握手告别。谢湘安含泪同大家握手，他看到喜子快到跟前，就开始跟同事轻轻地拥抱。喜子看出来了，湘安这么做，就是为了抱抱她。喜子泪水滚烫，双眼模糊走了过去。谢湘安紧紧地抱着喜子，泪珠啪啪地滴在她的后脖子上。

三十一

七夕到了，孙离约李樵喝茶吃饭。李樵接电话有些迟疑，说：“我晚上有饭局呀。”

孙离说：“你先去你的饭局吧。我一个人在紫亭吃饭，等你过来喝茶。”

李樵默然一会儿，淡淡地说：“好吧。”

孙离早早地订了包间，先去了紫亭。他带着手提电脑，边喝茶边写小说。又想年轻人把七夕当作中国情人节，实在有些莫名其妙。七夕叫棒打鸳鸯节才合适。年轻人不会想这么多，无非多个理由高兴而已。今年闰七月，两个中国情人节，最高兴的是商家了。商家只要有钱赚，什么点子都想得出。万圣节都是商机了，只怕阴历七月半也会成中国万圣节的。

孙离点了份套餐，吃的依然是牛肉。喜子叫他牛肉宝，他吃牛肉真是吃不厌。今天坐的这个包间，正是几年前李樵头回约他喝茶那间。真是凑巧。孙离有时似乎有些迷信，总觉得冥冥之中确有神灵。有一年，他在广州签名售书，签日期的时候，突然想起那天是自己的生日。他本不愿意麻烦别人的，却无意间说漏了嘴。书店马上打电话订餐厅，一定要给他好好地过生日。打了好多家餐馆电话，包厢都订出去了。好不容易联系了一家餐厅，剩下最后一个包厢。孙离随主人驱车赶去，发现那最后一间包厢，居然叫万寿。大家都说是天意，都说孙老师真是有福之人。

紫亭新养了一只鹩哥，正好挂在孙离坐的包间外面。小家伙最会学人说话，哪怕你的笑声它都学。

孙离吃过饭，出去上洗漱间。回来时，他停下来逗鹩哥："你好!"

鹩哥学着："你好!"

孙离又说："小坏蛋!"

鹩哥跟着说："小坏蛋!"

孙离说："李樵!"

鹩哥又学："李樵!"

孙离说："李樵好!"

鹩哥学得连声音都像孙离："李樵好!"

孙离反复说了几句："李樵好!"鹩哥都跟着学，好玩极了。

孙离进了包间，听鹩哥冷不防说一句："李樵好!"

八点多了，李樵还没有来。孙离有些着急了，却不便打电话催她。不是重要的饭局，李樵是不会迟到的。

孙离关了电脑，不停地看手机。他有些想抽烟了，手在口袋里乱摸。他知道自己身上没有烟，他也从没在李樵面前抽过烟。自从有了李樵，他把烟戒掉了。他同李樵一起，似乎只能有鲜花、音乐、香茗、美食和浪漫的郊游。

"李樵好!"突然听到鹩哥叫了起来。

孙离不由得笑了，心想假如李樵进来的时候，碰巧鹩哥也这么叫起来，那才好玩呢！他正这么想着，李樵真的就推门进来了。

孙离忙站起来，装着吃惊的样子，说：“未必鹩哥也认识你了？你也太有名了！”

李樵坐下来，笑道：“你教的吧？只有你想得出这么坏的招数！”

孙离伸手去拥抱，李樵躲了躲，说：“坐坐吧，我喝醉了。”

孙离把茶杯移到她面前，说：“什么场合，喝这么多酒？”

“哪是什么大场合，几个大学同学，全是女同学。”李樵说着就闭上眼睛，懒懒地躺在沙发上。孙离很快听见了她轻松的呼吸声，好像是睡着了。他从未见李樵喝过这么多酒，也从未见过她的醉态。今天她们女同学聚会，只怕比男同学更疯吧。

孙离怕吵了李樵，喝茶都只慢慢地抿。他静静地坐着，目光一刻也没离开李樵的脸。她长长的睫毛盖下来，两道黑黑的小月亮。眉毛也是弯弯的，又是两道黑黑的小月亮。李樵的眉毛细长细长的，不像年轻时那么浓了。她脸色酡红，像一朵醉牡丹。

孙离克制不住，伏下身去亲吻。李樵突然睁开眼睛，很麻利地坐了起来。她望了一眼孙离，目光就垂了下来，轻轻地说：“我们还是分手吧。”

孙离哑了半天，问：“为什么？”

李樵摇摇头：“不为什么！”

“那为什么呢？”孙离又问。

李樵问：“你想过没有，我们为什么要在一起呢？”

孙离答不上来，只觉得喉头发干。他端起茶，却不想喝，又放下了。李樵提出分手，已不是第一次了。那年她看了泥石流的事故报道，吓得疑神疑鬼的，硬说那是上苍的警告。孙离安慰了好些天，她才从噩梦中走出来。谁知道这次她又看见什么事了？

孙离问：“亲爱的，告诉我，发生什么事了？”

“这次真的没什么事。”李樵的语气很平静。

“那为什么要分手呢?”

李樵把茶杯放在手里捧着，说：“我们在一起就是没有理由的，分手也不需要理由吧。”

“不行!”孙离大叫一声，紧紧攥着李樵的手。

李樵站起来，说：“别这样。司机在下面等我。我酒醒了。我来，只是为了跟你说这一句话。我先走了。”

孙离木木地坐着，不动也不能动，呆呆望着李樵拉开门出去了。

“李樵好!”鹩哥在外面叫得非常应景。

孙离瘫坐了好久，按了按服务铃。

服务生进来，问：“先生需要什么?”

孙离问：“有烟吗?”

服务生送了烟进来，却没有带打火机。

孙离有些失态，说：“打火机呢?难道还要说吗?”

服务生道了歉，出去拿打火机。孙离的无名火发得好没道理，可是服务生送打火机进来，他的脸仍然黑着。他点燃烟，瘫在沙发里，大口大口吸着，却没有意识到早已泪流满面。他伸手一抹，才知道脸已湿透了。他感到眼里流的似乎不是泪水，而是滚烫滚烫的细沙，眼睛针刺般地痛。孙离记不得自己多少年没有流过泪了，这泪水竟然像又硬又热的沙子，这是他从未经历过的。他很想号叫，却只能咬牙忍住。

回到家里已是深夜。喜子习惯了他晚归，也没有起来打招呼。他不想洗漱，衣服都懒得脱，倒在书房的床上。他在床上躺了没多久，人就有种想往地底下钻的感觉。他从床上下来，躺在地板上，身子紧紧地蜷缩着。昏昏沉沉中，他觉得身子慢慢地往地板里陷，就像躺在流沙里，一寸一寸地埋进去。一会儿又感觉脑袋变得越来越大，像充气球似的在半空中飘着。

孙离自己都没有想到他会如此难过。年轻时，他似乎没有这么敏感。那年初春，喜子去上海读书，他去火车站送人，不知道哪里不舒服，不停地扭着身子。喜子生他的气，说他不耐烦送她。他直到晚上睡觉才发现，原来是他的毛衣没有穿好，一件毛衣放在背上背了一天。那时候，他的身体发肤都是浑浑噩噩的。

孙离通宵都没有睡着，眼见着窗帘慢慢亮起来。听得喜子起床了，轻手轻脚地梳洗。又听得门响，喜子上班去了。今天是暑假后开学第一天，喜子出门得比平时早。孙离躺在地板上，身子蜷成一条虫子。

喜子下午回家，孙离坐在书房里吸烟。喜子推开书房门，手使劲地扇着烟雾，说："你怎么又抽烟了？好不容易戒了烟！"

孙离怕喜子看出异样，只含糊道："脑子有些乱。"

"闭着门窗，又不开空调，热得像蒸笼！"喜子打开窗户吹风，"你先出去吧，透透气再开空调。"

孙离一身油汗，脑子晕乎乎的，走到客厅里坐下。喜子进厨房看看，出来说："你早饭中饭都没吃？"

孙离编了话说："我下楼吃了面。"

喜子开始做饭，说："小学也要开学了，明天小君送大山来。那小家伙，回乡下过暑假，肯定晒成非洲佬了。"

孙离像没听见似的，闭着眼睛窝在沙发里。"小孩子就该多在乡下过过，亦赤小时候多放在乡下就好了。"喜子在厨房高声说话，见孙离一声不应，出来问，"你不会是生病了吧？有哪里不舒服吗？"

孙离又点了烟，说："没有，放心吧。"

"我劝你还是不要抽烟，你已戒了几年了啊！"喜子手里正剥着豆角，"我今天打了亦赤电话，他正在西安机场，今天回上海。我让他到了上海回电话，也不见回。我们这个儿子，真是白养了。你给亦赤打个电话吧。”

孙离翻出亦赤的电话，打通了却不见接听，就说：“他手机不在身边吧。”

喜子叹了一口气，说：“通了就好，说明他到上海了。你们父子俩，没一个不让我操心的。戒烟不容易，戒了几年又吸，何必呢?”

听喜子说了这话，孙离胸口钝钝地痛。他戒了几年的烟，就是同李樵好了几年。孙离平时的情绪本来就捉摸不定，喜子也并不太在意，说说就进厨房去了。她想着大山就要到苍市来上学，心里有了几分欢喜。又想，亦赤要是也像大山这么贴心，她该多么幸福!

三十二

今年偏偏有两个七夕！一个月之后的七夕，孙离又约李樵，她在电话里说："一切都过去了。"孙离再打电话，她不接听。发信息去，也不回复。孙离快发疯了，每天夜里睡在书房地板上。他没有安稳睡过觉，总是半梦半醒的。稍微睡着，就是乱七八糟的梦。

有天夜里，孙离梦见自己七十多岁了，坐在夕阳下同一个年轻人说话。那个年轻人就是二十多岁时的孙离自己。七十多岁的孙离头发花白，脸叫夕阳晒成了古铜色。年轻的孙离脸白得像纸，瘦瘦弱弱坐在他对面。老孙离满面笑容，小孙离却冷冷的没多少话说。

老孙离见小孙离起身走了，吓得从梦里醒来。孙离想了半天，记得梦里二十多岁时自己很寂寞的样子，走起路来飘飘荡荡的。

喜子实在受不了，说："我理解你们作家的毛病，但你也不要太放纵自己的情绪。鲁迅先生不高兴时，一定要睡在阳台地板上。你虽然已很著名了，但也没有到鲁迅先生的地步吧。"

孙离不作声，听任喜子数落。只要想起李樵笑弯腰的样子，想起她笑得蹲在地上起不来的样子，想起她突然走神心不在焉的样子，他的手脚就会微微地打战。

孙离永远弄不清李樵心里的秘密。有回见她的目光又迷茫起来，他问："是不是有心事?"

她回过神来，摇摇头说："都是些同你不相干的事。"

他便不再相问，只是干着急。他俩做爱时格外沉醉，亲热之后似乎又各怀心事。孙离手机里没有储存李樵的电话，她的电话号码刻在他脑子里，永远都忘不了。她的手机号码，同她家里电话，还有办公室电话，有四个数字都是相同的。他曾问她："这是你的幸运数字?"

她说："不是的，只是巧合。"

他也就不再问了。李樵不愿意把什么事都告诉他。他却相反，恨不能把五脏六腑都翻出来给她看。他从小时的顽皮讲起，讲过许多笑破肚子的故事。李樵被他逗得眼泪水都笑出来了，她却从来不讲自己的故事。

他隐隐知道，李樵终究会离开他的。不明不白的，她就把缘分一刀斩断了。半年之后，她才开始正常地接他的电话，偶尔也在一起喝茶吃饭，却不再是两个相爱的人。他每回约了她，过后就隐隐后悔，心想不要再见面了，省得自己伤心。可是，没过多久，他又会打电话去。

孙离越发的失眠，彻夜苦想。想想自己都快奔五十的人了，居然像个纯情少年那样失恋！他盼着时光飞逝，盼着自己尽快老去。相思的病症，只有时间可以医治。

他时常想起那个奇怪的梦。老少两个孙离在梦里相遇，那是什么寓意?他过去也会同喜子说说自己的梦，喜子总是笑话他，说："作家做梦都像小说。"他没有把这个梦告诉喜子。

孙离每次拨出李樵的电话，犹豫半天才按下确认键。手机里响起舒缓的彩铃声，他的心脏却跳得像刚扯断一条腿的蚂蚱。他小时候顽皮，捉到蚂蚱之类的小昆虫，就扯断它们一条腿，有翅膀的就扯掉翅膀，那些小东西就在地上蹦跳。他这会儿的心脏，正如一只扯断了腿或翅膀的小虫子，满地乱蹦。

他静静地调匀呼吸，怕李樵听出他的慌乱。李樵的声音总是友好的、热情的、调皮的，却是距他万里之遥。他只做没事似的，随意说几句话。放下电话，他会傻傻地坐上半天。

孙离家的窗外有棵高大的梧桐。每到夜里，梧桐树就在寒风中怪叫。光溜溜的枝桠锋利如刀，坚硬的北风似乎被枝桠割成了飞沙走石。他每天清早醒来，脑子都是一塌糊涂。

今天，窗口渗进的光怪怪的，照得房间有些陌生。他疲沓沓地躺在床上，慢慢发现天光原是黄色的。天黄有雪，人黄有病。只怕要下雪了。孙离拉开窗帘，想象自己从窗口跳下去，双腿陡地闪过一阵酸麻。这股酸麻从大腿内侧发源，闪电般流遍全身。大脑发胀，两眼喷火，心里敲鼓，气喘如牛。窗户安有结实的防盗窗，跳是跳不下去的。他只是想象一下，竟然怕成这样。他暗自诅咒自己的怯弱。

孙离似乎早就不怕死了，但恐惧也许并不由人。他夜里无数次想象自杀，都把自己弄得满头大汗。他并不喜欢这样想象，但这个毛病其实很早就落下了。他小时候见过很多葬礼，望着身着孝服的人呼天抢地，他常常会陷入幻觉，好像是他自己在那棺材里躺着。听着别人伤心地哭，孙离也呜呜地哭。

村里有老两口儿是地主，经常被斗来斗去，实在不想活了，说好去山里上吊。那老头儿手脚麻利些，三两下就把自己挂在树上了。老婆婆还没挂上去，见老头儿吊在树上直蹬脚，吓得跑回来了。

孙离当时还很小，听了这个故事就恨死了那个地主婆，怪她没有陪着老头儿上吊。那老婆婆活到八十多岁，比老头儿多活了三十多年。

亦赤出生那年正逢上大雪。那一场大雪，已过去二十多年。遇上天气不好，或者心情很坏，孙离会想起那个跳楼的人。他不知道那位自杀者是什么人，也没想过要去打听。那个人就像那个雪夜的一片雪花，无声无息融化掉了。

今天真会下一场大雪吗？天色黄得这样厉害！防盗网的图案把天空分割成了黄色蛋糕，各式各样的蛋糕。如果没有这牢笼一样的东西，我是否早就跳下去了？今天有多少人自杀？

这种鬼天气自杀的人会更多。孙离曾经查过资料，知道地球上每分钟有两个人自杀。一天有多少人自杀？这道数学题并不难做。

孙离趴在窗口看天色，仰望片刻便头晕脑胀。先喝点烈酒，面红耳热了，再关进厨房去，打开煤气。怀里仍抱着酒瓶，慢慢睡去。喜子回到家里，我早已飘忽到另外一个世界去了。她闻到煤气味，慌忙间拨电话报警。电话闪出察觉不到的火星，屋里顷刻成了火海。

不能让喜子也陪着我烧死了。那么驾车出去，冲断大桥栏杆，直飞到河里去。冰冷的河水慢慢渗进来，汽车玻璃密封着，我在车里挣扎。太难受了，这样自杀，太难受了。

这种天气，可以把车停在滨江大道旁，多服几颗阿普唑仑，打开空调睡觉。警察发现时，我人已经僵硬了。也许会生发桃色传闻，说有位叫孙离的作家，约了情人在车里苟且，结果两人废气中毒了。

那女的中毒轻些，勉强爬出来，自己逃掉了。警察勘破蛛丝马迹，找到了李樵。警察发现孙离最后一条手机短信，原来是发给李樵的，约她出来见面。

“我怎么又想到李樵了呢？”李樵已不是他的爱人，可他真的又想她了。孙离像编小说似的，陷入不能自拔的狂想。

三十三

孙离独自一人的时候，容易放纵自己的情绪。喜子在身边，他尽量克制着。他对喜子满怀歉疚，又担心她带不好大山。亦赤小时候，喜子正在外面攻读硕士和博士，儿子的吃喝拉撒都是孙离管的。亦赤长大后不怎么亲人，只怕就因小时候不在妈妈身边。喜子好像也不懂得怎么带孩子，大山又毕竟只是侄子，好不好带也拿不准。孙离过去带亦赤很有耐心，他现在只怕也不会带孩子了。就像年轻时他喜欢做饭菜，现在厨房都懒得进去。何况，他也并没有把亦赤带好。

亦赤的房间久没人住，喜子把这间屋子好好收拾了。儿子房间到处是 CD，东一沓西一沓的。喜子把这些 CD 都放进收纳箱里。一张张看着儿子收藏的 CD，大多是国外的摇滚歌手，有些是披头士，有几张平克·弗洛伊德，山羊皮乐队，快转眼球乐队。

喜子的乐感好，小学时上音乐课，女老师一句一句教唱《听妈妈讲那过去的事情》，教完后问："学会了没有？"

同学们拖着声音喊："会啦。"

女老师说："真的会了？我请一个同学站起来唱唱看。"

老师点喜子的名。喜子唱开头两句时还很紧张，声音颤颤巍巍。她唱着唱着，就忘记害怕了："我们坐在高高的谷堆旁边，听妈妈讲那过去的事情。那时候，妈妈没有土地……"

喜子唱着唱着，眼泪不知不觉就流出来了。喜子唱完，教室里安安静静的。女老师拿出手绢擦眼睛，说她教这么多年音乐，从没遇到过唱得这么好的学生。老师像发现了宝贝似的，让喜子进了学校的文艺宣传队。

喜子清理着儿子的音乐 CD，仔细看着封面上那些披散着头发，嘴巴张成一个黑洞一样的歌手，满脑子都是儿子。亦赤假期都抱着吉他旅行，一路卖唱一路游走。他是否也是个披头士的样子了？她擦着 CD 上的灰尘，小心把它们放整齐。这些 CD 都是儿子的宝贝，得好好地替他保存着。

儿子房间有一张床，一个三门衣柜，一个书桌，一台组合式音响。电脑儿子已带走了。喜子把书桌清理出来，又清空一边衣柜，准备给大山放衣服。星期天，她跑到家具市场，买了一架榉木的双层床，换去了儿子房间里原来的旧床。儿子房间原来那幅浅咖啡色的窗帘也换下来，换了一幅新买的浅蓝色窗帘。窗帘上面画着一条条深蓝色的大鱼，像是儿童画的，笔法稚拙。

孙离站在儿子的房间门口，又望望喜子，眼睛都湿了。他走进房间，摇摇双层床，笑着问："床要换吗？亦赤哪怕回来也是放假，大山假期也会回家去的。"

喜子说："我想让大山子住得安心，儿子回来也不觉得家里没有他的位置了。"

孙离点点头，说："你比我细心。"

喜子把大山喊成大山子，孙离听着觉得格外好听。大山刚来那天，喜子说："大山子，喊我妈妈呀！"

大山长得像小君，鹅蛋脸，大眼睛，长睫毛一闪一闪，很机灵的样子。他噘着嘴巴说：“我妈妈是吴小君，你是我伯母！我也不叫大山子，我叫孙大山！”

喜子蹲下来，摸着大山的脑袋，说：“你叫我喜子妈妈，我叫你大山子。我们两个，都有个子字。扯平了，好不好？”

大山偏着脑袋想了想，使劲地点着头，喊了一句：“喜子妈妈！”

喜子心头一阵恍惚，就好像小时候的亦赤站在眼前。她把大山搂在怀里，狠狠亲了一下。

喜子领着大山到亦赤的房间，说：“大山子，这是哥哥的房间，现在也是你的房间。以后你从学校回来，就住在这里哦。”

大山好喜欢这张双层床，摸着连接两层床铺的小梯子，着急地问：“那我睡上面，还是睡下面呀？”

喜子逗他说：“你想睡上面就睡上面，想睡下面就睡下面。”

大山忙着往上面爬，说：“我睡上面，我要睡楼上。”

大山鞋也没脱，小猴子一样爬到床的上铺，笑眯眯地趴着往下望，喊他下来还不肯。喜子原先担心大山太小，离开爸妈会不适应。她现在放心了，大山这孩子好亲人。

晚上九点半，喜子给大山铺好床，拖长声音喊着：“大山子，快来洗澡，一会儿要睡觉了。”

大山跑过来，望着喜子，眼睛清亮清亮的，说：“喜子妈妈，这么早就睡觉呀？”

喜子说：“小朋友九点半睡不算早。你每天至少要睡九个小时。”

大山说：“我在家都是好晚睡的。九点半作业都写不完。我还要打一下游戏。”

喜子说：“喜子妈妈有新的军规，只准星期五和星期六晚上可以玩一下游戏，平时不可以玩。”

大山顽皮地说：“我可以玩，我在手机上玩。”

喜子微微笑着，说：“不能玩，你的手机也不准带到学校去。苍市学校也有新的军规。你自己进去洗澡吧，不然喜子妈妈就要剥你的衣服了。”

大山说：“喜子妈妈，我今天洗过澡，换过衣服来的，可以不洗澡吗？”

喜子假装想了想，说：“好吧，喜子妈妈让你一回。但是，脚是一定要洗的。”

喜子倒了洗脚水，把大山的脚按在木盆里，帮他洗脚。孩子的脚长得周正可爱，骨骼清秀。喜子把手伸到大山的脚趾缝里搓，大山咯咯咯笑着，直喊：“好痒，好痒。”笑得全身乱动，水溅了喜子一身。喜子也跟着没心没肺地笑起来。

孙离在书房听到外面热闹，跑出来看。他也假装板了脸，说：“大山子，不许这么顽皮啊！”

大山指指孙离，问喜子：“喜子妈妈，我叫他什么呀？”

喜子说：“傻孩子，你不知道他是你的伯父吗？”

“那你也是我的伯母呀！”

喜子明白大山的意思了，说：“你就叫他老爸爸！”

大山说：“我叫我自己的爸爸叫老爸。”

喜子逗大山：“你叫你自己爸爸叫老爸，叫伯父老爸爸。伯父比你爸爸大，多叫一个爸字。”

大山仔细望望喜子，说：“喜子妈妈，你很年轻，很漂亮！我就不叫你喜子妈妈，少叫一个字，叫喜子妈！”

喜子心头一热，劈头盖脸地亲着大山，说：“真是我的好儿子！不过，我还是喜欢大山子喊我喜子妈妈！”

孙离嘿嘿地笑，假装生气骂大山：“马屁精！”

大山冲着孙离大喊一声："老爸爸！"

孙离笑得张开大嘴，露着并不整齐的牙齿。他突然想起李樵了，有次他用手机短信发了一个笑话过去，李樵回信说："你害死我了！我正在开会，忍不住傻笑，别人以为我是神经病！你得意了吧？大笑了吧？嘴巴别张得太开啊，你的牙齿并不好看！"孙离更加得意，又发了一张照片过去，他自己张嘴大笑的样子。

大山几爬几爬就翻到双层床的上铺，钻到被子里。喜子又把被角掖了掖，轻轻在大山脸上吻一下，说："我关灯了啊？大山子崽崽晚安。"

大山点点头，乖乖躺在被子里，眼睛一眨不眨跟着喜子转。喜子正准备离开，大山突然说："喜子妈妈，我妈妈睡觉前都给我讲一个故事的。"

喜子说："啊呀，亦赤哥哥早就长大了，我都忘记小朋友的故事了。"

大山说："讲一个讲一个。"

喜子站在床边，大山睡在床的上层，两人的脸正好齐平。

喜子说："好，讲一个就睡了，说话算数。"

大山说："嗯。"

喜子讲了一个宫泽贤治的童话，名字叫《要求繁多的餐馆》。喜子把童话主角替换成了大山。大山笑吟吟地听着，知道喜子妈妈故事里的主角并不是真正的自己，又觉得很有趣，听得很开心。喜子想起亦赤小时候，她也讲过这个故事，也把故事的主人公替换成小亦赤。可是亦赤并不接受，冷冷地说："不要这样说，那不是我。"当时喜子只是暗暗惊奇，感叹儿子这么小就这么理性；却又隐隐担心，太理性的人生活会过得无趣。

大山刚睡着，小君就打来电话。喜子知道她放心不下儿子，忙把大山的情况详详细细讲给小君听。喜子说："你把大山子带得很好，又活泼又乖巧。你真是个好妈妈，还每天都给他讲睡前故事。唉，我亦赤小时候，大多是他爸爸带，睡都跟他爸爸睡，跟我不是很亲，现在脾气都有点怪怪的。我现在想起来好后悔。”

小君忙说：“嫂子快别这么说。亦赤那么优秀，读书好厉害，能力那么强，都是像你。大山这孩子让你操心了。再说嫂子，我哪有什么天天晚上睡前给大山讲故事啊？这孩子都是睡前开着灯自己看，一点点大就会看故事书，还讲给我们听呢。我白天忙公司的事，回来累得找不到床，大山是放养大的。”

星期天上午，喜子带着大山到了超市，买了新鲜的大明虾、火腿肠、青豆、洋葱。大山说了，他最爱吃扬州炒饭。他跟爸爸妈妈在酒店吃饭，他只爱吃扬州炒饭。大山争着推购物车，推得跌跌撞撞的。喜子不时回头望着大山笑，她恍惚间总有种错觉，似乎推着购物车的是小时候的亦赤。

虾子活蹦乱跳的，喜子剥虾仁的时候，捉都捉不住。有几只虾子蹦到地上去了，大山开心地笑了起来，说：“虾子逃跑了。”

他站在旁边看了会儿，眼睛一转，打了主意说：“喜子妈妈，我想玩一会儿电脑。”

喜子说：“乖，电脑玩久了眼睛会坏的，不要玩。来，喜子妈妈教你怎么剥虾仁。”

喜子捏住一只虾子，扯掉虾头，扯出一根细细的黑线，说：“你看，这是虾子的肠子，里面黑黑的都是屁屁，很脏，要扯掉。”又指着虾子第三节的壳，“这是第三节的壳，先把这一节的壳剥掉，再把虾子尾巴一扯，前面一扯，虾仁就剥出来了。”

喜子边做边说，脸色温柔。餐厅窗台上飞来一只小麻雀，歪着脑袋叫唤，眼睛滴溜溜转。大山看见了，忙说：“我也会，我也会。”他顽皮地学着小麻雀，歪着头，大眼睛转得飞快，眼睛珠子清亮得像浸在清水里的小石子。

喜子欢喜得不得了，拿出做妈妈的权威语气，说："大山子，过来，快点亲喜子妈妈一下。"

大山乖乖踮起脚，结结实实亲了喜子一下。喜子记忆里，亦赤从没有这样认认真真亲过妈妈。喜子一时又悲又喜，顾不得手上的虾腥味，紧紧搂着大山。

扬州炒饭炒出来青红黄白，五色缤纷，味道也很香。大山子却吃得很少。扒两口饭，问一下："喜子妈妈，现在几点了?"

喜子说："还早呢，慢慢吃，现在才六点十分。你不是最喜欢扬州炒饭了吗?"

"还有两个小时二十分钟。"大山叹着气说，这孩子舍不得走。

大山必须在八点半前赶到学校，九点钟开始查寝室。大山磨磨蹭蹭的，掐着八点半的点到了学校。大山反复叮嘱："喜子妈妈，星期五早点来接我啊。"

喜子硬着心肠不回头看，边答应边往外走。大山子这么知道亲人，亦赤怎么那么不亲爸爸妈妈呢?

孙离晚上很晚才回家。喜子拿本书坐在床头，又不看，想一会儿儿子亦赤，想一会儿大山，比来比去，忽悲忽喜。

孙离走进卧室，看到喜子神情恍惚，心里一咯噔，想起他在李樵脸上也看到过这样的表情。他问："没什么不舒服吧？怎么还不睡？还在发呆?"

喜子缓缓叹一口气说："要是能让亦赤回到小时候就好了，我要重新好好带他一次。儿子变成这样，都是我的罪过!"

孙离坐在床边，抚着喜子的肩膀，说："你别责怪自己。儿子学习好，又不危害社会，只是不太亲人，不用太担心。只要他自己过得好，最坏的打算是我们老来不靠他嘛。"

"现在的孩子负担都重，靠又哪能靠得住呢？只是这心里空空的，有时候像刀子在里面搅！”喜子差点落泪，“大山这孩子多好，小家伙真亲！”

星期三晚上，小君打来电话，说：“嫂子，这星期有事走不开，没办法，本想来接儿子，陪陪他，来不了了，只好请嫂子再辛苦代劳。”

喜子说：“大山很可爱，很好带。你只管忙你的，一切交给我好了。你有空多给他打打电话吧。”

小君问：“他想不想妈妈呀？有没有提到我？”

喜子忙说：“提到提到，老说妈妈怎么带他的，要我向你学习。他很想念妈妈，只是这孩子懂事，还忍得住。”

小君听了很高兴，说：“真的吗？这孩子从小我带得也少，我很怕他对我没感情呢。嫂子你知道的，他上学前在外婆家，上学了我才不上班专门带他的。”

喜子说：“亲妈妈亲儿子，血浓于水呀。何况你是一个这样的好妈妈。”

星期五下午，喜子早早接到了大山。当着同学和老师的面，大山还有点不好意思，只是抿嘴笑个不停。出校门上了车，大山子才说：“喜子妈妈，你这么早来接我，比其他同学的妈妈还早，我好高兴。”

喜子说：“大山子，你妈妈这个周末有事，不能来陪你玩，还是喜子妈妈带你玩哦。妈妈会给你打电话的。”

大山像没听到一样，一路叽叽喳喳，说着学校发生的事。谁又把寝室里的沙发椅坐坏了呀，音乐老师教了什么歌呀，自己的作文被老师在班上念了呀，传达室伯伯讲的是我们的家乡话呀。

大山突然顿了顿，有点不好意思地说：“喜子妈妈，班上好几个女同学说我长得好帅。”

喜子哈哈笑了起来，说：“大山子，你是真的长得帅呀。你是小帅哥。小帅哥如果学习好，又爱帮助同学，有礼貌，那就更帅啦。”

大山点点头说：“我知道啦。”

喜子带着大山去了一家中西餐厅，给他点了一份安格斯牛排，自己要了一份肉泥茄子煲仔饭。牛排做好端上来，大山不知该怎么吃，问道：“喜子妈妈，这是菜呀？饭呢？”

喜子说：“这就是饭呀。这是牛排，外国人是把吃肉当成吃饭的，你还要把这个鸡蛋，这些花菜，这些意大利面都吃掉。这些薯条也吃掉。这是刀，这是叉子，你这样拿着。”

喜子移到大山面前坐下，手把手教大山吃牛排，教他怎么使用刀叉。大山一句话也不说，也不笑，端端正正坐着，用刀把牛肉切成一小块一小块，再用叉子吃，盘子里的东西吃得干干净净，最后盘子里还剩着肉汁，大山端起盘子，伸出舌头把盘子也舔得干干净净。

喜子看着大山把牛排吃完，心想这真是个好孩子呀。亦赤从小都是追着喂饭，吃一顿饭要个把小时，吃一口还要吐一口。长大了也还挑食，吃饭不是坐在电视机前看电视，就是心不在焉，食不知味。难得听到他称赞一声东西好吃。大山吃东西那么认真，专心品尝食物的美好。这样的孩子，现在真是太少见了。

喜子问：“大山子，牛排好吃不？吃饱了没有？”

大山说：“好吃。喜子妈妈，下次又来吃好不好？”

喜子说：“好，下次喜子妈妈接到你，我们到另外一家餐厅去吃牛排。每一家餐厅做的牛排味道都不一样的。喜子妈妈带你把城里有名的牛排都吃一遍，看哪一家的最好吃，好不好？”

大山说：“真的吗？喜子妈妈，那要好多钱吧？亦赤哥哥小时候，也都吃过吧？”

喜子心里有些难过，她并没有多少带儿子出来品尝美食的回忆。亦赤很早就不肯跟大人出门了，难得带他上一回街。

回到家里，喜子说：“大山子，今天你刚回来，今晚就休息吧。喜子妈妈同意你玩两个小时电脑。”

大山“耶”地欢呼，说：“那我可以玩游戏不？”

喜子拖长声音，笑吟吟地说：“可以！但是，崽崽说话算数，就两个小时！”

大山玩电脑的时候，喜子去孙离书房给小君打电话。小君听了，说：“嫂子，我从来不带大山吃这么贵的东西，你也别依着他。他爸讲得有道理，不想让儿子知道家里很有钱。富二代，太可怕了。”

喜子听了，心里也歉歉的，说：“我是太喜欢这孩子了，忍不住想让他尽情地高兴。我还觉得奇怪呢，他吃牛排都不会吃。小君，你说得对。我答应他下周再去，那就再去一次。牛排我自己也做得好，大山喜欢吃，我就买了料自己做，也不怎么破费。”

听喜子通完电话，孙离说：“孙却和小君这么带孩子是对的，我们是要注意别太溺爱了。”

喜子摇头叹息，说：“我是带少了亦赤，心里有亏欠，就在大山身上弥补。可能这是毛病吧。”

每个周末都让大山期待，他的日子就过得很快。一晃眼，就快放寒假了。有个周末，大山清早醒来，自己洗漱完了，去看喜子妈妈做早餐。看了会儿，问：“老爸爸怎么还不起床呀？”

喜子说：“老爸爸夜里工作太晚，让他多睡会儿吧。”

大山调皮，悄悄儿推开书房的门。他见孙离睡在地板上，回到厨房，附在喜子耳边说：“喜子妈妈，老爸爸好奇怪，他怎么睡在地上呀？”

喜子脸都红了，说：“老爸爸没有大山子听话，也没有大山子会睡觉，一定是夜里做梦滚下来的。”

吃完早饭，喜子等孙离起了床，去他书房轻声地说：“老爸，大山子看见你睡在地上了。不好看，你别任性了。有什么过不去的事，同我说吧。”

孙离埋着头说：“我只是睡不安稳，失眠。放心，我会好起来的。”

三十四

孙离在家接了一个陌生电话："孙老师吗？我是刘小明！"

孙离听出是家乡话，只怕是熟人，就问："刘小明？"

那人说："我是刘元明的儿子，刘小明，你的学生。"

孙离想起来了，说："小明啊，有事吗？"

小明说："我爸爸得了肺癌，想转到苍市来。不知道孙老师医院有熟人吗？我们自己联系了，床位很紧张。"

孙离问了问老校长的病情，说："我找找人吧。放心，我会尽快同你联系。小明，好多年不见了，我可能都认不得你了。"

小明笑笑，说："孙老师，我还记得你呢，你是一中最有名的老师。我至今还记得你讲堕马髻的故事，我爸爸也常提起这件事。"

"对对，小明，我想起你中学时候的样子了。"孙离说道。他记得当时老师们开刘校长玩笑，说他给儿子起名字太偷懒了，自己叫刘元明，儿子就叫刘小明，那么孙子就叫刘小小明，曾孙就叫刘小小小明。

喜子在旁边听着，见孙离挂了电话，就说："刘校长也有七十多了吧?”

孙离默了会儿神，说：“应该过七十岁了。”

喜子说：“你在肿瘤医院不是有个朋友吗？这是大事，你得出面找找人。”

孙离说：“你是说张济生吗？朋友是朋友，但我从来没有找过他。这事电话里还不好说，我去医院找找他吧。”

孙离跟张济生是偶然认识的。几年前，孙离在回苍市的飞机上，正巧遇上邻座看他的书。孙离故意开玩笑，说：“先生喜欢看孙离的书？悬疑小说，好看是好看，但大家都把它当通俗小说。”

那人笑笑，说：“小说不都是通俗的吗？我不喜欢一本正经的小说。我是孙离的追随者，他的每一本小说我都看过。这人会讲故事，又很能进入人的内心，解剖人性极其到位。”

孙离听得有些得意，又不好意思，说：“谢谢，我就是孙离。”

那人将信将疑，望了他半天，说：“你不是开玩笑吧?”

孙离伸过手，说：“很高兴认识你!”

那人递上名片：张济生，苍市医科大学教授，苍市肿瘤医院主任医师。

孙离摸摸口袋，说：“不好意思，我是不带名片的。”

“孙老师你还用名片？你的脸就是名片。我刚才是没注意，不然我会认出你来的。你就给我签个名吧。”张济生把书递上。

孙离接过书签了名，又留下电话号码。张济生很欢喜，说：“孙老师，我不会随便打你电话。不过，要是哪天你有空，我请你吃个饭。我好几位同事都爱看你的书。有句话，医生最不好说的，尤其是我们肿瘤医院的医生。孙老师，万一亲戚朋友有事需要我帮忙的，你就招呼一声。”

孙离笑笑，说：“这话怎么不好说呢？谁都会有个三病两痛的。不是有人说吗？人最需要三个朋友，一个医生，一个法官，一个交警。我看，法官和交警朋友我都不需要，遵纪守法就行了。有个医生朋友倒是福气。”

他俩就成了好朋友，一年总要聚会几次。每回吃饭，张济生都争着埋单。孙离总过意不去，可他又不喜欢主动约饭局。吃饭太费时间。他只肯在李樵身上花时间，别的饭局是能推就推的。张济生的饭局，他是每请必到的。

孙离同喜子商量，说：“你说转肿瘤医院好，还是转仁安医院好？”

“人家自己说要转肿瘤医院，那里毕竟是专科医院。你是怕麻烦吧？”喜子在仁安医院有个同学叫周先锋，同孙离也是好朋友。

孙离说：“我哪里是怕麻烦！那就依他们自己家里人吧。我要是自己得了癌症，我就不愿意住专科医院。全是同样的病人，想着就不舒服。”

喜子瞪了孙离，说：“讲点好话行吗？”

孙离打了张济生电话，说：“济生兄，有个事想麻烦你。你方便吗？我到你那里来一下。”

张济生说：“孙老师，你有什么事？方便就在电话里说，哪用你专门跑呀？”

孙离就把刘校长想转院来苍市的情况说了。张济生说：“孙老师，这事你就不要亲自跑了。我马上联系，尽快回电话。”

过了半个小时，张济生回电话来，说：“床位确实紧张，排队的病人很多。有两个建议，一是公费医疗没问题的话，马上过来先住抢救室，一周后有人出院我优先安排；二是干脆就再等一周转过来。”

孙离道了谢，再回了刘小明电话。刘小明想都没想，只道马上转过来，抢救室就抢救室吧。

第二天，老校长就被送到苍市来了。已是下午四点多，一拖就到下班时间。孙离知道济生都会安排好的，自己还是赶到了医院。快下班时，喜子也赶来了。

张济生再三对孙离说："孙老师，你真没有必要守在这里，我都已嘱咐过了。"

孙离道："老校长年纪大了，我在这里他心安些。"

张济生越发觉得孙离做人实在，心里又添了几分敬意。病人已在床上安心躺下，倒是孙离反过来催张济生："下班都个把小时了，济生你快回家去。我再陪着说几句话。"

张济生走了，孙离才在老校长床前坐下，说："刘校长，人到医院了，你就放心。刚才这位张医生是权威大夫，美国留学回来的。他是我的好朋友，会非常周到细心的。"

老校长身子虚，笑得淡淡的，说："我刚才听张医生反复说了，他是你的崇拜者。我们学校出了你这么一位大作家，我们脸上都有光。"

喜子站在孙离身后，轻声说："刘校长，你安心休息，不要多说话。我们问了张医生，他说你的病没有大碍。我们也不多打搅了，明天再来看你。"她回头又对小明说："小明，你有孙老师和我的电话，有事随时打电话给我们。"

从医院出来，喜子说："我还有些不好意思见刘校长呢。"

"为什么呢?"孙离问。

"你不记得了？我当年同他吵过架，后来再也没有见过他。我当时年轻，性子也犟。办调动手续时，你去找他签的字。"

孙离笑笑，说："你记错了吧？你不用找他签字，我要找他签字。你读的又不是在职研究生，关系早不在学校了。"

喜子拍拍脑门子，说：“未必我记性这么差了？”

孙离笑笑，说：“你哪里记性差呀？二十多年前吵架的事都还记得。”

喜子也笑了，说：“当时年轻，容易激动，又是在争吵场合，我把他讲的抢劫听成了强奸，气得我骂他老流氓。”

孙离说：“刘校长是那个时代的人，我们之间也是有代沟的。他这个人很正派，只是在我们眼里有些古板。”

刘校长没几天就转到了住院部病房。几家医院的医生都是相互认识的，周先锋听喜子讲了刘校长的病，也到肿瘤医院来看过。周先锋同张济生也是朋友，一起看了刘校长。多几个名医生看看，病人会多些安慰，治疗也就那么回事了。

孙离家住得离肿瘤医院不太远，晚上没事就去陪老校长说说话。喜子有时候会同去。有一天，孙离接到舒刚勇电话，说他到苍市看刘校长来了。孙离就约他吃饭，晚上一起去看老校长。舒刚勇不肯吃饭，说儿子在苍市工作，他已在儿子家里了。

晚上，孙离同喜子一起去医院。路上，孙离问：“喜子，你还记得舒刚勇的爱人刘秋桂吗？”

喜子说：“怎么不记得呢？时常看见她穿一身警服，英姿飒爽地从校园里走过。刘秋桂长得漂亮，人又和善，又是公安局的副局长，听说她是你们男老师心目中的偶像。”

孙离想起自己年轻时对刘秋桂的暗自倾慕。天下没谁知道这个秘密，他这会儿心底也有些羞愧。刘秋桂后来做到了县委副书记，分管政法工作。他略略想了想，刘秋桂只怕也六十多岁的人了。

孙离同喜子进了病房，看见舒刚勇和刘秋桂已到了。孙离先握了舒刚勇的手，说：“不好意思，我来晚了。”又握了刘秋桂的手，“刘姐还是这么年轻漂亮！”

刘秋桂一笑，说："我早就是个老太婆了。你看你家朱老师，她才真的没有变！"

舒刚勇也说："我们的喜子老师，做学问是我们男老师学习的榜样，养颜是我们学校女老师学习的榜样。"

刘校长听着就插话了，说："刚勇，你这话说得有问题，好像女老师就不要做学问。我们学校过去做学问做得最好的，正是喜子这位女老师啊！"

舒刚勇摇摇头，说："唉，都不关我们的事了。我们都退休了，做不做学问都由他们了。"

刘校长比刚进院时气色好多了，声音也洪亮些。喜子过去把校长的被子掖了掖，说："校长，我们坐在这里陪你说说闲话。你呢只听着，不要费神多说。看你越来越好呢。"

刘校长望望舒刚勇和刘秋桂，说："孙离和喜子太讲感情了，每天都来看我。他们那么忙，我叫他们不要天天来。"

"他们人好，又没有架子。越是有学问的人，越没有架子。"刘秋桂望望孙离，再望着喜子，"我当年只要看见孙老师，就喊他大作家，他总是谦虚，有时还脸红呢！"

孙离想起自己当年的脸红，心里实在是有些鬼胎的。不免又想起喜子同谢湘安同游欧洲的事，隐隐有些不快。谢湘安同喜子的年龄差距，正是自己同刘秋桂的年龄差距。当年社会没有现在这么开放，又没有方便的机会，不然难保自己不做出荒唐事来。

孙离到底不想显得小气，又怕无故伤了喜子，话都埋在了心里。孙离当年最心仪比自己大的女人，他见了西街小巷那个阳台上的兰花，无端地想象那里必定有位栽兰花的女人，年龄应在三十五岁左右。如今他听刘秋桂说他当年脸红的事，掩饰着叹了一声，说："刘姐，你当时只要喊我作家，我听着脸就发烧。一个字都没有发表，什么作家呀？"

喜子又说："舒老师，刘姐，你们不知道，孙离当年不敢想象自己能住上刘校长那样的套间，最羡慕的就是你们家能把走廊隔断了，完完整整的两室一厅，阳台还能改作厨房。"

舒刚勇听着哈哈大笑，说："二三十年时间，真是换了人间啊！那时候，哪敢想象我们会住更好的房子，哪敢想象我们会私人买车子？你们还记得吗？我们敢把走廊隔了，只因为走廊那一头紧挨着仁安医院的太平间！我是学医出身的，不怕。你刘姐是公安局的，也不怕。"

刘校长感叹半天，又说："我是支持孙离搞创作的。记得吗？当时要求所有老师坐班，我对孙老师就网开一面。不瞒你说，我批评别的老师自由散漫，别人就拿你出来顶我。我就说，你也写小说呀！"

舒刚勇也说："刘校长同我多次议论你的事，我说，随他去吧。他书教得好，学生喜欢，不就行了？"

孙离忍不住旧事重提，笑道："是啊，学生喜欢的老师，有一年多讲台都不让上了。"

刘校长笑笑，说："碰到那个流氓，也没有办法。那事后来有结果吗？我只记得有这事，不记得那家人了。好像是陈意志老师家吧。"

孙离说："别冤枉了陈意志老师，他是个老实人，他老婆家的人，一句话说不清。"

刘秋桂说："这事只有我最清楚。他家小舅子是派出所的常客，后来还坐了几年牢。出来了，现在仍在社会上混。他家小姨子，听说是嫁到外地去了，再也没有消息。也有人说是被她那个畜生哥哥卖掉的，死活都不知道了。"

"这几十年，发生多少事？我都还没有看清楚，人就躺在这里了。"刘校长说这话时脸上是笑的，听的人却有些伤感。

孙离见场面有些冷了，就说起自己二十多年前的故事："喜子当年在上海读研究生，给我买了一件呢子大衣回来，咖啡色的。我家里没有落地穿衣镜，跑到百货公司大镜子前面一照，觉得自己像电影里的人。又去买了一件西装，同呢子大衣套着穿，走在街上好像自己人都高了几寸。"

"孙离最有意思的是说那呢子衣太结实了，可以传几代人。"喜子笑笑，望着孙离，又望望刘秋桂，"那件呢子大衣现在早不知道哪里去了。你想想，那件呢子大衣如果还在家里，我们家儿子肯穿吗?"

刘校长听着也笑，说："变化太快了。孙离当年说的也没错，我们那代人的衣服就是一代接着一代穿的。"

舒刚勇还记得当年孙离家的风光，说："孙离爸爸是县里最早的万元户，孙离是学校最早买永久牌单车的年轻老师，又是年轻老师里最早买电视的。"

刘秋桂说："他弟弟孙却是我们县里最大的企业家，已是市政协常委了。他的生意做得很成功，人又道义。"

孙离却拿他老爸开玩笑，说："我家最早的万元户，后来成了县里著名的上访户。"

刘秋桂就大笑几声，说："孙老师，你不知道，我退二线以后，县里要我继续管信访工作。老人家上访我都知道，但他不是我们头痛的缠访户。我都了解了，他是那帮难兄难弟推举的代表。有一年老人家去北京上访，正好逢上北京有重大活动，省政府办事处打电话要我们市里处理，市里打电话给我。我拍板，让老人家坐飞机回来。"

孙离今天才弄清那次老爷子坐飞机的来历，忙说："真要感谢刘姐！我爸爸那次坐了飞机，高兴得就像三岁小孩。回到苍市，我留他住一晚都不肯，当天就要回去。我猜他就是急着回去吹牛皮，说政府请他坐了飞机。”

病房里凳子不够，小明始终站着，他听大人说话，只是笑。孙离过意不去，几次站起来喊小明坐。小明自是摇手，终于又说起当年学生剃光头的故事。刘校长也想起这事了，摇头叹息半天，说：“那天我真服了！孙离的冷处理是对的，依我当年的性子是要查个水落石出处分人的。我听他在班上讲什么古代发型的故事？”小明插话说是堕马髻，刘校长忙拍拍脑袋，“老了，是的，堕马髻，博学啊，口才又好，讲得同学们都听傻了。我记得他还在黑板上画了图，一般美术老师都画得没那么好！”

孙离忙摇手，说：“刘校长你过奖了！我当时是最不守纪律的老师，所以我班上才出问题啊！谢谢当年校长宽宏大量，不然处分我都是可以的。”

刘校长同舒刚勇守着那回的光头事件说了好半天，孙离却想自己在中学当了八年老师，如今留下的口碑只有堕马髻了。人生真是荒诞啊！

回家的路上，喜子说：“老爸，我告诉过你，我也是听了你说堕马髻，才开始注意你的呢。”

“是的，我们的爱历元年，就是从那天算起的。”孙离说这话时，手朝喜子伸了过去。喜子握着他的手轻轻捏着，没有说话。

三十五

外地同学来苍市，马波做东请吃饭。席间，孙离问："马波，你后来上过山吗？"不等马波答话，孙离又说："哪天去妙觉师父那里喝茶，一定邀我啊！听她弹弹琴，可以让人安魂。"

有个同学便开玩笑："你们是说那位美尼吗？说得好听，你们只是去看美女的吧？道貌岸然的家伙！"

马波只道："阿弥陀佛，积点口德吧。"

饭局过后，又去黑天鹅夜总会唱歌。孙离歌唱得不好，一个晚上都是傻坐。他也不喜欢这吵吵闹闹的场合，便想起那回同马波、李樵听美尼弹琴了。那日要是不坐在屋子里，而是移步松月下，燃几炷香，品着好茶，听美尼抚琴，该是何等享受！孙离又想，再美妙的琴声，也没有李樵陪着听了。

曲终人散，孙离去厕所解小手。进门时，见里面有个女清洁工。男厕所也用女清洁工，孙离很不习惯。他解手出来，迎面又碰见那个女清洁工。一个三四十岁的妇女，低头扫地，并不望人。他无意间望了望她，就站着不动了。那女人抬头看他一眼，眼睛突然睁大，嘴巴一张，飞快跑进了隔壁的女厕所。

她是小英！一定是小英！孙离从厕所里出来，心想，过会儿回头望望，如果那女人从女厕所伸出头来，偏着脑袋打望，必定就是小英了。他回过头去，女厕所果然伸出一个头，偏起脑袋望着孙离。她看见了孙离，马上又把头缩回去了。

小英，那个二十多年没见的傻姑娘，居然在苍市夜总会的男厕所里遇上了。

同学们都在电梯口等他，孙离过去说："你们先走吧，我还约了一个朋友。"

马波开他的玩笑，说："孙离，别搞小动作啊！我过会儿给喜子打电话。"

孙离笑笑，送几位同学进了电梯。他站在阴暗处，眼睛时刻不离开女厕所门口。女客人进进出出，就是不见小英再出来。

保安看孙离不太对劲，过来问："先生有事吗？"

孙离说："我等一个人。"

客人都走得差不多了，仍不见小英出来。

保安过来说："先生，已经没有客人了。"

孙离不能多解释，只好下了电梯。他过去把车开来，停在离黑天鹅门口不远的地方。又过了半个多小时，看见小英从里面出来，先往四周看看，缩头缩脑往旁边的巷子里走。

孙离把车开进小巷子，慢慢地跟在她后面。他在巷子口就看见了逆行标志，假如对面来车他就进退两难。他也顾不得这么多，心想这么晚了对面不会有车过来的。

小英边走边回头，想让汽车先走。孙离车开得很慢，小英就跑了起来。出了小巷子，便是大片的工地。小英从工地旁边的路继续往前走，孙离想了想，前面应该就是南津渡老街。

他好久没有到这里来了，猜想那片老街应该都拆掉了。转过一个拐角，车灯直直地照过去，老街的房子居然还在那里。路早已坑坑洼洼，车想快也快不了。

小英再怎么跑，也跑不过汽车慢慢开。她停下来的地方，正是过去开陈家私房菜的老房子。小英刚掏出钥匙，孙离车也停了下来，喊道："小英，是你吗？"

小英吓得发抖，钥匙掉在地上。

"小英，你别害怕，孙哥不是来找你麻烦的。"孙离远远地站着，并没有上前去，"你怎么会住在这里？"

"这房子是我家的。"小英说。

孙离听得一愣，问："你家的房子？"

小英低头半天，又说："我家的房子。"

孙离问："你家里人都住这里？街上怎么黑灯瞎火的？"

小英说："房子要拆，水和电都断了。我家只留我一个人守房子。"

风太大，孙离冻得发抖，说："小英，你开门吧。我进去说几句话。你不要怕，孙哥就问几句话。"

进了门，小英把门闩上。里面漆黑的，孙离打开手机照明。上了三楼，小英摸了半天，才点上蜡烛。

孙离问："小英，事情都过去这么多年了，我心里再大的气也没有了。我只问你一句，到底是怎么回事？"

小英紧紧扣着下巴，身子微微发抖，不肯说话。

孙离又说："我也不会找你家人的麻烦，我知道你哥哥后来也坐牢了。你也是个可怜的人，肯定是被人家害了。小英，你就不肯跟我讲一句真话吗？"

小英突然哭了起来，说："孙哥，你莫逼我，我讲不出口！"

听小英一哭，孙离就慌了，说："好了好了，小英，你不要哭了。事情这么多年了，我问问也只是不甘心。知道了真相又如何呢？"

他看了看这房子，就像刚被打劫过，四处是遗弃的垃圾，只有角落里放着简单的床铺。

“小英，你说这是你家，那你家应该很有钱，怎么还让你在夜总会打工呢？怎么又留你一个守屋子呢？”孙离问道。

小英说：“他们都忙，只有我是个没事的人。”

“水电都停了，你怎么过？又是这么冷的天，你怎么过冬？”

小英说：“我在外面吃盒饭，只在这里睡觉。上床就不冷了。孙哥，我们坐在被窝里说话吧。”

听这话，又有些懵天懵地了。孙离看看时间，说：“小英，我走了。这里迟早是要拆的，到时候你要家里多来些人，你是对付不了的。这条街的拆迁拖了几年了，肯定不会再拖下去的。你看隔壁那边，新房子都盖那么高了。”

小英把孙离送下来，关门的时候，说：“孙哥，有空来玩啊！我白天都在这里，家里人都不来的。”

回来的路上，孙离想起这房子的主人门户很高，怎么会娶小英这么个姑娘做媳妇呢？他依情理推测，也许这家人有个残疾孩子，不得已娶了小英照顾人吧。可是怎么又让她出门打工，留她独守老屋呢？

第二天，孙离开车去了郊区农贸市场，买了两编织袋的木炭。苍市很少能找到买炭的地方了，饭店里的火锅也极少有用木炭的。他开车回城已是中午，自己先在路边买了几个包子吃，再去了南津渡老街。白天看上去，老街比几年前更显破败了。

孙离把车停在小英家老房子下面，擂着门叫喊：“小英，小英！我是孙哥！”

喊了半天，小英才下来开门，笑着说：“真是孙哥，我以为是拆迁办的人呢！”

“拆迁办的人经常来吗？”孙离把车后厢打开，“我给你买了两袋木炭。”

小英脸就红了，说：“孙哥，你真好！”

木炭有些重，得两个人抬。把两袋木炭抬进屋子，小英就闩了老房子的门，说：“不要抬到楼上去，我要烧火时下来取炭就行了。孙哥，我上去烧一炉炭火，你坐坐好吗？”

“我不坐了，你注意安全。洗手的水有吗？”孙离手有些黑了。

小英指指天井里的大石缸，说：“只有那里有水，怕不干净吧。”

孙离知道缸里接的是雨水，也脏不到哪里去，过去洗了手。水冷得刺骨头，只怕是要下雪了。孙离又想起李樵了，她曾望着这口石缸出神半天。李樵喜欢这石缸上的鱼龙图案，上面还长着厚厚的青苔。他抬头望望天井，空中滚着黄色的云。真要下大雪了。

“拆迁办经常来吗？”孙离又问。

小英笑笑，说：“他们来了我不开门，我就站在那个地方，身边放个汽油桶。”

孙离望望小英指的那个窗口，正是当年李樵朝他招手的地方。那次是李樵请他老爸吃饭，他们后来再也没有来过这里了。

孙离说：“小英，你吓吓人是可以的，千万不能做傻事啊！”

小英见孙离四处看，就问：“孙哥，你知道这里？”

孙离说：“你家原来是把这里租出去开饭店的，我喜欢来这里吃饭喝茶。”

小英又说：“孙哥，我们上去烧炭火吧。”

“我下次再来吧。”孙离望望小英，小英倒比小姑娘时显得漂亮了。她小时候脸色总是黄的，身子也有些干瘪。她现在身子丰满了，脸也比过去圆润些。

孙离上车的时候，小英把脑袋伸出门来，说："孙哥再来啊！"

孙离望着小英，说："我走了，你关门吧。"

小英扯扯自己的衣襟，很不自在的样子。又望了望孙离，好像还想说什么，终于没有开口。

孙离等小英关了门，又下车拍了些老街的照片。他并不怎么喜欢摄影，很少带照相机出来。遇见想拍的地方，只拿手机应付着。墙上贴满了维权标语，拍房子已很败兴致。他拍了几张老麻石街道的特写，仔细看看还有些意思。

夜里下起了大雪。孙离睡在床上，想起小英送他出门，那欲言又止的眼神。他在黑暗里想明白了，小英那是愧疚和自卑。这孩子，太可怜了。他今天买了木炭送到南津渡，想都没有多想，就像梦游似的。

三十六

春节后，开学没多久，叶子老打喜子电话，想约她见面说说话。喜子对马波倒有几分敬佩，他在孙离同学中算是佼佼者。可他的夫人叶子，喜子想着就摇头。喜子这几天正好有些忙，就说："过几天行吗？刚开学，有些忙。叶子，可以在电话里讲吗？"

叶子说："见面才能说。"

喜子只得答应叶子，说："约个地方，方便一头吧，要不在你家附近，要不在我家附近。"

叶子说："我过来吧，不麻烦你跑了。"

喜子约叶子在自家附近的一清茶馆见面。她吃过晚饭，早早就出门，告诉孙离："叶子约我喝茶，不知道她有什么事。"

"她约你能有什么事呢？"孙离听了奇怪，"你说过不太喜欢同她在一起。"

喜子也摸不着头脑，她平时同叶子见面，都是在孙离、马波他们同学的饭局上。叶子是个盘算很精的人，她宁愿自己赶路，说起来是方便喜子，其实是不想喝茶埋单。她到喜子家门口来，依礼数是喜子请客的。喜子尽管懵懂，但叶子这点小心思，她还是看出来了。

喜子选了包厢，再发信息过去，告诉叶子包厢名，嘱咐她开车小心，路上不要着急。也不见叶子回信，估计她开车不方便。过了不到两三分钟，听到了敲门声。说不定叶子早就到了，一直坐在车里等着。

喜子吓了一跳，叶子叫她不敢相认了。她边请叶子坐，边回忆上次见面的时间。也有两年多没见了，可叶子像老了十岁。叶子是个漂亮的女人，眼睛大，个子高挑，平时穿着也很讲究。今天她穿着厚厚的棉衣，头上戴着风雪帽。她把帽子取下，头发乱糟糟的。

喜子无话找话，问："外头很冷吗？"

叶子顾不得服务员在场倒茶，板着脸说："心里冷。"

喜子拉着叶子的手，冰凉冰凉的。她搓着叶子的手，问："告诉我，什么事呀？"

叶子突然倒在喜子的膝头上，呜呜地哭了起来。

喜子忙对服务生说："抱歉，我们自己倒茶，你去忙吧。"

喜子抚着叶子的背，宽慰了半天，问："叶子，坐起来说话吧，到底出什么事了。"

叶子坐起来，扯过纸巾擦了脸上的泪水，说："我告诉你，喜子，男人要是在外面有点儿花花草草的事，你吵就吵，闹就闹，千万别学我啊！"

喜子听得没头没脑的，问："你怎么了？到底什么事呀？"

叶子哭着说："我同马波离婚了。"

"你们离婚了？我们怎么半点风都没听见呢？"喜子听了只觉得耳朵嗡嗡地响。

叶子说："你们半点风声没听见？僧俗两界，人尽皆知啊！"

叶子平时同人拉业务，说起话来条理清晰。这会儿说起她的家务事，语无伦次，颠三倒四。喜子听了半天，才知道来龙去脉。

原来，马波同苍莨寺的周美尼好了，宗教局上上下下都知道，寺庙里的尼姑们也都知道。叶子知道这事的时候，马波正要从副局长提拔局长。叶子就像疯了，吵着马波要离婚。

马波不肯离婚，跪在她面前求，请她哪怕考虑半个月，想想清楚再说。叶子不肯，说："你想得美？过半个月，你坐上局长宝座了，再同我离婚？我一天都不能等！明天就离婚。"

宗教局虽说谁都知道马波同美尼好，但事未捅破谁也说不上什么话。男女之私没有证据，都可以说是捕风捉影。叶子自己把事闹开了，宗教局就热闹起来。结果，马波的局长没有当上。

叶子的眼袋垂得像两个鱼泡，说："我后悔啊！我要是冷静十来天，哪怕请假在家里睡几天，翻来覆去好好想想，也不会同他离婚的。马波局长没有当成，说是干脆叫周美尼还俗，他们两人要结婚了，那个尼姑要变成堂堂正正的夫人了。"

喜子问："你说的周美尼，就是那个妙觉师父吗？"

"不是她，还有谁！"叶子又呜呜地哭。

喜子望着她哭，劝她喝茶，然后又问："你是仍然爱着马波吗？"

叶子说："我年轻时是校花，马波追我追得好苦。他在我眼里也是个才子，人也长得好。他追我追得苦，这事他们同学，你家孙老师，都知道。我一直为这事骄傲。"

叶子答非所问，喜子只能听她说去。叶子说了半天她同马波的恋爱史，才说："人到我们这个年纪，还有什么爱不爱的？也有再给我作介绍的，我一个都看不上。没法同马波比。我也不是天仙，也不是十八岁的姑娘，我看得上的，人家能看上我吗？只有同马波复婚，我才不吃亏！”

喜子叹息着，说：“叶子，你要是还爱马波，你的痛苦我可以理解。你如果只是计较马波同美尼会比你过得好，你就再也跳不出苦海。既然缘分已尽，随他们去吧。”

“我才四十岁啊！喜子！高不成，低不就，我以后怎么过日子？”叶子越哭越伤心，“喜子，我后悔啊！我为什么要把好好一个男人让给一个尼姑？你要记住我的话！男人有点事就让他有点事，你同他吵，同他闹，千万不要离婚。你孙老师好，他没有花花肠子，哪怕就听说有什么事，你也不要学我这样。喜子，我这是掏心掏肺的话！”

喜子说了很多安慰的话，也知道这些话都是白说的。叶子却是反复嘱咐喜子：“你要是遭遇我同样的不幸，一定不要像我这样做傻事。”

喜子越听心里越不快，却也只好忍着。又想，她是否暗示什么？喜子不愿意多想，只劝叶子尽快跳出来，不要再钻牛角尖了。喜子说：“总之，离婚不是好事。最可怜的是孩子。叶子，你家女儿超颖长好高了吧？我好多年没看见她了。”

说到女儿超颖，叶子脸上有了些光，忙掏出手机翻照片，说：“你看，超颖成大姑娘了，长得很漂亮，比我年轻时漂亮多了。”

喜子在手机上翻了翻超颖的照片，连声夸赞：“长得真好！不怕你不高兴叶子，超颖长得像她爸爸。她在哪个大学？”

叶子说：“超颖在法国留学，学美术的。女儿最孝顺了，我这回同她爸爸离婚了，她坚决站在我一边。”

喜子拉着叶子的手，摇摇头说：“叶子，我这就得说你了。你不能让她站队，这只能加重对孩子的伤害。”

“伤害？不是我在伤害孩子，他马波在伤害孩子啊！”叶子说着说着怒气又上来了，“他是宁要尼姑，不要女儿啊！女儿天天打越洋电话求他同我复婚，他就是不同意。女儿电话里同我说，她一辈子也不认这个父亲了。”

叶子哭诉到很晚，看看时间不早了，说：“真不好意思，喜子，我拉你出来听我讲这些没用的话。”

叶子拉开门，喊道：“来人埋单。”

喜子说：“叶子，先不着急埋单，我还约了个朋友，你有事先走吧。”

叶子忙说：“那怎么好意思呢？那我不打扰了，我先走了。”

喜子站在包厢门口，朝叶子的背影招手，说：“好走，有事打电话。”

叶子听见喜子说话，回头挥挥手，走了。

服务生进来，递上单子。喜子付了钱，说：“请把门关上，我还要坐一会儿。”

喜子闭上眼睛，靠在椅子里，心里只有一个念头：既然离开了小安子，就再也不能见他了。

茶室离喜子家很近，她慢慢地走着回去。从欧洲回来以后，她就坚决要分手。可是，见着小安子，她心又软了。不能再见他了，一定离开，坚决离开！

喜子到了楼下，一时又不想上楼。她在小区花园里走了几圈，看看时间实在是太晚了。她上楼的时候，腿脚有些发软。喜子从来没有这么心慌过，就像心脏病发作的样子。她掏出钥匙开门，钥匙两次掉在地上。

喜子进了屋，磨蹭着换过拖鞋，不同孙离打招呼，先去了一趟洗手间。她照照镜子，望见自己脸色有些发白。

喜子推开书房门，孙离背对着她，坐在电脑前写作。望着孙离微微有些佝偻的背影，喜子突然鼻子发酸。她见孙离的茶杯空着，拿了杯子出去倒茶，回到书房才说话："你要记得多喝水。我给你倒一杯茶，你就只喝一杯茶。"

"叶子找你说什么事？"孙离没有回头。

喜子站在他身后，说："女人家说话，还不是家长里短？"

"叶子从来不同人说家长里短的，她见人只拉存款，推荐银行理财产品。"孙离有口无心地说。

喜子暗自奇怪，马波是孙离的同学，这么大的事他半点风声都没听到？或者是他早就知道而没有告诉她？孙离怕是早就知道了，不想告诉她吧。她刚才听说这事，也没有打算告诉孙离的意思。

"喜子，你早点洗漱休息吧，我做事要晚一些。"孙离说。

他见喜子站在身后不动，就回过头来笑了笑。他没有看出喜子的慌乱，只觉得她很疲惫的样子，就说："你上了一天的班，又听了一个晚上的话，一定很累的。我想象得出，听叶子说话是件很累的事。"

喜子到底忍不住了，问："你最近见过马波吗？"

"我也好久没见马波了。"孙离看出喜子有话要说，"马波怎么了？"

"马波同叶子离婚了。"喜子叹息着。

"离婚了？他们离婚了？真的吗？"孙离身子转了过来，吃惊地望着喜子。

喜子说："他们离婚快半年了。叶子找我就是诉苦，她哭了一个晚上。"

孙离问："他们为什么离婚？以前同学们都说，他们是一对神仙眷侣呢！"

喜子在书桌旁坐下来，身子软软的，像要垮下去，说："我说了你都不会相信。马波同苍莨寺那个漂亮尼姑好，听说那个尼姑准备还俗，同他结婚。”

“啊？妙觉师父？”孙离不是不相信，而是万万没想到。

那个妙觉师父，孙离后来再也没有见过。李樵平日说起妙觉，又是钦佩，又是羡慕，似乎她宁可不当社长，也愿意跑去跟妙觉学徒弟。不知道李樵听说这事了没有？他打定主意不告诉李樵，免得毁了她心里的那份美好。孙离犹豫一会儿，拨了马波的电话，他的手机关着。

孙离也没有同喜子说自己见过妙觉，只是胡乱说些世事无常的话，叹息了半日。黄莺隐深树，能拣一枝依！未必他当时的感觉是准的？喜子唉声叹气地洗漱去了，孙离对着电脑发呆。他想起那天夜里，自己同马波躲在苍莨寺天井后面撒尿，又想起那条从后门出来的僻静的小路。车灯照在墙角上，上面刷着四个大字：此路不通。

三十七

孙离放心不下妙觉和马波的事，一连打了几个同学的电话，他们都说不出个所以然，只是担心马波可能会出事。又说这世上，谁出事都不会奇怪。

第二天下午，孙离打开电脑，看见网上有条标红帖子：

美女尼姑非法敛财上千万被立案调查

孙离心想：不会吧？

他想到的是周美尼。点开一看，原来链接到《新日早报》的论坛了。帖子说的居然正是周美尼。孙离惊得喉咙都干了，先草草看了个大概，再细细看了原委。说的是周美尼打着寺庙改造的幌子，向社会各界骗取钱财，又骗取政府支持，敛财千万落入私囊，最后金蝉脱壳还俗了，嫁给政府官员做起了阔太太。报纸配有曾为妙觉法师的大幅照片，一个楚楚动人的美女尼姑。

孙离又打马波的电话，关着机。孙离急了，文章既然点到所谓政府官员，马波只怕难逃此劫。他马上打开相关链接，想看看还有没有别的消息。一看更是吓死人。网上虽然没有点名，却已报道美尼敛财案涉及官员已被调查。再翻下去，赫然跳出的是大量前妻反腐的帖子，叶子在网上被称为叶女士。

孙离打通李樵的电话，她没有接听。他有些愤怒，《新日早报》把这件事炒得这么大，有什么意思呢？违纪违法的事，司法机关该怎么办就怎么办，媒体凑什么热闹？他没想到李樵也是这种趣味！

孙离长长地叹息，想这人间的事情，真是没有意思！他想起妙觉抚琴时香盒里飘逸而出的檀香，忽而如大漠孤烟，忽而如嫦娥舞袖。人在这世上，真有知音吗？

孙离打了几个电话，李樵都没有接他的。他正生着气，李樵电话回过来了，问："尊敬的孙老师，什么事呀？"

"你们报纸怎么这么低级趣味？"孙离大声吼道。

李樵声音听上去沙沙的，像刚从睡梦醒来："什么事你发这么大的火？"

"马波和妙觉的事，你们那么炒作有意思吗？"孙离咄咄逼人。

李樵沉默片刻，说："孙老师，我在美国，现在是凌晨两点钟。我被派到美国学习半年，已来了三个月了。报社的事，副总负责。我也是昨天从网上才知道的。我不想评论这件事，有一种幻灭感。不过我告诉你，《新日早报》并没有报道这事，报社网站上的帖子我们也管不过来。"

"据我所知，网上帖子也是失实的，马波同周美尼并没有结婚。"孙离说。

李樵远在太平洋那边，声音听着却像在眼前："孙老师，我也不知道真相。我真不希望这事是真的。我会嘱咐他们把帖子删掉，但别的网站我是管不住的。"

孙离接完电话，径直下了楼，开车上山，去了苍葭寺。庙里木鱼声声，又有嗡嗡诵经的声音。进去一看，大雄宝殿前围了好多香客，隐隐看见里面尼姑在做功课。殿门口关着木栅栏，香客们都安静地站在外面。孙离走到近前，看见一位穿黄袈裟的尼姑，双手合十，眉眼低垂，领着众尼姑诵经。黄袈裟者，居然正是妙觉。孙离背上一热，眼睛都有些发花了。难道真是妙觉吗？看了看，又不敢相信。殿里毕竟不太亮堂，看得不太真切。

尼姑们做完了功课，都低头从释迦牟尼佛后面散了。孙离看见一位小尼姑出来，很像上次在山门迎接他的那位，便赶紧上去打招呼，说："小师父还记得我吗？去年你领我去妙觉师父那里喝茶的。"

小尼姑望望孙离，目光很陌生，只说："我们师父除了做功课，都闭关呢。"

孙离说："烦小师父通报一声，只说有个叫孙离的想讨杯茶喝。"

小尼姑记起孙离了，便说："孙老师稍候，我去告诉师父。"

过会儿，小尼姑出来，说："孙老师请随我进去吧。"

孙离随小尼姑去了寮房后面的天井，一位身着黑色海青的尼姑从里屋出来，轻声招呼："孙老师，请进来喝茶吧。"

孙离一看，真的是妙觉师父！她把刚才穿的黄袈裟换下了。孙离忙说："妙觉师父，我很冒昧。听小师父讲，你在闭关，没有打搅你吧？"

妙觉把孙离领进上回喝茶的书房，说："只是一说而已，哪里闭得了关！想六根清净，难。"

孙离猜到妙觉师父说的是什么事了，他一时又不好贸然问起来。茶案上依旧燃着去年的檀香，孙离顿时有恍惚之感。屋里没有空调，也没有生火，很有些冷。妙觉斟了茶，说："孙老师，喝口热茶吧。佛门清寒，比不得你在家里。”

孙离喝着茶，话不知从哪里说起。妙觉师父也喝着茶，眼睛只是垂着。这份安静叫孙离心里发慌，他只想找些话来说。妙觉好在开口了，说：“去年给李社长送了些檀香去，不知道她喜欢不喜欢？要是喜欢，孙老师走时带些去，替我送给她。”

孙离说：“李樵在美国，一时回不来呢。等她回来，我让她上山来看师父。”

又安静了，孙离实在忍不住，就说：“网上乱说，妙觉师父不可以起诉他们？”

“官司是红尘的事，与佛门远如云泥。莲花自净，无关清浊。”妙觉稍稍顿了顿，“孙老师，你同马波先生是好朋友，倒是他你要多关心。他会有一难，但妙觉相信他是清白的。他人在红尘，却最有衲子之心，我对他十分敬重。”

孙离慢慢喝了杯茶，告辞出来了。看着妙觉仍是冰清玉洁，他上了车竟忍不住眼睛湿润了。又想起去年看妙觉的诗，他居然从字里行间看出思凡之意，怕只是他自己凡身肉胎的眼界吧。真是罪过！孙离闭着眼睛叹息良久，心里隐隐地痛悔，想自己原是满身罪孽。泪眼模糊中，孙离看见通向后门的围墙角上，那四个字仿佛不再是此路不通，而是回头是岸。他算算李樵在美国那边的时间，应是凌晨四点多。他不管那么多，打了电话过去。李樵在那边喂了一声，就说：“孙老师，又来兴师问罪？”

孙离禁不住有些哽咽，长舒一口气平缓了气息，揩着泪水，说：“李樵，我刚才从妙觉师父那里出来。网上都是谣言，我们不要相信。妙觉师父说，莲花自净，无关清浊。”

“那马波呢？”李樵问。

孙离说：“我猜马波是被人害了。妙觉师父说，马波最有衲子之心，她十分敬重。我想也是，他是个难得的干净人。”

李樵缄默片刻，说：“妙觉师父没事就好！不然，这世界太无趣了。你打听一下马波的事吧，希望他能平安。”

孙离发了车，又停下来给马波发了信息：“马波兄，我刚去看了妙觉师父，她说莲花自净，无关清浊。她还说你最有衲子之心，我也相信你是难得的干净人。收到信息，请回电话!”

孙离慢慢下了山，看到街上各种夸张的商业广告，内心生出从未有过的厌恶。他想让自己清静，他想让这个世界清静!

回到家里，孙离躺在书房的靠椅上，什么事都做不了，只想喜子快点回来。

三十八

孙却和小君最近都在苍市，天天都有饭局应酬。他们自己的房子不怎么住人，小君忙起来也没空收拾，干脆住在孙离家里。周末大山回来，也好家人团聚。孙却每天都回得很晚，酒醉醺醺的样子。孙离每天都会说他，劝他少喝酒。小君也是摇头，又道人在商界混，必得有金刚不坏之身。

原来，孙却做了多年的政协委员，如今有意做成人大代表。多方朋友都在帮忙，他自己免不了要张罗各种饭局。有天晚上，孙却又喝醉了回来，说："哥，我原先说弄个政协常委算了，有位领导说搞就搞个人大代表。人家那么热心，我怎么好推呢？反正都是花钱，花多花少的事。"

孙离说："我这个政协委员就没有花钱，没你说的这么复杂啊！"

孙却喝得太多了，大口大口地出气，喘着说："哥你是留着装门面的，我是企业家啊！企业家有什么？不就是有几个钱嘛！"

孙却话没说透，孙离却听明白了。孙离虽说是政协委员，却并不关心这些场面上的事。他见孙却应酬得这么辛苦，便想起上次政协会上的讨论。有位老艺术家情绪激动，发了很久的牢骚，最后苦口婆心地说：“人大和政协不能搞成企业家俱乐部，留几个名额给文艺家们，也好装装门面嘛。”孙离记得到会听意见的领导脸色很尴尬，却也不敢对老艺术家说什么。没人附和老艺术家的意见，大家都学乖了。孙离当时正迷迷糊糊想打瞌睡，被老人家慷慨的语调弄清醒了。

孙离问：“你碰到过办事不要钱的时候吗？”

孙却笑道：“我们做生意的看上去风光，却是处处求人。求人，就得花钱。办事不收钱的人肯定是有的，只是我没碰到过。”

说完这话，兄弟俩相顾摇头。过了会儿，孙却又觉不妥似的，说道：“我同他们相处久了，也不光是权钱关系，感情还是有的，有些人也处成了朋友。”

孙离笑笑，说：“乡下话说得直，朋友朋有，你有他朋。你什么都没有，谁还跟你朋？孙却，自己把事做好，尽量不求人。”

孙却说：“哥说的是啊！但人在江湖，身不由己。”

孙却和小君在苍市住了半个多月，又回老家去了。临走时，孙却信心满满的，说：“妥当了，只等会上操作了。”

孙离听着不以为然，问：“有这个必要吗？现在草根企业家只想找红帽子戴，巴不得把自己企业弄成国有企业。靠山硬的国有企业老板，恨不得把自己做成个体户，企业就是自己的家业了。”

孙却听着就笑了，说：“哥说是两耳不闻窗外事，你其实看问题很准的啊！我正是草根，所以要戴红帽子。我外号叫花子，起得真好，就是来这世上要饭的。不知道的看我风风光光，我是逢人就打躬作揖啊！”

大约过了两个月，孙离和喜子刚要吃晚饭，听到了敲门声。孙离看了看猫眼，竟然是小君。开了门，孙离迎进小君，说：

“小君怎么突然来了，也不打个电话?”

小君没说话，径直走到沙发边，坐下来就躺着了。喜子开小君玩笑，说：“吴总，你是忙得不行了吧？看你累得！吃饭了吗?”喜子倒了茶过来，“先喝口茶，吃饭吧。菜刚上桌。”

小君闭着眼睛躺了会儿，突然趴过身子，伏在沙发上哭了。孙离和喜子都慌了，不知道出了什么大事。喜子问：“小君，你怎么了?”又伏下身去摇小君的肩膀，“小君快说呀，什么事呀?”

孙离和喜子猜着，必定又是孙却惹事了，却不好怎么说。小君只顾嗷嗷地哭，哭得浑身打战。喜子听不下去，摸着胸口干着急。她朝孙离努嘴巴，叫他劝劝小君。孙离轻言细语地说：“小君，你告诉哥哥嫂嫂，出什么事了?”

小君只是哭，呜呜的，叫人不忍听下去。好半天，小君慢慢收住哭声，坐起来，说：“孙却得癌症了，胃癌!”

孙离脑子一空，半天说不出话。喜子怔怔望着孙离，身子一软，坐了下来。她坐在小君身边，问：“不可能吧！什么时候查出来的？孙却自己知道吗?”

小君揩着眼泪，却怎么也揩不干。她说：“没有告诉他，只说是重症胃炎。他那么聪明的人，哪里瞒得住的？迟早要知道的。”

“小君，你先别只顾着急，我想不会有大事的。胃癌好治。医生怎么说?”喜子拉着小君的手，紧紧握着。

孙离站起来又坐下，说：“小君，孙却如果真是胃癌，也是可以治好的。事情既然这样了，你就要注意自己的身体。听哥说几句。第一，就是刚才说的，你自己身体不能垮下去，孙却和大山子都需要你。第二，多征求医生意见，选择最佳的治疗方案。我有很好的医生朋友，今天晚上我就去找他们。第三，不能让爸爸妈妈知道，两边的父母都不要说。老人家经不得这种事，告诉他们也没有意义。第四，大山你就全部交给嫂子管了，你们不要操心。最后一条，要不要告诉孙却真相，看情况而定。正像小君你说的，孙却你是瞒他不住的。到时候捅开了，也许对治疗还有利些。”

小君六神无主，点头说：“我都听哥哥嫂嫂的。”

喜子问：“孙却人在哪里？住进医院了吗？哪家医院？”

小君说：“我们在仁安医院做的门诊检查，还没有住进去。拿不准住仁安医院，还是住肿瘤医院。”

孙离想了想，说：“还是住仁安医院吧。苍市最好的医院就是仁安，肿瘤医院是专科医院，那里的医生也是可以请的。你嫂子在仁安医院有同学，我在肿瘤医院有朋友。”

喜子问：“孙却现在在哪里？”

小君说：“孙却在家里。我说出来买东西，没说到哥哥家来。我得马上赶回去。哥哥，嫂嫂，你们费心了。”

喜子紧紧抱了抱小君，说：“一家人，别这么说。你要坚强，事情不会那么糟的。”

“他还不肯住院，说是两会马上就要开了，他不能请假。”小君说。

孙离摇摇头，说：“什么两会二会，人要紧。回去告诉孙却，坚决请假住院！”

小君一出门，孙离的眼睛就红了。喜子见了，故意装出轻松的样子，说：“快吃饭吧，你还要去找张医生呢！我有预感，弟弟不会有事。上回刘校长来，他还是肺癌，比胃癌难治多了。这么久了，刘校长不是很好吗？”

孙离忍住泪水，说：“听说他病了，我想到的全是他小时候的样子。孙却调皮啊，现在想起来样样都是可爱的。他比我小十岁，小时候恨不得天天打他。他尽做坏事。”

喜子眼里也含着泪，笑了笑，说："你这么说，我想起鲁迅先生的《风筝》了。难道作家都有一个小时候不听话的弟弟？其实是做哥哥的太老气横秋了。"

孙离揩着泪水，说："别抬举我了。我做不了鲁迅，孙却更不是周作人。"又说："酒喝多了，只怪酒喝多了。他在商界混，哪天少得了酒？"

喜子说："我们这个弟弟，也只是有些你们男人都有的小坏，人不是很好吗？他孝顺，同你这个哥哥也不分彼此。会好的，我想会好的。"

"快吃饭吧。我不想让他住肿瘤医院，那里癌症病人太多了，我想着就有种紧张感。"孙离有口无心扒了几口饭，"老婆，大山的事，真得辛苦你了。"

喜子说："老爸放心吧，大山这孩子，太可爱了。今天星期三，过两天他就回来了。"

孙离出门去了，喜子收拾着厨房，心里很是悲伤。她同孙离谈恋爱那年，孙却才十六岁。记得她刚去孙离家，孙却在家帮爸爸喂猪。每头猪的背上都拿红漆编了号，孙却有个小本子记录着每头猪的情况。喜子看着很新鲜，觉得这个弟弟好可爱的。她也是乡下人，没见过谁这么养猪的。孙离爸爸说起孙却，嘴上都是骂人的话，心里其实很有些得意。爸爸毕竟是头回看见喜子，眼睛都不敢怎么望她，只说："叫花子不肯读书，你晓得的。你喊他读书，他捉条蛤蟆阉猪。好了，专门养猪了。先是跟我学，我现在要跟他学了。不是他做帮手，我哪里做得了万元户！县里推典型，硬要推我。你晓得的，不如推叫花子。"

喜子不放心小君，又打电话说："小君，到家了吗？听我说，不要告诉孙却我们知道了。哥哥联系好之后，你先送他进院，我和你哥过几天再去看他。不要弄得兴师动众，不然他会紧张。我们都要平静，好吗？”

喜子尖着耳朵听门响，孙离很晚才回来。喜子等不及，迎到门口问：“怎么样？”

孙离站在门后说：“济生马上打了电话，问了今天的门诊医生。孙却检查做了几天了，今天结果出来才确诊。中期胃癌，必须做手术。”

“有保守治疗的可能吗？”喜子问。

“我先喝口水吧，我口干死了。”喜子递了茶来，孙离坐下，“济生同我反复探讨了，又同门诊医生通了几次电话，建议动手术。”

喜子说：“我看过一个报道，美国有个妇女得了癌症，不肯治疗，跑去周游世界。她丈夫支持，也陪着她去旅游。三年之后，再去医院检查，癌症好了。但是新的问题来了，他们花光了所有积蓄，生活没着落了。”

孙离摇摇头，说：“报道未必可信，孤例也未必有普遍意义。病人只好听医生的。上次刘校长住院，济生不主张手术，只做化疗。刘校长的情况你不知道，肺癌是没法治愈的。化疗也只能减轻痛苦。”

喜子叹息着，说：“做化疗本身就痛苦。刘校长是烟抽得太多了。你幸亏戒把烟早了。当初要你戒烟，就像要你命似的。”

“谢谢我的好老婆！我听老婆话，行吗？”孙离说这话时想起了李樵。他是有了李樵才不抽烟的，觉得在那样的女人面前抽烟有些无地自容。同李樵相处那几年，她似乎并不知道他抽过烟。孙离忍不住叹息，靠在沙发里望天花板。

喜子只当他忧心弟弟的病，坐过来劝他：“我真的有种预感，弟弟不会有事的。你看他做生意，做什么成什么，吉人自有天相！”

“我一有急事，口就发干。”孙离又端起杯子喝水。

过了几天，孙离装着才知道的样子，同喜子去了仁安医院。喜子捧着一大把鲜花，进门就笑眯眯地骂人，说：“你们两口子好啊，也不把哥哥嫂嫂当回事！人都住院了，也不说一声。”

小君陪着演戏，说：“我想先住进来再说。嫂子天天上班，哥哥大作家要写书。哪像我们无业游民，又不要找人请假！”

孙离假装着问病情，孙却说：“萎缩性胃炎，医生说要动手术。”

喜子忙说：“胃炎动什么手术？你哥也是胃炎呢！”

孙却说：“嫂子讲得有道理，动什么手术呢？养几天，做做保守治疗就行了。两会马上要开了，我不想请假。请假，前功尽弃。”

小君给哥哥嫂嫂拿了矿泉水，说：“胃炎也分不同情况，我们还是听医生的。你要去开会，我是坚决不同意的。”

孙却听着就急了，说：“不去开会，那我怎么办？那不竹篮打水一场空了吗？我是生意人，投入就得有回报。”

孙离坐到床前去，拍拍孙却的手，说：“听哥的话，留得青山在，不怕没柴烧。”

小君拿话岔开，说：“哥哥嫂嫂名气真大，好几个医生说认识你们呢！”

孙却的气色还好，只是明显消瘦了。他看见哥哥嫂嫂很高兴，有很多的话想说。可是听说不能去开会，又有些焦虑。小君就像对小孩似的哄他：“你别说话好不好？你在生病，不要人来疯！开会屁大的事！人大人大，以人为大。你身体不好，哪来的人？到哪里去大？”

孙却听小君说幽默话，就憨憨地笑了，神态真的像个孩子。小君望着那捧玫瑰花，笑道：“孙却，你看嫂子真好！看病人送玫瑰花，就跟过情人节似的。有这样的好嫂子，好幸福。”

孙却就调皮起来，说：“等我病好了，请哥哥和嫂嫂去唱歌，专门给嫂子献上一首《嫂子颂》。只可惜，我的嫂子不是黑黑的嫂子，是白白的嫂子。”

孙离拍着弟弟的腿，笑着说：“你小时候的调皮样子又出来了，真是讨打的相!”

孙却笑嘻嘻地说：“嫂子，小时候哥哥最喜欢欺负我，又嫌我不肯读书。”

小君听着就笑，悄悄走进了洗漱间。喜子心里有数，小君必定是进去抹眼泪了。

三十九

孙却做手术那天，正是人大会开幕。知道孙却开会请假，先后来了好些人看望他。有些领导自己不方便来，就派秘书来。来探望的人，有孙却的老朋友，也有这次替他运作的人。孙却自己不在会上，人大代表肯定就选不上。收了钱又办不成事，就来医院看看他，意思大家都明白。不要只看眼前，交朋友也不必太功利了。小君悄悄告诉哥哥："孙却也想通了，不当这个人大代表。他放弃了后期操作，前面投入让它打水漂算了。"

济生说孙却的手术很成功，术后化疗都不要做，只需回家好好养着。孙却已知道自己得的是胃癌，他的情绪还算平稳。孙离和喜子每天晚上都去医院看看，陪孙却和小君坐上个把小时。孙却身上插了很多管子，嘴里也插了管子。他不能讲话，勉强做出笑的样子。他实在有话要说，就拿铅笔写在纸上。

有天晚上，电视里正播着人大会闭幕的新闻，孙却看着脸色就不太好。小君忙换了台，说："孙却，我们现在不关心这些事。天大地大，身体最大。我家里，你这个人最大，你就是人大。"

孙却笑笑，拿铅笔在纸上写了几个字：人强不过命。

小君也笑笑，说："那我们就认命吧。"

孙离说："你别管我们，你只闭目养神。"

喜子笑着说："你要是烦我和你哥了，你就挥挥手，我们就走，好让你休息。"

过了几天，孙离和喜子去医院，小君说："哥和嫂子你们陪陪孙却，我去买些纸来，没有卫生纸了。"

喜子就怪她，说："你怎么不说呢？我们顺路带来就行了。"

小君走后，喜子说："孙却，你这老婆多好！"

孙却笑笑，写了四个字在纸上：缣不如素。

孙离和喜子看了，都不明白他讲的什么意思。

孙离问："什么呀？这么深奥？"

孙却又笑笑，继续在纸上写道：

新人工织缣，
故人工织素。
织缣日一匹，
织素五丈余。
将缣来比素，
新人不如故。

孙离想起来了，孙却抄的是《上山采蘼芜》的最后几句，就开弟弟的玩笑："我们孙总还读汉乐府诗啊！"

喜子忙说："你快把这纸撕了！什么新人故人的！你本意是夸小君好，她看见了未必高兴呢！那些事过去了就过去了，再提就是捅刀子。"

孙却脸微微有些红，望着嫂子笑。他在嫂子面前有些小孩子撒娇的意思，尽管已是一个大男子汉。孙离却惊奇弟弟的记性，说："孙却你要是早懂事，好好读书，说不定是个大学者。"

喜子就笑，说："别听你哥的，未必只有上大学才是成功人士？别怪你嫂子说得俗气，我们学校的一级教授，比我工资也多不了好多。"

孙离就逗喜子，说："我们家过去是孙总掉进钱眼里，原来朱教授眼里也只有钱啊！"

听得小君回来了，喜子忙把孙却抄的诗拿过来，装着没事似的揉成团握在手心。小君顺带买了些零食来，摆在床头柜上，说："医生说，明天可以拔掉几根管子了。再住一个星期，就可以出院了。"

喜子望着孙却，微微叹了一声，说："弟弟这回真是受苦了。还好，吉人自有天相。"

小君笑道："哥哥嫂嫂你不知道啊，他是什么东西都还不能吃，水都不能喝，只能用棉签涂涂嘴唇。我把棉签伸过去，他一口咬着就不肯放！"

孙却听着，苦笑着摇头。小君拧了一把热毛巾，放在孙却头上敷着。孙却长长地舒了一口气，很享受地闭上眼睛。

小君说："过会儿就要用热毛巾敷一下，不然他就喊头痛。他又不能说话，我就像带小毛毛一样。"

回家的路上，喜子说："小君真是贤惠！"

孙离一手把着方向盘，一手拍拍喜子的腿，说："我的老婆也很贤惠啊！"

喜子笑笑，闭上眼睛养神。她想起了谢湘安，心里莫名地难过。她唯愿谢湘安能真心地爱着熊芸，不然那小姑娘就太可怜了。谢湘安又调回了信息技术学院，他们很少能碰上了。喜子躲开任何可能碰见他的机会，有时她看见抽屉里装着手绢的信封，也会轻轻叹息。她不敢把手绢拿出来看，看了心里会痛。

孙离没来由地说天说地，喜子闭着眼睛默默地听。她想，过去的，也许都是她该受的罪。她把自己的手放在孙离手里，眼睛慢慢开始湿润。

孙却出院后不想在苍市休养，执意回到乡下老家去。孙离陪孙却夫妇回乡下，一路都是孙离开车。喜子也很想回老家住些日子，可她脱不开身。她每天都要上班，周末还得照顾大山。

孙却坐的是副驾驶座，小君把座位放倒让他躺着。小君坐在后面，右手搭在孙却座椅上面，不时摸着孙却的头发。

孙却望着路旁的青山，说："哥，生病是不是会让人顿悟？"

孙离笑笑，问："孙却，你不会病出个哲学家吧？"

孙却说："我在这条高速公路上不知道跑过多少回，从来没像今天这样发现路两边的山这么漂亮。我过去只把眼睛盯在前方，只想着快些赶路。前方等着我的是合作伙伴，是商业谈判，是合同和支票。我的眼里没有青山绿水，只有纸醉金迷。"

小君轻轻戳了孙却的头，说："纸醉金迷就不要当着哥说了，你还好意思！"

孙却笑笑，说："我说的是各种应酬。那些拿了我钱的人，都说我讲义气，讲我豪爽，都说我们是好朋友。我们其实都清楚，不给钱什么事都办不了，什么朋友不朋友！我在病床上躺了这些日子，很多事情都想明白了。我看看那些来探望我的人就知道，他们怕我没有当上人大代表，会到外面乱说。我没傻到那个地步，那样做只会毁了自己的前程。"

回到乡下老家，爸爸妈妈才知道孙却受了这么大的苦。孙却说得很轻松："放心，胃病，动了个小手术。"

妈妈听着却泪眼婆娑的，说："平时叫你少喝酒，你不听。再也不准喝酒了，听娘的话！"

爸爸闷头闷脑地说："男子汉在外面，酒是难免的，你晓得的。我年轻时在508厂，休息日同事也出去喝酒，我起先是滴酒不沾，后来就能喝了。总之酒是好东西，不能喝太多，你晓得的。”

娘听着来气，嚷着爸爸：“你只晓得讲你晓得的！儿子胃都喝坏了，都切掉一块了，你还讲少喝！你晓得吗？”

“我不会再喝酒了的，爸爸妈妈放心吧。”孙却说。

孙离搬了躺椅出来，叫孙却坐在场院里晒太阳。小君怕他冷，又拿了毛毯给他盖上。

妈妈问：“喜子怎么不回来呢？”

孙离说：“喜子要上班，又要照顾大山。”

小君忙说：“可把嫂子辛苦了。”

老家的房子是四五年前新修的，仍在旧屋场。爸爸说这地方风水好，不肯另外找地方。孙离和孙却都嫌旧屋场太挤，屋前屋后又到处是垃圾。乡下这些年富裕了，却不如往年干净。爸爸妈妈倒是讲究的人，自家院子收拾得干干净净。爸爸老想修围墙，大门一关，清寂平安。妈妈不让，说：“你把自己关在院子里，哪个还上你家来坐？人家会讲你养了两个中用的儿子，就认不得自己是哪个了。”

冬天的日头晒着很舒服，一家人说话东拉西扯的。小君到底怕晒，她搬了小凳坐在廊檐下。看着孙却身体恢复得好，心里又想起他以前的花花事了，暗自就有了几分难过；低头一会儿，又想，他差点命都没有了，还计较他什么呢？只要他命保住了，什么事都是小事了。小君这么想着，也不怕晒太阳了，搬起小凳坐到孙却身边来，手搭在他的膝盖上。

第二天吃过早饭，孙离就起身回苍市。妈妈嘱咐他慢些开车，吃饭的时候嘱咐，上车的时候嘱咐，车子开动了还在嘱咐。

孙离听着只是笑，说：“晓得的，晓得的！”

孙离从后视镜里看见妈妈招手，好像还有话要交代。他忙停了车，下车问：“妈妈什么事？”

妈妈轻轻地说：“你开车从村子里过，窗玻璃不要关上，要慢慢地开，碰到人要打招呼，要不人家讲你眼睛大了。”

孙离又是笑，说：“晓得的，晓得的。”

孙离每次从家里出门，妈妈都要嘱咐这些话。妈妈从不这么嘱咐孙却，老人家眼里总把孙离当门面。其实在村里人眼里，本事大的是孙却。只是孙却常往家里跑，他同村里人打不打招呼，谁也不会在乎。倒是村里的人，不管孙却理不理人，他们都会追着他喊孙总。依着乡俗，不论老少都是论辈分的，但如今辈分再大的人都喊孙却孙总。村里的人，再也没有谁喊他叫花子了。

他妈妈听见了，就会说：“你喊他什么孙总，我叫花子是你侄儿呢！”

村里人就直来直去地开玩笑，说：“有钱大字辈，无钱儿子辈！”

孙离想着乡村这些琐琐碎碎的事，心里就有些淡淡的哀愁。又想起孙却的病，谁知道是否就平安无事了呢？

四十

开了春，孙却同小君回到苍市。孙却先打电话给哥哥，说："哥，我晚上同小君过来，同你们商量个事情。"

吃饭的时候，孙离同喜子说："会是什么事呢？孙却说得这么郑重！"

喜子说："家里人，能有什么事呢？无非就是家事。"

快八点钟了，孙却和小君才来。人未进门，孙离就问："什么事呀？"

孙却笑着，边换鞋边说："不是什么大事呢！"

"听你语气，好像非常重要，我同你嫂子还一直在猜呢！"

坐下来，喜子去泡茶。小君拉住喜子，说："嫂子你坐，我自己来吧。"

小君泡了茶过来，孙却才说："哥哥，嫂子，这事说大也大，说小也小。我把生意都交给别人了，自己不想再在商场混了。"

孙离听说是这事，压在胸口的石头就放下了，说："你想好了就行。钱是赚不完的，过自己想过的日子才是最要紧的。"

小君说："我支持他的想法。我们退出来，不再是公司的实际控制人，只占自己的股份。”

孙却笑笑，说：“只是世态炎凉啊！有人知道我要退出江湖，人也病了，账就赖着不还了。”

喜子问：“外头还有多少账？”

“五千多万。我也想明白了，能收回多少算多少，收不回的就不要了。”小君坐在孙却身边，握着他的手说，“最要紧的是这个人，钱都是身外之物。他最初还有些生气，我劝他别生气。他气的倒不是钱，而是那些过去讲话豪气冲天的朋友，脸一抹，人就变了。”

孙却嘿嘿地笑，说：“我现在也不气了。花钱买了一双明明白白的眼睛，看清世上的人和事，值得。我最欣慰的是不欠别人的，我哪怕就是今天走了，也没有遗憾。”

小君就打了孙却的手，说：“不许乱讲话！”

孙却其实很想说，自己对不起小君。他没有说出来，只把小君的手紧紧地握着。小君把头歪在孙却的臂膀上，很安然的样子。孙却抚摸着小君的头发，望着孙离说：“我没有做成省人大代表，干脆想把市政协委员也辞掉。哥，我不是赌气，真是觉得没有意思，不陪他们玩了。”

“你要辞就辞吧，我知道这是没有意思的事。”孙离问，“商界不去做了，你们今后有什么打算呢？”

孙却说：“我暂时没有别的打算。小君同我商量，我们准备出去走走。不去什么热闹的旅游区，只去偏僻的乡村，找山好水好的地方。自己开车，想走就走，想停就停。”

喜子听着却急了，说：“你俩自己开车不行，一定要带着司机走。”

“是的是的，听你嫂子的。”孙离也说，“自己开车肯定不行，孙却你身子还是有些弱，又不能总让小君一个人开车。你要是不肯带司机，我就跟着你们走。”

喜子就笑了，说：“你这个当哥哥的，你去当电灯泡啊！”

孙离说：“反正你是要带个电灯泡的。你不带司机，我就跟着。不然，不准你们走。”

孙却答应哥哥，说：“好的，放心，我会带司机的。”

喜子嘱咐小君：“你俩出去玩，处处都要小心。走到哪里了，每天同我们联系。大山你们放心，这孩子很听话。”

小君问嫂子：“你说我们是开越野车，还是开房车呢？”

“房车太招摇了吧，你们说是往偏僻乡村走啊。”喜子说。

小君说：“我也在犹豫。我怕有些地方找不到适合的住处，开房车就可以睡在车上。”

孙却说：“我想还是开房车，方便些。如今中国人什么没见过，还怕看见你开着房车旅行？”

喜子也不再避讳了，讲了那个美国癌症病人的故事，说：“我最初就同你哥说了，只要心态好，病魔会躲着我们走的。”

孙却听着，很开心的样子，说：“嫂子，我幸好比那位美国人有钱，我玩几年不会变得很穷的。”

小君拍着孙却的手，撒娇说：“真不会听话！嫂子的意思是说，那个美国人把癌症病都玩好了，你会把身体玩得更健康！她没做治疗，你做过治疗了，你会比她更好！”

过了几天，孙却同小君就出门了。他们并没有带司机，只是哥哥嫂嫂不知道。当天下午，喜子接到小君电话：“嫂子，我们一路消消停停地走，现在看见漫无边际的油菜花。我们打算住下来，明天再走。晚些时候我发邮件回来，详细地说。”

晚上，喜子打开邮箱，正好收到了小君的邮件。她忙喊了孙离，说：“快来看看，他们来信了。”

哥哥、嫂子：

你们好！

一路上都很顺利。中午在路边店吃的午饭，乡下的家常菜，味道非常好。新出的茼蒿，好吃极了。我从没吃过这么好的茼蒿，清香、鲜嫩。孙却说吃到了儿时的味道，我很羡慕他有一个乡下的童年。

下午遇到一个很美的村子，田野里的油菜花望不到边际。村里保留了很多老房子，风火墙上长着青草，开着野花。孙却说他小时候同哥哥掏过麻雀窝，摸出麻雀蛋就生吃了。我说他是野人。他说这些年，自己把青草、野花、麻雀都忘记了。这些旧物景再入眼帘，感觉生活是多么美好。老屋的天井里多置有大石缸，雕着鱼龙图案，长着厚厚的青苔。古人的生活比我们精致多了，消防缸都要做成艺术品。

有户人家的祖先是武举人，他家屋后的老墙上，一根凌霄花藤从外面穿墙进来，又穿墙出去，状如游龙，太神奇了！他家留有祖先用过的大刀，还有一对练功用的石铃。应是中国古代的哑铃吧。石哑铃太重了，今天已没谁提得起。我问主人家，是不是只是摆设，古人不会举这么重的哑铃吧。主人家说，真是先人平常用来练功的。我想，难道人类真的退化了吗？

遇见几个写生的小孩，他们是美术老师带来的。一位小姑娘说，他们到乡下来画画，只要画上半天，当地的叔叔阿姨就知道，他们是专门来画破房子的。有些叔叔阿姨会很热心，告诉他们哪里还有几栋破房子。孙却听了，笑得像孩子似的高兴。他说一到假期，就要把大山送到乡下去。

孙却的气色很好，乡下的空气对他有好处。

这里的人很热心，好几户人家邀我们去他们家里住。我们在一户人家吃了晚饭，过夜还是想待在车上。

明天是否还在这里玩一天，看看再说。放心，我们都好。

小君

孙离见小君在信里说到鱼龙变化图案的石缸，又想起南津渡那些房子里的石缸了。古人喜欢在石缸上刻鱼龙变化图案，寓意家运兴旺发达。子孙有出息，鱼就会变成龙。子孙不肖，龙就会变成鱼。李樵喜欢那石缸，只道古人比我们活得有文化。

孙却和小君自由自在地漫游，孙离和喜子天天都在担心。喜子只道世风不好，生怕万一出意外。孙离终于知道，孙却他们并没有带司机。他打电话过去，骂了孙却："你怎么这么不听话呢？你不能劳累，又不能让小君一个人开车。"

小君抢了电话说："哥，你放心吧。你不知道，我是开车有瘾的。不开车，我就会晕车。我们每天只跑半天，遇着好地方就停下来。孙却长胖了，我要他适当锻炼呢！"

孙却执意不要司机，也只好由着他们了。喜子也想明白了，对孙离说："你想，人家两口子自驾旅行，多浪漫呀！跟着个司机，不很碍事吗？我也想有这么一天，你带着我说走就走。"

孙离笑笑，说："我现在后悔了，上回应同你一起去欧洲的。"

喜子听了心里隐隐地痛，叹了一声，掩饰道："我还是担心他们，乡下人也越来越不淳朴了。"

有天夜里，已经很晚了，喜子手机收到小君长长的信息：

我们今天会在一座山顶过夜。这里是古徽州的一个山村，人家都在半山腰上。村口长满了高大的板栗树，路上铺着厚厚的枯叶。祠堂外面有七八个方方的大石礅，凿有深深的圆孔。孙却告诉我说，那是旗杆礅，旧时插旗子用的。猜想这个村子有些故事，过去必定显赫过。我们把车开到山顶，望见满天的星辰。哥哥、嫂子，这么晴朗的夜空，这么灿烂的银河，我从未见过。孙却说，他小时候，夏天躺在板凳上歇凉，夜夜看见这样的银河。他很坏，总是这样故意气我！一个乡下鼻涕邋遢的野孩子，天天气我这个城里长大的小公主！

喜子把手机递给孙离，说："你看看，多浪漫！我相信，孙却的病会完全好起来的。"

孙离看过信息，笑道："看小君撒娇的样子，就知道他们过得很甜蜜。"

四十一

听到门铃响，喜子附在猫眼上看了看。

孙离问喜子："谁呀?"

喜子回头摇摇手，脸上做着小心的样子。

孙离会意，过去看看猫眼，门外站着两个陌生人，一男一女。孙离犹豫片刻，开了门，问："你们找谁?"

男的问："请问你是孙老师吗?"

孙离听出是家乡人的口音，便说："我是孙离，请问你二位是谁?"

那女的扑通就跪下了，伏在地上大哭，喊道："孙老师啊，请你救救我的儿子啊!"

孙离吓得汗毛都直了，不知道出了什么事。他自从成了著名作家，偶尔也有写信托他申冤的。找上门哭喊的，他是头回碰上。隔壁邻居听得响动，门也打开了。喜子见这场面难看，就说："老乡，有话进屋说吧。"

进了屋，那女的又跪在地上，哭着说："我是好不容易找到你们的，我儿子的命全靠你们救了!"

孙离叫喜子倒茶，再问那男的："她是你爱人吗？我不知道是什么事啊，有话慢慢说吧。只要我们帮得上的，我们会尽力的。"

那男的回答说："她是我的爱人，她姓平，我姓郭。她在邮电局工作，我在水电局。"

"怎么称呼你？"孙离问。

"我俩都比你们大，喊我们老郭、老平吧。"老郭说。

孙离说："郭大哥，你爱人情绪激动，你说说什么事吧。"

郭大哥刚要开口，平大姐把眼泪一揩，问："你们还记得你们儿子出生那年吗？"

孙离同喜子相对望望，猜不到平大姐要说什么话。

喜子说："怎么不记得呢？那年下了大雪，天气很冷，我在月子里感冒了，孩子奶都没吃上。当时听医生说，生男生女都是一窝一窝的，那几天只生了两个男孩，剩下的全是女孩。"

平大姐说："朱老师，就我和你生了儿子！"

喜子听了这话，脸上倒有了笑容，说："哦，那我俩还真有缘啊！"

平大姐眼泪又出来了，说："我这儿子好听话，又帅气，又聪明。前年考上了苍市大学，学土木建筑。"

喜子说："你儿子真优秀。我儿子在上海读书，他是学医的。"

平大姐说："哪知道，半年前他得了急性肾病。先是治得好好的，最近突然肾就不行了，两个肾都坏死了。得了尿毒症，必须换一个肾。"

郭大哥插了话，说："自己儿子要肾，哪有二话说的？砸锅卖铁都要换！"

"那是，那是！"喜子担心他们开口借钱，"换肾很贵吧？我们……我们……”

孙离始终没有说话，隐约感觉有些不对头了，他把喜子的手紧紧握着。他看这两夫妇不像上门借钱的。果然，平大姐又大哭起来，说：“我两口子争着要给儿子换肾，都去做了检查。哪晓得，检查结果一出来，医生说儿子不是我们亲生的！”

喜子这才明白是怎么回事，脸色白得像一张纸。她的身子慢慢地软下去，孙离赶紧把她紧紧抱着。喜子就像休克的样子，眼睛半阴半阳地闭着，呼吸很微弱。

孙离摸着喜子的胸口，伏在她耳边喊：“喜子，喜子，你醒醒，你醒醒。”

喜子晕过去了。郭大哥和平大姐也慌了，不知道如何是好。

郭大哥问：“孙老师，要不要打110？”

平大姐说：“120！”

郭大哥说：“我是急糊涂了。”

孙离摇摇头。喜子慢慢地缓过来，痴痴呆呆，直着眼睛，半天才说：“老天啊！我恨儿子不亲我，老说是不是抱错了。我说的是气话，老天你为什么要这样报应我呀！我没有抱错儿子啊，亦赤是我的儿子啊！”

孙离抱着喜子，回头对郭大哥平大姐说：“我爱人不好了。你们留个电话，我会同你们联系，你们先回去照顾儿子。”

郭大哥留了电话号码，鞠了一躬，拉着老婆走了。听得门关上了，孙离的泪水也忍不住了。他抱着喜子，泣不成声。

喜子边哭边喊：“你们小说家编的离奇故事，怎么就发生在我们自己身上呀？”

孙离说：“小说家不会编这么烂的故事，好的电影也不会这么编，只有下三滥的电视剧才这么编！我的老天，难道这是真的？”

孙离和喜子在沙发上默坐到深夜才上床。喜子浑身冰冷，不停打战。

“如果真是抱错了，我要告县仁安医院。”喜子说。

孙离拍着喜子的背，说：“真是那样了，告状无非又多一分烦恼。再说了，县仁安医院早已改制，已经是民营医院好多年了。原先在医院那些人，退休的退休，调走的调走，早树倒猢狲散了。”

喜子眼睛早哭肿了，一会儿坐起来靠在床头发傻，一会儿又趴在床上痛哭。孙离宽慰的话都说尽了，再找不出别的话来，就说：“万一真是那样了，我们等于多了一个儿子。”

喜子捶着孙离的肩膀，身子一颤一颤地哭喊：“老爸，就怪你啊！我叫你看着儿子看着儿子，你把儿子看丢了！”

“老婆，我的好老婆，你想打就使劲打吧！我对不起你！”孙离摸着喜子的头，“我们没有抱错儿子，亦赤不是我们的好儿子吗？他这么聪明，这么上进。他有个性，未必就是毛病。我们等待儿子懂事，我们说过给儿子成长的时间，他会回来的。”

“是的，是的，我们没有抱错儿子，亦赤就是我们的儿子。”喜子咬着孙离的肩头哭。

孙离想得很清楚，那几天没有生别的男孩，如果抱错了就是他们两家相互抱错了。郭大哥家的儿子，肯定就是他和喜子的血亲儿子。

喜子身子一惊，突然坐起来，睁大眼睛，黑暗中也望得清孙离的脸。她说：“老爸，那孩子要真是我的，我就得去救！儿子就是娘身上掉下来的肉，我命里欠他的就再挖一坨肉去。”

喜子的额头冒着重重的汗，孙离起身取了干毛巾，轻轻地给她擦着，说：“喜子，儿子是你身上的肉，也是我身上的肉。你的身体弱，要摘就摘我的肾。”

“男人是家里的顶梁柱，你不能这样做。亦赤还没成人，我娘儿俩还要靠你。”喜子说着，又呜呜哭了起来。

第二天，孙离打郭大哥电话，说：“我们马上到医院来。我们先在外面见见面，商量一下细节。”

孙离同喜子到了医院，约郭大哥平大姐下楼见面。

孙离问：“孩子知道真相吗？”

郭大哥说：“我们瞒着儿子。”

喜子说：“瞒着就对了。不能让儿子知道这事，他不能经受这种打击。”

孙离又嘱咐说：“这事怕传出去就成新闻。朱老师在医院有同学，我们会请医生保密。如果成了新闻炒作，两个家庭会不得安宁。”

喜子说：“你们请先上去，我和老孙过会儿来。我要找找同学，我们可能换上医生的工作服进来看孩子。”

郭大哥和平大姐走后，孙离问喜子：“你真要找先锋吗？少一个人知情，多一份保密啊。”

喜子说：“如果真是我的儿子，我肯定要找先锋的。住院有熟人关照，毕竟会好些。”

两口子去了先锋那里，喜子还没开腔就哭了。孙离让喜子别哭，他把事情三言两语就讲清楚了。

先锋想了想，说：“光靠血型检查，严格来说是不能判断亲子关系的。”

孙离说：“这个我知道。但那几天县仁安医院只生了两个男孩子，他们夫妇同孩子血型不合，我们如果同他们孩子合上血型了，就没有疑问了。”

喜子含着眼泪，说：“你们医院怎么这么混账？当年说是要母婴分离，现在又不讲分离了。难道就是为了造成我们的悲剧吗？”

孙离扶着喜子，说："我们现在说话也好，想问题也好，都要讲重点，顾事实。没有用的话不要讲，不必要的气不要生。"

先锋安慰老同学，说："喜子，我知道你是难受，你想怎么骂医生骂医院都行。放心，不论是不是你们的孩子，我都会跟同事打好招呼。去吧，我们先去看看孩子。"

孙离和喜子穿上白大褂，跟着先锋和两位医生进了病房。喜子看了孩子一眼，差不多就要晕过去。孩子同孙离年轻时简直一个模子！孙离那会儿十五岁高中毕业，专科读出来正是这孩子的年纪。喜子记起孙离专科毕业证上的照片，眼睛大大的，眉毛浓浓的，留着短短的平头，嘴角长着微黑的绒毛。目光好像有些怯，一副怕别人欺负的样子。病床上的孩子，正是这副神色。

孙离也惊得手脚发麻，身子微微发颤。他仿佛看到了青年时候的自己！他想起那个奇怪的梦了。梦里，自己七十多岁，同一个年轻人面对面说话。那个年轻人就是二十多岁时的自己。七十多岁的他很慈祥，笑脸上洒满夕阳。他对面年轻人的脸上很落寞，说着说着就低着头走了。未必他梦见的就是自己的儿子？

平大姐笑眯眯的，说："儿子，你看这么多医生来看你了。你的病马上就会好的，没事的。"

喜子勉强站稳。她心里知道，这就是失散了二十多年的亲生儿子啊。二十多年，孩子，你是怎么长大的？你今天又怎么躺在了病床上？你是怎么得的病呀！妈妈会救你的，妈妈一定救你！

先锋怕喜子控制不住，朝孙离使了眼色。孙离轻轻拉了喜子的手，一起离开了病房。

喜子出门就往地上瘫，孙离一把扶住了她。先锋过来帮忙，搀着喜子去了医生办公室。喜子趴在医生办公桌上，肩膀一耸一耸痛哭。医生和护士都围了过来，有知道的，也有不知道的，都在嘁嘁喳喳。

先锋瞪着眼睛摇摇手，医生和护士们才安静下来。喜子仍是趴着，头抬不起来，闷声闷气地说：“不必检查了，是的，肯定是的。我的儿子，我得救他的命。”

平大姐不知道什么时候进来了，她听喜子说了这话，“扑通”一声又跪下了，头在地上叩得嘭嘭响，说：“谢谢了，谢谢了，观音菩萨，现世观音菩萨！”

“平大姐，你起来吧。救孩子是我们两家的事。”孙离拉起平大姐，“孩子叫什么名字？”

平大姐脸上满是泪水，憋住了哭腔，说：“立凡，郭立凡。”

孙离一听奇了，两个孩子，一个叫孙亦赤，一个叫郭立凡，起名的思路都是一样的。赤就是朱，凡同平，像孪生兄弟。

喜子强撑着坐起来，说：“平大姐，今天早上说的话，一定记住。不能让立凡知道，一定不能让孩子知道。”

孙离嘱咐先锋，说：“先锋兄弟，拜托你一定和同事们讲好，这事千万千万保密。”

先锋说：“我老同学情绪太激动了。感情归感情，科学归科学。我们建议还是先做检查。”

喜子说：“我们都听老同学的吧。”

孙离和喜子做了一大堆的身体检查，都是先锋一手张罗的。喜子请了病假，躺在家里等消息。孙离端茶倒水，不离左右。喜子睡着的时候，孙离坐在书房窗下喝茶。冬已经很深了，天气很冷。

孙离什么事情都做不了，只等着心头的石头掉下来。能想起来的旧事，都乱纷纷地钻到脑子里来。一中墙头的爬墙虎，一中河堤上的老柳树，河里的落日，西街人家阳台上的兰花，二十多年不见的小英，马波，美尼，河滩上找花盆，李樵大笑就蹲下身子起不来，同老虎打架，小说几次改成电视剧，喜子同小谢去欧洲，郊外压死情侣的泥石流，会喊李樵好的鹩哥，爬上爬下的孙行者，跪在地上哭的平大姐，立凡……

脑子里乱糟糟的事越塞越多，人就老了。

孙离突然想起，亦赤出生的时候，岳母让他去看隔壁的男孩。岳母说，同年同月同日生的人，命运都是相同的。他不信，没有去看。妈妈也说过，孙离出生那年，阴历八月二十六生了两个人，都考大学出来了。一个是孙离，另外一个是他的同班同学。孙离是应届考上的，那个同学复读一年也考上了。亦赤和立凡，同一天出生，同一个命运，都离开了自己的亲生父母。难道真的有命运之说吗？

孙离闭上眼睛摇头，像要把脑袋摇空似的。又想自己怎么稀里糊涂就奔五十了呢？写了十几本书，别的一事无成。那些书又有什么意义呢？有人喜欢，有人攻击。有人把他当大作家，有人把他当三流小说家。

他弄不清自己到底要过怎样的生活，也弄不清自己到底是怎样的人。李樵时刻在他心里，他却从来没有到李樵心里去过。她是一团柔软的水母，看上去透亮的，美丽极了，可他怎么也进不到她心里去。李樵早从美国回来了，他没有同她联系。一个他并不完全了解的女人，为什么叫他这么放不下？

电话响了，一看是先锋打来的，孙离脑袋就嗡嗡地响。

先锋说："孙离兄，如果确认当时医院没有别的男婴，患者就是你和喜子的亲生孩子。"

"哦，哦，知道，知道。"孙离人成了木头。

他刚放下电话，喜子在里面喊："谁的电话？先锋来电话了吗？"

孙离去了卧室，伏下身去，贴着喜子的脸，说："立凡是我俩的孩子。"

喜子眼睛睁得大大的，不再哭了，说："那就摘我一个肾吧。"

孙离抚摸着喜子的额头，说："我说了，我身体强壮些，摘我的。"

喜子把孙离的头抱起来，说："不要再说了，老爸，摘我的。你要毫发无损地活下去。"

孙离笑笑，说："我亲爱的老婆，我可以躺下来休息几天，你不行的。你周末还得照顾大山子。"

喜子说："事有轻重缓急。孙却和小君也浪漫得差不多了，可以叫他们回苍市住些日子再出去。小君说孙却身体很好了，回来也是静养。"

喜子的脸光洁得透亮，不像四十几岁的人。孙离摸着她的下巴，说："喜子，我们先别争。我俩要摘肾，也还要做检查的。听医生的。"

"只能听我的。"喜子捉住孙离的手，紧紧地握着。

当天下午，孙离和喜子就去医院体检。立凡的病怕没时间多等了，喜子说要尽快给孩子换肾。郭大哥和平大姐跟在他们夫妇身后，平大姐的眼泪没断过线。

孙离对他们说："你二位好好照顾孩子吧，不用跟着我们。"

晚上，喜子想想又哭，想想又哭。立凡那么瘦弱，都怪自己当初不想生他，营养补得太晚了。立凡要是像亦赤那么壮硕，只怕也不会得这个病。喜子越是这么想，越觉得自己罪孽深重。又想起自己同小安子的事，更是天大的错。

"老天，你要报应就都报应在我身上吧！孩子是无辜的！"喜子终于忍不住，哭喊出来了。

孙离安慰她："喜子，你没做错什么，命中的事该来的都会来的。"

第二天上午，先锋打了喜子电话，说：“喜子，结果出来了，孙离是最佳供体。”

喜子听懂了，仍不死心，明知故问：“什么是最佳供体？”

先锋说：“孙离的肾同患者更合。”

孙离在洗漱间，喜子怕他听见，轻声问：“我的就不行吗？”

先锋说：“相信科学吧。你的可以换，但受体排斥性会大些。”

孙离从洗漱间出来，见喜子坐在床上怔怔发呆，就问：“我刚才好像听到电话了，先锋打来的吗？”

喜子忍不住又趴在床上哭，说：“真的有老天爷，你就遂我一回愿吧。”

四十二

喜子一大早就起床了。她做好早餐，掀开大山子的被子拍他的小屁股，说："懒虫虫，起床了！"

大山揉着眼睛说："喜子妈妈，我正在做梦呢！"

"做了什么美梦呀？"

"我梦见爸爸妈妈回来了，送给我这么大一个巧克力！"大山把手使劲地张开。

喜子把衣服递给大山，说："这么大的巧克力，那要进吉尼斯世界纪录了。"

吃过早饭，喜子说："喜子妈妈同你认真说件事。"

"什么事呀？"

"你先告诉喜子妈妈，你是不是男子汉了。"

"我当然是男子汉了！"大山说得很豪迈的样子。

喜子亲亲大山，说："今天上午，男子汉一个人在家。我要去医院，你老爸爸生病了。"

"老爸爸什么病呀？我要跟喜子妈妈去看看老爸爸。"

"大山子真乖！但是，小孩子最好不要去医院，不卫生。喜子妈妈批准你今天上午玩电脑。但是，今天上午玩了电脑，下午和明天都不准玩了。”

大山想了想，只好答应了。喜子又嘱咐说：“大山子只准待在家里，不准出门。谁敲门也不开。告诉你，要是在美国，把你这么大的孩子一个人放在家里，喜子妈妈就违法了，就要坐牢呢！你不要乱跑，不要让喜子妈妈坐牢啊！”

大山说：“谁让我喜子妈妈坐牢，我先把他关起来！”

喜子开着车去医院，太阳暖暖地照在她脸上。她平时怕晒太阳，会把挡风玻璃上面的遮阳板打下来。今天她任太阳晒着，只把茶色墨镜戴上，免得阳光晃眼睛。

路上的车很多，她不急不躁慢慢地开。冬日难得这么好的阳光，苍市人都出城找自己喜欢的地方晒太阳。去仁安医院的路，也是通往苍茛山去的。今天苍茛山上肯定人挤人。她好久没有上苍茛山了。

仁安医院停车也是麻烦事，她总是径直往医院后面的家属楼开。她摇下窗户朝保安笑笑，电栅门就开了。她每回就在心里暗笑：未必我这样子那么像女大夫？

孙离躺在病床上，他请护士把窗帘拉上去。多好的阳光！今天应该找个清静地方晒晒太阳的。他很久没有同喜子一起出去晒太阳了，出院了一定把她拉出去。女人为什么怕晒太阳呢？他要对喜子说，就喜欢老婆黑黑的样子。

他见过喜子十五六岁的照片，笑起来露着一口白白的牙。照片虽是黑白的，他却看出喜子那时候长得黑，就问：“你小时候一定很黑吧？”

喜子问：“你怎么知道？”

孙离笑笑，得意自己很神，说：“一看就是乡下野姑娘，肯定晒得黑黑的。老婆，我是写推理小说的！”

喜子捧着鲜花进来了，换掉床头柜上的旧花。孙离笑道："喜子，花哪要天天换呀？"

"没有天天换呀？这花是前天的。我不喜欢看蔫了的花。"喜子把花整理好，得意地望着孙离，"你看，多漂亮！"

喜子压了压孙离的被子角，说："怎么样？"

"我很好。依我自己的感觉，马上就可以出院了。先锋说，起码还得住四天。"孙离不放心大山，"小家伙一个人放在家里，行吗？"

"大山子闹着要来看老爸爸，我不让他来。医院环境不好，孩子最好不要来。这里看到的都是人间最不好的东西，少让小孩子看吧。"喜子不由得又叹起气来，"大山子情商高，我们家亦赤能像大山就好了。"

孙离安慰喜子："世上没有两个相像的孩子。亦赤的长处，别的孩子也不一定有。其实也不必拿亦赤同别人的孩子比。我们命中该有这样的孩子，心甘情愿接受他的模样，不管他是怎样的孩子，我们都爱他。"

喜子说："不知道立凡恢复得怎么样？"

孙离明白喜子的想法，她一直想着立凡那孩子。他不想点破，也不希望她去看，看了无非更伤心。他说："医生说了，孩子恢复得非常好。郭大哥两口子每天到我这里来几次，也说孩子很好。"

喜子忍不住说："老爸，都是我的错，当初是我不想要这孩子。老天应该惩罚我呀，为什么要让孩子生病？我要是不犹豫，怀上立凡就补营养，多吃些你做的土豆烧牛肉，孩子的身体肯定壮实些，说不定就不会得病了。"

孙离张着嘴巴喘了几下，说："老婆，我同你说过好多次了，别疑神疑鬼！立凡体质弱，种我。我年轻时就是这样的，越到后来身体越壮。立凡的身体会越来越好的。”

喜子低头坐了会儿，说道：“我去上个洗手间。”

喜子没有上洗手间的意思，她把水龙头开得很大，让水声压住自己的哭声。过一会儿，喜子从洗手间出来，走到病床边，说：“老爸，我心里难过，出去走走。”

喜子出门，径直去了立凡病房。郭大哥看见喜子，忙站起来，慌了手脚。喜子掩饰着，说：“老同学，我来看看孩子。”

郭大哥听明白了，忙说：“立凡，这是朱姨，爸爸的同学，看你来了。”

“朱姨。”立凡望望喜子，脸上微笑着。喜子那天穿着医生工作服进来的，没有给立凡留下什么印象。

喜子在立凡床头坐下，摸着孩子的头，说：“恢复得不错。孩子，你很快就会好的。”

郭大哥说：“这孩子就是不太会睡觉，从小就爱失眠。病了，睡得就更不好。”

喜子听着，胸口生生地痛。这不又是孙离小时候的毛病吗？孙离一直睡不好，近两年失眠更厉害。

“平大姐呢？”喜子问。

郭大哥说：“他妈妈病了。她身体不太好，天天熬夜守着孩子，感冒了。我让她休息几天。”

喜子嘴上问着平大姐，眼睛却一刻都不离开立凡，恨不得捧着这孩子的脸，好好亲亲他的眼睛、嘴唇、鼻子、耳朵。她想孩子如果这时还是个婴儿，她把他抱在怀里喂奶会是个什么样子。

喜子回到孙离病房，捂着脸哭得说不出话。孙离猜到什么事了，说：“我知道你肯定是看孩子去了。立凡好吗？”

“立凡自小失眠，生病了睡得更差。这不都是种你的毛病吗？”喜子流着泪说。

孙离劝喜子别哭，说："立凡没事的，他现在的条件比我小时候好，出院好好调理，很快就恢复了。年轻人，生命力旺盛。"

下午，喜子说："老爸，我回去招呼大山子。晚上，等大山子睡了，我再到医院来。"

"晚上不要来了，我没事的。"孙离说。

喜子轻声说道："我想晚上陪陪立凡。平大姐病了，郭大哥一个人也顶不住。"

孙离劝喜子："你要克制。孩子知道了，不太好。"

喜子眼泪又来了，说："我是他妈妈啊！我不陪陪孩子，心里痛得像刀子捅。"

喜子回去做好晚饭，问大山："大山子，你晚上一个人睡觉，会害怕吗？"

大山说："我一个人睡过觉呀！"

"大山子什么时候一个人睡过觉？"

大山咽下嘴里的饭，说："去年，妈妈陪我睡了，爸爸打电话来，妈妈就出门了。我一个人睡觉，醒来就大天亮了。"

"大山子真是勇敢的孩子！"喜子亲亲大山，"晚上喜子妈妈要去陪陪老爸爸，大山子一个人在家行吗？你明天一早醒来，喜子妈妈保证在你身边。"

喜子哄大山早早地上床睡觉，细细嘱咐了好久话，匆匆出门往医院赶。她把郭大哥约到走廊里说话："我只有这个愿望，晚上让我陪陪孩子吧。"

郭大哥又是摇头，又是摆手，说："不行不行！孩子这么大了，立凡脑子又聪明，他会起疑心的。"

"你就说他妈妈病了，那边也要照顾，让朱姨陪一个晚上，孩子哪会起疑心呢？"喜子双手捂在胸口，"我只想陪一陪，心里会好过些。"

说了老半天，郭大哥松口了，说：“朱教授，你就陪孩子一个晚上吧。说好一个晚上，不能让孩子多心。”

喜子感激不尽，点头说：“好的好的。你先进去照顾孩子，我九点半来接班。”

郭大哥又再三嘱咐：“朱教授，千万不能让孩子看出来啊。”

孙离望着喜子进门，像是拿目光把她拉到床前来的。他等着喜子说立凡的事，喜子却把头埋在他的手里，趴在床头默然无语。过了好久，喜子抬起头说：“我先是很想去陪陪立凡，郭大哥同意了，我又怕了，喉咙干得咽口水都咽不下。”

“喝口水吧。”孙离说。

喜子喝了几口水，说：“我的亲生骨肉，二十多年，居然不知道他在别人家里。这些天，我时刻都在想，他小时候是什么样子？也很调皮吗？他爱哭吗？吃饭乖吗？生过病吗？”

“喜子，我的好老婆，我们接受上天的安排吧。”孙离只说得出这样的话，也不知道能否安慰喜子。

喜子抱住孙离的头，轻声地说：“老爸，你是个好父亲，你是个好丈夫，我爱你！原谅我过去种种的不好吧，我爱你！”

孙离抚摸着喜子的背，说：“喜子，你是我的好老婆！你哪有不好呀？我这几天躺在病床上，想到的都是你的好。我昨天夜里就在想，我们在上帝面前都是孩子，我们会做错事，但我们都会长大。”

喜子抬起泪眼，望着孙离不停地点头。看看时间，已是九点二十了。喜子又慌乱起来，站起来长长地吐了一口气。孙离说：“老婆，你这样不行，你要平平静静地去。”

喜子说：“好的，我会让自己平静的。”

她推门进了立凡的病室，郭大哥站起来，说：“我同立凡说好了，晚上朱姨陪他。我在这里再坐坐，等打过这瓶水再走。今天就这一瓶水了。”

喜子说：“老同学，你去看平大姐吧，立凡有我在这里就行了。”

“儿子，那我就走了。有事就跟朱姨说。朱姨看着你出生的，你那时候还小，你没有印象了。”郭大哥嘱咐完立凡，又对喜子说，“行铺我搭好了，那就辛苦你了，老同学。”

喜子进门就看见了，立凡的病床边紧挨着一张行铺，枕头和铺盖都像是新换的。郭大哥刚走，药瓶就已打完了。等护士拔掉针头，喜子进洗手间搓了热毛巾，出来说：“立凡，朱姨给你擦擦脸。”

立凡伸出手说：“朱姨，我自己擦吧。”

喜子笑着，说：“朱姨来吧。朱姨也有一个跟你一模一样大的儿子，你就像我儿子一样。”

喜子俯身给立凡轻轻擦着脸，立凡闭着眼睛，突然说：“朱姨，你身上的香味跟我妈妈的不一样。”

喜子说：“朱姨没有打香水呀？”

立凡说：“好闻。”

喜子进洗手间又搓了一把热毛巾，说：“来，朱姨给你擦擦手。”

立凡乖乖把手伸给喜子，这双手跟孙离的一模一样。喜子痛得心里一抽一抽的，仰头把眼泪停在眼眶里，说：“立凡，不早了，关灯睡觉吧，朱姨陪你。”

“好的。朱姨，你说话真好听，声音就像播音员。”立凡偏着头，望着他的朱姨。

喜子正要关灯，立凡说：“朱姨，我还要去一趟厕所。”

喜子说：“朱姨扶你去。”

立凡自己下了床，说：“不用，我自己可以去的。”又红了脸，“朱姨，你不要跟着我来。”

喜子见立凡从厕所出来，忙伸手过去搀住了，笑着说：“立凡还是个小孩，身上还有奶香味呢，朱姨闻到了。”

“哈哈，我好久没洗澡了，我身上只有臭味呢！”立凡这么说话的声气，更加像孙离了。

喜子紧紧抓着立凡的手臂，说：“孩子身上的气味，大人闻着都是香的。”

喜子替立凡盖好被子，先熄了灯，自己再躺到行铺上去。

立凡在黑暗里说：“朱姨，我怕睡觉，今晚我又会睡不着的。”

走廊里透进微弱的光，喜子看见立凡的眼睛亮闪闪的。喜子说：“立凡，闭上眼睛，安心睡吧，会睡得好的。”

立凡的眼睛闭上了。过了会儿，立凡翻了身，背朝着喜子。又过了会儿，立凡又翻身过来。喜子见立凡睡得不安稳，怕他掀了被子，起来看了看。立凡却好像真睡着了，呼吸慢慢深沉起来。

深夜，喜子几次起床，站在立凡的身边，久久地看着他。孩子睡得很香，喜子听着他的呼吸，一夜没有合眼。

郭大哥不放心，大清早就来了。看见立凡睡得那么香，他简直不敢相信。喜子悄悄地起床，同郭大哥挥挥手就走了。

喜子先去孙离病房，伏在他耳边轻轻说：“老爸，你再睡会儿，我先回去看看大山子。”

喜子回到家里，大山子还没有起床。听到厨房的碗碟声，大山子一滚就起来了，穿着睡衣跑了进来，说：“喜子妈妈，你起这么早呀？”

“快去穿好衣服洗漱，要不就感冒了。”喜子拍拍大山的屁股，发现这孩子竟然忘记昨晚一个人在家了。

大山洗漱出来，喜子妈妈的早饭也做好了。吃着早饭，喜子说：“大山子，上午你一个人在家做作业，喜子妈妈下午回来送你去学校。”

“好的，我一个人可以的。”大山突然想起来了，“喜子妈妈，我昨天晚上也是一个人在家吗?”

喜子笑道：“大山子是勇敢的男子汉呢。”

喜子去了医院，先去看了立凡。郭大哥和平大姐都在那里，喜子就问：“平大姐，你身体好些了吗?”

平大姐说：“只是感冒，累的，休息两天就好了。”

立凡坐起来，一脸灿烂地望着喜子说：“朱姨，我昨天晚上睡得真香！我讲梦话了吗？我一醒来，只看见爸爸，没看见朱姨了。”

喜子说：“你爸爸来接班了，朱姨就走了。朱姨看见你睡得那么香，不打招呼就走了。这会儿朱姨专门来打招呼呢。”

喜子走的时候，立凡使劲地挥手，说：“谢谢朱姨，再见朱姨!”

喜子来到孙离身边，长长地舒了好几口大气，才说：“老爸，怪不怪呀？立凡昨晚睡得可香啊，大天亮了都没有醒。立凡说我身上的香气很好闻，我没有打香水呀!”

孙离听得怔怔的，慢悠悠地说：“难道这就是人们常说的，人亲骨头香?”

孙离和喜子说了半天的立凡，郭大哥过来了。喜子站起来，请郭大哥坐。郭大哥让了让，自己搬凳子坐了。又说了半天感谢的话，郭大哥支支吾吾地说：“我同平大姐商量了几天，有句话想说出来，听听你们的想法。”

喜子听着有些怕，不知道郭大哥要说什么事，紧紧地握着孙离的手。孙离也猜不到郭大哥会说什么，只道：“你说吧。”

郭大哥说：“不是孙老师，孩子这回非常危险。医生说肾源可以另外去找，至少花六十万还不说，很难找到高度匹配的供体，时间也没有这么快。”

喜子手心出汗了，身子发抖。她心里纠结十多天了，胸口那团乱麻怎么也理不清。她昨夜陪着立凡，却怎么也睡不安心。立凡是她的骨血，又不是她的儿子；亦赤是她的儿子，却不是她的血亲。两个儿子，都是模棱两可的。是，又不是。

郭大哥半天不好怎么开口，搓脚摸手老半天，说："我家攒了几十万块钱，原想留着给立凡在他工作的地方买房子。他身体这样了，我们也不打算他大学毕业后到外地工作，回老家去，有房子住。我和平大姐商量好了，这钱给你们，给孙老师养身子。"

喜子听郭大哥说的是这事，心就放下来了。她望望孙离，回头说："郭大哥，钱的事千万不要说了。我不会同你们争儿子。立凡是我们的骨肉，不论是孙老师的肾，还是我的肾，我们都是心甘情愿的。"

郭大哥说："你们不要钱，我们不安心。也算老天有眼，找到你们了。要是找不到你们呢？我们不照样花钱买？你们就成全我和平大姐的心愿吧。"

孙离身子还有些虚弱，额上沁着汗珠。喜子拿干毛巾给他擦汗，又喂了水给他喝。孙离脖子昂得有些累了，头就靠下去，望着天花板，说："郭大哥，你和平大姐都是实在人。我很庆幸孩子到了你们家。我爱人说的话，都是我想说的话。钱的事，千万不要再提了。我们两家都不是大富大贵的人家，四五十万，五六十万，都是大数字。钱你留着吧，立凡今后用得着。"

三个人正说着话，门突然被推开了，有人肩上扛着摄像机。孙离一看就明白，电视台的记者来了。他已无力过多说话，轻声嘱咐喜子一句："阻止他们。"

孙离说罢就闭上眼睛，拉了拉被子把头蒙上。

喜子站起来，问："你们要做什么？"

记者噼里啪啦说起来，喜子忙把他们往病房外面引。来到走道上，喜子的语气就不客气了，说："拜托你们，拜托你们别为了新闻，毁了我们的生活！”

记者说：“阿姨，这是人间最温暖的新闻，社会需要正能量啊。”

“我不是你的阿姨！”喜子发火了，“告诉我，你们上一条新闻多少稿费？我现在就双倍给你！”

喜子说罢就进了病房，身子靠在门背后顶着。孙离怕郭大哥他们接受采访，忙拨了他的电话。郭大哥刚才跟着喜子出去对付记者了，他在走道接了电话，说：“知道，知道，我不让他们接触孩子，我和平大姐也不会见他们，放心，放心。”

医生也出面干涉，新闻记者只好走了。走廊里已站满了人，不知道发生什么事了。孙离听见医生在外面大嚷：“都回病房去！有什么好看的？爱看热闹到大街上去！”

孙离对喜子笑笑，说：“过来坐吧，他们走了。真是防火防盗防记者啊！”

“我刚才是又怕，又急，又气。”喜子坐下来，有些不好意思，笑笑，“所谓气急败坏，就是我这样子吧？”

孙离拍着喜子的手，说：“我从未听你这么伶牙俐齿啊！你刚才真的好凶。”

喜子说：“我知道他们跑新闻不容易，但也要讲职业道德啊！招呼都不打一个，扛着机子就进来了。看看电视里那些煽情的新闻吧，有些事本来是很好的真实的新闻，被他们做出来，看着就腻烦。”

平大姐进来看孙离，站着不肯坐下，只道：“郭大哥回去跟我说了。你们书读得多，素质就是高。我，我怎么说呢？”

喜子笑笑，说：“这话不要再说了。只要孩子好，我们就安心。”

平大姐说些客气话走了，走到门口又回头招手。

“同素质有什么关系？人亲骨头香。”喜子自言自语的。她想立凡昨晚睡得那么安稳踏实，难道他知道自己睡在妈妈身边吗？

四十三

喜子同两位副馆长私下说，孙离刚做了个小手术，出院在家休养，需要照顾，图书馆的事请他们多辛苦。喜子每天只到图书馆看看，没太要紧的事就赶紧回家。同事们要到家里来看孙离，喜子都千恩万谢地婉拒了。

郭大哥打电话给孙离说，立凡过几天也可出院了。喜子忙抢过电话，细细问了立凡的身体，嘱咐说："郭大哥，立凡回去以后，身体上的事你们多操心，有事要马上告诉我们，行吗?"

放下电话，孙离笑道："老婆子，你这是多操心了。我们是立凡的父母，他们更是立凡的父母。"

喜子又是叹气，说："孩子是救下了，可你毕竟少了一个肾哪!"

孙离宽慰喜子："说不定，我会更加长命百岁的。你想，我过去仗着自己身体好，烟酒不忌，熬夜也不忌。如今知道自己身上比别人少个东西，我就会更加小心。坏事就变好事了，我会陪你走到老的。"

苍市的冬天太阳很少，今年差不多天天阳光灿烂。孙离书房的窗户朝西，下午总有太阳斜斜地照进来。家里暖气开得很足，孙离临窗靠在躺椅上，身上盖着厚厚的毛毯。

周末大山子回来，喜欢在孙离身边席地坐着看书。喜子没声没响，收拾着家。看见孙离同大山子，恍惚间总觉得那是老爸和亦赤，有时又觉得是立凡同老爸在说话。这个春节，她真盼望亦赤能够回来！

谢湘安终于知道孙离动过手术，打电话给喜子，问："孙老师什么病呀？"

喜子不想说真话，只道："小手术，阑尾炎，割了。"

"没你说的那么轻巧吧？我想同熊芸来看看孙老师。"谢湘安说。

喜子自从上次在谢湘安母亲葬礼上见过他，就再也没有碰到过。她不忍看见谢湘安，忙说："小安子，你真不要来，孙老师出院好久了，身体养得很好。"

"我知道你是不想见我。"谢湘安任性起来说话就不掩饰，"那就让熊芸来看吧。"

喜子还想劝几句，谢湘安就把电话挂了。晚上，熊芸果然就打电话来，说她已到楼下了。喜子再拦也拦不住了，就走到门口候着。不一会儿，门铃响了。喜子开了门，迎着熊芸，说："熊芸，你不必这么客气的。你看，孙老师壮得像一头熊。"

孙离早从书房出来了，说："熊芸，越来越漂亮了。"

喜子就笑，说："熊芸就是漂亮。"

熊芸说："小安子本来也要来的，临时有事又走不成了。"

喜子请熊芸坐下，倒了茶。没想到熊芸也喊湘安小安子！喜子扯了纸巾擦桌子，桌子并不脏。她想抬眼望望熊芸，眼皮子却似有千斤重。她看见了熊芸手上的表，正是小安子在欧洲买的浪琴。

熊芸说："小安子经常说，朱老师最好了，就像他妈妈一样照顾他，他在朱老师面前也觉得自己像个孩子。"

喜子这才望了熊芸，说："你家小安子是大才，怎么是小孩子呢？我是在家照顾人照顾惯了，到了单位也就改不了大妈的习惯。"

孙离坐在旁边听两个女人说话，脸上微笑着，没有插嘴。熊芸说是来看孙老师的，却没有问孙离半句身体上的事。她毕竟是年纪轻，不太懂得客套，倒也是天然率真。

熊芸说了会儿话，起身说："朱老师，孙老师，那我就走了。"

喜子要送熊芸下楼，熊芸拦着不准喜子出门。喜子说："我正要下去买东西，一起走吧。"

出了院子，熊芸说："朱老师，你去买东西吧，我就在这里等的士。"

喜子嘱咐熊芸路上小心，又谢过几句，就往前面的超市去。

熊芸其实是故意支开喜子，谢湘安的车就停在不远处。她望着喜子走远了，就打了谢湘安电话："小安子，你到门口来吧。"

没多时，谢湘安就把车开过来了。熊芸说："你刚才同我一起上楼也没事的，我没碰见任何熟人。"

谢湘安搪塞道："那个楼道里住着两家我们学校的老师，你看见了也不认识。毕竟朱老师曾是我的上司，我不想让人说我是马屁精。"

开车才走几步，谢湘安就望见喜子从超市里出来。喜子穿着长长的黑色大衣，围着咖啡色围巾。熊芸正把挡风玻璃上方的镜子打下来，开了灯看自己是否坏了妆。前面是斑马线，喜子提着食品袋，从车流中慢慢横过马路。车灯照得她的脸白白的，像夏日里清香清香的玉兰花。

谢湘安想起喜子的话："小安子，你把我照亮了，你把我照亮了！"

他心痛难忍，把车停在路边，放声哭了起来。

熊芸吓坏了，忙问："小安子，小安子，你怎么了？"

谢湘安摇着头哭，半天才哽咽着，掩饰说："我刚才看见一个老太太过去，太像我的妈妈了。"

熊芸抚着谢湘安的背，说："妈妈在天上很安详，你别伤心了。小安子，妈妈都走了这么久了，你要早点走出来才是啊。我想，妈妈也不希望你这样的。"

谢湘安想起的却是喜子的话："你要好好地待熊芸，我不希望看到你这个样子！"

喜子回到家里，见孙离又坐到电脑前去了，就说："老爸，你不要写作！半年之内，我不准你写一个字！你就好好地休息，你的身体还需要养。"

"没有啊，我随便在网上看看。"孙离浏览一下网上新闻，没多时就感觉头晕了。他从医院出来，看报纸头都发晕。书桌上一沓《新日早报》，他也没有翻过。多年了，他只看《新日早报》，只因它是李樵编的。他现在也不想看《新日早报》了，每日报纸送到就直接丢进垃圾桶。他也不上网，不想知道任何丑恶的消息。

喜子发现了，问："你不是一直说《新日早报》办得好吗？"

孙离说："我今后不会再看任何新闻了。不是战争，就是凶杀，就是贪污腐败，就是明星绯闻，没什么好事。眼不见为净！"

孙离一直惦记着马波，电话却总是打不通。妙觉师父说马波会有一难，不知道会是什么结局？喜子有时也同他说起马波，他心里也没有个谱。他相信马波是个干净人，可这世上哪有料得准的事情？

周末大山子回来，端端正正站在孙离前面，说：“老爸爸，喜子妈妈做饭没空，你给我背书好吗？我的作业！”

孙离笑笑，故意逗他：“你的作业，怎么要老爸爸背呢？”

大山子说：“老爸爸真笨！喜子妈妈一听就明白了。我背，你给我看着。”

孙离说：“不是老爸爸笨，是大山子说话要准确。记住了啊！”

大山子把课本塞到孙离手上，背了起来：

问曰：“敢问夫子恶乎长？”

曰：“我知言，我善养吾浩然之气。”

问曰：“敢问何谓浩然之气？”

曰：“难言也。其为气也，至大至刚，以直养而无害，则塞于天地之间。其为气也，配义与道；无是，馁也。是集义所生者，非义袭而取之也。行有不慊于心，则馁矣……”

孙离想这世上最美妙的事，必是听童子读书了。大山子背完书，说：“老爸爸，你要签名！”

孙离签着名，说：“大山子，答应老爸爸一件事。你回家做作业，凡是语文书，都要大声朗诵。大声读书，才能记住，才能理解。”

大山子说：“我怕吵着你呢。喜子妈妈嘱咐要我安静，老爸爸写作需要安静。”

“老爸爸现在不需要安静了，喜欢大山子大声读书。你要是喜欢古文，老爸爸带着你一起读，好吗？”

大山子点着头，又说：“可是，不要我全都背下来好不？”

孙离摸着大山子的脸蛋，说：“孩子，老爸爸不要你背一句！你只要跟着我读，读多了你就喜欢了，自然就记得了，不用背的。”

有天下午，喜子接到一个电话：“请问你是孙亦赤的家长吗？”

“我是，有事吗？”喜子听着就有些紧张。

“我是向老师，孙亦赤的辅导员。”向老师说，“孙亦赤一个星期没来上学了，他是不是回家了？”

喜子慌了神，说：“亦赤没有回来呀？他到哪里去了？”

向老师说：“我打你电话，就是想知道他到哪里去了。我问了他寝室的同学，他们说你到学校找他，他受了什么刺激，人就走了。你家里是不是出什么事了？”

孙离听说是讲儿子的事，早站到喜子身边来了，瞪着眼睛望着她。

喜子说：“我没有到学校去过。你能确信同学讲是亦赤妈妈来过吗？”

向老师听了觉得奇怪，说：“怎么可能不是你呢？你来的时候寝室有好几个同学，他们说亦赤听你说了什么，一句话都没有同你说。亦赤这同学性格有些古怪，我平时也注意到了。”

喜子猜到几分了，问：“亦赤的同学讲他妈妈说了什么吗？我没有到学校去。”

向老师说：“同学们说，孙亦赤妈妈讲的是方言，他们没怎么听得懂，大概听说，你怪孩子怎么不肯认妈妈。我也知道他放假都不怎么回家，猜到你们同孩子间可能有什么问题。”

喜子早已站立不稳，跌坐在沙发里，勉强撑着，说：“向老师，谢谢你来电话。我们保持联系，我想办法找孩子。”

孙离想起平日常见的诈骗信息，问：“不会是骗子吧？没说让你打钱吧？”

喜子没有回答孙离的话，趴在沙发里哭不出声：“他们怎么这么自私啊！三头对六面讲得好好的，不让两个孩子知道真相！那些天，我天天可以见到立凡，我心里再怎么难过也忍着。他们居然跑到上海去找亦赤，亦赤离开学校出走了！”

孙离马上打了老郭电话，问：“郭大哥，你们是不是去找了我的儿子？”

老郭沉默半天，才说：“我劝都劝不住，你平大姐瞒着我去了。”

喜子抢过电话，大声喊道：“亦赤离校出走，一个星期没上课了。你们怎么这么自私？难道立凡我们不想认吗？他是我们的骨肉！他爸爸还为他摘了一个肾！我们为了两个家庭，两个孩子，把眼泪都往肚子里咽，你们怎么可以这样做！”

四十四

孙却和小君回到苍市，径直到了哥哥家。他们看出家里的气氛不太寻常，孙却就问："哥，你们是不是有什么事瞒着我们？"

"没有啊，我们不好好的吗？"孙离说。

喜子忍不住了，哭着把错抱孩子的事，立凡换肾的事，亦赤出走的事，统统都说了。

"怎么听起来像电视剧？"孙却捍着拳头，"这户人家怎么这么混账？"

小君就说："他们确实自私，但也是人之常情。亦赤毕竟是他们的亲生骨肉。我听着就想，他们要是愿意，我们给他们一大笔钱，把自己的孩子领回来。"

喜子哭着，说："我要亦赤，亦赤是我的儿子！我的儿子不知道到哪里去了。"

孙却说："是不是考虑报案，或是在电视上发布寻人启事？"

孙离摇摇头，说："那样就满城风雨，会给孩子的生活留下阴影。这些天，我同你嫂子说来说去，担心是担心，但总想亦赤不会有事的。他只是想出去走走，会回来的。"

“可是，万一孩子再也不见我们了怎么办？他的性格本来就怪怪的，如今知道他不是我们亲生的，他会怎样？我怕啊，老爸！我要亦赤！”喜子已瘦得不成人形了。

孙离打过亦赤很多电话，都是关机的。他发了很多信息，又在亦赤QQ里留言，也不见回复。孙离和喜子每天都同向老师联系，想侥幸得知亦赤回到学校了。孙离还问向老师要了亦赤几个同学的号码，也每天都同他们通几次电话，却没有亦赤半点消息。

老郭家也天天来电话，问亦赤的消息。老郭说平大姐后悔得快跳楼了，她也是天天在家里哭。孙离嘱咐他别打电话，有消息自然会告诉他的。事情已到这个地步，孙离也说不出怪罪的话。

家成了一个巨大的真空，一切都失重了，大家都在这个真空里飘浮着。小君操持着家务，孙离和喜子都倒下了。孙却觉得这样不是个事儿，就守着哥哥嫂子讲他们的沿途见闻。他想分散哥哥嫂子的注意力，他也相信亦赤肯定会回来的。

孙却顾不得礼数，守在哥哥嫂子床前，说：“我们这次回来，走的最后一站是湖南的沅陵。洞庭湖有湘资沅澧四条支流，我们都走了。四水最漂亮的是沅水，河水很清，有很多险滩，两岸山高林密。我和小君在沅陵走了十天，那地方就是一个超大的自然公园，无一处不成景。哥听说过二酉藏书的故事吗？秦始皇焚书，当地读书人把一些书藏在一个山洞里，那个山洞叫二酉洞。”

孙离说：“书通二酉，原来典故在这里啊。”

“是的是的。”孙却见哥哥有兴趣，又说，“沅陵有座龙兴讲寺，唐代开设的，比很多有名的书院都早，保存也相当完好。这个书院没有被列为全国四大书院之类的，实在是被埋没了。”

喜子的心思一直在儿子身上，她说：“你们在外面走了一年多，嫂子有个建议，应该回来管管孩子了。不是嫂子不愿意带大山子，这孩子给我很多快乐。我是想，你们要吸取我和你哥带亦赤的教训。孩子真的需要父母陪伴。我是非常非常后悔。我们一辈子，同孩子一起的时候并不多。孩子从生下来到高中毕业，不过十七八年，一上大学就离开父母了。出来工作，成家立业，就更没有时间同父母一起。说到底，人一辈子，就是亲人间的相互陪伴啊。”

喜子说这话时，小君正好进来了。她坐下来，说：“哥哥，嫂子，我们这次回来，正要同你们商量一件事。”

孙离说：“你们去客厅坐吧，我们起来说话。”

孙离先来到客厅，喜子在房里梳头。喜子出来时，人像要飘起来。小君过去扶了喜子，搀着她到沙发里坐下。小君紧挨着喜子坐着，拉着她的手。

孙却说：“我的身体完全没有问题了。小君说再去做个检查，我说不用，我自己心里有数。我早说过，再也不经商了。我们这回在沅陵，碰见几个义务支教的志愿者，都是年轻人。我和小君很羡慕他们。我俩想去考个教师资格证，就到像沅陵这样的地方去做乡村教师，不拿工资。合适的话，我会捐建一所学校。大山呢，我就把他带在身边，让他在乡村学校读书，野孩子一样长大。我后半辈子只做两件事，教书，陪父母、陪老婆孩子。我打算寒暑假都回乡下去，陪着老父母。我过去只要听老爸讲 508 厂就烦，我今后不会再烦了。”

孙却说着这番话，喜子听得眼泪直流，一个劲地点头。

孙离说：“你们的想法我同意。但对待孩子的教育，也不可绝圣弃智，要尽量给他最好的教育条件。”

孙却说：“哥，我都权衡过了。城市教育具备的这些东西，孩子稍稍长大就可以补回来，而在乡村生活能够获得的美好东西，城市的孩子永远享受不到的。何况，城市生活的很多东西，我们其实是可以不需要的。”

孙离望望喜子，说：“孙却真的是悟道了。”

喜子也说：“人生不可能打草稿，落笔就涂改不得。不然，我们可能是另外一种活法。我这些天总在想，假如我们不是拼死拼命往外逃，仍留在老家的小县城当中学教师，未必就不好？很可能，亦赤会长成另外的样子。”

喜子把话题拉到亦赤，兄弟妯娌又唉声叹气了。小君劝慰几句嫂子，又把话题拉开，说：“哥哥，嫂子，你们知道我和孙却怎么想到去沅陵的吗？我们从张家界往长沙方向赶，看到路边有个地名，借母溪。好奇怪的地名！我俩二话没说，掉头就往沅陵去了。”

“哪三个字？有什么故事？”孙离问。

小君见孙却想插嘴，就说：“你叫他说吧。”

孙却说：“我们去对了地方。本来只是冲着这个地名去的，一去就在沅陵待了十天。借东西的借，母亲的母，溪水的溪，借母溪。说的是古时候有个县令带着母亲去外地做官，走到一个风景很美的山谷，母亲身体弱不能再走了。县令就在山谷边置地修了几间小木屋，把母亲寄在这里托人照顾，自己赴命去做官。当地有个大孝子，母亲早逝，子欲养而亲不在。他看县令也是个孝子，就把这个县令的母亲当亲娘养着。所以，一个地方，一个故事，两个版本，两个地名。把县令当故事主角讲，叫寄母溪；把当地大孝子当故事主角讲，叫借母溪。”

喜子记得借母溪这个地方，前年同谢湘安去凤凰开会，从长沙坐汽车去湘西的路上看见过。这会儿听着这个母与子的故事，喜子却是伤心的，说：“我要到上海去找亦赤。”

孙离劝她冷静：“上海那么大，你到哪里找去？你知道他是不是还在上海？喜子，我们再等几天吧。你现在最要紧的是注意自己的身体。”

星期五，小君去接大山。大山看见妈妈，飞跑着过来，问：“喜子妈妈呢？”

小君刚才看见儿子飞跑，心都快跳到舌尖上了。孩子扑上来却没有喊妈妈，只问喜子妈妈。

小君说：“喜子妈妈病了，妈妈来接你。”

上了车，大山问：“妈妈，你什么时候走？”

小君安全带拉到一半又放下，问：“大山，你想爸爸妈妈吗？”

大山说：“我做过一个梦，梦见爸爸妈妈回来了，给我带了这么大一个巧克力！”

小君听着就开心了，说：“儿子，妈妈给你买了好多巧克力。世上可没有你讲的这么大的巧克力啊！”

大山说：“喜子妈妈说有这么大的巧克力，上吉尼斯世界纪录了。”

小君笑着，说：“好的，妈妈给你布置一个任务，你长大以后做一个更大的巧克力，打破吉尼斯世界纪录！”

回到家里，小君把孙却拉到旁边，悄悄地说：“我们不能再在外乱跑了，一定要自己带孩子。嫂子的话是对的。”

“不是说好了吗？我们把大山带到乡村去。”

孙却同小君说悄悄话的时候，大山在喜子面前蹦蹦跳跳，说着他们学校里有趣的故事。

四十五

叶子又打电话约喜子喝茶，喜子说：“叶子，我真的走不开，有什么话我们电话里说吧。”

叶子就在电话里哭，说：“喜子，求求你，我快不行了。你出不来，我到你家里来行吗？”

亦赤没有消息，孙离身体还很虚弱，喜子哪有心思出去见人？可叶子死缠烂打，一定要上门来。喜子放下电话，摇着头说：“这人怎么回事呀？我们欠她的还是怎么了？她一定要到我们家来！”

孙离说：“她要上门来，我就躲出去。”

“这么冷的天，你身体这样子，躲到哪里去？”喜子急得没办法。

孙却说：“哥，我们躲到书房不出来就行了，她未必还会搜查各个房间？”

孙离说：“叫她知道我躲在里面，我也有些难为情。”

喜子没好气，说：“你们就躲在里面吧，叫她知道你故意躲着也无妨。”

听到门铃响，孙离、孙却和小君就进书房去了。喜子把叶子迎了进来，说：“对不起，家里乱糟糟的。”家里其实不乱，喜子是找不到话说。

叶子就像没听见似的，进门就问：“孙老师呢？”

喜子说：“他是野人，不太归屋的。”

叶子往沙发上一坐，拖鞋就脱了，腿盘了上去，问：“孙老师同马波是好朋友，不知道他们最近有联系吗？”

“孙离早些时间打马波电话，都关着机呀。”喜子说。

叶子说：“他出来了。”

喜子故意装糊涂，问：“出来了？他从哪里出来了？”

叶子说：“他被双规，没查出问题，放了。”

“我真不知道马波经了这么一难。”喜子其实知道，马波是叶子和别人联手送进去的。

叶子好像望着天花板，目光却是散的，说：“我听人说，双规都是不会错的。只要双规了，好歹会有几年徒刑。没想到，马波出来了。”

喜子听不下去了，问道：“叶子，我俩好歹也是姐妹，你说句实话给我听。你们夫妻一场，你是真希望他坐牢呢？还是希望他平平安安？”

“我想同他复婚！”叶子说。

喜子笑笑，说：“叶子，你就像懒学生做数学题，步骤都省了，直接写个答案。你没回答我的问题呢。”

叶子说：“我承认，我做错了。有人给我提供了材料，我把那些材料捅出去了。可是，马波把周美尼写给他的情诗抄了，裱好了挂在家里书房里啊！”

“什么情诗？我不相信马波荒唐到这个地步吧！”喜子说。

“黄莺隐深树，能拣一枝依！”叶子说起来有些愤然，“我承认自己只认得几个阿拉伯数字，可是这诗我读得懂啊！周美尼想攀高枝，这诗再含蓄我也看得明白，我不是傻子。”

喜子不停地起身倒茶，擦桌子，听叶子说了好大一堆话，才远远坐在她对面，说：“叶子，我听说妙觉师父并没有像网上说的被立案调查，她还在苍莨寺里敲木鱼呢。”

“她已经把我们夫妻拆散了，我难道还要感谢她？捉贼要拿赃，捉奸要拿双。她运气好，没有被人抓到现场。”叶子眼睛红红的，“不说她了！喜子，我求你们夫妻，你们同马波是好朋友，帮我说说，劝劝他，我想复婚。”

“叶子，你们两个人的事，到底还是要你们自己做主。”喜子想了想说，“照理说，女儿这时候说话是最有用的，可是做大人的又不能用孩子的感情来要挟，这样做不好。”

叶子说：“他哪里还管孩子？超颖天天打他电话，他都关着机。他在里面待了几个月，人都变态了，变得六亲不认了。”

叶子反复都是这些话，缠到好晚才离开。喜子拉开书房门说：“她走了，你们出来吧。”

孙离闻得浓浓的香水味，就说：“一个单身女人，弄得这么香喷喷的什么意思嘛！”

喜子笑笑，只道：“叶子想让你找马波说情，她想同马波复婚。”

“复婚？她自己把马波送进去的，如今还说复婚？”孙离怎么也没想到叶子是为这事上门来的。

喜子说：“告诉你一个好消息，马波出来了。”

“出来了？”孙离很惊喜，“他真的没事？谢天谢地，到底还有个干净人！”

孙离调出原先发给马波的信息，复制粘贴后稍作修改：马波兄，我去看了妙觉师父，她说莲花自净，无关清浊。她还说你最有衲子之心，我也相信你是干净人。我一直打你电话，都关机。也给你发过信息，不见回复。今天才知道你平安，我也放心了。收到信息，请回电话！

深夜三点多，孙离电话响了。一看，是马波打来的："孙离兄，抱歉，这么晚了打搅你。我白天不敢开电话，只在半夜里看看有没有重要信息。我没有收到你的信息，可能发得很早吧，我在里面手机关了八个月。叶子那个疯子缠得我不行。我们约个时间，我请你喝茶。"

孙离说："我有特殊情况，出不了门。你方便的话，明天到我家里来吧。我时刻都在家里，不用事先打电话。"

第二天上午，马波就来敲门了。他见孙离瘦得换了个人似的，猜到他必定是得了大病。听孙离如此说了，马波长叹一声，说："没想到，我在里头受难，你们在外头也是受难。相信我的话，亦赤那孩子我见过，他肯定会回来的。孙离的身体，也不会有大碍。立凡是你们亲生孩子，总算阴差阳错找到了，这么一想也是喜事呢。"

喜子强作笑颜，说："马波就是开阔，我听你这么说说真的就好受些了。"

马波又对孙却说："老弟，你哥哥平日只要说起你，就像说书似的兴奋。今天见到你，果然器宇不凡，气象很大。"

孙离调侃道："什么气象？快下雪了吧？"

"马哥，你别听我哥哥瞎吹！"孙却等小君把茶泡好，他小两口就进书房去了，"你们聊吧，不打扰你们了。"

孙离望着书房门关上了，才问马波："你受了这么大委屈，到底怎么回事？"

马波笑笑，说："我出来两个多月了，说了上百次了，早说烦了。孙离兄，你身体也不好，我现在也疲惫。细节今后有时间慢慢说吧。简要地说，有人见我要当宗教局局长了，就造谣害我，他自己想上位。叶子相信人家的谣言，先是吵着离婚。离了婚她又后悔，找我复婚。我当时被谣言弄得焦头烂额，哪里有心思谈复婚？她又信人家的话，同人家联手把我送进去了。调查了整整八个月，没查出我任何不干净的地方。当然，那个想当局长的人如愿以偿，当上了。”

“你就这么白白让人整了？”孙离问。

马波说：“我不会以牙还牙，他有没有问题由人说去。前几天，上面有人找我谈了，考虑让我去当文化局局长。我有些懒心了，打算到高校去教书。”

喜子点头说：“我赞成你到高校去。虽然高校也早是名利场了，毕竟比别的地方好些。”

孙离说：“马波，这是个大事，你先别头脑发热，冷静想想再定吧。”

喜子不想提叶子昨夜上门的事，马波自己说到她了：“叶子这个人，我有些痛心。她年轻时并不是这样的，她的种种不好都是后来变的。我们都在同一个染缸里泡着，缸里的水越来越黑。我们是否经得住浸泡，全看自己的定力。叶子变得眼睛里只有钱，只有同人家没完没了的攀比，只有同人家的交换，只有无穷无尽的牢骚。她什么时候都在算账，同朋友往来，同家人相处，甚至夫妻之间，在她眼里都是加减乘除。我出来了，她又提出复婚。她并不是念旧情，只是觉得这样合算！”

孙离听着这些话，点头也不是，摇头也不是。毕竟，人家是夫妻一场。喜子想起叶子说到超颖，就道：“马波，你们两个大人不管怎么处理，不要伤害孩子。女儿是最疼父亲的，你说什么也要把超颖带好。”

马波听喜子问到女儿，眼泪一滚就出来了，说：“我家超颖让叶子毁了。刚传出谣言时，叶子调唆超颖不认我。两次提出复婚，她又利用女儿来压我。超颖人在法国，一切都听她妈妈调遣。我担心她长大比她妈妈更庸俗、更势利。”

“所以你才更应该担起父亲的责任哪！我想也不会的，孩子还小，慢慢就会明白是非的。”喜子只得说着空洞的安慰话，“超颖我见过，一个又漂亮、又懂事的孩子。”

四十六

夜里，孙离已经睡下，电话突然响了。他连忙拿起电话，看见一个陌生号码。但愿这是亦赤的消息！他忙接了电话，问："哪位？"

"孙叔叔救我！"一个男孩的声音。

"你哪位？"孙离吓得坐了起来。

"孙叔叔，我是小江，我是江陀子！"原来是江陀子。

孙离问："小江快说，出什么事了？"

江陀子哭了起来，说："我把我妈妈挖死了！"

"怎么？你怎么把妈妈挖死了？"

喜子听了这话，吓得也坐了起来。

孙离浑身哆嗦，问："告诉我，你慢慢讲，怎么回事？"

江陀子说："我去推房子，他们说屋里没有人。我一推，房子倒了。我看见妈妈站在楼上大声叫喊，房子突然就倒了，马上起了大火。火扑掉了，妈妈还在下面压着，我猜肯定死了。"

孙离隐约猜到是怎么回事了，喉咙马上就像着了火似的发干，问："你在哪里推房子？你妈妈叫什么名字？"

“南津渡老街。我妈妈叫宋小英。”江陀子哭泣着。

孙离放下电话，大声叫喊：“孙却，孙却，你快起来，你陪我出去一下。”

喜子只听说谁把妈妈挖死了，追着孙离问：“告诉我，到底出什么事了？”

孙离边穿衣服边说：“一句话讲不清楚，我回来再慢慢告诉你。你休息吧，不要等我。”

下楼的时候，孙却也问到底是怎么回事。一直到上了车，孙离才说：“三年前的秋天，我在何公庙看见一个十五六岁的小孩，叫江陀子，他爸爸坐牢去了，妈妈离家出走了，奶奶年纪大了管不了他。这孩子很可怜。我托人帮忙，收留那孩子打工。他在拆迁公司开铲车。去年冬天，我在一家夜总会的男厕所看见一个女清洁工，居然是老邻居的妹妹宋小英。刚才江陀子打电话来，说他把自己妈妈挖死了，他妈妈就是宋小英！”

孙却听了，半天没有理清头绪，问：“哥，就是当年诬赖你的那个人？”

“不是小英诬赖我，是他哥哥老虎，宋小兵。”

“我还是弄不明白，这中间到底是怎么回事？”

孙离说：“我也弄不清怎么回事。我问过小英，她说她守的那房子是她家的。我听说那是个门户很高的人家，小英哪里嫁得进去？江陀子是她的儿子，那房子就更没有可能是她家的了。江陀子的爸爸打伤城管，坐牢还没有出来。他爸爸就是何公庙附近的人。”

孙离在路上又打江陀子电话，已关机了。孙离兄弟赶到南津渡，人已进不去了。消防车闪着警灯开出来，隐隐看见废墟上冒着白烟。警察拉起了警戒线，闲人不准靠近，不准围观。孙离过去同警察交涉，没有人听他的。

“我是她的熟人，我们认识。”孙离说。

警察笑笑，说：“熟人？这会儿死者家属都不能进去！”

“确认人已死了吗？”孙离问。

警察说：“我们没时间应付无关人员，这里也没有什么热闹好看。但愿没有死吧。你们统统离开现场！”

孙离的身子仍然有些弱，没有精力同警察争吵。他也不能让弟弟的火气上来，只好说：“我们回到车上去吧。”

孙离想不到任何办法，只有坐在车里干着急。有可能联系到拆迁办的人是马波，江陀子是他托马波帮忙才找到事做的。打了马波电话，又是关机。他发了信息去：马波兄请复电，有急事找，人命关天！

孙离把坐椅靠背放平，躺了下来。他身上开始冒汗，为小英生死担心。突然想起，这事应该告诉陈意志。孙离没有陈意志的电话，他打电话给舒刚勇，说：“舒老师，我没有陈意志电话，麻烦你找到他，让他回电话给我，非常紧急的事。”

“什么事呀？”舒刚勇问。

“一句话说不清，你先让陈意志打我电话吧。”

没多久，陈意志电话来了：“孙大作家，好久不见啊。”

孙离顾不得客套，说：“陈老师，你妹妹小英，被你外甥小江挖死了。不不，人很可能死了。你妹夫还在牢里，你外甥很可能被控制起来了。你们家赶快来人。”

陈意志木了，“啊啊”了半天，才问：“我们到哪里来，我们找谁？”

孙离说：“你们到了苍市打我电话吧。”

直等到下半夜，眼看着人挖出来了。孙离和孙却下了车，跑过去探消息。看着担架出来，孙离挤上去问：“人没事吗？人没事吗？”

没有人回答，只听说那边有人在议论。

“死了，不用送医院了。”

“直接送殡仪馆？”

“我们 120 不去殡仪馆，我们和殡仪馆扯不清账。你们直接联系殡仪馆吧。”

孙离跑上去，扯住一个警察，说：“我是死者的老邻居，你们要火化尸体也得让她的家属见见遗容。”

“我们只知道她有两个家属，她的丈夫早已经这样了，她的儿子马上就要这样子。”警察双手比划着戴手铐。

孙离说：“她还有娘家，我是死者娘家的老乡，我已打电话告诉他们了。”

警察本来已经走开，听孙离这么说，又回头问：“你叫什么名字？”

“我叫孙离。”

又听得人群里有人高声喊道：“刚才哪个讲孙离？孙离在哪里？”

人群里走出一个矮胖的中年男人，穿的是便装，问：“你就是孙离？作家吗？”

孙离说：“我是孙离，作家。”

那人说：“好，我们会找你的，我们有你的电话。”

孙离问：“你是谁？我不认识你。”

“嘿嘿，你不用认识我。”

“你怎么有我电话？”

那人回头说：“找你电话还不容易吗？”

孙却拉哥哥回到车上，说：“我怎么听出那个矮胖子在威胁你？”

孙离说：“我遵纪守法，怕他威胁什么？”

“我们回去吧，我们无能为力的。”

回家的路上，孙离打电话给陈意志，说：“你们不要等明天的火车了，自己有车就开车来，没车就马上租车。小英已经死了，人已拉到殡仪馆去了。现在是凌晨两点，你们可以赶在七点前到苍市。你们先不要找我了，直接到殡仪馆去，见上小英一面。殡仪馆不会连夜火化人的，最早也得在明天上班以后。记得把你小花的衣服带一套，小英肯定没有干净衣服的。”

孙离两兄弟进了屋，见喜子和小君都坐在客厅里。

孙离问：“你们怎么不睡觉呀？”

喜子说：“不知道出了什么人命关天的事，我们哪里敢睡呀？”

孙离问：“喜子你还记得那个小英吗？”

“哪个小英？”

孙离说：“陈意志老师那个小姨子，她被她自己的儿子挖死了。”

喜子吓得嘴巴都合不拢了，半天才问：“怎么回事呢？”

孙离嗓子早干得粘在一起了，自己倒了一杯开水，又拿矿泉水兑成温水，咕咚咕咚喝了，说：“我不知道自己哪辈子同他们家结上的缘分。记得前年吗，我不想过生日，躲到何公庙去写小说。我在庙里看见一个小孩子，叫江陀子，十五六岁的样子。庙里的人说，他爸爸在坐牢，妈妈离家出走了，奶奶年纪大了，很可怜。那孩子又有些坏毛病，手脚不干净。我一时发了善心，回来同马波说了。马波也是热心人，介绍他到朋友的拆迁公司学了开铲车。去年冬天，马波邀几个同学唱歌，我在歌厅男厕所看见一个女清洁工，居然是快二十年没见的小英。她认出我就藏起来了，不敢见我。我守在外面堵住她，追到她住的地方，问她当年出什么事了。她不肯讲，她说讲不出口。今天夜里，江陀子开铲车推南津渡的老屋，就是他妈妈小英住的房子。房子倒了，马上起了大火。人死了。哪里想到，江陀子竟然是小英的儿子!”

喜子听着脸越来越白，站起来想回房间。她身子一摇，人就要倒下去。小君赶忙扶了她，送她进了卧室。

孙离跟进房间，说：“真是人间惨剧啊!”

喜子躺在床上，头整个儿埋在被窝里。过了好半天，她声音弱弱地问：“江陀子是你的儿子吗?”

孙离听得汗毛都直了，说：“你怎么往这地方想呢?”

“世上真有这么巧的事? 你到苍市这么多年，你们三个人是不是一直有联系?”喜子的声音细若游丝。

孙离半日无语，枯坐在床沿上。他也没有精力了，背上冷汗涔涔。

四十七

孙离醒来，望见窗帘角上亮得刺眼。时间应是很晚了吧。拿起床头的手表看看，才七点多钟。冬天这时候哪会这么亮？可能出太阳了。正迟疑着是否起床，听得小君在客厅里轻轻地说：“好大的雪啊！”

孙离摸摸身边，喜子睡的那边是空的。他模模糊糊的脑子突然清醒了，马上起床了。自他从医院出来，不再一个人睡书房。

孙离拉开窗帘，地上，树上，屋顶上，厚厚的雪。抬头看看，雪还在飘，天空黄黄的，像在慢慢融化。

孙离来到客厅，见孙却坐在沙发上看报。他家只有这份《新日早报》。这几天，孙离丢报纸的心思都没有。他又拨了马波电话，依旧是关着机。看样子，马波昨夜通宵都没有开机看信息。碰上叶子那样的女人，马波那么善良的人只有躲着。

孙离轻声问：“嫂子呢？”

孙却朝洗漱间努了一下嘴，轻声说：“我猜到嫂子会生气的，她肯定多心了。哥先别急着多解释。亦赤都还没消息呢，我们家里现在是亦赤的事最大。”

孙离说："去年也下了这么大的雪，我给小英买了两编织袋的木炭送去。逼着拆迁，她住的那房子水电都断了。昨夜房子倒下，又起了火，说不定那烧火的木炭还是去年我送她的。"孙离多说几句话就有些气喘，"她说她准备了汽油，拆迁的来，她就要点燃汽油桶。我说你别真点啊，你要你家里来人，你应付不了他们的。"

孙却说："怎么可能是她家的房子呢？"

"是的，肯定不是她家的房子。这是个谜。"孙离说。

小君熬了粥，蒸了馒头，炒了一盘白菜。喜子从洗漱间出来，径直又往卧室里去。孙却朝小君使了眼色，小君就跟了进去，拉喜子出来吃早餐。

四个人围坐在餐桌上，谁都没有胃口。孙离想让喜子多吃些，只夸小君的粥熬得好，还故作轻松，说起笑话，说："小君，你说熬粥不算厨艺，你说错了。我有一年去叙利亚，天天吃阿拉伯人的烤大饼、牛羊肉、生菜，吃得人都病了，拉肚子。我很想喝一碗粥，不然人撑不下去。阿拉伯人根本就不知道粥是什么东西，翻译就告诉厨师，放很少很少的米，放很多很多的水，煮沸了就揭开锅盖不管它，再煮半个小时就行了。结果，煮出来的哪是什么粥？饭是饭，水是水。"

勉强应付着吃过早餐，四个人又是枯坐。只要听到电话响，都把耳朵竖起来，张着嘴巴听。老郭又打电话来，孙离再次嘱咐他静等消息。

孙离的电话又响起来，他看看是陌生电话，忙站起来接了。

对方说："孙离吗？我这里是南津渡派出所，请你过来一下。"

"什么事？"孙离问。

"昨天夜里你看到的事，我们想问问情况。"

孙离一听就有气，又不想在喜子面前起高腔，尽量把声音放平和，说："如果我涉嫌违法犯罪，请你们立案，发传票来，我会在规定时间内到案。如果你们想让我协助调查，我没空造访你们派出所，请你们到我家里来。"

派出所的沉默一会儿，问："你家住在哪里？"

孙离没好话说，只道："昨天你们不是有个人说要找到我电话很容易吗？我的家庭地址是个人隐私，我没有义务相告。你们上门了，我会把你们当客人。你们卫星定位吧。"

孙离说罢就掐断了电话。喜子本来一直生气不说话，这会儿听说派出所的人要到家里来，就问："你让他们到家里来干吗？我不欢迎！"

孙离安慰喜子，说："我们一不偷，二不抢，怕什么？"

过了一个多小时，听到了门铃声。孙离过去开了门，门口站着两个人，一个穿警服的，一个好像就是昨夜那个矮胖子。

孙离取了两双拖鞋放在地上，说："我在电话里说了，你们上门就是我家客人，我会以礼相待。我先嘱咐一句，我家里有病人，请二位举止文明，话莫高声。我也会很平和地同你们说话。"

矮胖子笑笑，说："孙老师说话好严肃啊！"

孙离没有搭腔，只说："请吧。"

他领着两个人进了书房，再把门掩上。孙离请他们坐，矮胖子先不坐下，四下里看着书房墙上的字画，笑着问："这些字和画都是孙老师的杰作？"

孙离淡淡说："我是作家，写字画画只是玩，字和画都不好。"

"谦虚，谦虚，越是有文化的人越谦虚！"矮胖子笑笑，坐下。

警察说："孙老师，这位是拆迁办龙主任，我是南津渡派出所的副所长，我姓覃，你喊我小覃就是了。"

孙离问："二位找我有什么事呢？"

龙主任望着覃所长笑笑，说："覃所长，你把东西给孙老师看看吧。"

覃所长拿出一个信封，抽出一沓照片。孙离一看，吃了一大惊。他去年给小英送木炭，从进门到出门，再到他拿着手机拍老街，都被拍下了照片。照片上显示了时间，去年十二月二十日。他敲门的照片上显示上午十一点十五分，小英开门的时间是十一点十九分，抬木炭的时间是十一点二十一分，他进门时间是十一点二十三分，出门时间是十一点二十九分，他在外面拍照是十一点三十一分，他上车离开是十一点三十三分。

孙离把照片甩在桌上，说："你们一年前就跟踪我了？为什么？"

龙主任说："孙老师别生气，我们把照片给你看，只是给你留下作纪念。请你理解支持我们的工作。南津渡老街快五年了都拆不下来，就因为有一些爱管闲事的人里应外合，他们就想社会不安定。告诉你吧，这里头背景非常复杂。我们调查了，你不是他们一起的。"

"那你们找我干什么？"

龙主任说："孙老师，你是大作家，我们很敬重你。我这个人最尊重知识，尊重文化。我们想了解一些情况。你跟犯罪嫌疑人，你跟死者，是什么关系？"

孙离不知道怎么回答，他沉吟半晌，说："我说是缘分，你们会怎么理解？缘分两个字，你们写进案卷都不合适。你们是唯物主义者。龙主任，你先告诉我，谁是犯罪嫌疑人？"

龙主任清清嗓子，一时没有答话。

覃所长说："很明显，犯罪嫌疑人，就是推倒房子致使宋小英死亡的江陀子。"

"你们就这么定案了？"孙离目光冷得像刀子。

龙主任笑笑，说："我们会以法律为准绳，以事实为依据。法治社会，不会乱来的。孙老师是大名鼎鼎的推理小说家，假如请你来构思小说你会怎么分析？"

孙离突然把这件事完全想明白了。小英是房主请来看守房子的，要么就是给她住不收租金，可能还会倒给她付工资。房主肯定嘱咐她对外讲房子就是她家的。

小英死心眼儿，她对孙离也说那房子是她家的。拆迁办天天有人暗中监视那十几栋拆不动的老房子，摸准了小英夜里出去打工，白天在家休息。他们要拿一栋老房子打开缺口，昨夜以为屋子里没有人，就把房子强行推了。

天知道小英昨夜为什么没有去上班。

出大事了，江陀子就成了替罪羊。

理由可以随便编，说他擅自施工，或不讲施工规程，都行。

孙离没有把自己的推断讲出来，只说："宋小英是我二十多年没见过的老邻居，昨天夜里之前我根本不知道她同江陀子是母子关系。江陀子是我前年在何公庙看见的一个孩子，也正像龙主任说的，我也爱管闲事，托朋友帮忙给他找了个打工的机会。宋小英是我去年冬天在歌厅男厕所碰上的，她在那里做清洁工。"

"这么巧？"龙主任说。

"巧不巧同这个案子都没有关系，你们可以大胆联想，无限上纲。"孙离话说得很硬，声调却并不高。他望着窗外飘飞的雪花，语气仍是平和的，"出这种事了，你们只知道掩盖真相、推卸责任、找替罪羊。龙主任，一个母亲冤里冤枉在睡梦里被自己儿子挖死了，她无罪的儿子还要顶罪坐牢。这事，你们想着安心吗？"

龙主任不像昨夜那么阴阳怪气，他今天变得非常的随和从容。他掏出烟来，问："孙老师，你抽烟吗？"

孙离说："谢谢，我不抽烟，你请便吧。"

"那我怎么好意思抽呢？"龙主任把烟放回口袋，"孙老师，可以请你帮忙做一做死者家属的工作吗？他们一家人正在大闹殡仪馆，挟尸要价。我们调查了，他们是你喊来的，你昨天自己也讲了。"

孙离冷冷地说："一个知情人，偶然碰上这事，打电话告诉了死者家属，大概没有犯法吧？如果没有我这个知情人，你们也有责任尽量找到死者家属。"

覃所长一直没有说话，只把公文包紧紧抱在怀里，就像怕遭打劫的样子。龙主任笑笑，尽量想把气氛弄缓和些，说："孙老师，你没有做错任何事。但是，凭良心讲，客观上你给我们工作带来了麻烦。我们没有任何死者娘家的线索，怎么去找他们？我们今天要是顺利地把死者火化了，事情就好处理多了。"

只因是在自己家里，孙离忍住不想发作。他把声音压得很低，怕吵着了喜子："你这也叫凭良心讲？你知道什么是良心吗？人不幸死了，应该让她家属好好见上一面，好好装殓再火化。死者也是有尊严的，我们乡下讲究死者为大，中国人自古讲死生亦大。家属的吵闹未必都有道理，但他们的情绪你们应该理解。好好做工作吧，毕竟人家是死了人，你们只是费心做做工作。对了，江陀子叫什么名字？"

覃所长说："我们还没有问他叫什么名字。"

"真是荒唐！你们连他名字叫什么都不知道，就先把他定罪了。"孙离说得嘴干，咽了口水，"我没有什么话说了，也帮不上什么忙。我家里有病人，不留二位了。"

龙主任望望覃所长，说："我们就不打扰孙老师了。但是，假如有媒体介入这件事，他们要是问到孙老师，请你客观冷静，行吗？"

孙离站起来送客，说："我不会接受任何媒体采访，我讨厌把人间悲剧用作新闻消费！"

孙离领着客人从书房出来，喜子眼睛睁得很大。刚才他们在书房说话，要紧处她也断断续续听见了，她现在一心想的是如何救那个孩子。

孙离关上门，身子止不住发抖，咬着牙齿骂了两个字："畜生！"

喜子上去扶着孙离，喊了小君，说："快给哥倒一杯茶。"

孙离喝着茶，额上鼓着豆大的虚汗。孙却说："哥，你身子还没有完全恢复，你别为这事生气。我是再也不上网看新闻了，这种事情不是天天发生？"

孙离虚弱地靠在沙发上，说："小英是个苦命的孩子，她十五六岁就被家里人卖掉了，如今又稀里糊涂死了，还是自己儿子挖死的。她男人坐牢了，她儿子又要成替罪羊去坐牢！"

喜子流着泪，说："老爸，我从来不赞成你管闲事的，这个闲事你要管。"

"小英自己家里人要先出面，不然我哪里插得上手？"孙离闭上眼睛，"去年我在南津渡碰到江陀子，他说自己把挣的钱都存着，他要把妈妈找回来。哪知道，他自己把妈妈挖死了！"

"江陀子都知道要找妈妈，我的亦赤在哪里？"喜子越发伤心了。

小君也抹着眼泪，说："哥哥嫂嫂，世上尽是你们这种善良的人，天下就太平了。"

孙离的电话响了，他赶紧站起来。只要听到电话他就会站起来，希望是儿子有消息了。

电话是陈意志打来的："孙老师，人还没有烧，我们不准他们烧。老虎说，没有一百万，就把他同小英一起烧了，他说他自己会往焚尸炉里跳。孙老师，小英一个人在外打工这么多年，她身上应该有存折、银行卡，拆迁办的人说找不到。老虎让我问问，你知道吗?”

孙离脸色发白，半天才闭着眼睛说：“陈意志，你也跟着他们混账？他们宋家还有个像人的人吗？妹妹死了，妹夫在牢里，外甥很可能被冤枉坐牢，你们还只知道要钱！你们要马上把小英装殓好，先让她安安静静地走，再去想办法救她的儿子!”

孙离把电话掐断，骂道：“混账！混账!”

孙却拍着孙离的背，说：“哥，你干脆把手机关了，省心。”

孙离没有说话，他不能关手机。雪下得小些了，仍有细细的冰末在空中飘落。孙离想起殡仪馆里小英冰凉的尸体，她肯定干净衣服都没有的。她并不像她家里人说的那么傻，她只是不太聪明，心地却非常的单纯善良。

马波终于来电话了，说：“抱歉，十分抱歉。我在躲那个疯婆子，我自己也快疯了。孙离兄，什么大事?”

孙离深深提了几口气，才把事情原委细细说了。马波默默地听着，说：“今年是什么年成？怎么尽是悲剧呀？放心，江陀子的事我管到底!”

孙离道了谢，又说：“马波兄，你一个人东躲西藏也不是个法子，没事就到我家里来吧。”

马波说：“没事的，放心吧。亦赤有消息时，马上告诉我啊。”

孙离问：“马波兄，你自己的事有眉目了吗？你要考虑清楚啊。”

马波沉默片刻，说：“再看看吧。我真想离开这个名利场，找个地方好好地做做学问。”

过了几天，马波晚上到孙离家里来了，进门就摇头叹息。喜子倒了茶递上，马波喝了几口，说："惨剧，痛！痛！"

孙离惊愕地望着马波，不敢问出什么事了。马波眼睛满是血丝，说："江陀子自己想坐牢！"

孙离听了，坐直了身子，问："怎么回事呢？"

"拆迁公司同江陀子私了，江陀子承担全部责任，入罪坐牢。拆迁公司承诺他在服刑期间工资照发，月薪一万。先按三年徒刑一次付清，三十六万。案子判了之后，按实际刑期算账，多了补，少不退。"马波说。

"你见了江陀子？"孙离问，"拆迁公司这么轻易就肯付钱？"

马波说："我见了。江陀子谁都不信任，他知道我是你的朋友，知道我就是帮他找工作的人，他才肯同我讲话。他家里人把这事捅给了媒体，拆迁公司和有关方面都怕把事情弄大。他们的危机处理做得密不通风，这事儿现在还不见一字报道。"

孙离问："江陀子真心愿意，还是被压服的？"

"真心愿意的。"马波说，"我安慰江陀子，叫他不要害怕。我说他的案情可斟酌之处多，可以争取判缓刑。江陀子一听急了，他一定要真坐牢，怕缓刑公司会扣钱。"

喜子听着泪眼婆娑，说："这孩子，怎么不把尊严荣誉当回事呀？坐牢可是终身污点哪！"

孙却轻声说："嫂子，你这是读书人的迂。很多老百姓碰到这种事，都只是要钱的。"

小君听着恨恨的："怎么能只认钱呢？正义不要了？公理不要了？"

孙却望着小君说："你比嫂子更迂！不是老百姓只认钱，他们太卑微了，自认命贱。坐牢还有钱发，不如坐牢。你们讲的正义、公理、尊严、荣誉，对他们一文不值！"

马波长叹一声，说："这孩子很懂事。听他说话，我把孙离当初告诉我的他的坏毛病完全忘记了。他说奶奶老了，爸爸还有三年就从牢里出来。他现在起坐三年牢，就同爸爸一起出来。他想用这些钱把家里老房子翻新，余下的钱做本钱，跟爸爸一起开个小门面做生意，爸爸就不用再摆小摊受欺负了。孙离，我听得身上阵阵发麻。”

孙离回想起在何公庙里看到的江陀子，从没听他开口说过话。他们一家受欺负多了，畏惧所有的人，不信任所有的人。

孙离问：“只能这样了？”

马波说：“大致思路是这样。江陀子说要见到银行卡，见到里面的钱。他不敢把银行卡放在身上，怕到监狱去被人害。他也不敢把银行卡交给家里人，他的舅舅一直在争这个钱。他说要把银行卡放在孙叔叔手里，他只相信孙叔叔。”

“这孩子……”孙离说着鼻子就酸了。

“我走的时候，江陀子又嘱咐我说，马叔叔，我求你不要帮我，我要真坐牢。”

四十八

大山子放寒假了。家里有了大山子，也就有了笑声。大山子却看出了异样，问：“喜子妈妈，你不喜欢我了吗？”

喜子说：“喜子妈妈怎么不喜欢你呢？你去学校了，喜子妈妈天天想你呢！”

“那我老不见你说话。”大山子趴在喜子的膝上，撅着屁股一弹一弹的。喜子的身子很虚，大山子跳一下，她的太阳穴就胀一下。可她舍不得放开孩子，手在孩子的头上摸着。

小君看见了，喊道：“大山，别在喜子妈妈那里闹了，到妈妈这边来。喜子妈妈病了。”

大山子不跳了，站在喜子面前，问：“喜子妈妈什么病呀？看医生了吗？”

喜子拍拍大山的脸，说：“大山子回来了，喜子妈妈的病就好了。”

一家人手里都紧紧握着手机，不论是进洗漱间，还是进厨房。孙离的手机过去都是设置静音的，这些天他把手机铃声调到最大。孙却把躺椅搬到客厅窗下，让哥哥躺着。一家人除了睡觉，都一起守在客厅里。电视机开着，随大山去看什么节目。

孙离本来不再看报纸，也不再上网。可这会儿，他拿着手机不停地刷。他心存侥幸，想在网上能否看到儿子的消息。他也知道，如果网上有儿子的消息，必定就出大事了。他心里非常害怕，嘴上却安慰喜子说儿子会回来的。他也想看看有没有小英案子的消息，居然真的不见一字。活生生的一个人，就这么死得无声无息。

雪越下越大，孙离看见对面人家的阳台上垂着长长的冰凌。亦赤出生那年，也下着大雪。孙离站在楼梯间抽烟，看见一个人，没看清是男是女，从医院对面的窗口跳了下去。这么多年过去了，孙离遇上心情不好，或碰上大雪天，都会想起那个跳楼的人，想起那个趴在窗口哭泣着倒下去的女人。

孙却有些受不了了，说："明天再没有消息，我看就要报案了。"

孙离说："再等两天吧。"

夜里，老家来了电话，爸爸问："你晓得的，乡下小学都放假了，大山放假了吗？你们回来过年吗？"

孙离说："爸爸，我们会回来，我们在等亦赤。"

爸爸听了高兴，说话的声音都大了些，说："亦赤也回来过年？我好几年没看见他了，你晓得的。雪落得大，你晓得的，几十年没见这么大的雪了，路上开车小心啊！"

孙离听着，眼泪硬硬的，像泥浆，啪地滚了下来。喜子、孙却和小君都偷偷地抹眼泪，只有大山乐呵呵地看着动画片。

第二天中午，喜子手机收到一条信息，一个陌生电话发来一首诗：

妈妈，在拉萨

泪水把天空洗得更蓝
雪山多么辽阔
格桑花让我念想亲人

万千句经文中
你独能听出
我是哪一句念诵

万千盏酥油灯
你独能认得
我是哪一朵灯花

我以为我找不到家了
昨夜，我梦见一双软软的鞋

妈妈，与其让你如此牵挂
不如你带我回家

喜子读了几句就哽咽了。她终于读完，手机往孙离怀里一递，捂着脸坐下，浑身颤抖。孙离拿起手机，孙却和小君都把头凑过来了，手都不由得放在胸口。

喜子说："老爸，儿子，是儿子。你把电话给我，我打过去！"

喜子刚接过手机，电话响了，真是亦赤的声音："妈妈，我要回来，告诉爸爸，我要回来。"

喜子生生把冲到喉头的哽咽吞回去，双手捂着手机，问："亦赤，你在哪里？冰天雪地的，你在哪里？"

“妈妈，我在布达拉宫，我在菩萨面前。妈妈，我要回家!”

喜子放下电话，孙却忙问：“嫂子，问问亦赤哪天回来，我们去机场接他!”

孙离满脸是泪，笑着说：“不用接的，儿子是孙行者！我们只在家里听门铃响吧。”

“亦赤是不要接的，他是男子汉!”喜子把头靠在孙离身上，“刚上大学那年，我和你哥想送他去上海，亦赤不要我们送。我们没有送，儿子不照样平平安安报到去了?”

小君欢快起来，从沙发上一弹，站到客厅中央，说：“好了好了，平安无事了！哥哥嫂嫂，你们晚上想吃什么？我来做！我们要好好吃顿饭了!”

喜子望着孙离，说：“老爸，我想吃土豆烧牛肉，还有葱煎金钱蛋!”

小君望望孙却，有些难为情的样子，说：“亲爱的孙总，我可不会做这菜啊，你会吗?”

孙离笑道：“小君，容易，我来做吧。”

“不行，哥，你要好好休息。我动手，你动嘴吧。”小君说，“需要哪些作料，我这就下楼买去。”

孙却赶忙嘱咐：“小君，楼下有柑橘树，掐几片橘叶回来。葱煎金钱蛋，橘叶切碎了放进去，很香!”

“孙却记得，妈妈炒葱煎金钱蛋，都是放橘叶的。”孙离说着，突然哈哈大笑了。

喜子见孙离笑得莫名其妙，问：“老爸，你准是又想到什么坏事了!”

孙离便讲了土豆和马铃薯的故事，孙却和小君听了也哈哈大笑。小君颇有几分得意，说：“嫂子比我这个城里姑娘还五谷不分啊!”

喜子抡起拳头，轻轻打着孙离，说："老爸你真坏啊！我还真以为土豆和马铃薯是两回事，你骗了我二十多年。"

窗外的雪光映得孙离的脸色很柔和，他淡淡地笑着，说："我这么多年没有同你说，为的是保留那点浪漫，保留你那点傻姑娘的天真。"

喜子听着，恨不得钻到孙离怀里去。她曾经很不喜欢的小县城，如今想起来竟是那么的温暖。县城仍不太卫生，菜市场逢上雨天就满地黑泥。也十分嘈杂，鸡飞狗叫，吆喝喧天。可那里什么东西都有，很多菜蔬是苍市买不到手的。只等亦赤回来，一家人就回老家去。她要挎着竹篮子去菜市场采办年货，讲地地道道的家乡话。

马波电话关着，孙离发了信息去：马波兄，亦赤马上就回家了。放心吧，超颖也会回家的。我们的孩子都会好起来，他们的世界应该更美好！

夜里睡下，喜子头枕在孙离肩上，问："老爸，记得今年是爱历多少年吗？"

孙离抚摸着喜子的脸，说："爱历元年。"

大雪让夜变得更加宁静，也更加祥和。喜子在黑暗里微微点头，手指伸进孙离的头发里轻柔地搓着。孙离很想告诉喜子，他至今不敢想起一个女人，一想起，他胸口就会钝钝地痛；但他和她的故事早已结束。喜子自己的故事，却永远不想让孙离知道。喜子只想安心地守在孙离身边，变得越来越老，朝着他傻笑。